LA REINA DE LAS AMAZONAS

LA REINA DE LAS

AMAZONAS

HANNAH LYNN

mr

Queens of Temiscyra (*The Grecian Women Series*) – © 2022 por Hannah Lynn

Esta edición se publica por acuerdo con The Bent Agency UK Ltd a través de International Editors'Co.

Traducido por: Giacomo Orozco

Bajo el sello editorial MARTÍNEZ ROCA M.R.
Avenida Presidente Masarik núm. 111,
Piso 2, Polanco V Sección, Miguel Hidalgo
C.P. 11560, Ciudad de México
www.planetadelibros.com.mx

Primera edición impresa en México: junio de 2025
ISBN: 978-607-39-2914-1

Impreso en los talleres de Litográfica Ingramex, S.A. de C.V.
Centeno núm. 162-1, colonia Granjas Esmeralda, Ciudad de México
Impreso y hecho en México — *Printed and made in Mexico*

PARTE I

CAPÍTULO 1

Su espada cortó el aire con un silbido, segura e inquebrantable, al atravesar, primero, la armadura de cuero del guerrero y, después, la suave carne de su vientre, de donde brotó un arco de sangre mientras caía de su caballo. Alejándose deprisa, Hipólita no reparó en él. Los cascos de su yegua revolvieron la tierra seca, levantando nubes de polvo al tiempo que la reina fijaba los ojos en su próxima víctima, quien, momentos después, también yacería boca abajo.

El estruendo de metal venía de todas partes —espadas contra escudos, puntas de flecha contra corazas— y el hedor de la sangre, acerbo y dulzón, pesaba densamente en la aridez del aire. Ese aroma lo conocía bien. Era el aroma de la batalla. Del sudor y la agonía. De carne quemada bajo el fulgor del sol de Helio. De caballos empapados de su perspiración. Pero, por encima de todo, era el hedor de la victoria.

Sus adversarios, que apenas una hora antes habían gritado con ira y fervor, lloraban aterrados, rogando misericordia, asfixiándose con su propia sangre. Con suerte, las mujeres les ofrecerían una muerte rápida. Las moscas habían llegado en tropel a posarse en las heridas abiertas, zumbando sobre los cadáveres ya grises en la tierra.

Para cuando se desvaneció el último grito y el sol llegaba a su cenit, la tierra se había puesto carmesí con la sangre de los caídos.

Hipólita recorrió la escena con la mirada. Estos de aquí eran hombres jóvenes, algunos apenas adolescentes. Solo un rey débil pensaría en enviar muchachos a enfrentarse con ella y sus guerreras.

—¿De vuelta a casa al Ponto y a Temiscira, mi reina?

Hipólita se giró hacia Pentesilea. Su hermana se sentaba erguida en el caballo, con la túnica bordada, los pantalones de cuero y las botas —el atuendo tradicional de una guerrera— quizás incluso más manchados con el color de la batalla que los de la propia Hipólita. El arco de la princesa estaba guardado en una eslinga sobre su espalda; era un arma elegante, con su doble curva, más pequeña que las preferidas por sus enemigos. Más pequeña que aquellas esparcidas por el suelo a su alrededor.

El arco había sido tallado, cepillado y encordado por las manos de la propia Pentesilea. Había pulido madera y hueso hasta sacar las más finas virutas, imperceptibles para algunos, pero suficientes para cambiar el balance del arma y asegurar la puntería más certera. Hipólita no podía imaginarse cuántas flechas habían sido liberadas del arco ese día ni cuántas puntas de bronce habían dado con su objetivo, perforando corazones o cráneos. Las flechas de Pentesilea no fallaban.

—De vuelta a Temiscira, hermana —respondió la reina—. Aunque primero debemos reclamar nuestro pago.

Era un acuerdo generoso, el más grande que hubieran recibido en meses. La mayor parte era en metales —oro, acero, bronce— que serían martillados o fundidos, pero también incluía otros artículos. Había joyas, tanto piedras en bruto como cortadas y pulidas. Había cerámica. Incluso había una lira y, aunque ella misma no sabía tocar, Hipólita estaba segura de que muchas de sus mujeres podrían sacar una bella melodía.

Dentro de los muros de la ciudad, el rey les había agradecido profusamente con una reverencia hasta el suelo y los movimientos torpes y angulosos de quien no acostumbra a mostrar esa clase de humildad, menos aún hacia mujeres. Hipólita estaba casi tan incómoda con la demostración como él; luego, tras acomodarse en una postura más relajada, les preguntó si deseaban pasar la noche. La mayoría de los reyes rezaban para que ella se negara y hacían el ofrecimiento por mera cortesía, y tal era el caso ese día. En cuanto ella rechazó la oferta, no pudo evitar percatarse de un destello de alivio que cruzó el rostro del hombre y sintió una punzada de compasión. Era poco probable que esta fuera la última batalla que libraban por él.

Con las alforjas llenas y los caballos descansados, comenzaron la cabalgata hacia el este, de vuelta a la región del Ponto y su ciudad natal, Temiscira.

El viaje a la orilla del Mar Negro tomaría dos días a paso ligero. De ser necesario, podrían galopar sin detenerse a menos que fuera indispensable —de esa forma habían cabalgado para llegar hasta aquí—, pero tanto las mujeres como los caballos se merecían un pequeño respiro.

Los cielos azules, repletos de nubes que como plumas flotaban inmóviles en la quietud del aire, se extendían sobre ellas al cabalgar. En un día claro como este podían ver, desde su extremo más al sur, toda Anatolia. Al norte, más allá del Mar de Mármara, estaba Tracia y, al oeste, a través del Egeo, se encontraban Tesalia y Atenas. Habían viajado a estos lugares e incluso más lejos. Habían viajado a Tebas y al Peloponeso, requeridas a luchar por reyes que, de otro modo, habrían perdido sus tierras, llamadas a dejar llover sus flechas sobre ejércitos con los que no tenían disputa alguna. Y se les había pagado generosamente por ello. En ocasiones, las batallas se sucedían una después de la otra, y ellas se apresuraban de una tierra asediada a la siguiente, siempre listas, siempre victoriosas. Pero por ahora, se dirigían a casa para descansar, dejándose envolver por el aroma de los helechos que cubrían las laderas a su alrededor.

Las mujeres charlaban mientras cabalgaban. Después de la batalla siempre venía una especie de euforia. La adrenalina, que les había prestado tanta fuerza y ferocidad, ahora arrancaba palabras de sus labios con la misma prisa con que se había derramado la sangre de sus enemigos. Entre las mujeres, una conversación tan exuberante podría mantenerse durante millas, por encima de valles y planicies, a través de ríos y en torno a grandes lagos. Pero inevitablemente, en algún momento, antes de que el sol se ocultara en ese primer día tras la batalla, caería sobre ellas una calma en la que recordaban a las que habían perdido. Aquellas a las que les fue concedida la muerte más honorable de todas. La muerte de una guerrera. La muerte de una amazona.

—Cuatro mujeres tomaron su primera vida el día de hoy.

Fue Antíope quien le habló a la reina con calma.

—Cuatro mujeres que la próxima primavera podrán cabalgar hasta los gargarios con nosotras —continuó.

—Estas son buenas noticias. Me reuniré personalmente con ellas en cuanto lleguemos a casa.

Poco después, se detuvieron en un lago poco profundo que había sobrevivido a las sequías del verano. Los guijarros relucieron bajo la superficie cuando las mujeres se arrodillaron para lavarse la sangre y la mugre de la piel, mirando cómo los remolinos carmesí se desprendían de sus manos.

Mientras que Hipólita y sus hermanas consideraban Temiscira como su hogar, este no era el caso de todas las amazonas. Ciertamente, buena parte de ellas vivía dentro de los muros de la ciudad, con los lujos y la protección que suponía vivir en la proximidad de tantas guerreras, pero también había quienes consideraban constrictiva y claustrofóbica esa vida. Estas nómadas pasaban su tiempo fuera de combate vagando por las estepas, acampando bajo las estrellas. Cazaban con arco o lanza; preferían hacer pequeñas fogatas y arrancar la carne directamente de los huesos de las aves y bestias que atrapaban. Anhelaban la soledad, volviendo a reunirse con el resto de las guerreras solo cuando la ocasión lo requería; en los festivales, en la batalla o al embarcarse en el viaje anual de primavera a los gargarios. No existía enemistad entre los dos grupos de mujeres La reina no tenía una preferencia respecto al modo en que vivían ni juzgaba una forma de vida por encima de la otra. Cada mujer podía elegir vivir sus días como mejor le pareciera porque, en consecuencia, lucharía con más determinación para preservar esa forma de vida llegado el momento.

Para cuando montaron el campamento, hacía tiempo que el sol se había hundido tras el horizonte y raudales de estrellas resplandecían sobre sus cabezas. Un coro de cigarras zumbaba sin parar, como contrapunto a la charla de las mujeres. Recostada de espaldas en la hierba, Hipólita las escuchaba. Este era su momento favorito —la noche tras la batalla librada y ganada—. Las mujeres deleitaban a sus camaradas con historias: cómo habían luchado sus oponentes, qué tan cerca habían estado del filo enemigo, los ataques montados que habían logrado dominar. La reina guardaría todo en el rincón más profundo de su mente.

Perdieron a decenas de mujeres ese día. Nada en comparación a los cientos de bajas sufridas por sus enemigos, pero más de lo que era aceptable. Habían traído los cuerpos consigo, envueltos y ajustados en lino para devolverlos a sus hogares en el Ponto. Ahí llevarían a cabo el entierro como era debido, entregándolos a la tierra junto con sus armas y todo el honor que merecían.

La próxima vez, se dijo Hipólita mientras el fuego chisporroteaba y escupía, no perdería a ni una sola. Y también le ofrecería un sacrificio más grande su padre inmortal Ares, dios de la guerra.

El segundo día, el cielo se había iluminado hasta resplandecer, el brillo de Helio era tan radiante que se vieron obligadas a bajar los gorros de cuero sobre sus cabezas, entrecerrando los ojos hasta volverlos meras ranuras. La hierba era corta, café y quebradiza, y los caballos sacudían la cola, agitados por un calor que hacía a su pelaje oscurecerse de sudor y a las moscas, zumbar en enjambre. La primavera era una estación fugaz en esa región, donde el verde exuberante se tornaba árido y polvoriento de la noche a la mañana. El calor ondulaba el aire que pasaba por encima del suelo, difuminándolo. Esta parte del viaje, sin embargo, se terminaría pronto. Mientras más avanzaban hacia el noroeste, más fresco se volvía todo. Y llegada la noche, el Ponto, tal vez incluso Temiscira, se encontraría a la vista.

Hipólita reflexionó sobre la dureza de la vida en un lugar como este, donde había tan poco para cazar, nada que pescar y ninguna esperanza para cultivar las tierras. Había visto mulas, grises y encorvadas, parpadeando con sus pestañas largas y caídas, pero ni un solo caballo. Las hojas se doraban en los pocos árboles que había, cuyas ramas eran demasiado frágiles incluso para dar el fruto más mezquino.

Como solía ocurrir cuando cruzaba esa clase de tierras, Hipólita agradeció a los dioses por todo lo que les habían otorgado en el Ponto y en Temiscira y, de nuevo, juró presentar un sacrificio a su padre tan pronto llegara a casa.

Hora tras hora cabalgaron sin parar, aun cuando el sol había llegado a su cúspide. No había sitio donde detenerse ni ninguna sombra perceptible a esa hora del día. Siguieron adelante hasta que, encima de ellas, las nubes comenzaron a formarse. Densas y blancas, como si recién las hubieran arrancado, arrojaban espesas sombras sobre la tierra. Aunque al principio eran pequeñas, fueron madurando a medida que Hipólita las observaba. Hinchadas de agua, sus bordes relucían conforme la ira del sol se silenciaba.

Pronto van a reventar, pensó Hipólita mirándolas, pronto traerán el agua en amplias sábanas, llenando el vacío entre el cielo y la tierra. De niña, le encantaba correr por delante de los aguaceros y, si no conseguía evitar que la alcanzaran, entonces se detenía para alzar la cabeza y dar la bienvenida a esa lluvia refrescante para dejarla correr por su rostro mientras su frescura la purificaba. Su memoria se removió con más momentos de su infancia: ella y Pentesilea cabalgando durante días, viviendo solo de los conejos que cazaban o las bayas que lograban encontrar. Esto fue antes de que Ares la escogiera a ella por encima de su hermana para reinar sobre las amazonas, a pesar de que Hipólita no fuera la mayor.

Solo una vez había conseguido Hipólita derramar sangre en una lucha contra Pentesilea. Un rasguño. Nada más. Pero eso había bastado para que Ares la nombrara reina.

Ahora detenía su mente en los tiempos anteriores a eso, cuando entrenaban y hacían esgrima y cabalgaban de sol a sol, sin las preocupaciones del liderazgo. Pasaban el tiempo aprendiendo acerca de su tierra y practicando las acrobacias a caballo que un día ejecutarían en batalla. Pero este había sido uno de sus juegos favoritos: mirar cómo las nubes se iban apelmazando, mantenerse totalmente quietas debajo de ellas y esperar ahí, mientras se volvían más y más grises hasta que, de tan hinchadas, no podían contener toda la humedad en su interior. En ese punto, en el instante en que las nubes se rasgaban para desatar un diluvio, las niñas apretaban los muslos contra el flanco de los caballos y arrancaban en un intento por ganarle la carrera a la lluvia.

En ocasiones lo conseguían. Otras, alcanzaban algún refugio antes de que la tormenta las atrapara, o seguían cabalgando a tal paso que las nubes, con el tiempo, perdían todo su peso y ya no tenían nada con qué ahogarlas. Pero las más de las veces terminaban el juego empapadas. Mojadas hasta la piel por el aguacero. El cabello pegado a la cabeza. Los caballos cubiertos de agua, desde las orejas hasta los cascos. Y ellas se reían mientras el agua gélida les recorría la columna. Después, encendían una fogata y secaban las prendas de cuero antes de cabalgar de vuelta a Temiscira, con su madre, para continuar con su entrenamiento.

Observando de nuevo cómo las nubes florecían por encima suyo, Hipólita indicó a las mujeres que apuraran el paso. Espoleó a su propia yegua baya a un medio galope y luego más deprisa, hasta que galopeó del todo, cortando la hierba a su paso.

Cuando cerró los ojos y alzó la cabeza al cielo, el aire recorrió su cabello como un peine. Ni siquiera la emoción de la batalla podía compararse a esto, al retumbar de los casos sobre la tierra y la ráfaga helada de aire como agujas en su piel. La risa de las mujeres al cabalgar era más melodiosa que cualquier lira; su sonido, más dulce que cualquier flauta. Ahora todas la seguían, galopando como si sus vidas dependieran de ello.

Al dar un vistazo atrás, una sonrisa brotó de sus labios. Varias de las mujeres aprovechaban la oportunidad para practicar sus posiciones de combate a caballo: se retorcían para mirar detrás de ellos o se balanceaban sobre las rodillas mientras estos corrían a través de la tierra, con sus patas apenas rozando el corto rastrojo bajo los cascos. Sin embargo, Hipólita vio que algunas otras se afligían, recordando a aquellas que habían perdido: hijas, hermanas, madres. En la próxima batalla, permitiría que esas dolientes cabalgaran primero. Las dejaría ahogar su dolor en la sangre de otros.

Cuando se acercaban a la costa empezó a llover, pero en lugar del aguacero que Hipólita había deseado, cayó una ligera llovizna que formaba gotas perfectas sobre su piel y su ropa, antes de evaporarse hacia la nada.

Fue ahí, donde las olas espumosas rompían contra los bordes escarpados de los acantilados, que los caballos percibieron el aroma de su hogar. Apresuraron el paso sin que sus jinetes lo ordenaran. Sus fosas nasales se ensancharon mientras giraban al unísono como una bandada de pájaros, atraídos por la fuerza de su hogar, por la certeza de que no existía un sitio igual sobre la tierra.

La ciudadela de Temiscira había sido erigida en las estepas del Ponto, con vistas hacia el Mar Negro. La tierra que la rodeaba siempre era un oasis, sin importar la época del año. No sufría ni sequías ni inundaciones; los animales no eran plagados por ácaros ni parásitos, y los bosques que llenaban las regiones lejanas hacia el este eran tan abundantes como el mar en el norte. Aves, conejos, cerdos salvajes y muflones hacían su hogar por encima y por debajo de la tierra, su música y sus resoplidos formaban un coro día y noche, sus huellas se entretejían con las gruesas capas de follaje en el suelo del bosque. De haberlo querido, las dos mil mujeres amazonas habrían podido recoger una fruta de un color distinto cada día de la semana, aunque ningún alimento era tan satisfactorio como el que obtenían de la caza. Sí, cazarían esa misma tarde, pensó Hipólita al cabalgar delante de sus hermanas y el resto de las mujeres, una buena cacería para celebrar su victoria y encontrar un sacrificio adecuado. También necesitarían salar y secar más carne como preparación para los largos viajes que podrían estarles aguardando.

La mente de la reina estaba tan perdida en esos pensamientos acerca de su hogar y del futuro, que le tomó un momento percatarse de los destellos luminosos en la cima de una colina varias millas al este. E incluso cuando los vio, en un abrir y cerrar de ojos, los ignoró —como si fuera apenas un truco de la luz vespertina, como rayos de luz reflejándose en un charco o siendo atrapados en el brillo de alas iridiscentes—. Pequeños lagos y arroyos cubrían la tierra, aunque generalmente a niveles más bajos; las aves, por otro lado, podrían ser vistas en todas partes. Posiblemente se trataba de una.

—Mi reina.

Antíope se había apurado hasta alcanzarla por detrás.

—¿Vio eso? ¿Vio la luz?

—Sí, la vi.

Hipólita estaba a punto de disipar cualquier preocupación que su hermana menor pudiera tener, cuando el resplandor ocurrió de nuevo. Su corazón se aceleró. No era ningún accidente. Era una señal segura y certera, un destello de bronce pulido, de uno de los muchos espejos colocados sobre la parte más alta de las estepas para que las mujeres pudieran comunicarse entre sí. Pero el patrón de los destellos era uno que nunca habían usado, uno que nunca habían tenido razones para utilizar.

Era bien sabido, a lo largo de Anatolia y en toda Grecia, que, si alguien necesitaba de los servicios de las amazonas, las mujeres se enterarían de un modo u otro, pero ellas siempre se reservaban la elección de a quién ayudar. En ocasiones, el dinero jugaba un papel importante, pero a menudo era la rectitud de la causa lo que las hacía elegir. Nunca nadie, además de las amazonas mismas, pisó las arenas plateadas de sus costas o cabalgó a través de los densos bosques para alcanzar las estepas de su hogar. Hacerlo, sin duda, habría provocado la muerte del intruso. A pesar de eso, la secuencia de destellos se presentó una vez más y tan solo podía significar una cosa.

Habían llegado forasteros a Temiscira.

CAPÍTULO 2

—Tiene que ser un error —dijo Antíope—. Un accidente. ¿Quizás sea una nave que se extravió?

No había miedo en su voz, tan solo confusión. Una confusión que la misma Hipólita podía sentir. Los breves destellos de luz habían sido constantes, uno después del otro, sin pausas entre sí. Era la señal de que un navío se acercaba desde el Mar Negro y traspasaba su territorio. Pero que alguien desembarcara intencionalmente en sus costas equivalía a un acto de guerra; una guerra en la que los invasores sin duda serían derrotados. Solo había dos posibilidades: o este barco había perdido el rumbo o sus marineros habían perdido la cabeza. Y no gastaría tiempo preguntándose cuál de esas opciones era la correcta.

Dando un golpe con la mano, hundió los talones en el flanco de su yegua, alzó las riendas y empujó su cuerpo hacia adelante, hasta la cruz de esta. El animal conocía bien la orden; en menos de dos pasos ya estaba galopando, sus patas traseras se movieron al unísono mientras sus cascos rozaban la tierra. El cabello de Hipólita se agitó hacia atrás, apartándose de su rostro con la fuerza del viento.

—¿Y tu cíngulo? —dijo Pentesilea a la reina mientras se apuraba para galopar a su lado—. Debemos prepararnos para luchar. Debemos prepararnos para la guerra.

El combate siempre estaba en la mente de Pentesilea. La sangre. La gloria. Era cierto que había existido competitividad entre las dos; el deseo de brillar con más fuerza ante los ojos de su padre, pero, de entre todas sus hermanas y las mujeres junto a las que luchaba, no había nadie a quien Hipólita hubiera preferido tener a su lado en el combate. Ninguna que se mostrara tan temeraria frente al fulgor de mil espadas alzadas en su contra. Ninguna que tuviera una mano o una mente tan veloz. Su hacha, su arco, su lanza, fuera cual fuera el arma, en manos de Pentesilea no habría de errar ni titubear. Era la guerrera de todas las guerreras.

—El cíngulo lo tengo aquí —respondió Hipólita.

El caballo mantuvo la velocidad al tiempo que la reina se inclinaba hacia un costado y deslizaba la mano dentro de la bolsa atada a su silla de montar. De esta bolsa sacó un amplio cinturón y, con una sola mano en las riendas, se lo fijó alrededor de la cintura.

El cíngulo de cuero que sujetaba su espada y sus cuchillos estaba reforzado con placas de bronce y de oro, las cuales brillaban con un lustre suave al reflejar toda la luz que caía sobre ellas. Habían sido grabadas con patrones tan finos e intrincados que, para quien lo viera, resultaba evidente que eran obra de los dioses. Pese a sus placas de metal, el cinturón era blando entre sus dedos; se había amoldado a su cuerpo a lo largo de los años. Había sido un regalo de su padre, Ares, el día en que fue coronada como reina de las amazonas, del reconocimiento de su fuerza y su liderazgo sobre las mujeres. El cíngulo había cimentado con mayor firmeza su posición como gobernante y servido como un recordatorio físico del icor que corría por sus venas. Tras recibirlo, lo había usado en cada batalla sin excepción alguna. Ahora, en ocasiones, sentía que las mujeres luchaban en nombre del cinturón con la misma dedicación con que luchaban por ella. Y es que representaba una verdad: que cada una de ellas había sido bendecida por Ares y, gracias a esos dones, sus destinos estaban asegurados.

Hipólita les habló a sus tres hermanas, quienes ahora cabalgaban junto a ella; Antíope y Pentesilea a su izquierda, y Melanipe, la menor, a su derecha.

—Ordenen a las mujeres que no muevan ni un dedo hasta que yo diga lo contrario. Esto puede ser un malentendido. No deseo que se derrame sangre si no hace falta.

—Han llegado a Temiscira sin invitación. Deben pagar el precio.

La sed de batalla resonaba en la voz de Pentesilea.

—Lo harán si así lo merecen. Pero no condenamos las simples equivocaciones. Bien puede haber una explicación inocente para todo esto.

—Debería adelantarme a la ciudadela para comprobar que las niñas estén a salvo —dijo Melanipe.

Era por mucho la más joven; cuando Hipólita fue coronada, Menalipe apenas tenía la edad suficiente para luchar. Su cabello era el más claro de todos, pero su piel era la más oscura. Aunque sus ojos almendrados tenían la misma forma que los de su hermana, eran particularmente amplios. Poseía juventud, casi una especie de inocencia. Esta era la primera vez que Melanipe se les unía en batalla desde el nacimiento de sus hijas gemelas la primavera anterior. Había estado impaciente por regresar al campo de batalla, por sentir el peso de un arma de nuevo entre sus manos, el crujido de un esternón bajo su espada. Hipólita le había dado la bienvenida a su regreso a la contienda, pero ahora podía ver la presión que este tiempo lejos de casa había ejercido sobre ella, ahora más grande por la presente amenaza.

—Queda una buena cantidad de mujeres en Temiscira. Son casi la mitad de nosotras. Ellas las protegerán. Tú quédate conmigo; deseo que todas las hijas de Ares cabalguen juntas.

—Como ordenes, mi reina.

Melanipe inclinó ligeramente la cabeza. El asunto no iba a discutirse más; la reina había hablado.

No hubo más conversación. Ninguna palabra fue pronunciada más que para espolear a los corceles. Los sonidos del mar, lejanos y aplastantes, eran ahogados por el martillear de los cascos de los caballos; la agitación en el pecho de las jinetes apenas lograba callar el percutir de sus propios corazones. La luz en las estepas relució solo una vez más. Las mujeres en la cima de la colina, tras percatarse de que el ejército cambiaba de velocidad, sabrían que su señal había sido recibida. Ya se estarían armando, preparándose para lo que viniera.

Guiadas por su reina, las guerreras tomaron un sendero sinuoso a través de las estepas. No era la ruta más rápida de regreso, pero les otorgaría una vista directa del mar, y lo que pudieran perder en tiempo lo ganarían en conocimiento de los intrusos. Tan pronto pudo verlo, Hipólita tiró a su yegua de las riendas, obligándola a un galope lento antes de detenerla. Su corazón daba golpes al tiempo que comprobaba que el cíngulo siguiera en su cintura y observaba la escena debajo.

El agua se veía revuelta por olas espumosas de cresta blanca que el viento rompía antes de volver a hundirse en el oleaje, listas para alzarse de nuevo. Arriba, se cernían las nubes negras que anunciaban una tormenta. La experiencia le había enseñado a Hipólita que estas pasarían por encima de las montañas antes de que llegara la lluvia. Normalmente, la reina dejaba a su mente divagar por aquel paisaje, el telón de fondo perfecto para dar reflexión a futuras tácticas de batalla. Pero ahora sus ojos estaban fijos en el navío.

Las mujeres amazonas rara vez viajaban por mar. Sus caballos podían llevarlas a cualquier sitio, a menudo más rápido de lo que en barco parecería un trayecto breve y sin temor a que Poseidón, o algún otro dios receloso, tornara su ira en su contra y dificultara el viaje. Hipólita no tenía un conocimiento demasiado vasto de navíos, no podría explayarse respecto a ellos como lo haría con los caballos o las armas o la forma de levantar un campamento con pieles, capaz de resistir cualquier clima en cualquier terreno. Aun así, sabía lo suficiente para reconocer que estaba mirando un trirreme. Y que un trirreme era una nave de guerra.

Con tres filas de remos y placas cobrizas luciendo un naranja bruñido bajo el sol ahogado del atardecer, el batir de la vela mayor del barco golpeó de un lado al otro con el viento, luchando por imponerse a los chillidos de las gaviotas y al romper de las olas. Hipólita podía sentir cada batir de la vela como si fuera una mano azotando su propia piel. Esta no era una nave perdida, no era ningún barco mercante desviado de su curso por una tormenta. Estos eran hombres ricos. Hombres poderosos. Y los hombres poderosos sabían perfectamente en dónde estaba Temiscira.

Habían echado el ancla bastante lejos de la orilla, quizás por temor al coral afilado y a las rocas ocultas bajo la superficie cerca de tierra firme. O quizás habían elegido esa distancia sabiendo que estarían fuera del alcance de las flechas envenenadas de las mujeres. Ninguno de estos detalles tenía importancia. Estaban demasiado cerca: a cien millas cuando menos.

La reina forzó la vista, tratando de ver más lejos. A esa distancia, no podía distinguir detalles que le permitieran identificar el origen de la nave, pero sabía que, en un barco de ese tipo, podían caber cerca de doscientos hombres a bordo. Quizá trescientos. Ese hecho, más que angustia, le causaba confusión.

En algunas batallas, esa cifra podría ser suficiente para obtener la victoria, pero qué sería de trescientos hombres contra un ejército de dos mil amazonas, capaces de aniquilarlos con una sola descarga de sus flechas antes de que siquiera pisaran la arena. Y lo harían de ser necesario. Pero, sin duda, los intrusos sabían eso. Tal vez si se tratara de una flota, de una centena de esas mismas naves y si superaran a las amazonas en número de diez o veinte a una, habrían tenido una oportunidad. ¿Pero una sola nave? ¿Cuál podría ser el propósito de eso, a menos de que cada uno de los tripulantes tuviera el deseo de una muerte rápida?

—¡Ahí! ¿Lo ves? Se están acercando a la orilla.

Justo cuando Pentesilea habló, los ojos de la reina se posaron sobre una segunda nave en el agua. Había sido soltada desde el extremo más lejano del trirreme y apenas ahora resultaba visible. Era una mancha diminuta, una sombra oscura entre las olas, poco más que un punto borroso junto al trirreme, aunque era fácil reconocerla como un bote de remos.

—Eso no puede llevar a más de una docena de hombres, a lo sumo —dijo Hipólita. Su caballo luchaba contra ella mientras trataba de mantenerlo firme. De haber aflojado las riendas, este se habría ido corriendo directo al establo. Observó cómo la pequeña nave se acercaba. Tan solo quizás una docena de hombres a bordo, pero, a juzgar por la velocidad con que se movían y por los remos surcando el agua, eran hombres fuertes.

—¿En qué podrán estar pensando? —preguntó Pentesilea—. Esto no puede ser un ataque, ¿o sí?

—No descartaremos nada —repuso Hipólita—. Mantengan sus flechas a la mano. Ya no falta mucho. Los hombres han llegado.

CAPÍTULO 3

La luz del sol danzaba sobre las olas en el viento de la tarde. Los dos grupos alcanzaron la playa casi al mismo tiempo. Hipólita y su ejército se precipitaron sobre las dunas, aplastando la salicornia; sus caballos resoplaban por el paso al que habían sido obligados a avanzar.

El bote a remos había mantenido una gran velocidad hacia la orilla y el canto de los hombres a bordo ya alcanzaba los oídos de las mujeres. Estaban tan cerca que la reina pudo contar una por una sus figuras. Diez hombres. Eso era todo. Vestidos con armaduras, espadas en mano; diez más de los que jamás habían pisado su tierra.

Trescientas de las mujeres de esa tierra estaban a la espera, mujeres que no habían sido requeridas en la última batalla o que se habían quedado atrás para cuidar de las niñas, aunque muchas seguro admitirían que esa no era su forma preferida de pasar el tiempo. Los días y las noches eran largos, el llanto de las niñas pequeñas no emocionaba el corazón como lo hacían los cantos de guerra. *Este* era su deber: salvaguardar el futuro de todas. Estas mujeres estaban listas para la batalla. Dispuestas. Preparadas. Hipólita podía verlo en la forma en que se aferraban a sus armas. Podía verlo en sus ojos, crudos, humeantes. Estaban deseosas de derramar sangre. Sus lanzas y flechas habían sido levantadas; sus armaduras, ajustadas y sus corceles forzaban las embocaduras. Una de ellas intercambió un vistazo con la reina y dejó caer la barbilla. «Las niñas están a salvo», dijo esa mirada. Hipólita respondió con un solo movimiento de cabeza: «Y así seguirán».

El resto de las mujeres cerró filas sin decir palabra. Quinientas guerreras a lo largo y cuatrocientas más a lo ancho formaron un muro inexpugnable, a través del cual nadie podría pasar. La joven yegua de Hipólita bufó, echando espuma por la boca mientras su aliento hacía nubes en el aire. Con los hombros hacia atrás y el arco en la mano, la reina cabalgó hasta el frente con sus hermanas siguiéndola de cerca. Cualquier hombre que se enfrentara a una hija de Ares, por no decir a las cuatro de ellas, sabía que su final sería rápido.

Todos los ojos se mantenían fijos en la reina, a la expectativa de sus órdenes. Hipólita galopó a lo largo de las mujeres reunidas, permitiendo que la cabeza de la yegua se moviera hacia atrás mientras se encabritaba; luego giró en un círculo cerrado y montó de regreso por donde había venido, levantando arena por el aire. En la brisa salada, se arremolinaron los perfumes matizados de aquellas plantas que solo se encuentran en el Ponto. El olor de la cereza y la acedera. La dulzura del pino y el carpe. Aromas que ella recordaba sin importar cuánto tiempo pasara lejos de ellos, del mismo modo en que podría reconocer las pendientes de las estepas o la vastedad del cielo. Esta era su tierra, dada a ella por el dios de la guerra, e iba a defenderla con su vida.

Frente a los ojos atentos de sus mujeres y de los hombres en el bote, se detuvo frente a la embarcación, paralela a la orilla, donde la arena cambiaba de oscura a clara y una fina capa de agua humedecía los cascos de su caballo. Ahora se encontraban a escasos metros. Los hombres habían dejado de cantar.

—No suelten sus flechas.

Alzó la voz, mas no hacia las mujeres, quienes nunca atacarían a menos que ella diese la orden. Se habían entrenado desde el nacimiento, con lanzas entre sus manos mientras los niños de su edad se distraían con juguetes. No haría falta insistirles para que cumplieran con el destino para el que habían nacido. Alzó la voz para que los hombres de la embarcación no se engañaran sobre quién estaba al mando; una palabra suya y las flechas lloverían sobre ellos. Habría una tempestad de acero y madera de la que solo podrían escapar con la muerte.

Se giró hacia el mar. Los hombres habían saltado al agua y vadeaban hacia ella, metidos hasta la cintura en el oleaje. La altura de todos era impresionante, pero el que iba hasta el frente atrajo su mirada. Sus hombros eran casi tan amplios como el bote en que habían llegado a la orilla y sus brazos tan gruesos como el cuello de un caballo. Las gotas de agua salada resplandecían como estrellas en su cabello ondulado, el cual caía por debajo de los hombros, y su rostro estaba enmarcado por una barba de muchos chinos. Pero si su figura era imponente, su capa lo era aún más; de sus hombros colgaba la piel de un león.

—Heracles.

Hipólita nunca había visto al semidiós, pero su reputación le precedía. Al igual que, supuso, la suya propia.

—Reina Hipólita —respondió.

La reina se puso rígida. Así que él sabía quién era ella; eso significaba que su llegada no era un accidente. Pentesilea tenía razón. Ellos habían venido a hacer la guerra. Hipólita pronunció sus siguientes palabras con toda claridad.

—Ya que sabes a quién te diriges, te aconsejaría que no des un paso más. Aquí no encontrarás nada más que una muerte rápida.

Heracles, el semidiós. Heracles, el hijo de Zeus. ¿Era así como terminaba su historia, a manos de una reina amazona?

Él frunció los labios y, aunque no dio un paso más, tampoco pareció preocupado por sus palabras; tan solo contemplativo. Sus hombres, sin embargo, tenían la preocupación escrita en el rostro. Algunos eran morenos y de piel oscura, otros de piel más clara, rozando el blanco de la tiza. Sin duda, habían sido elegidos para unirse a él en esta expedición por su destreza con la espada. Cada uno de ellos portaba cicatrices en los brazos y en el torso. Algunas de las líneas estaban desvaídas, casi extraviadas entre la forma de sus músculos, pero otras eran frescas, rosadas y furiosas. Todos ellos habían vivido la batalla muchas veces antes. No parecían estarse acobardando, pero en sus ojos se delataban la vacilación. Sabían que este podría ser su último combate.

Entre los nueve restantes, otro hombre llamó su atención casi tanto como el propio Heracles. Era el segundo más grande de todos, con los tendones de los brazos y el cuello abultados y, además de Heracles, era el único que observaba la escena con algo distinto a la inquietud. Su pelo rubio casi parecía brillar desde adentro. En lugar de escudriñar las filas de guerreras como sus compañeros, clavó los ojos en ella. Cuando Hipólita se dio cuenta y lo sorprendió mirándola, podría haber jurado que esos mismos ojos soltaron un destello y las mejillas del hombre se sonrojaron.

—Créame que no busco faltarle al respeto —Heracles habló y ella devolvió su atención a él—. Me doy cuenta de lo que he hecho, al llegar aquí sin aviso. Pero este es el único lugar en donde encontraré lo que busco.

Sus ojos se posaron momentáneamente en el cíngulo. Era una acción mínima, sin duda imperceptible para cualquiera sin el nivel de observación de Hipólita, pero que transmitía el motivo de su presencia. Sin soltar su mirada, ella posó una mano en la placa de bronce en el centro del cinturón.

—No he venido en busca de sangre —dijo Heracles, alzando las palmas en un gesto de paz—. Tal vez podamos conversar.

—Me parece que ya estamos conversando, ¿no es así?

—Esperaba un poco más de privacidad, por más acogedora que sea esta bienvenida.

Sus ojos brillaron y las comisuras de su boca se torcieron en la más ligera de las sonrisas, pero esta no se quedó fija en su rostro. En lugar de eso, bajó la cabeza.

—Hay asuntos que me gustaría discutir con discreción.

¿Cómo se desarrollaría la escena si ella rechazaba su petición? Rápidamente pensó en todas las posibilidades. En el calor de la batalla, cada movimiento era instintivo, pero Hipólita nunca confundía el instinto con la prisa. Toda acción tenía una consecuencia y, tras cada golpe de su espada, sabía el resultado que vendría y el siguiente movimiento que ella debería hacer. Cuántas flechas le quedaban en la aljaba. Cuántos pasos a caballo la separaban del siguiente contrincante. En todo momento sabía en dónde se encontraban las mujeres más próximas y las más distantes. Cada acción tendría repercusiones para ella y para las que estaban a su alrededor. Repercusiones que podían extenderse en el tiempo y el espacio, afectándolas a todas por segundos o años. Y esta situación no era distinta.

Desde algún lugar a sus espaldas, un caballo relinchó con impaciencia. Pero tendría que esperar, y Heracles también. Porque, aunque en su mente había decidido lo que debía hacer, quería retrasar al hombre. Alargar el momento para probar quién tenía la ventaja. Sí, podía acabar con él ahora mismo. Con un solo gesto, imperceptible para él y sus hombres, haría que su hermana, Pentesilea, lanzara una flecha directamente a través de su esternón. El resto caería en instantes, muertos antes de siquiera saber que estaban bajo ataque. Y con eso podría ceder los cuerpos a la misericordia del mar. Trabajo hecho. Era una buena opción. Era, se dijo, lo que sus mujeres esperaban que escogiera.

Podía sentir la tensión a sus espaldas. ¿Daría la orden de atacar? Estaba en todo su derecho, ninguna de las mujeres la juzgaría mal por hacerlo; los hombres, después de todo, las estaban invadiendo. Pero esa no era ni la reina ni la líder que aspiraba a ser, o la que Ares había elegido.

Pentesilea acercó su caballo al de su hermana. Sus dedos aún sujetaban la flecha con firmeza y sus ojos se mantenían fijos en el blanco.

—No confío en él —susurró a su hermana—. Es un asesino.

—Aquí todos somos asesinos —le hizo recordar Hipólita—. Y lo que importa no es lo que somos, sino por qué.

Podía sentir la frustración de su hermana pesando en el aire, como si se tratara del mismísimo Zeus.

—No puedes permitir que pise nuestras arenas. No lo harás, ¿verdad?

—Puedo hacer, y haré, lo que yo crea que es correcto —dijo Hipólita, sin emoción.

Una vez más separó su mirada de Heracles, y la posó en el trirreme. El barco se mecía de un lado al otro, tintineando y crujiendo al ritmo de las olas.

Un solo navío. Trescientos hombres.

Podían acabar con todo en tan poco tiempo. Pero ¿cuántos más les seguirían? Un barco tan impresionante debía tener grandes fondos detrás. ¿Tebas, quizás? ¿Corinto? De cualquier forma, si esta noche se derramaba sangre, ella sabía que no sería la última vez; su patria, su santuario, podría sufrir una guerra que duraría generaciones.

A pesar de su linaje de guerrera, su madre había luchado por mantener estas tierras libres de la sangre del combate. Y eso no cambiaría bajo su reinado.

—Mis mujeres se llevarán tu bote —dijo al fin—. Si pisan esta arena lo harán solo con mi permiso. Y será solo con mi permiso que podrán irse con vida.

—Comprendo —respondió Heracles y asintió hacia sus hombres en el instante en que Hipólita hacía una seña a las mujeres.

Mientras los hombres, todavía con el agua a la cintura, se alejaban de su pequeña embarcación, cuatro mujeres cabalgaron hacia las olas, haciéndolas romper en espuma con las patas de sus caballos.

Una de ellas se apeó, le dio sus riendas a otra y después vadeó hacia adentro, con una cuerda que ató al bote con rapidez. El resto de las mujeres mantenían sus flechas apuntadas hacia los hombres, que ahora se habían acercado a Heracles.

Sus ojos se movían sin parar, tratando de anticipar de dónde podrían venir los proyectiles. Solo el rubio parecía no tener miedo.

Sus ojos se clavaban en la reina, fascinados, y como era la primera vez que atraía miradas de ese tipo, no le prestó atención.

Mientras la mujer arrastraba el bote hasta la arena, Hipólita alzó la barbilla hacia Heracles.

—Tú me sigues. Tus hombres irán con mis mujeres.

—Como desee.

—Y cualquier paso en falso será el último que des.

Lo que vino después tuvo lugar tan rápidamente que, incluso más tarde, la reina apenas podía recordar cómo sucedió. La flecha de Pentesilea no se había movido ni un poco; Melanipe y Antíope retrocedían, dando órdenes a las mujeres detrás. Hipólita no pensaba que su atención hubiera flaqueado en lo más mínimo y creía que su visión abarcaba todo lo que era necesario ver. Pero aquel grito súbito le dijo lo contrario.

Una de sus mujeres, al parecer aparecida de la nada, estaba de rodillas en el agua, agitando los brazos con la boca abierta, a pocos metros de los hombres de Heracles. Se levantó con el pelo empapado y los ojos blancos de asombro.

—Ha venido a raptarte, mi reina. Yo misma lo escuché. ¡Heracles ha venido a raptar a nuestra reina!

CAPÍTULO 4

Dos docenas de flechas fueron lanzadas, una tempestad de cobre y veneno de serpiente. Ella sabía que no fallarían y, con un solo golpe, el veneno impregnaría la sangre de Heracles, dejándolo paralizado y muerto en cuestión de segundos. Salieron disparadas por el aire, como un enjambre de langostas listas para devorar lo que encontraran en su camino. Mientras sus hombres se sumergían para cubrirse bajo las olas, Heracles solo tuvo que girar su cuerpo y envolverse con su capa; los proyectiles letales rebotaron, cayendo en el agua sin dañarlo. La mirada de Hipólita nunca se apartó de él mientras sacaba una flecha de su propia aljaba y la disparaba directamente a su corazón, solo para verla fallar como el resto. Heracles permaneció erguido, oteando el mar. Ni una sola flecha había atravesado su vestimenta ni mucho menos al hombre que cubría.

—¡Lleva la piel del león de Nemea! —la explicación de Antíope llegó en el momento en que la reina caía cuenta de ello—. Ninguna espada o flecha podrá atravesarla.

El león de Nemea. Muchos años atrás, había oído hablar de cómo Heracles se deshizo de la bestia que acechaba a los hombres y mujeres de Nemea en la Argólida. Pero nunca creyó que la misión fuera realmente posible.

Para portar aquella piel, tuvo que haberla arrancado de la carne del propio león. Sin embargo, ningún arma mortal podría penetrar la piel de la criatura, ni siquiera en manos de una amazona. Que este hombre se cubriera con ella significaba que no solo tenía fuerza, sino también astucia. Pero cómo se las había arreglado para matar al animal, por incomprensible que resultara, no era lo importante. Le arrebataría aquella piel del cuerpo y le incrustaría su lanza en el corazón si era necesario.

—Ya es suficiente. Rodearé su garganta y lo mataré con mis propias manos —dijo Pentesilea, bajando de su caballo con un brinco. Hipólita tomó su lanza y saltó a la arena para unirse a su hermana. Con Pentesilea a su lado, corrió en dirección al mar, pero Heracles no pareció darse cuenta. En su lugar, giró en círculo en el agua, golpeando las olas con sus manos, ajeno a las guerreras que chocaban con él, listas para atravesarlo con sus lanzas.

—¡Muéstrate! —gritó. Sus venas, gruesas y furiosas, palpitaban a lo largo de la frente y el cuello, mientras la piel de león goteaba empapada—. ¡Muéstrate!

Hipólita se detuvo, sin entender sus acciones; la atención de Heracles ya no estaba en ella ni en su cíngulo. Parecía no estar en ningún sitio y en todas partes a la vez. Sus ojos iban de un lado a otro, mostrando los dientes con furia. Por todas las historias que la reina había oído sobre el héroe, esperaba a un hombre razonable, sensato; alguien con la inteligencia y la inventiva necesarias para hacerse con la impenetrable piel del león de Nemea. Pero los desvaríos de este hombre sugerían que había perdido contacto con la realidad.

—¡Sé que estás aquí! Sé que esto es obra tuya.

Por un segundo, sus ojos se encontraron con los de Hipólita, pero no se lanzó hacia ella o su cíngulo. En cambio, sus violentos movimientos se alentaron y, girando de nuevo en círculo, le mostró su espalda impenetrable.

¿Se trataba de una actuación? Tenía que serlo. Algún truco para fingir locura y hacer que bajaran la guardia. Pero sus hombres no habían levantado sus lanzas para luchar. En todo caso, parecían temerosos, preocupados por su líder, aunque tampoco hacían nada para ayudarlo; a duras penas se movían.

—¡Detente ahora! —gritó al aire Hipólita—. Detente, ¡o quemaremos a tu nave y a tus hombres!

Con estas palabras, más de un millar de luces aparecieron a sus espaldas, en una cascada color naranja resplandeciente, que se extendía de un extremo a otro de la playa. Las flechas habían sido encendidas y estaban listas para volar hasta el bote y el navío. Su orden se obedecería sin dudarlo.

El héroe, Heracles, se detuvo atónito frente al espectáculo, casi como si hubiera olvidado que las mujeres estaban ahí.

Hipólita habló otra vez.

—Esta es tu última oportunidad, Heracles. Date la vuelta ahora mismo o cada uno de tus hombres morirá.

Para fortalecer su punto, apuntó una flecha a su compañero de cabello rubio, que abrió los ojos de par en par. Era uno de los más jóvenes del grupo, y un tonto si pensaba que podían derrotar a las amazonas. Pero no sintió lástima por él; había matado a hombres más jóvenes.

Empapado hasta la piel, Heracles dio un paso al frente, pero Hipólita tensó aún más la cuerda de su arco. Él se detuvo y dobló una rodilla hasta el suelo. Su rostro enrojecido se tornó blanco y su frente se cubrió con perlas de sudor. Pasaron unos momentos antes de que recuperara la compostura necesaria para hablar.

—Le pido disculpas, mi reina. Sinceramente. Lo que vio... He venido tan solo por el cíngulo. Por favor, déjeme llevarlo y nadie saldrá herido. Ni mis guerreros ni las suyas. No deseo que se derrame sangre.

—Hiciste una declaración de guerra al echar ancla en nuestras aguas, al profanar nuestras tierras.

—Quizás es cierto, pero eso no cambia que mi único propósito sea obtener el cinturón.

Enunció estas palabras con tal fuerza que las gotas de su saliva se mezclaron con las del mar. Sus ojos, antes bondadosos, se habían tornado negros.

—No confío en tus intenciones —replicó ella.

Un gruñido escapó de los labios de Heracles.

—No puede realmente pensar que vine para llevármela conmigo. Si la quisiera muerta, ya habría alcanzado la costa para este momento. Y habría venido con mil hombres. Es evidente que se da cuenta de eso. Esto es obra de ella. Ella es la que está sembrando la duda en su mente antes de que, al menos, me deje hablar.

La reina frunció el ceño, confundida por sus palabras.

—¿Ella? ¿Se supone que debo saber a qué mujer te refieres?

—La mujer que dijo que yo estaba aquí para raptarla. La que gritó. Encuéntrela. Encuentre a esa mujer. Lo confirmará todo.

Ahora Hipólita se acercó, quedando a escasos metros de Heracles. Movió el codo hacia atrás, aumentando la tensión de su arco hasta que este tembló en su mano. En ese punto, un arquero menor no habría tenido la fuerza para mantenerlo firme, pero para ella era tan natural como respirar. La tensión de la cuerda estaba en armonía con los músculos de sus brazos.

—¿Me estás dando órdenes a mí, en mis tierras, luego de haberlas profanado? —La voz de Hipólita aparentaba calma, disfrazando su ira—. No se le dan órdenes a una reina.

—No se lo ordeno; se lo pido. Encuentre a esa mujer, la que dijo que vine a robarla. Encuéntrala y verá que vengo en son de paz. Que solo he venido por el cíngulo. —Después de una pausa, quizás porque era una palabra que no pronunciaba a menudo y por lo tanto le tomaba más tiempo formularla, añadió—: Por favor.

Detrás de ellos, las flechas seguían encendidas. Sus puntas ardían en parpadeos anaranjados, iluminando los ojos de las mujeres como si fueran lobos rodeando a su presa. Pentesilea estaba en el agua detrás de la reina, mientras que sus otras dos hermanas permanecían sobre sus caballos en la arena. Esto podría fácilmente ser un truco. Una forma de retrasarla, de comprar tiempo. Quizás otros cien barcos estaban en camino. Era algo que no estaba fuera de las posibilidades.

Pero incluso mientras estos pensamientos tomaban forma en su mente, se descubrió absorta por un tenue destello al fondo de los ojos de Heracles. ¿Ira? ¿Esperanza? ¿Desesperación? Había mujeres de guardia a lo largo de las estepas, desde donde veían el resto de Anatolia y toda la costa. Si más barcos se aproximaban, enviarían la señal. Y con sus flechas en posición, ya no serían tan tontas como para permitir que alguien bajara de los trirremes otra vez.

—Traémela —le dijo a su hermana.

Pentesilea se puso rígida. Sus ojos estaban cargados con su desconfianza hacia los hombres. El hecho de que se las hubiera arreglado para mantener su mano quieta por tanto tiempo era un milagro e incluso, cuando se apartó de ella, Hipólita pudo sentir el ardor en los ojos de su hermana. Pero Pentesilea nunca se opondría a la voluntad de su reina en público; vaciló tan solo un momento antes de volverse hacia las mujeres.

—¿Quién fue? ¿Quién oyó hablar a los hombres? Que venga en este instante.

Acercándose aún más a Heracles, Hipólita escrutó la fila de sus guerreras de arriba abajo, sin perder al hombre de vista. Notó cómo la concentración de sus mujeres flaqueaba; ellas también aflojaron la mirada que mantenían sobre el guerrero, esperando a ver quién daría un paso adelante. Pasó un momento, luego otro. Un tenso silencio las rodeó mientras todas aguardaban con expectación. Nada aún, salvo el coro de las cigarras y el romper de las olas.

Hipólita cambió de postura, acercando la punta de su flecha al cuello de Heracles al tiempo que hablaba a sus mujeres.

—Un paso al frente. Necesito saber quién ha hablado. No habrá castigo por mantener a salvo a su reina. Eso lo saben bien.

Cada caballo permaneció en su lugar, cada mujer a la espera.

—Asumo que sus mujeres no acostumbran a desobedecer sus órdenes, ¿o sí, reina Hipólita?

Empujó la flecha más profundamente contra su cuello. Pudo sentir la fuerza de la piel de león empujando la punta de regreso. No sería capaz de alcanzar su carne, lo sabía, pero la intención era clara.

—Mis mujeres obedecen cada una de mis órdenes.

—No me cabe duda. Entonces, ¿dónde está ella?

La inquietud recorrió a la reina. ¿Uno de los hombres se habría llevado a la mujer? Esa era la única explicación, sin embargo, ninguno de los nueve jóvenes se había movido de su sitio. Tal vez otro había permanecido oculto en el bote o había nadado hasta la orilla desapercibido.

—Por favor, reina Hipólita —siguió—. Ella ha venido a atormentarme, tal y como lo ha hecho toda mi vida.

—¿Quién? ¿De quién estás hablando?

Sus piernas comenzaban a entumecerse con el frío del agua. De un modo u otro, tendría que acabar con esto cuanto antes.

—Es Hera. Por favor, mi reina, permita que me explique.

CAPÍTULO 5

Hicieron marchar a los hombres desde la playa hasta los muros de la ciudad. Las mujeres iban a caballo; los hombres, luchando para seguirles el paso con sus sandalias empapadas sobre la hierba. Para crédito suyo, no pronunciaron una sola queja, aunque eso tal vez se debiera más a las flechas apuntadas hacia ellos que a alguna clase de estoicismo.

La ciudad había sido construida en lo más alto de la estepa, con una amplia vista desde las torres que, situadas a intervalos, dominaban el océano hacia el norte y la tierra al este, el oeste y el sur. Las murallas de caliza color arena eran más bajas que buena parte de las que ella había encontrado en sus viajes, pero había poca necesidad de protección. Hasta hoy, nadie, además de sus mujeres y su padre, había pisado su interior. La idea de que un enemigo pudiera acercarse lo suficiente como para atravesarlas era simplemente inimaginable.

Nada se comparaba con volver a casa luego de un combate, incluso el alivio de llegar a las estepas del Ponto. Una sensación de logro y bienestar las colmó cuando al fin entraron a la ciudad, respiraron el aire del hogar, oyeron las risas de las mujeres y sintieron el calor de las forjas y, bajo sus pies, las rocas desiguales colocadas ahí por su madre y las amazonas que las antecedieron. Aquí no había batallas ni peleas ni derramamiento de sangre. Este era su hogar.

Mientras cabalgaban a través de la puerta norte, Hipólita desmontó y le entregó su caballo a una de las mujeres del establo.

—Es por aquí —comenzó a decir, pero antes de que pudiera dar otro paso, encontró su camino bloqueado por Pentesilea, quien le clavaba los ojos como dagas.

—¡Hipólita!

Habló en un silbido bajo pero amenazador, endureciendo la mirada. La reina se pasó la lengua por los dientes, echando un vistazo a los hombres que venían detrás, varios de los cuales temblaban con violencia. Sabía que no podía escapar de su hermana; si no lidiaba con sus dudas ahora mismo, su cólera herviría a fuego lento y su temperamento podría estallar, causando que una guerra cayera sobre todas.

—Debimos haberlos dejado en la orilla. Pudimos haber escuchado lo que tenían que decir ahí mismo, en las estepas. ¿Por qué aquí? Por el amor de Afrodita, por el honor de nuestro padre, ¿por qué les permites entrar a nuestra casa?

Hipólita se demoró un momento antes de responder. Perder la calma con Pentesilea no haría más que empeorar las cosas; una lección que había aprendido desde niña.

—Piensa racionalmente, hermana. Aquí no tendrá las agallas para mentirnos. No se arriesgará a iniciar un combate cuando lo tenemos rodeado desde todos los flancos. Y si queremos acabar con él, primero tenemos que quitarle esa piel de león, lo cual será mucho más sencillo cuando esté colmado de vino, cómodo y relajado en el hogar de las mujeres. ¿No lo crees?

Observó cómo estos pensamientos se asentaban en la mente de su hermana. Finalmente, Pentesilea respiró profundamente por la nariz.

—Esto no está bien. Estás profanando nuestro hogar. Y no confío en ellos.

—Yo tampoco, hermana. Yo tampoco.

Aunque se enorgullecía de estar por encima de asuntos tan banales, Hipólita se preguntó qué pensarían Heracles y sus hombres de su hogar.

Los edificios carecían de la grandeza que ella a menudo había visto en sus viajes. Al no recibir huéspedes, tampoco habían sucumbido a la noción helénica de que la opulencia era algo digno de admiración. Como resultado, la disposición de la ciudadela había sido dictada, como todo lo demás en sus vidas, por la practicidad. No había palacios ciclópeos con columnatas grandiosas o atrios abiertos. No había grandes arcos ni puertas imponentes, aunque la arena era bastante grande y el salón más amplio podía albergar a todas las mujeres de la ciudadela. Por lo demás, sus edificios eran estructuras pequeñas y sencillas, construidas a partir de un denso apilamiento de las piedras amarillo-grisáceas que abundaban cerca de los acantilados. Los callejones entre cada edifico eran lo bastante anchos para que pasaran dos caballos, yendo o viniendo de los establos en el centro de la ciudad, en donde también se encontraba la armería.

Sin embargo, la simplicidad del estilo no significaba que carecieran de lujos, y la comida no era el único bien que poseían en abundancia. Las mujeres tenían más que una cantidad justa de joyas y piedras preciosas, que recibían como pago por sus servicios y portaban con orgullo.

En casi todas las casas podrían encontrarse bañeras de piedra o de cobre, junto con una plétora de aceites y flores para perfumar el agua. Pero esto no era un signo de vanidad o frivolidad; como todo en Temiscira, tenía un propósito. El aceite de la raíz de milenrama aliviaba la hinchazón de las articulaciones. La tensión y la rigidez muscular disminuían gracias al enebro y al helicriso, e incluso el aroma del aceite de clavo podía mitigar el dolor, aunque no tan eficazmente como el de la lavanda cuando se aplica tópicamente. Los aceites y hierbas disponibles en los baños de Temiscira habrían avergonzado a cualquier palacio. Pero la reina no pensaba ofrecerle a Heracles sumergirse en una de sus bañeras.

En silencio, se abrieron paso por los caminos de piedra de la ciudad. Normalmente, era habitual escuchar risas infantiles, pero esa noche estaban en silencio. A cada paso que daban, las habitantes desaparecían al interior de sus casas y talleres. Por su paso lento y la forma en que miraban a su alrededor, Hipólita se percató de que Heracles y sus hombres querían detenerse, mirar más de cerca o hacer preguntas. Pero no estaban aquí para observar o aprender sobre su modo de vida; estaban aquí para que decidieran qué hacer con ellos. Lentamente, continuaron su camino hacia el edificio central.

«Palacio» era la palabra que más había escuchado cuando se referían a las residencias de los reyes y las reinas, pero ese término no parecía del todo apropiado ahí. No había suelos de mármol, los muros adoquinados no se diferenciaban de aquellos de los establos; comían en platos no más esplendorosos que los usados en los hogares cercanos a la puerta de la ciudadela. Además, los palacios eran habitados y controlados por reyes. Las reinas que vivían en ellos no eran más que marionetas, incluso algo peor. Su único propósito era engendrar un heredero.

No reinaban. No guiaban a nadie. En opinión de Hipólita, no eran reinas en realidad.

—¿Estás segura de que quieres hacer esto, hermana? —susurró Pentesilea una vez que llegaron a las escaleras del palacio—. No es demasiado tarde. Podemos acabar con ellos aquí y ahora. Los dioses nos concederán su misericordia. Ellos vinieron a nosotras primero.

—Será mejor así —dijo Hipólita, rozando suavemente la mano de su hermana con la punta de los dedos, antes de volverse hacia Heracles. Entonces alzó la barbilla y habló, reclamando la atención de los hombres.

—Sepan que, cuando se marchen de aquí, será en un espíritu de buena voluntad, o de lo contrario no lo harán en lo absoluto —les dijo.

—Tengo confianza en que será la primera opción —respondió Heracles, sin un asomo de sonrisa en el rostro.

La reina y sus hermanas condujeron a los hombres a través de los corredores, sus pasos resonabaan en los suelos de pizarra. De pronto, el aroma de la carne asándose flotó a su alrededor y sus estómagos gruñeron en respuesta.

Un festín habría sido preparado por su retorno de la batalla. Cuando sus cuerpos estuvieran limpios y sus heridas atendidas, se deleitarían con el botín de las cacerías que habían tenido lugar en su ausencia. Ciervos, jabalíes, conejos. Carne tan tierna que se desprendía del hueso por sí sola; grasa crujiente y jugosa. Suficiente sabor para asegurar que, al cerrar los ojos, sus sentidos estuvieran tan satisfechos como sus estómagos.

Pero la aparición de Heracles había acabado con sus costumbres habituales y esta noche resultaría, sin duda, mucho menos animada de lo normal. Sin embargo, el traqueteo de ollas y sartenes llegó desde las cocinas, e Hipólita deseó que pronto hubiera algo de comer. Si habían acogido a los hombres en su hogar, también tendrían que alimentarlos.

Por tradición, las mujeres y los hombres griegos se reunían en habitaciones distintas, en donde podían hablar de asuntos de interés exclusivo para su sexo. Normalmente, las mujeres usaban estos espacios para tejer, poner en práctica sus instrumentos y discutir ciertos temas lejos de los oídos de los hombres, quienes, a su vez, discutían cosas que consideraban demasiado vulgares o de ninguna importancia para las mujeres.

Pero Hipólita y sus mujeres no eran griegas; eran amazonas. Cada centímetro de la ciudad y de las tierras que la rodeaban, desde la orilla del mar y los acantilados pedregosos hasta las exuberantes praderas y los ríos más lejanos, era el santuario de las mujeres. Cada acción y decisión que tomaban era para su beneficio y seguridad. Con eso en mente, la reina condujo, con plena confianza, a los hombres a través de las partes más recónditas de la ciudadela, hasta uno de sus patios.

Era el más pequeño de los tres patios y no ofrecía vista alguna. La falta de luz natural lo volvía algo inhóspito; las sombras se sobreponían y mantenían fresco el lugar, al tiempo que el viento entraba, dispersando las hojas de los árboles que, escasos y enjutos, crecían en macetas y trayendo consigo el hedor matizado del estiércol de los establos.

Era un espacio poco frecuentado, salvo quizás por las jóvenes que despertaban a mitad de la noche, deseosas de practicar sus habilidades con la espada sin alejarse demasiado de sus aposentos.

—Por favor, tomen asiento —dijo Hipólita, señalando los bancos de piedra gris en las orillas del lugar.

Los hombres la obedecieron y, en cuanto terminaron de sentarse, las hermanas hicieron lo mismo.

Otras mujeres permanecían de pie en los corredores cercanos, listas para defender a su reina antes de que cualquier hombre tuviera tiempo de desenvainar su espada. No era que Hipólita desconfiara del poder de la *xenía*, la indiscutible tradición según la cual un huésped nunca debe hacer daño a su anfitrión, pero valía toda la pena estar segura.

—Bien, tienes toda nuestra atención —le dijo a Heracles, inclinándose hacia delante—. Dime por qué crees que la diosa Hera está tan empeñada en quitarte la vida que vendría al Ponto y se disfrazaría como una de mis mujeres para conseguirlo.

Heracles vaciló un momento antes de echar los hombros hacia atrás, no tanto para mostrarse arrogante, sino lo suficiente para otorgarle peso a las palabras que estaba a punto de pronunciar.

—Soy el hijo de Zeus —dijo.

La reina tuvo que sofocar una sonrisa.

—No eres el único que ostenta ese título —respondió—. Por lo que he escuchado, tu padre tiene buen ojo para las mujeres mortales.

Una sonrisa diminuta ladeó los labios de Heracles.

—Sí, es cierto. La mirada de mi padre a menudo se aleja del Olimpo y, desafortunadamente, de su esposa. Y aunque la sangre que corre por mis venas me ha beneficiado de formas que la mayoría de los hombres tan solo podrían imaginarse, también he soportado y sigo soportando lo que pocos serían capaces de tolerar por culpa de ella.

Estaba claro que evitaba decir su nombre, como si este fuera a hacerse cenizas en su lengua.

—No eres el único hijo bastardo de Zeus. ¿Por qué te ha elegido el objeto de su ira? Debes haberla provocado de alguna forma.

Heracles frunció el ceño.

—Si lo hice, fue en el vientre de mi madre, porque desde el día de mi nacimiento, e incluso antes, ella nunca dejó de intentar arrebatarme la vida. Cuando no logró impedir mi nacimiento, envió serpientes a mi cuna.

Hipólita sintió sus cejas alzarse.

—¿Cómo sobreviviste?

—De la misma forma en que resistí todo lo que ha lanzado en mi contra. Con fuerza y coraje. Pero cada intento que he frustrado solo ha aumentado su determinación. Y cuando comprendió que no podía vencerme haciéndome daño, buscó otras formas de destruirme. Formas más crueles. Porque no es en la propia muerte donde nos enfrentamos al peor tormento que un hombre puede conocer. Es en la muerte de aquellos a quienes amamos.

Volvió a hacer una pausa. El aire había cambiado. Un frío glacial descendió sobre ellos.

—¿Asesinó a tus hijos?

La que habló fue Melanipe. Su voz era más delicada que la de la reina, más aguda y cadenciosa y, posiblemente, también más compasiva. Heracles ladeó la cabeza y frunció un poco el ceño, como si hubiera olvidado que ella estaba ahí, o que había otros ahí en absoluto.

—Si tan solo hubiera ocurrido así… Pero lo que hizo fue peor. Ella nubló mi mente de tal manera que ni siquiera era capaz de decir mi propio nombre, mucho menos los de mi esposa y mis hijos. En mi locura. creí que eran monstruos empeñados en la destrucción de mi familia. Así que hice lo que haría cualquier padre. Creí que los estaba protegiendo.

Sus ojos se tornaron vidriosos por las lágrimas mientras el silencio descendía sobre el patio. Hipólita era una mujer dura; había causado más muertes en su vida que un ejército de hoplitas, sin embargo, esto iba más allá de lo que jamás hubiera imaginado. Tragó saliva antes de hablar.

—¿Mataste a tu esposa e hijos?

La inclinación de la barbilla de Heracles fue la única respuesta que hizo falta.

—Los estrangulé con mis propias manos, como si no fueran más que serpientes. Para cuando la locura me abandonó, yacían sin vida a mis pies y no había nada que pudiera hacer para salvarlos. Desde entonces he estado en busca de la redención.

—¿Es eso posible? —preguntó Pentesilea, a un costado de la reina—. ¿Es posible redimirse luego de matar a un ser querido?

En labios de otra persona, esto podría haber sonado como un insulto. Un comentario dicho sin otra intención más que causar la ira del guerrero. Pero Hipólita conocía la mente de su hermana tan bien como la suya propia y comprendió que sus palabras provenían de la curiosidad genuina. Por fortuna, si la pregunta había ofendido a Heracles, él no lo dejó ver.

—Visité el oráculo de Delfos. Me arrodillé ante la Pitia y respiré su incienso. Lloré encima de su suelo. Lloré más lágrimas de las que jamás creí que cupieran en un hombre. Fue ella quien me dijo lo que debía hacer para merecer el perdón de los dioses. Fue ella quien dijo que solo el Rey Euristeo podría concederme la purificación y absolverme de mis pecados. Y que eso solo sería posible si me ponía a su servicio. Todos mis trabajos, todo lo que he soportado, han sido por antojo suyo.

—¿Y es él quien te ha enviado aquí?

Por primera vez, Heracles pareció quedarse sin palabras. Advirtiendo su malestar, Hipólita hizo una seña a una de las mujeres, la cual trajo una jarra de agua y una taza y se la entregó al hombre. Él cruzó miradas con ella, agradeciendo con un movimiento de cabeza.

—Su hija, Admete, tiene un deseo: poseer ese cíngulo que llevas. Y me han enviado a buscarlo.

Dejó la taza en el asiento que estaba a su lado y fijó los ojos en Hipólita. La única otra vez que ella había sostenido la mirada con un hombre, a tal intensidad, fue en el campo de batalla, justo antes de quitarle la vida. En ese instante, conoció cada pensamiento que se agitaba tras los ojos del condenado: lo que se decía a sí mismo y cómo imploraba a cada uno de los dioses que podía nombrar para que algún milagro lo salvara del golpe fatal, aunque en su corazón sabía que eso era imposible. Pero aquí, ahora, con sus hermanas a un lado y los hombres de Heracles esperando con el aliento contenido, presintió que era él quien la leía a ella y no al revés.

—Reina Hipólita, los dos somos guerreros. Ambos entendemos que, en cualquier batalla, es necesario lidiar con las pérdidas para obtener la victoria. Le pido esto porque no tengo otra opción.

La reina sintió que el pecho se le encogía de compasión. Ambos eran semidioses y el icor corría por sus venas, pero hasta ahí llegaban sus similitudes. Ella había crecido siendo el orgullo de su padre, rodeada de dones que rayaban la indulgencia; pero en ese momento, frente a ella, estaba un hombre devastado por el dolor y la soledad.

—Esta tal hija de Euristeo, Admete, ¿para qué quiere mi cíngulo? ¿Es una guerrera también?

La risa de Heracles fue tan súbita que Melanipe dio un salto a su lado.

—No. Solo es una princesa mimada que, si no me equivoco, está segura de que obtener una preciada posesión de la reina amazona la contagiará de su poder y su fortaleza, y más aún, de su respetabilidad. Y no tengo ningún problema con que siga pensando eso. Para cuando caiga en cuenta de que incluso con el cíngulo sigue siendo la misma niña llorona de siempre, habré cumplido mi parte y estaré un paso más cerca de mi purificación. Esa es la única razón por la que quiero el cinturón. Espero que me crea. No tengo ningún interés personal en él, así como tampoco tengo ningún deseo de hacerte daño a ti o a cualquiera de tus mujeres.

Mientras un nuevo silencio se instalaba, Hipólita estudió a Heracles, tomándose el tiempo de escrutar los nudos en su ceño y las líneas de su rostro ajado por el sol. No era solo cuestión de creerle o no; el cíngulo había sido un regalo de Ares. ¿Qué significado tendría dejar que se lo llevara?

—¿Y si digo que no? —preguntó, aunque ya conocía la respuesta.

—No puedo irme de Temiscira sin ese cinturón —dijo Heracles, llanamente y sin emoción—. Y nadie puede asesinarme mientras traiga puesta esta piel de león, que no me pienso quitar en ninguna circunstancia.

No era la clase de hombre que evadía los asuntos en cuestión; Hipólita admiraba eso, aunque todavía no estaba segura de cómo reaccionar. Sus opciones eran pocas, pero aún había opciones. Como reina, su trabajo era encontrarlas.

—En ese caso —dijo poniéndose de pie—. Considera esto un regalo de la reina de las amazonas a su primer y, espero, último huésped en Temiscira.

Cuando sus dedos dieron con la hebilla de su cinturón, observó como Heracles hundía la cabeza entre las manos. Se escuchó un sonido similar a un llanto sofocado. Ella se quitó el cíngulo y, de inmediato, sintió su ausencia en el vientre. Sacó esa sensación de sí y le presentó el cinturón a Heracles.

Los ojos del hombre se demoraron en las placas de metal. Abrió los labios, aunque ninguna palabra brotó de ellos. Algo único había ocurrido en aquel patio. Un intercambio como ningún otro; fue el hombre rubio a un lado de Heracles quien lo reconoció.

Con una sonrisa tímida en los labios, dijo:

—Esto es motivo de celebración.

CAPÍTULO 6

Las amazonas no encontraban placer alguno en el exceso de vino, ni en la cabeza palpitante y los pensamientos nublados que sufrían luego de que la juerga embotara sus instintos y debilitara su determinación. En cambio, cuando sentían el deseo de relajarse profundamente, arrojaban una selección de hojas y semillas al fuego, haciéndolas estallar y efervescer entre las llamas. Los vapores que emitían, ricos y pungentes, se arremolinaban en nieblas tan intoxicantes que las mentes de las mujeres se expandían más allá de toda comprensión. Veían un mundo entero en el reflejo de una gota de lluvia, o escuchaban una melodía, armonizada en contrapunto, brotar de una sola nota sin tono. Bailaban hasta que la luz matutina deslavaba la luna del cielo y sus pies se tornaban negros con la ceniza de las brasas templadas. Cantaban, se mecían, arrojaban a un lado todos los recuerdos del derramamiento de sangre y de sus pérdidas en batalla. Y después dormían, levantándose hasta bien entrado el día siguiente, con la mente despejada y listas para entrenar. Pero esas excentricidades con las que solían desinhibirse no tendrían lugar esa noche. En cambio, abandonaron el patio para ir hasta uno de sus comedores, conformándose con un festín de carne de venado para ellas y los intrusos.

—Todo esto se siente incorrecto. Les estamos dando nuestro alimento, actuamos como si fueran nuestros huéspedes cuando acaban de robarnos —dijo Pentesilea, oteando a los hombres con desconfianza.

Hipólita sabía que ese momento iba a llegar, que Pentesilea cuestionaría su decisión de regalarle el cinturón a Heracles. Antíope y Melanipe también podrían estar en desacuerdo con ella —toda mujer en Temiscira podría estarlo—, pero solo Pentesilea expresaría en voz alta su disentimiento. Y sin importar qué tan temeraria fuera la reina al perseguir guerreros con la lanza en mano, no se podía decir lo mismo de las ocasiones en que debía enfrentar la ira de su hermana. Había intentado evitarla toda la tarde, pero ahora supo que la conversación estaba cerca y, mientras una lira era punteada melódicamente al ritmo del tambor, decidió rendirse. Permaneció de pie, quieta el tiempo suficiente para que Pentesilea la arrinconara, exigiendo su atención.

—No nos han robado nada. El cíngulo se lo di yo, como bien sabes.

—Bien se lo pudo haber robado —dijo Pentesilea otra vez—. Es un regalo de nuestro padre y se lo diste porque amenazó con matarte si no lo hacías.

—¿Hubieras preferido que le permitiera cumplir esa promesa?

—¿Crees que hubiera tenido la oportunidad de hacerlo? —Pentesilea siseó con furia en el oído de su hermana—. No existe un hombre sobre la tierra que nos pueda golpear a ti o a mí, no si nosotras nos defendemos.

Así había sido desde la niñez. Tempestuosa. Impulsiva. Pero también era justa. En todas sus batallas, tan solo había sufrido heridas en el orgullo —cuando Antíope soltó una flecha antes que ella, o cuando el caballo de Melanipe arrojó polvo a los ojos de su montura—, e incidentes como esos eran escasos y distantes entre sí. Hipólita podía contarlos con los dedos de una sola mano.

—Lo que has dicho es cierto —respondió con suavidad—. Y ningún hombre mortal puede derrotarnos, pero él no es un hombre. Es un semidiós. Y su padre es Zeus.

—Y nuestro padre es Ares.

—El cíngulo no es más que un objeto —continuó Hipólita, ignorando la interrupción de Pentesilea—. Fue un regalo, sí, y uno que atesoro, pero no tiene poder por sí mismo. No es nada sin nosotras. Y la *xenía* es sagrada, hermana. Un huésped no puede dañar a su anfitrión sin provocar la ira del propio Zeus, como bien sabes. Estamos más seguras con ellos en nuestro hogar que en cualquier otro sitio, y mañana seguirán su camino y nuestras vidas volverán a la normalidad.

—Cuanto antes se vayan, mejor.

El silencio vino luego de que Pentesilea diera otro trago a su copa. Hipólita lanzó la mirada al otro lado del salón, donde se habían dispuesto grandes mesas de madera con platos de plata repletos de venado. Diez invitados sumaban poco a su número, pero el efecto de su presencia en las mujeres era evidente. No se dejaban engañar por las artimañas de los hombres, no estaban impresionadas o intimidadas por ellos. No obstante, contrario a los rumores, las amazonas no sentían odio por los hombres en general. Cada año, viajaban hasta el lecho de los gargarios y disfrutaban de noches llenas de risa y copulación. Algunas de sus mujeres incluso habían formado lazos con estos hombres —basados no solo en la prontitud con que les daban hijas, sino también en su conversación y en el gozo que encontraban en el cuerpo del otro— y, año tras año, pasaban su tiempo con el mismo gargario. Otras preferían experimentar con diferentes hombres, diferentes cuerpos. Este acuerdo era más antiguo de lo que podían recordar y las mujeres confiaban en los gargarios. Cualquier niño nacido de la copulación les era devuelto a los gargarios para ser criado como un soldado, mientras que las niñas se convertirían en amazonas como sus madres: las mejores guerreras de la tierra.

Pero estos invitados no eran gargarios y su presencia había creado una atmósfera de incertidumbre y desconfianza, que ellos sin duda se merecían. Ahora, las conversaciones de las mujeres eran cautelosas y sus risas, que normalmente retumbaban con libertad por el salón, se habían silenciado.

Los ojos de Hipólita se posaron sobre el mismo hombre que había llamado su atención en la orilla. Un escalofrío recorrió su piel al notar que, una vez más, él la estaba mirando. Sin el cabello aplastado por el agua, parecía más grueso que antes, pero su mirada era tan penetrante como lo había sido entonces.

—No te ha quitado los ojos de encima en toda la noche —dijo Pentesilea, siguiendo la mirada de la reina—. No me agrada.

—¿Aún temes que intenten raptarme? Ya te lo dije, estamos a salvo con ellos aquí.

—No sé qué sea, pero algo en él me inquieta. Más que Heracles, incluso. ¿Escuchaste su nombre?

—No recuerdo haberlo hecho.

—Entonces iré a averiguarlo.

Apenas había dado tres pasos Pentesilea cuando el joven se levantó de su asiento. Se movió sin esfuerzo, deslizándose entre las sillas y las mesas, y pasó justo al lado de Pentesilea. Sin apartar su mirada de Hipólita, se acercó a ella y le extendió la mano.

Era un saludo simple, en sus viajes había visto a los hombres hacerlo con frecuencia. Varios lo habían intentado con ella; aquellos que no se inclinaban con humilde deferencia o que tan solo se retraían, desesperados por ocultar el miedo que les sobrevenía al encontrarse frente a la reina de las amazonas. Pero ella no era un hombre, así que la mano del joven permaneció alargada en el espacio entre ellos, y sus mejillas se tiñeron de rosa cuando la tuvo que bajar.

—Quería presentarme. Mi nombre es Teseo, hijo del rey Egeo de Atenas. Es un honor conocerla, reina Hipólita.

—Tan grande es el honor que tu amigo amenazó con derramar sangre en nuestras costas.

Fue Pentesilea quien habló a sus espaldas. Claramente, no permitiría que alguien se dirigiera a su hermana de esa forma, e Hipólita se sintió ligeramente entretenida por la sobreprotección de su hermana. No necesitaba que la protegieran. Ninguna lo necesitaba. Pero, en el campo de batalla, era la fuerza de ese mismo vínculo lo que las mantenía a salvo. Teseo se giró, observando brevemente a Pentesilea antes de devolver su atención a Hipólita.

—Entiendo que la forma en que Heracles se expresó pudo parecer impertinente. Me disculpo por mi amigo. Y agradezco que, en su sabiduría, usted haya considerado apropiado llegar a un acuerdo satisfactorio. Sé bien que eso es lo que él buscaba.

Una vez más, fue Pentesilea quien respondió. Ahora se había movido a un costado de Teseo, como si intentara formar una barrera entre el joven y la reina.

—El arreglo solo es satisfactorio para ti —espetó—. Solo te sirve a ti y a tu primo. Me cuesta ver qué nos ha dado esto a nosotras, además de una porción de carne más pequeña para cenar esta noche.

Una breve sonrisa se dibujó en los labios de Teseo.

—Lamento que lo veas así. Dígame, mi reina, ¿comparte los sentimientos de su guerrera?

Su atención había regresado a ella. Con la luz suave de las lámparas de aceite, sus profundos ojos color avellana brillaron con inquietud. Como el movimiento del océano, pensó Hipólita. Un deseo de probarse a sí mismo; de eso se trataba.

—Soy más que una guerrera, muchacho —le gruñó Pentesilea ante el insulto—. Soy Pentesilea, hija de Ares, dios de la guerra, princesa de las amazonas. Te será útil recordarlo.

A pesar de la dureza de sus palabras, por no mencionar una reputación que Teseo sin duda conocía tan bien como la de la reina, no le prestó atención a Pentesilea. Sus ojos permanecieron fijos en Hipólita. Su respiración era lenta y su rostro se mantenía en calma, en espera de una respuesta.

—Supongo que solo el tiempo lo dirá —dijo ella. Luego, se volvió hacia Pentesilea y añadió—: Hermana, quizá podrías asegurarte de que nuestros otros invitados estén siendo atendidos. No me gustaría que pensaran que somos malas anfitrionas.

Casi pudo escuchar la furia en los pensamientos de su hermana. Sin duda, más tarde pagaría el precio. Pero sabía que no habría discusiones abiertas ahora mismo. No enfrente de otros, mucho menos de extraños.

Así, Pentesilea se dirigió hacia Heracles y el resto de sus hombres, sentados en una larga mesa. Uno de ellos hablaba con ánimo, moviendo las manos por encima de su cabeza, apretando un puño como si sostuviera un puñal imaginario a la vez que abría mucho los ojos. Las mujeres cercanas lo miraban, poco impresionadas por la historia que el hombre contaba a sus amigos. Hipólita no fue la única que lo notó.

—No parece que nuestras anfitrionas estén muy asombradas por nuestras historias de batalla —dijo Teseo.

—¿Para qué nos haría falta escuchar cuentos? —preguntó la reina—. A diferencia de tus mujeres, nosotras estamos bien versadas en el arte de la guerra. Cada mujer en esa mesa, a un lado de tus hombres, ha terminado con más vidas que todos ustedes juntos.

—De eso estoy seguro. Algo me dice que es usted quien debería contarnos las historias.

—Sin duda.

Los dos permanecieron en silencio unos instantes. El hombre en la mesa de Heracles estaba perdiendo el ímpetu, aunque no había abandonado su historia por completo. Se inclinó hacia adelante, formando garras con sus manos, como si imitara a una enorme bestia.

—¿Puedo hacerle una pregunta? —inquirió Teseo.

Sus ojos se estrecharon frente a ella, aunque apenas había arrugas en su rostro juvenil.

—Posiblemente puedas, aunque yo puedo escoger no contestarla.

—Entiendo.

Él titubeó antes de hablar de nuevo.

—¿No le resulta difícil gobernar sola?

—¿Te refieres a gobernar sin un rey?

Hipólita dejó estallar una risa, impregnada de un desdén que no se esforzó en disimular.

—No fue eso lo que dije.

—No, pero es lo que insinuaste sin mucha sutileza.

—No, tampoco lo insinué. Me ha malinterpretado.

Su voz se había endurecido un poco, ahora tenía un laconismo que rozaba la petulancia e hizo surgir un calor inusual en Hipólita.

—¿Yo, la reina, he malinterpretado lo que tú me dijiste a mí? ¿En mi propia casa?

—Sí. Lo siento, pero es verdad.

Hipólita podía sentir sus muelas rechinando entre sí. La *xenía*, se dijo, funciona para ambos lados. Un huésped no puede dañar a su anfitrión, pero, de igual manera, todos los visitantes en su hogar se encontraban bajo su protección. Y a menos que deseara provocar la ira de Zeus, tendría que contener su temperamento. Teseo, sin embargo, no mostraba ni una pizca de moderación al hablar, más bien, parecía luchar para dominar sus emociones, para mantener a raya su ira. Lo que no lograba entender era por qué mostraba tal indignación cuando era él quien la había insultado.

—No dije nada de un rey —habló con lentitud—. Fue usted quien trajo esa palabra a la discusión. Yo tan solo hablé acerca de gobernar sola. Mi padre es un rey, como ya he dicho. Rey de Atenas. Él también gobierna solo. A veces le resulta difícil sobrellevar todas las responsabilidades de un reino por su cuenta.

—Debe tener asesores, seguramente —agregó Hipólita con brusquedad.

—Sí, por supuesto. Aunque dudo que confíe en su juicio siempre.

—Entonces, me cuesta creer que eso sería distinto si tuviera una esposa. Después de todo, por lo que sé de tus tierras, si el rey no deposita su confianza en un grupo de hombres educados, en los líderes de sus respectivas disciplinas designados para darle guía, me parece poco probable que actúe por consejo de una mujer colocada a su lado con el único propósito de abrir las piernas y darle un heredero. Asumo, por supuesto, que esa mujer tampoco estaría entrenada en la estrategia de la guerra. Porque eso nunca se le permitiría a una mujer de Atenas, ¿verdad? ¿Entrenar? ¿Aprender a combatir? Tu pregunta, por lo tanto, es inútil y no tiene otro propósito que provocarme. Si tu padre está solo, Teseo, sospecho que es por elección propia.

Hipólita se sorprendió de la rapidez con que había perdido la calma, escupiendo palabras como si fueran veneno. Tal reacción no era poco común en Pentesilea o Antíope, pero no podía recordar la última vez que ella misma había sucumbido con tanta facilidad a su mal temperamento. Especialmente ahora, después de haberse esforzado por justificar su indignación anterior. Quizás era el estrés del día entero; había sido bastante arduo y, además, salieron temprano la mañana anterior, con muy poco sueño tras la batalla. Dada su obvia irritación, esperó a que Teseo se disculpara o al menos a que mostrara un poco de deferencia o humildad. Pero esos atributos no parecían abundar en él.

—Entonces, supongo que no estaría lista para aceptar una propuesta de matrimonio esta noche —dijo él.

Por un momento, un silencio atónito llenó el aire y todos los demás ruidos de la recámara se desvanecieron. Luego, la reina echó la cabeza hacia atrás y soltó una risa, pero no como las de antes. Esta vez, se rio sin amargura ni resentimiento. Lo que había preguntado era verdaderamente hilarante; si acaso, Teseo tenía un buen sentido del humor. Había roto la tensión que los había encadenado por unos momentos, liberándola de una forma que le pareció genuinamente divertida.

—¿Y qué ganaría con casarme? No deseo extender mis tierras, tenemos todo lo que necesitamos aquí. Y siento aún menos deseos de convertirme en el trofeo de algún rey megalómano, de alimentar su artritis con vino y carne roja mientras sus hombres mueren en tierras lejanas, o de albergar su semilla mientras soy usurpada por rameras en mi propio lecho.

—Tiene una pésima opinión de los reyes.

—He conocido a muchos. Me parece una valoración bastante justa.

Teseo apretó los labios. Ella se preguntó qué edad tendría; la barba en su mentón era suave, vellosa, con huecos en algunos sitios. Su piel no se veía desgastada en lo más mínimo. ¿Veinte? Quizás era aún más joven. La confianza en sus ojos le hizo preguntarse cuántas guerras habría visto, si es que había visto alguna. Testo se movió hacia atrás, colocándose en el borde de una de las mesas.

—Pero no tendría por qué ser así, ¿no lo ve? El matrimonio puede ser una alianza. Podríamos formar una alianza. ¡Imagínese qué fuerza tendríamos juntos! Imagine a nuestros hijos. Serían guerreros como el mundo nunca los ha conocido.

La energía que emanaba de él era contagiosa; los matices de peridoto que ahora resplandecían en sus ojos resultaban casi hipnotizantes.

—Creo que tal vez tomaste demasiado vino —dijo Hipólita—. Se han nublado tus sentidos.

—Mi copa solo se ha llenado con agua esta noche, quiero mantener la mente clara. Dígame, reina Hipólita, ¿lo pensará, al menos? ¿Consideraría convertirse en mi esposa? Hipólita, reina de Atenas. Suena bastante bien, ¿no le parece?

A la mañana siguiente regresaron a la costa. Cuatro mujeres llevaron el bote a través de la playa hasta el agua, apoyando la embarcación sobre sus hombros con la misma facilidad que si fuera un cordero atado. Detrás suyo, ocho de los hombres de Heracles masticaban la corteza de una raíz de jengibre, intentando reducir el malestar que se habían infligido con el exceso de vino la noche anterior.

Más de una vez, uno de ellos perdió el equilibrio y se resbaló sobre la arena, e Hipólita advirtió la sonrisa burlona de sus mujeres. Solo Heracles y Teseo avanzaban con la mirada despejada y el paso seguro. Heracles incluso había llegado al extremo de quitarse la piel de león durante la caminata hasta la orilla. Un gran gesto, sin duda.

En la orilla, las olas rompían y la niebla matutina tardaba en deshacerse mientras las últimas nubes del amanecer huían hacia el horizonte.

—Gracias, de nuevo —dijo Heracles.

Se sumergió en el agua hasta los tobillos. La reina y sus hermanas habían hecho el breve viaje montando sus caballos a pelo, que ahora estaban en la misma formación que el día anterior; con sus jinetes a cada lado, arcos en mano. Esta vez, sin embargo, las flechas permanecieron en su aljaba.

—Este regalo no será olvidado.

—Y te deseo suerte con cada uno de tus trabajos. Que los dioses estén de tu lado.

—Eso sería de mucha ayuda —Heracles se rio por lo bajo, antes de ofrecer una media reverencia y retroceder en el agua, ayudando a sus torpes hombres a empujar el bote. Mientras estos vadeaban hasta que la profundidad les permitió subir a bordo, Teseo se retrasaba, esperando a que la distancia entre él y el bote hiciera imposible escuchar las voces de sus compañeros. En este punto, se acercó a la reina. Ella no se alejó ni le indico que se marchara. Deseaba hablar con él a solas, así como escuchar lo que tenía que decir.

—Hermanas, las mujeres necesitan comenzar su entrenamiento del día. Ya perdimos suficiente tiempo ayer. Por favor, llévenlas a las estepas.

Las jóvenes intercambiaron miradas de preocupación.

—Estaré bien —dijo con certeza—. A menos que no confíen en mi capacidad para lidiar con un solo joven.

No se dijo otra palabra. Las tres hermanas enterraron los talones e hicieron girar sus monturas en un círculo tan estrecho que tallaron zanjas en la arena. No irían muy lejos. Hipólita sabía que, después de todo lo que había sucedido el día anterior, Pentesilea no perdería a su hermana de vista, no más de lo que se permitía al darle la espalda cuando entrenaban. La idea le sacó una sonrisa: cualquiera que fuera la rivalidad entre las hermanas, era superada con creces por la lealtad que se tenían.

—Tendrás que nadar para alcanzar tu bote —dijo Hipólita, mirando a Teseo desde su caballo.

—Puedo lidiar con eso fácilmente. No sería del todo falso decir que el agua corre por mis venas.

Él sonrió y, una vez más, Hipólita se descubrió preguntándose cuántos años tenía. ¿Diecinueve o tal vez solo dieciocho? Tenía la edad suficiente para considerarse un hombre, pero aún era ajeno a las cargas que recaen sobre quienes son verdaderamente responsables de sus actos.

Después de un momento, comenzó a hablar de nuevo.

—Mi propuesta de anoche... Me gustaría darle contexto.

—¿Además de tu locura?

Su risa fue gentil. Encantadora, incluso.

—Tal vez haya un cierto grado de locura en esto. No lo negaré. La forma en que me siento aquí, en esta playa, frente a usted pero siendo incapaz de tocarle, es suficiente para orillar a un hombre a la locura.

Estas no eran las palabras que la reina esperaba escuchar, pero no lo detuvo. No era la primera vez que un hombre le ofrecía su mano, y dudaba que fuera la última. Se quedó en silencio y le permitió a Teseo continuar.

—Lo que le dije acerca de mi padre gobernando por su cuenta es cierto, pero no siempre fue así. Antes de que yo volviera con él, tuvo una esposa, Medea, cuyas artimañas casi provocan la muerte de los dos. Y debido a ella, temo que me aguarde el mismo destino; que pueda ser engañado. Atenas es una ciudad nueva, todavía está encontrando su propio camino. Pero no siempre será así. Algún día será la más grande de toda Grecia. Quien se case conmigo, traerá un gran beneficio para su familia.

—Entonces tienes suerte, porque podrás elegir entre todas las mujeres nobles que Grecia tiene para ofrecer.

—Pero eso no es lo que quiero. No quiero que mi matrimonio se base en una ventaja política o financiera para otra persona, familia o estado. Quiero una reina que me ayude a gobernar. Que pueda trazar estrategias conmigo. ¿Quién estará a mi lado? Yo la quiero, Hipólita. La necesito. Nadie en la tierra sería una mejor reina que usted.

Mirando al muchacho, Hipólita sintió ternura. A pesar de su juventud y su obvia imprudencia, tenía razón. Nunca podría haber una reina más grande, pues ella era la más grande de todas.

—Tu oferta es entrañable y me halaga. Y espero que un día encuentres a la reina que buscas —dijo con gentileza.

No había nada más que agregar.

Teseo tomó su negativa con gracia, dando una profunda reverencia antes de levantarse de nuevo y colocar una mano sobre el flanco del caballo. Las yemas de sus dedos estaban a meros centímetros de su rodilla, e Hipólita casi pudo sentir el calor de Teseo fluyendo hasta ella.

—Volveré por usted, mi reina, y sé que entonces accederá a mi propuesta —prometió.

No esperó una respuesta. Retirando su mano del caballo, clavó sus ojos color avellana en ella una última vez antes de darse vuelta y correr hacia el mar. Alzando los brazos por encima de la cabeza, se zambulló de un salto, sumergiéndose en el oleaje. Cuando desapareció bajo el agua, Hipólita sintió una marea de temor; las olas habían aumentado desde que el bote había dejado la orilla. Pasó un momento y aún no salía a la superficie. ¿Se habría ahogado?, se preguntó, ¿habría sido esta propuesta su perdición?

Llevó a su caballo hasta la parte menos profunda del agua. Luego, en la distancia, lo vio: cerca del bote, mucho más lejos de lo que habría pensado que un hombre podría nadar en tan poco tiempo. Hipólita se descubrió contemplándolo y se preguntó si, después de todo, podría haber algo de cierto en eso de que el agua corría por sus venas.

PARTE II

CAPÍTULO 7

Para las amazonas, el tiempo pasaba con una sensación de certidumbre, reflejada en la previsibilidad de las estaciones y las fases de la luna, tan seguras como el florecimiento de los capullos en primavera y el alargamiento de los días a medida que el sol de Helio se fortalecía para la llegada del verano. Las mujeres eran arrastradas hacia el futuro tal y como las aguas de un río son llevadas al mar. Y sin embargo, era lo desconocido, lo impredecible de ese viaje, lo que resultaba tan seductor. Un día ese mar estaba tan calmado como agua al interior de una copa; tanto, que el reflejo de una golondrina podía danzar sobre la superficie en perfecta sintonía con el pájaro. Al día siguiente, podían aparecer violentas olas de cresta blanca que se alzaban como montes, estrellándose como si las espoleara la ira misma de los dioses. Y entonces, esas golondrinas huían volando tierra adentro, en busca de refugio.

Así era la vida de las amazonas. En ocasiones pasaban semanas sin una batalla, o incluso más. Permanecían en el Ponto, haciendo ejercicios de combate en las estepas para perfeccionar sus habilidades con la espada, que más tarde se demostrarían las unas a las otras en la arena de Temiscira. Salaban la carne y entrenaban a las niñas. Hacían reparaciones a sus armas y forjaban corazas y escudos de medialuna; el cobre emergía de las llamas con los tonos aceitosos del calor, haciendo remolinos en la superficie. Para aprovechar el lujo del tiempo libre, reforzaban sus armaduras con láminas de cobre y de bronce y cincelaban dibujos o motivos en la superficie, los mismos que grababan en su propia piel, en sus manos, antebrazos y bíceps.

Ciertos días, cuando las aguas estaban en calma, llevaban sus botes hasta los arrecifes, donde los peces que capturaban eran suficientes como para alimentar a cincuenta de ellas y, aun así, guardar carne para curar.

Luego pasaban la tarde hablando, riendo, recordando una vez más las batallas que habían ganado, haciendo apuestas sobre quién sería el próximo rey narcisista que solicitaría sus servicios. A pesar de todo, junto a sus gritos de alegría estaba la memoria de otros gritos: los de dolor y miedo.

A lo largo de su reinado, habían luchado en tantas campañas que la reina ya no podía llevar la cuenta. Batallas en prados verdes, donde los cuerpos caían entre la hierba como flores ahogadas en sangre. Batallas en áridas llanuras, donde no crecía ni una pizca de hierba y las mujeres se ataban paños sobre los ojos para protegerse de la arena; luchaban a ciegas, guiándose por el sonido de la respiración agitada y los pasos torpes de sus enemigos. Habían librado batallas de unas pocas horas y guerras tan largas que habían visto la luna menguar sobre sus cabezas. Y habían perdido mujeres, muchas buenas mujeres, a quienes se les había concedido la muerte más honorable de todas, porque solo la muerte en batalla era loada por las amazonas.

A la par de la muerte, la vida también se renovaba. Dentro de los muros de Temiscira, cada año se oían los llantos de las recién nacidas y el ruido de las niñas, cada vez más fuertes y vibrantes conformen crecían. Desde el amanecer hasta el anochecer, los campos de entrenamiento estaban repletos de jóvenes que blandían sus espadas de madera y cabalgaban en caballos que habían criado desde potros. Domaban pájaros, aprendían a nadar y abatir ciervos. Antíope era la maestra más fuerte; la más paciente al supervisar su entrenamiento, guiar sus manos y corregir sus posturas para que pudieran arrodillarse o ponerse de pie sobre los caballos sin caer en el intento.

Una mañana, poco más de seis años después de la visita de Heracles, Hipólita era quien supervisaba a las jóvenes montar y desmontar en el campo. Había traído un pequeño cuenco de aceitunas que apoyó en un tronco a su lado mientras las observaba. Bajo el sol de media mañana, el zumbido de los insectos, el dulce aroma de la menta y el bálsamo de limón llenaban el aire. Una de las hijas de Antíope, Equefila, había llamado su atención. A los nueve años, la destreza de su sobrina para montar a caballo era igual a la de muchas otras en edad de combatir, pero sus habilidades con el cuchillo y el arco aún requerían trabajo, e incluso si estas mejoraban al mismo ritmo que el resto, no bastaban para permitir que la niña entrara en acción todavía. En la batalla, cada amazona tenía que aguantar por su cuenta o morir, y la reina no estaba dispuesta a correr ese riesgo. Cuatro años más y entonces estaría lista.

En ese momento, Equefila se arrodillaba a pelo sobre una yegua.

Su equilibrio aún no era suficiente para colocarse de pie. A cada intento, uno de sus pies resbalaba y ella se deslizaba a un costado, aferrándose a las crines del caballo por encima de la cruz hasta lograr ponerse de rodillas otra vez. Hipólita podía recordar lo desesperada que había estado la chica por montar a caballo, incluso antes de que pudiera caminar del todo. Cuando era una niña pequeña, a menudo se escapaba de sus niñeras y más tarde la descubrían en los establos o mirando pelear a las guerreras adultas. ¿Era Equefila una futura líder?, se preguntaba Hipólita. Había algo en ella: una tenacidad, una ferocidad que la hacía destacar incluso entre las más dedicadas de sus pares. ¿Sería una futura reina capaz de liderar a las amazonas?

No era un pensamiento al que Hipólita le dedicara mucho tiempo —si algo le ocurriera, Pentesilea tomaría su lugar—, pero no podía evitar preguntárselo de vez en cuando. Porque, como le había dicho a su hermana la noche en que los hombres llegaron a sus costas, las amazonas no eran invencibles. Y Heracles no era el único semidiós ansioso por probar su heroísmo.

Con los ojos aún puestos en Equefila, Hipólita tomó una aceituna del cuenco y la masticó con lentitud, disfrutando su sabor salado. Cuando escuchó pasos que se acercaban por detrás, una pesadez se apoderó de ella, impidiéndole apartar la mirada. Incluso cuando Pentesilea apareció a su lado, mantuvo su atención en la chica.

—¿Por qué sigues aquí? —La voz de Pentesilea sonó tensa, frustrada—. Todas se están preparando para partir.

Decir *todas* rara vez significaba eso en realidad. Durante la última semana, las nómadas habían comenzado a llegar a Temiscira, con sutileza al principio y después en números cada vez mayores. Se reunieron afuera de las murallas de la ciudadela, listas para marcharse con el resto de las amazonas cuando llegara el día.

No solo las que deseaban tener hijos hacían el viaje al sur, con los gargarios. También estaban quienes habían dado a luz a niños que recién ahora tenían la edad y la fuerza suficientes para hacer el viaje hasta sus padres; la mayoría se sentaba entre las piernas de sus madres, a horcajadas sobre los caballos, absorbiendo lo último que sentirían en sus vidas del calor materno. Otros viajaban atados a la espalda de sus madres.

También había mujeres que, pasada la edad fértil, habían formado relaciones con los hombres gargarios que continuaban mucho después de que sus úteros hubieran dejado de ser fecundos. Y había quienes simplemente disfrutaban de la ocasión. La oportunidad de cabalgar en horda y cantar y bailar sin que una batalla inminente se cerniera sobre ellas. Por supuesto, muchas se quedarían atrás. Aquellas con hijas pequeñas, sí, pero también unas cuantas elegidas para vigilar y proteger la ciudad de Temiscira, si es que alguna vez era necesario; aunque nunca lo hubiera sido.

Hipólita escupió el hueso de aceituna en su mano antes de dejarlo caer al suelo.

—Este año no viajaré contigo.

—¿Por qué no? —La voz de Pentesilea se hizo más aguda.

—Tú sabes por qué.

Incluso sin mirarla, Hipólita pudo sentir la rigidez en el cuerpo de su hermana. Por un momento permanecieron en silencio mientras miraban a Equefila en su caballo. Tal vez venir aquí esta mañana no había sido la decisión más sabia, pero, dado que todas las amazonas en edad fértil se preparaban para viajar a la lejana cresta montañosa que se extendía entre su tierra y la de los gargarios, había pocos sitios en los que refugiarse de la amarga realidad.

—Los dioses deben tener sus razones, hermana —dijo Pentesilea con suavidad—. Debes confiar en ellos.

—Confío en ellos. Lo comprendo. Lo acepto y estoy en paz. Pero aun así no hay motivos para que viaje contigo. No cuando no puedo dar a luz a una hija.

Ahí estaba: lo había dicho en voz alta. Ella era la reina de las mujeres más poderosas de la tierra. El icor de los dioses fluía por sus venas. En el campo de batalla, era omnipotente. Nunca había sido derrotada. Todos los desafíos que la vida le había lanzado los encaraba con un arma entre las manos, lista para atacar y vencer. Todos menos este.

—Eso no es cierto. Eres capaz de tener hijos. Diste luz a un hijo —le dijo Pentesilea.

Un solo hijo. Un niño. Y de eso hacía una década.

—No has compartido lecho con el hombre indicado. Eso es todo. Deberías acostarte con Siranos, le ha dado hijas a Iole y a Kepes. Y dos hijos a otras mujeres, también. También está Ouras. Le ha otorgado hijas a Antíope y a Melanipe.

—El año pasado me acosté con ambos. Y con una docena de otros guerreros de semilla fuerte. Pasé cada noche con un hombre distinto. La semilla no es el problema.

El silencio llegó como una brisa, ciñendo a las mujeres y atrapándolas junto con sus pensamientos y cada una de las palabras que habían pronunciado. Como hermanas, solían conversar con toda naturalidad; después de todo, habían estado juntas desde antes de poder formar recuerdos propios. Pero en aquel instante no hubo palabras ni consuelo.

—Hermana, necesitas irte —dijo Hipólita, haciendo añicos el silencio, como si fuera hielo en un bebedero—. Estoy en paz con esto. Es la voluntad de los dioses. Me concederán un hijo o una hija cuando sea el momento correcto. Y estaré lista y dispuesta, pero ahora no es el momento.

—¿Cómo lo sabes, si no piensas venir con nosotras?

—Lo sé. Créeme. Por favor, hermana, no me presiones más con esto.

—¿Pero qué piensas hacer? No querrás quedarte todo este tiempo aquí sola.

—Difícilmente estaré sola. Tengo mucho con lo que mantenerme ocupada.

El rostro de Pentesilea permaneció arrugado por la preocupación. Su voz bajó hasta ser casi un susurro.

—No estaremos de vuelta sino hasta dentro de dos lunas —dijo—. Nunca hemos pasado tanto tiempo separadas.

Hipólita no pudo contener una sonrisa ante el tono infantil de su hermana. Estas palabras las había dicho la más feroz de sus guerreras.

—Bueno, durante dos meses tú estarás al mando. Piénsalo como un entrenamiento para el futuro.

Esperaba algún tipo de entusiasmo frente a esa conclusión, pero Pentesilea permaneció tan solemne como antes.

—Ese día nunca llegará. Siempre te protegeré con mi propia vida. Lo sabes.

—Vete. —Hipólita atrajo a su hermana para abrazarla—. Y diviértete. ¿Llevas regalos para los hombres? ¿Y ofrendas para hacer a los dioses en cuanto llegues?

—Sí, las llevo. —Se abrazaron de nuevo—. Volveremos en dos lunas —dijo.

—Cabalga con cuidado, hermana.

A pesar de la cantidad de mujeres que salió de Temiscira aquel día, hubo muchas que se quedaron. Junto a las que eran demasiado jóvenes, estaban las madres lactantes, que se embarazaron desde la última visita a los gargarios. Había mujeres que aún no habían matado en batalla —las verdaderas vírgenes según la costumbre de las amazonas— y que, por lo tanto, no tenían permitido asistir a la reunión anual. Por último, estaban las mujeres que seguían recuperándose de algún percance ocurrido en cualquiera de las batallas más recientes; sus cuerpos no se verían beneficiados por el largo viaje, así que se quedaron para descansar y recuperarse, para recobrar la fuerza de sus músculos y la destreza con sus armas que el tiempo sin entrenamiento les había arrebatado.

Al día siguiente de aquel éxodo, Hipólita pasó un rato observando a las jóvenes cabalgar. Después de que Equefila fracasara varias veces al intentar dominar un mismo movimiento, la reina abandonó su papel de observadora pasiva y se acercó a la chica para ofrecerle orientación.

—Estás intentando levantarte desde aquí —le dijo, dándole golpecitos en las rodillas—. Tienes que concentrar tus fuerzas aquí y aquí.

Se dio golpecitos en el estómago y en los dedos de los pies. La joven asintió en silencio, dispuesta a asimilar cada uno de los consejos de la reina.

—Y pon el caballo al galope. Debes ser una con tu bestia. Si ella se mueve más rápido, tú también debes hacerlo.

Dio una palmada en el flanco de la yegua.

—Vamos. Muéstramelo.

Aunque Equefila fracasó en su siguiente intento, para cuando el sol comenzaba descender con la tarde, había dominado la habilidad no solo a galope medio, sino también a galope completo.

Un sentimiento de orgullo llenó de calidez a la reina cuando dejó a Equefila para atender a su propio caballo y se dirigió de vuelta a la ciudadela. Tal vez este era su propósito en la vida. Como reina, debería ser una madre para todo su pueblo. Tal vez por eso los dioses le habían negado una hija durante tanto tiempo.

Al día siguiente, siguió un itinerario parecido. Se despertó antes del amanecer para ver salir el sol encima de las estepas y, luego se dirigió a ayudar a las niñas con sus ejercicios. Hacia el mediodía, se ocupó de aquellas tareas sencillas que a menudo descuidaba cuando el prospecto de una batalla tenía prioridad.

Unos días más tarde, Hipólita se encontraba en la armería afilando espadas y cosiendo las aljabas de cuero. Es cierto que había mujeres que podían hacerlo por ella, que posiblemente eran más hábiles en esas labores, pero ¿cómo podía guiar a su pueblo en todos los ámbitos de la vida, si no participaba por lo menos en algunas de sus tareas? Deslizó con lentitud la piedra de afilar por el borde de una espada, empezando por la empuñadura. El sonido, grave y familiar, le resultaba tan reconfortante como el aroma del cuero y la cera pulida.

Su mano bajó hasta la punta, antes de volver a la empuñadura y repetir el movimiento mientras la hoja se tornaba más suave y brillaba con cada golpe. Era más que una mera mejora estética; una hoja desafilada costaba tiempo y energía en batalla, lo que podía significar la muerte de quien la blandía.

Todas sus mujeres se enorgullecían de esta tarea, pero hoy ella tomaba incluso más cuidado de lo normal, afanándose en cada golpe, observando cómo su reflejo se hacía más nítido a medida que su mano se desplazaba a lo largo de la hoja. Con la espada reluciente, pudo ver su propia imagen curvarse sobre la superficie. Estaba a punto de tomar su daga para repetir el proceso, cuando el sonido de pasos acercándose la detuvo.

La mujer que la había venido a buscar se llamaba Glaucia. Una mujer mayor que, en un comienzo, parecía bastante sencilla; la gente se sentía atraída por sus ojos del tono más vivo de azul. En aquel momento iba vestida con ropa de montar; pantalones de cuero, túnica y botas robustas, estas últimas decoradas con fieltro bordado y cuentas de colores cosidas a lo largo de los bordes. No llevaba gorro de cuero ni armas en el cinturón, pero su rostro tenía el aspecto de una mujer lista para la guerra.

—¿Qué sucede? —preguntó Hipólita, poniéndose de pie al tiempo que hablaba y recogía la espada que acababa de afilar.

Las manos de Glaucia estaban manchadas de un púrpura intenso. Debió de haber estado recogiendo esas hierbas que solo crecían en las cumbres más altas que daban al Mar Negro. Había recorrido una buena distancia para buscar a la reina.

—Hay otro barco —dijo.

—¿Otro?

—Echó el ancla, todavía está lejos.

—Muéstramelo.

Hipólita se movía mientras hablaban. Sus mujeres estaban a cuatro días de viaje; si un ataque era inminente, serían las jóvenes y las ancianas quienes estarían obligadas a defender la ciudadela. Tomó su caballo y siguió a Glaucia hacia la cresta septentrional, que ofrecía una vista clara del mar. Cuando llegaron a la cima, la anciana se detuvo y señaló.

—¿Lo ve? —preguntó—. Y hay algo más: una criatura. Y está nadando hacia nuestras costas.

CAPÍTULO 8

Tonos de azul se entrelazaban con bandas de blanco reluciente mientras las olas iban y venían, oscureciéndose antes de iluminarse a medida que los jirones de nubes surcaban el cielo. Ese movimiento continuo habría dificultado que la reina fijara la vista en cualquier objeto; sin embargo, el barco se movía, desapareciendo bajo la superficie durante unos instantes antes de reaparecer, cada vez más cerca de la orilla.

La nave, se percató Hipólita, no era la misma que había llegado la última vez. Era más pequeña y había echado ancla más lejos de la orilla que el trirreme. Era poco más que una mancha en el horizonte.

—Podría estar de paso. Hay barcos que pasan a esa distancia —dijo Hipólita, buscando entre las olas aquella otra figura, que había vuelto a perderse de vista.

—Eso pensé al principio —respondió Glaucia—. Pero lo vi por primera vez ayer, mientras recogía hierbas y, cuando regresé hoy, no se había movido. ¿Por qué habría de quedarse en ese mismo lugar? Y, ¿qué es esa criatura? Pensé que tal vez podría ser una foca o un delfín, pero ¿por qué se quedaría sola de esa manera? Si estuviera herida, ¿no buscaría aguas más profundas?

La reina no tenía respuesta para esa pregunta; estaba a punto de decirlo, cuando la criatura rompió la superficie del agua una vez más. Su cuerpo se arqueó hacia adelante, alzando unos brazos largos por encima de la cabeza antes de sumergirse de nuevo. Hipólita apenas tuvo tiempo de percatarse de que había reaparecido cuando volvió a perderla de vista. El corazón se le aceleró.

—¿Eso fue un hombre? —Glaucia entrecerró los ojos—. ¿Qué clase de hombre se mueve así?

—Debemos apresurarnos a llegar a la playa. Ahora.

Al tiempo que galopaba, Hipólita alistó una flecha en su arco. Para cuando llegaron a las dunas, no cabía duda de que se trataba de un hombre; el único lugar del que podría haber venido era del barco. ¿Cómo había hecho para sobrevivir? A través de los años, muchas jóvenes se habían dejado engañar por la calma cristalina de las aguas; al vadear mar adentro, se olvidaban de las corrientes traicioneras que acechaban bajo la superficie, y luego eran derribadas y arrastradas por completo. Pero este hombre nadaba como si fuera una criatura del mar, sin preocuparse por las corrientes o las olas que conducían a otros a la muerte. Pero ¿por qué?

—¿Deberíamos dispararle ahora? —Glaucia mantenía el arco levantado. Tenía las manos curtidas, repletas de manchas oscuras y arrugas pronunciadas, pero sostenía el arma sin vacilar. Más mujeres se les habían unido. La mayoría eran guerreras demasiado viejas para dar fruto tras una visita a los gargarios, pero Hipólita sabía que, sin importar el estado de sus vientres, su puntería sería infalible. Estas mujeres sabían luchar.

—Es un hombre. Deberíamos averiguar a qué ha venido.

—Ha invadido nuestras tierras. Eso es más que suficiente.

Pronto, la figura avanzó hasta la parte menos profunda del mar. Se puso de pie, irguiéndose orgulloso. Su cabello rubio se había oscurecido con el agua. Su escasa barba parecía haberse vuelto más gruesa desde su última visita e, incluso a esa distancia, Hipólita creyó ver un destello de picardía en sus ojos.

El rostro del hombre esbozó una amplia sonrisa.

—Bajen las armas —dijo Hipólita.

Las mujeres la miraron incrédulas con los arcos aún tensos y las flechas listas para salir disparadas de entre sus dedos.

—Bájenlas —repitió, aunque ella misma mantenía su arma preparada.

Dio unos pasos hacia delante, no tanto como para alcanzar el agua, pero sí lo suficiente para separarse del grupo. Teseo se acercó a ella cubierto hasta la cintura por el oleaje, su torso relucía con las gotas de agua salada. También había crecido, pensó ella. Parecía más alto, más ancho de hombros. Cuando se conocieron, debía ser más joven de lo que ella imaginó, porque ahora estaba cerca de ser un hombre adulto.

—¿No recuerdas lo que pasó la última vez que pisaste estas costas? —preguntó ella, sabiendo que estaba al alcance de su oído.

La sonrisa de Teseo se ensanchó. No era la misma sonrisa infantil de antes. Ahora tenía profundidad. Una cierta madurez.

—Me parece que hice una propuesta de matrimonio que rechazó.

—Me refería al hecho de que amenacé con matarlos a todos si volvían.

Su sonrisa se tensó un poco.

—Parezco haber olvidado esa parte. Vine solo por la primera. ¿Ha pasado suficiente? ¿Ha tenido tiempo de pensar en la extraordinaria alianza que podríamos formar juntos?

Hipólita no sabía si reírse del hombre o si lanzarle una flecha. Ambas opciones eran igualmente atractivas.

—Si has venido por eso, entonces deberías darte la vuelta y nadar de regreso con tus hombres.

Ahora el agua le llegaba hasta sus rodillas y se encontraba a escasos metros de Hipólita. Se detuvo y apoyó las manos en estas. Su pecho subía y bajaba en respiraciones largas y agitadas que rozaban lo teatral.

—Es un viaje bastante largo. No estoy seguro de poder nadar todo el camino de vuelta si no descanso un poco antes.

—Tenemos un bote de pesca que puedes usar. Eres capaz de remar, me imagino.

—Y si digo que no pienso irme, ¿entonces qué?

El tono de voz era tan confiado y arrogante que resultaba risible.

No llevaba puesto ni un jirón de ropa. Sus muslos tenían ondulaciones, los contornos de sus músculos formaban profundos barrancos por los que el agua se precipitaba. Hipólita levantó los ojos hasta su rostro, donde la sonrisa que Teseo no lograba reprimir fue suficiente para tensar aún más la cuerda de su arco.

—Si no te vas, en esta playa solo encontrarás humillación.

—¿Es eso cierto? Tal vez deberías pedirles a tus mujeres que se marchen. No me gustaría que te vieran avergonzada.

De nuevo, el mismo exceso de confianza. Por la forma en que dejaba caer los hombros o se peinaba despreocupadamente el cabello empapado con la mano, podría haber estado caminando por el ágora, inspeccionando cerámica o regateando el precio del vino.

—Me temo que tragaste demasiada agua de mar. Aunque vinieras completamente armado, no tendrías oportunidad alguna. Y aquí estás, sin un pedazo de ropa siquiera, por no hablar de un arma.

—Entonces te será aún más humillante cuanto te veas obligada a rendirte.

Si Pentesilea hubiera presenciado esta provocación deliberada, su flecha ya le habría atravesado el corazón. Pero sus hermanas no estaban ahí. Se encontraban disfrutando de su propio entretenimiento, que en ciertos aspectos no era distinto a este encuentro.

La flecha de Hipólita cruzó el aire, pero ella había templado su disparo, sabiendo que no golpearía con fuerza letal. Teseo, cumpliendo con su papel, atrapó la flecha al tiempo que esta lo alcanzaba y se dejó caer hacia atrás, desapareciendo bajo las olas. Hipólita arrojó el arco a un lado y tomó su daga. Entonces, en contra de su propio juicio, entró al agua. De inmediato sintió un tirón en las piernas desde abajo. Clavó los talones en la arena, y estos resbalaron. Aprovechando el impulso, se dejó caer y levantó las piernas, apresando la cintura de Teseo con ellas. En esa posición, giró el cuerpo e inmovilizó al hombre contra el suelo. Cuando la siguiente ola se replegó, dejó ver a Teseo atrapado entre los muslos de Hipólita, con ella sentada a horcajadas sobre él y sosteniendo la daga en su garganta. Él dejó salir un profundo gruñido.

Mientras el agua los cubría, Teseo no intentó derribarla de nuevo, aunque ella sabía que podía hacerlo; su afinidad con el agua le otorgaba una ventaja antinatural, incluso en aquel predicamento. No se movió en absoluto, sino que permaneció desnudo e inmóvil entre sus muslos. El frío del agua era un bálsamo que refrescaba el ardor en la carne de ambos. Estaban sonrojados, mientras sus pulsos se aceleraban.

—Creo que es hora de que les ordenes a tus mujeres que se marchen, ¿no te parece? —dijo él.

Por órdenes de Hipólita, las mujeres regresaron a sus labores. Ella no esperó más, no se preocupó por encontrar un lecho o una recámara; simplemente tomó a Teseo allí, en el agua. Para esto había venido. Lo supo desde que vio el primer destello en sus ojos mientras el hombre avanzaba hacia ella. Y no lo iba a decepcionar. Su propia piel expuesta ondulaba con los músculos que delineaban su abdomen y se engrosaban en sus muslos: un cuerpo sumamente distinto al de las frágiles y débiles mujeres griegas.

Aunque ahora Teseo tenía el cuerpo de un hombre, sus ojos se abrieron de par en par al tomar los pechos de Hipólita entre las manos. Un gemido escapó de su boca antes de envolver sus labios con vacilación alrededor de uno de sus pezones, como si esta fuera su primera vez con una mujer. Sin embargo, en cuanto la penetró, empujándose tan adentro como pudo, fue ella quien alzó la voz en un grito de placer.

Hipólita no volvió en sí sino hasta que sus cuerpos se estremecieron en el clímax. La espuma se arremolinaba contra ellos y luego retrocedía a la profundidad, lista para surgir y romper encima suyo nuevamente. Cada ola se retiraba con un suave sonido de succión, como si el mar estuviera suspirando.

Hipólita se levantó, se sacudió la arena del cuerpo y fue hasta donde había arrojado su espada.

—¿Agua? —le ofreció a Teseo, acercando su odre.

Él se puso de pie, tan desnudo como había llegado, posando los ojos sobre ella.

—Gracias.

Tomó el odre, se lo llevó a los labios y bebió hasta vaciarlo antes de devolvérselo.

—Imagino que tus hermanas se han ido a visitar a los gargarios.

Teseo se sentó en la arena; Hipólita no pudo ocultar su sorpresa.

—Conozco sus tradiciones.

—Entonces, ¿esperabas encontrar Temiscira abandonada? ¿Lista para que pudieras saquear nuestras tierras desprotegidas?

Ella escrutó su rostro en busca de una reacción, pero, en lugar de la humillación que esperaba encontrar, Teseo parecía herido por la acusación.

—No. Hipólita, créeme, no estoy aquí para engañarte. Supe por fuentes confiables que no habías viajado con el resto de tus mujeres. He venido a buscarte para reiterar mi oferta.

—¿Tu oferta de matrimonio?

Hipólita se esforzó por mantener un semblante serio mientras hablaba. La ira, que había estado a punto de desbordarse, desapareció por completo y, una vez más, echó la cabeza hacia atrás con una carcajada.

—¡No puede ser posible que me quieras como esposa! No tengo nada en común con tus mujeres griegas. Es evidente que te das cuenta de eso. No soy plácida, agradable, reservada, ni me conformo con pasar mis días holgazaneando en el calor, comiendo uvas e higos y bebiendo más vino de lo que es socialmente aceptable. Esa no es la vida que deseo.

—Entonces no será la vida que tendrás. Nada tiene por qué cambiar. Puedes vivir del mismo modo en que lo haces aquí. Serás libre para cabalgar, para pescar...

—¿Y para luchar?

—Si así lo deseas.

Sus ojos se desviaron de ella para caer en el barco, ahora apenas visible bajo el resplandor del sol.

—Un día, Atenas será la capital del más grandioso reino que Grecia haya conocido. Esparta, Corinto, Micenas, todos palidecerán en comparación con nuestra fuerza, nuestros números, nuestra belleza. Seremos el pináculo de la civilización, el arte, la educación, la política. Ningún otro sitio será su rival.

Ciertamente, ahora tenía la forma física de un hombre, pero aún hablaba como el niño ingenuo que había conocido; el niño que soñaba con el renombre de Atenas, con llegar a Temiscira y convencer a la reina de las amazonas de que se convirtiera en su esposa. Y aun así, se descubrió atraída por él; atraída por su falta de astucia... por su virilidad.

—Si tienes tanta confianza en todo eso, no me necesitas a tu lado para que se haga realidad. Estoy segura de que quienquiera que elijas como reina se considerará a sí misma muy afortunada.

Las prendas de Hipólita ya casi se habían secado sobre su cuerpo. No había necesidad de que ninguno de los dos permaneciera ahí más tiempo. Pero cuando ella examinó su rostro una vez más, se encontró con dos ojos abiertos y suplicantes.

—Te necesito *a ti* —dijo, como un niño malcriado, desconcertado por el rechazo.

La expresión herida permaneció un momento en su rostro. Luego, en un movimiento repentino, alzó de golpe la mano, intentando alcanzar a la reina misma. Dando un salto hacia atrás, Hipólita tomó la daga de su cinturón y, antes de que el otro se diera cuenta, posó la punta sobre su cuello una vez más.

—Te conviene recordar a quién te diriges.

Sus ojos se hundieron en él. ¿Qué pasaba con este hombre que había llegado a su orilla? No temía lo que Hipólita pudiera hacerle o, más bien, nunca parecía creer que ese fuera su final. Al mismo tiempo, su expresión mostraba un breve asomo de remordimiento. Bajando la barbilla, Teseo retrocedió sobre la arena, sin desviar la mirada.

—Me disculpo, de verdad, si te he ofendido. Pero no me disculparé por haber venido o por las razones que tuve para hacerlo. Debes entender esto, Hipólita, mi reina. He visto muchas cosas desde la última vez que nos encontramos. He visitado lugares maravillosos y terribles. Me he enfrentado con lo mejor y con lo peor de dioses y mortales. Y he cambiado. Pero, a pesar de todas estas experiencias, a pesar de cómo me alteraron, mis sentimientos por ti son los mismos. Mi cuerpo no tiene otro propósito que estar al lado del tuyo. Por favor, créeme. De todas las mujeres, de todas las diosas, no tomaría como mi reina a nadie más. Preferiría gobernar por mi cuenta, como lo hace mi padre, que soportar la vida junto a alguien que no seas tú.

—Entonces tal vez eso sea lo que debes hacer.

—O tal vez deberías considerar que mi oferta es genuina.

Los labios de Teseo se despegaron en un suspiro. Volvió los ojos al horizonte, como si buscara algo más allá de los límites del paisaje. El tiempo había pasado, más de lo que ella se había percatado. El cielo estaba teñido de carmesí y magenta, y el sol comenzaba a ponerse.

—Preferiría no regresar nadando al barco a estas horas —dijo—. Quién sabe qué clase de criatura pueda estar escondida esperando que caiga la oscuridad.

Hipólita también tenía la mirada puesta en el mar; la inquietud revolvía su interior.

—Entonces tendrás que pasar la noche en la orilla.

CAPÍTULO 9

Aquella noche, la reina no pudo conciliar el sueño, sabiendo que, más allá de los muros de la ciudadela, Teseo dormía a la luz de la luna. Había ordenado a sus mujeres que lo vigilaran desde las torres, con instrucciones de disparar si dejaba la playa para avanzar hacia las dunas. Aunque les hubiera confiado su propia vida, más de una vez se levantó para acercarse a la ventana, mirando al exterior en busca de su silueta, pero antes de siquiera vislumbrarlo, se volvía a alejar.

Lo que Teseo quería era a sus mujeres, se repetía a sí misma. Con la fuerza de las amazonas del lado de Atenas, su reino sería invencible. No podía concebir otro propósito para su propuesta de matrimonio. Pero las amazonas no serían parte de un dote matrimonial. Y si él buscaba que le diera un hijo, lo esperaba una amarga decepción. Si fuera capaz de tal cosa, no habría estado aquí en primer lugar, sino haciendo el viaje con sus hermanas. La próxima vez que hablara con él, le dejaría aún más claro que su presencia no era bienvenida. Su vagabundeo no lograría más que provocar su ira, de la cual podría, o no, vivir para arrepentirse.

Tan pronto la luz del alba se esparció por los cielos del Ponto, Hipólita cabalgó a pelo hasta la orilla, donde lo encontró en la parte menos profunda del agua. Un enorme pez de escamas iridiscentes se agitaba entre sus manos.

—Llegaste justo a tiempo para desayunar —le dijo Teseo, vadeando de nuevo hasta la orilla. Sujetaba al pez por las agallas, de modo que este colgaba junto a su muslo, todavía sacudiéndose y tragando aire con la boca abierta—. ¿Vamos a las dunas? Ahí será más fácil preparar un fuego.

—Ya deberías haberte ido.

—¿Eres consciente de que, en algunas culturas, el acto que realizamos anoche en este lugar bastaría para que nos consideren marido y mujer?

Hipólita se rio.

—En ese caso, debes saber que me he casado muchas veces.

Ella estudió su rostro, esperando ver un poco de humor en los rasgos de Teseo, pero estos se tensaron.

—Hipólita, ¿no crees que es un regalo de los dioses que yo sintiera el llamado de venir a esta tierra precisamente cuando tus hermanas estaban ausentes? ¿No crees que fue un acto del destino el que Heracles te haya perdonado la vida?

—¿Perdonado la vida?

Un torrente de ira corrió por sus venas. Fue imposible separar la ira de su voz, ni aunque lo hubiera intentado, pero los ojos de Teseo relucieron. La estaba provocando. La hacía enfurecer a propósito.

—¿Por qué viniste aquí, mi reina? Pudiste haber enviado a cualquier mujer para que me hiciera emprender el camino. Pero regresaste tú sola.

—Vine para asegurarme de que te fueras.

—No creo que esa sea la verdad. Creo que has venido porque me deseas. Sientes este ardor tan ferozmente como yo.

—Lo único que arderá es tu nave.

Hipólita dio un paso hacia él, desenvainando la espada. Su pulso retumbó con violencia mientras levantaba el arma, pero Teseo no hizo ningún movimiento para atacar, ni siquiera para defenderse. Se quedó perfectamente quieto. Solo el pez en su costado se movía, aunque ahora con más debilidad.

—¿Por qué no nos saltamos esta parte? Ambos sabemos cómo terminará.

Una sonrisa ligera se posó en sus labios, y la furia interior de Hipólita se profundizó.

—¿Ah, sí?

Abalanzándose sobre él, la reina levantó la espada hasta ese punto bajo el cuello de Teseo en donde se unían sus clavículas. Con una ligera presión, la deslizó en una línea vertical que dividió su pecho, deteniéndose en su ombligo. La sangre brotó de su piel, acumulándose en pequeñas gotas como rocío matutino sobre una telaraña. Sin embargo, Teseo se mantuvo impasible.

—¿Así que esto quieres? ¿Morir en mis manos, sin haberte siquiera defendido? —le espetó Hipólita.

Teseo dio un pequeño paso hacia delante. La presión en la punta de la espada aumentó a medida que la empujaba con su cuerpo. Su respiración se tornó profunda y dificultosa.

—No, no es lo que quiero. Pero te doy esa alternativa, mi reina. Siempre la tendrás.

El tiempo se ralentizó mientras ella recordaba a todos los hombres con los que había estado. Los gargarios que habían luchado con ella hasta llenarse los labios de sangre y el cuerpo de moretones, porque solo entonces, luego de combatir con ojos hinchados y dedos rotos, a veces les permitía unirse a ella en el lecho. Y aquí estaba Teseo. Esperando, simplemente. ¿Esperando a qué? ¿A que ella cambiara de opinión, lo empujara sobre la arena y lo tomara de nuevo, como había hecho el día anterior?

Una vez que el pensamiento entró en su mente, echó raíces.

Sí, eso era lo que quería, ¿y no era también lo que ella quería? Tal como él pensaba, Hipólita pudo haber enviado a cualquiera de sus mujeres para obligarlo a irse o deshacerse de él. Pero en lugar de eso, había venido ella misma, y sola.

Dejó caer su espada y le asestó una patada, haciéndolo caer en el borde del agua. Lo vio hacer una mueca de dolor mientras la sal entraba en el corte de su pecho.

—Ya que estás aquí, sería un desperdicio no aprovecharte de algún modo —dijo, sentándose a horcajadas sobre él—. Pero no me decepciones, o acabaré contigo.

—Nací para servirte, mi reina. Eso te lo prometo.

Para cuando se saciaron del cuerpo del otro, el sol había salido y arrojaba rayos dorados sobre su piel.

La reina se apresuró a levantarse, recogiendo su ropa mientras esta entraba y salía de las suaves olas. El corte en el pecho de Teseo había dejado de sangrar; una fina costra se estaba formando sobre la incisión. ¿De verdad había dudado de que ella lo mataría? De ser así, era uno de los pocos hombres que lo habían hecho. Y el primero en sobrevivir a tal error.

Al notar que Hipólita lo observaba, Teseo se levantó.

—¿Sería impertinente pedirle a la reina algo de desayunar? —dijo—. El pez que atrapé se ha perdido, me temo. Y nuestras actividades sin duda hicieron que sus compañeros se alejaran por un rato.

Mientras hablaba, ella se descubrió estudiando la curva de su boca y la forma en que su lengua se movía, añadiendo lustre a sus labios.

—No he traído armas para cazar y, en cualquier caso, odiaría merodear por tus tierras sin acompañante.

—Deberías volver a tu barco.

—Lo haré, por supuesto. Pero ¿quizás un almuerzo juntos? ¿Sería eso posible? Solo un almuerzo. Después de todo, he estado antes tras los muros de tu ciudadela y sabes que, por edicto de Zeus, nunca te haría daño ni a ti ni a ninguna de tus mujeres.

—Y sabes que tampoco posees la fuerza para hacerlo.

No había humor en su voz. Sin embargo, Teseo sonrió ante esta respuesta como si se hubiera tratado de un comentario seductor.

—Entonces, ¿un almuerzo juntos?

Hipólita dejó que su caballo vagara detrás mientras caminaba con Teseo sobre las dunas, a través de la hierba alta y quebradiza, cruzando la estepa verde que llevaba a la ciudadela. Aquí, el aroma cambió gradualmente del salobre regusto del mar al aroma de tierra húmeda y fértil, insinuando la exuberancia de Temiscira.

El caminar de Teseo reflejaba el de ella a cada paso, balanceando sus brazos al ritmo de los suyos.

Sin mediar palabra, iniciaron el ascenso gradual hasta los escalones de su casa. No era el ritmo al que la reina acostumbraba a caminar. Las plantas de sus pies amasaban la tierra con lentitud antes de levantarse de nuevo con cada paso. Sus rodillas se alzaban ligeramente, dejando que sus dedos rozaran las briznas de hierba. Era el andar de alguien que ignora el paso del tiempo, aunque si lo hacía para retrasar lo que estaba por venir o se deleitaba en el momento presente, ella no lo sabía.

No cruzaron palabra alguna, pero su alrededor estaba lleno de ruido, del coro de las aves, tan numerosas que un hombre podría pasarse media vida identificando sus canciones individuales y, a la distancia, del clangor de un martillo contra el metal. Durante la temporada de lluvias, el río Terme rugía en su camino hacia el mar; pero ahora era poco más que un gorgoteo.

Los ojos de Hipólita permanecían mirando adelante, lejos de Teseo. Sabía que solo con mirarlo su cuerpo se inundaría de emociones que parecía incapaz de controlar. En contraste, la mirada del hombre no se había apartado de ella; era como si, prestando la suficiente atención, pudiera leer su mente y comprender lo que la reina realmente quería.

—¿Las mujeres construyeron todo esto? —habló por primera vez mientras entraban al palacio.

—¿Quién más? —preguntó ella—. Solo somos mujeres aquí.

—¿De verdad no tienen hombres que puedan atender sus necesidades?

Ella rio por lo bajo.

—¿Qué necesidades crees que podríamos tener que no pudiéramos solucionar nosotras mismas? —preguntó.

De cada lado, en la sombra parcial, Hipólita se percató de los ojos que giraban hacia ellos. Solo Glaucia se acercó, aferrando el cuchillo en su costado con los dedos.

—Mi reina —dijo.

Hipólita sabía que las mujeres la habrían visto, esta mañana y la noche anterior. Habrían sido testigos tanto de la lucha como de la copulación que vino después. Pero no le dirían palabra acerca de ninguna de las dos.

—Glaucia, por favor, trae algo de comida a mi recámara —dijo—. Puedes dejarla junto a la puerta.

No esperó la respuesta de la mujer mayor; siguió adelante, con Teseo pisándole los talones.

El silencio envolvió a la pareja. Los corredores parecían haberse vuelto más estrechos, obligando a sus cuerpos a estar más cerca.

Se reprendió a sí misma por esos pensamientos absurdos. Había estado con muchos hombres en su vida, pero incluso en la primera ocasión, con un gargario, sus pensamientos habían sido más claros. Además, ya había estado con este hombre. Pero esto, pensó, era diferente. Sí, fue placentero con los gargarios, pero el propósito del acto siempre fue claro: aumentar la población, obtener una descendencia fuerte y capaz. Esto, por el contrario, no había servido para nada más que saciar un hambre que ardía en su interior. Una picazón que necesitó saciar en el instante en que lo vio sumergirse en el agua, y que volvía con cada paso que daban.

—Ven —dijo, al tomar su mano por primera vez y guiarlo hacia su recámara.

—¿Tus aposentos? ¿Sueles almorzar ahí tradicionalmente?

Su voz había cambiado. Hipólita se percató de que estaba nervioso y ese pensamiento le dio consuelo. Los hombres debían sentir miedo en su presencia.

El tibio aroma a humedad de su hogar contrastaba claramente con la salinidad en la piel de Teseo. Moviéndose hacia él, presionó su pecho contra el suyo, e inhaló profundamente. ¿Siempre olía tan intensamente al mar?, se preguntó. Dando otro paso hacia atrás, rozó con un dedo el vello claro de su brazo, salpicado aún con diminutos cristales de sal. Luego, recorrió su pecho hasta la línea que ella misma le había hecho. Debió haber sido más profunda, pensó, al menos para asegurarse de que dejara cicatriz.

La piel de Teseo era más suave que la de los gargarios. No importaba cuánto hubiera crecido su barba, aún era joven en comparación con ella. Podía sentir cómo su propio pulso se aceleraba, volviéndose un golpe sordo e implacable mientras presionaba su mano contra él.

—Pensé que íbamos a almorzar —dijo. Sus ojos recorrieron su cuerpo de arriba a abajo mientras ella comenzaba a desvestirse.

—La comida tomará algo de tiempo. Necesitamos encontrar una manera de ocuparnos hasta que esté lista.

Empujando a Teseo sobre su lecho, se montó en él una vez más.

CAPÍTULO 10

El aire de la recámara se espesaba con el aroma de sus cuerpos entrelazados. El regusto de la sal que se había adherido a Teseo ahora se diluía, tornándose almizclado mientras su piel húmeda relucía bajo la luz platinada. Una vez más el amanecer los estaba alcanzando. La canción del primer mirlo se había convertido rápidamente en un coro de trinos y cadencias. Las pieles que cubrían la cama estaban esparcidas por el suelo, arrojadas a un lado en el calor de la pasión.

Dormir hubiera sido más sabio, pensó brevemente Hipólita, mientras el canto de un gallo rompía con la melodía entremezclada de las aves. Tenía tareas que realizar, labores que había descuidado desde el día anterior, mujeres a las que atender. Desde que entraron a la recámara, pausaron solo para recoger la comida que les habían traído, y ella no había salido más que para buscar más agua y cualquier alimento que pudiera encontrar a la mano: un pequeño tazón de duraznos y una enorme granada, con semillas rojas que reventaban desde el interior al abrirla.

Seguramente, pensó, el hambre por el cuerpo del otro quedaría eventualmente satisfecha. Seguramente esta pasión también se vería sofocada antes de morir, como esas llamas que arden con tanta fuerza que terminan por consumir todo lo que las alimenta. Seguramente terminaría por cansarse del sabor de su boca, de la curva de su cuello. En algún momento, el agotamiento los obligaría a descansar. Sin importar cuántas tareas la esperaban, sencillamente habría que posponerlas. Después de todo, Hipólita tendría que haber estado con sus hermanas y el resto de las mujeres, quienes en ese momento estarían realizando el mismo acto al que ella y Teseo se habían entregado toda la noche y buena parte del día anterior. Uno que, en lugar de volverse predecible con cada repetición, se intensificaba.

Ahora estaban sobre el suelo, protegidos del frío de los mosaicos por las pieles desechadas. Rodeándolo con las piernas, Hipólita lo atrajo a su interior, más adentro de lo que cualquier hombre hubiera penetrado antes. Pero a pesar de toda la majestuosidad de su cuerpo, era su rostro lo que ella encontraba irresistible, en los escasos momentos en que había logrado concentrarse en él. Ningún hombre con el que hubiera estado hizo jamás ningún intento por descubrir qué podría traerle satisfacción. Hasta ahora. Hasta Teseo.

Él había querido saber qué hacía ella para llevar su propio cuerpo al clímax y, entonces, recrearlo; mejorarlo. Y cuando giró su cuerpo y la presionó contra el suelo, deslizando los dedos por el interior de sus muslos, ella descubrió que la reproducción no era el propósito principal de este acto. En esos momentos, era difícil negar que quizás esta unión había sido, en efecto, un decreto de los dioses.

Debajo de él, Hipólita podía sentir que sus embestidas comenzaban a acelerarse. Se empujó contra Teseo, con ese movimiento ahora tan familiar. Forzó sus caderas hacia arriba, arqueando la espalda hasta que las convulsiones del hombre fueron tan intensas que ya no pudo contener su semilla. Con un jadeo, su cuerpo tembló.

Pero Hipólita no había terminado con él, antes de que pudiera relajarse o moverse, se apresuró a montarse encima suyo. Cuando su propia marea de éxtasis finalmente llegó, vino en olas que chocaron una tras otra en su interior, sacudiendo su cuerpo, tensando sus extremidades y relajándola en espasmos involuntarios. Hundió las uñas en el pecho de Teseo mientras mordía su labio con tanta fuerza que lo hizo sangrar. A medida que ambos se apaciguaban, ella sintió que su corazón latía tan ferozmente como la primera vez que había derramado sangre en el campo de batalla.

—No sabía que las mujeres pudieran experimentar una pasión semejante —dijo Teseo, con los ojos brillando de asombro.

—No me sorprende —respondió la reina.

Durante noche anterior, las lámparas de aceite se habían consumido, así que Hipólita tomó una vela de sebo de un cofre y la encendió en su lugar. El aroma era más fuerte, pero en aquel momento no tuvo tiempo de pensar o de preocuparse por eso. El tiempo dedicado a buscar aceite habría significado menos de los servicios de Teseo y, dado lo breve que sería su encuentro, no era algo que estuviera dispuesta a sacrificar. Ahora, sin embargo, en la humedad sofocante de la recámara, lamentaba esa decisión. Con la llama extinguida, la cera amarga se había acumulado en la piedra, pero el aroma penetrante persistía y los tentáculos de humo sucio habían marcado las paredes.

—Sabes que me has arruinado —le dijo Teseo.

Se había recostado de espaldas, mirando hacia el techo. Su pecho bajaba y subía con suavidad, el fino vello de su piel despuntaba en el brillo de la mañana.

—¿Cómo puedo salir de esta recámara sabiendo que nunca experimentaré un placer como este fuera de ella?

—Aún hay tiempo para más —respondió la reina, dándose vuelta al tiempo que se apoyaba sobre el codo.

Su comentario provocó la risa de Teseo.

—Mis hermanas no regresarán pronto —dijo ella, deseando escuchar esa risa de nuevo—. Podemos disfrutar de esto un poco más.

Hipólita deslizó un dedo sobre su clavícula, siguiendo el borde de la herida que le había infligido. Desaparecería con rapidez, pensó de nuevo como los recuerdos de este encuentro.

Alzando una mano, él se cubrió la boca para ahogar un bostezo. Su piel mostraba más cicatrices de las que ella había esperado. No eran tantas como las de los gargarios o la mayoría de sus mujeres, pero algunas eran profundas. No solo habían cortado su piel, sino también su carne. Una de ellas, difuminada hasta un tono plateado, comenzaba arriba del esternón; Hipólita descubrió sus propios dedos recorriéndola en una línea hasta las costillas.

—Puede que necesite un momento más, o dos —dijo Teseo con una sonrisa. Tomó su mano y la giró para besarle los nudillos—. Y ¿tal vez también un poco de agua? Puedo ir a buscarla, si me dices dónde.

La tensión atravesó el rostro de Hipólita. Él lo notó con una sonrisa.

—Lo entiendo. Créeme, mi reina, no he venido aquí para invadir tu hogar. Estoy más que satisfecho con haber invadido tu cama. Si te hace más feliz, puedes vendarme los ojos mientras te ausentas, para que no pueda mirar el exterior y ver más de lo que quieres que vea.

¿Estaba bromeando?, se preguntó Hipólita. Sus palabras podrían interpretarse así, pero también parecía haber sinceridad en ellas.

—Está bien así. Iré a buscarnos una jarra.

Se levantó y fue hacia la puerta; su cuerpo desnudo reflejó

la luz del sol como si fuera bronce recién pulido. ¿Era arrogante disfrutar tanto de la mirada de Teseo? Su cuerpo era magnífico; lo sabía, sin duda. Cada día aumentaba su fuerza. Y nunca había dado por sentado ese atributo.

Una vez fuera de la habitación, el silencio desconcertó a la reina. Otro plato de comida había sido colocado junto a la puerta, pero no se habían percatado de su aparición y ahora estaba cubierto de hormigas, las cuales se llevaban tanto la fruta como toda la carne que sus pequeños cuerpos podían soportar. Lo recogió y avanzó por los corredores hacia las cocinas.

Un tazón de huevos duros yacía junto a la estufa, sus cáscaras moteadas seguían tibias al tacto. Tomó cuatro, agregando un puñado de ciruelas moradas maduras y las colocó en una bandeja de plata, junto a una jarra de agua y un par de copas. Pero al levantarla de la mesa, se detuvo. ¿Era así como deseaba presentarse ante Teseo? ¿Como una sirvienta? No le molestaba llevarle comida a sus hermanas o a cualquiera de las otras mujeres, pero ellas nunca la habían considerado menos que su reina. Este hombre la veía como una futura esposa.

Echó otra mirada a los alimentos y decidió que tenía demasiada hambre para preocuparse por tales sutilezas. Un anfitrión siempre servía a su invitado. Esa era una de las bases de la *xenía*. Aunque el servicio que había prestado a Teseo quizás había excedido lo que dictaban los estándares de la hospitalidad.

De vuelta en la recámara, Teseo había regresado a la cama. Ella vertió agua fresca en una de las copas y se la entregó. Él bebió con avidez y luego tomó la jarra, volvió a llenar la copa y la vació por segunda ocasión. Habiendo saciado su sed, dejó la copa en el suelo y tomó uno de los huevos. Hizo rodar el suave ovoide entre sus palmas hasta que la cáscara se asemejó a los azulejos de un mosaico en miniatura. Después lo peló, dejando solo la clara.

Mientras hacía esto, Hipólita se descubrió observándolo con atención, estudiando cómo el blanco lustroso del huevo cedía bajo la presión de sus dientes y cómo usaba el dorso de su mano para limpiarse la boca. Tales acciones eran típicamente humanas y, sin embargo, había algo inusualmente fluido en sus movimientos. Ya había pensado en esto más de una vez durante la noche y también antes, al verlo nadar.

—Sabes que he estado con muchos hombres, ¿cierto?

Su voz rompió el silencio. La mano de Teseo se detuvo, flotando encima del tazón en donde esperaban los tres huevos y la fruta. Entrecerró los ojos.

—Lo sé, aunque no estoy seguro de por qué mencionas ese asunto. ¿Quizás quieres halagarme? O tal vez deseas decirme lo que ya sé, que mis habilidades superan por mucho todo lo que habías experimentado hasta ahora.

Ahí estaba de nuevo, esa sonrisa arrogante, e Hipólita deseó sostener sus mejillas entre las manos; enmarcar su rostro y preservar ese momento por un instante más. A decir verdad, algo de esa arrogancia juvenil le resultaba atractivo, algo que nunca había apreciado del todo. El optimismo contagioso de alguien que no tiene otras responsabilidades en la vida más que forjar un nombre para sí mismo.

—No eres como ningún otro hombre —respondió con lentitud—. Conozco a tu padre, el rey Egeo, pero ¿qué hay de tu madre? ¿Era mortal?

Él apretó los labios.

—Lo era. Lo es.

—Entonces tú también eres mortal.

No pudo ocultar la sorpresa en su voz. Era una duda que había estado rondando en su mente desde que lo vio nadar hacia la orilla, entre corrientes letales y el estallido de las olas. No parecía una hazaña que un simple humano pudiera realizar sin morir en el intento. Pero si sus dos padres eran mortales, entonces él simplemente debió haber sido bendecido por los dioses, sin ser pariente de ellos.

Teseo hizo un gesto para hablar, pero se detuvo y, en lugar de eso, escogió una ciruela del tazón. Sus dientes perforaron la piel y arrancó un trozo, masticándolo lentamente.

—¿Puedo? —preguntó, señalando hacia la ventana—. Lo entenderé si no deseas que mire hacia la ciudadela.

—Creo que te lo puedo permitir —dijo ella—, considerando sobre cuántas cosas has posado tus ojos durante este último día. Creo que, si los dioses o mis mujeres pudieran encontrarme en falta, sería por pecados que ya cometí.

Esperaba obtener de vuelta su sonrisa, ese gesto infantil que comenzaba a gustarle. O quizás incluso alguna réplica ingeniosa. Pero en lugar de eso, Teseo se empujó fuera de la cama y cruzó la habitación hasta la ventana. Su movimiento pareció agitar el aire y la ausencia de su cuerpo junto a ella resultó en un escalofrío que

Hipólita no había anticipado. Alcanzó una de las pieles en el suelo, colocándola sobre sus rodillas.

Teseo estaba de pie en la ventana, mirando hacia las estepas; su silueta era un vacío negro recortado del mundo más allá de la recámara. Desde aquel punto podía verlo todo, el verde ondulante de las estepas y las vastas aguas del océano más allá.

—Mi linaje —comenzó a contar Teseo—, es distinto al de cualquier hombre que haya pisado la tierra.

CAPÍTULO 11

Teseo permaneció de pie junto a la ventana. El mismo sol pálido y plateado que iluminaba su silueta hacía brotar los aromas de la tierra a medida que esta se entibiaba. El olor de la lavanda, la madreselva y los escaramujos nadaba alrededor. El acento de las hierbas, del tomillo y el romero que crecían en los jardines, se mezclaban con los matices penetrantes de los establos.

Los aromas de Temiscira eran ligeramente distintos cada día; su carácter no estaba formado solo por el calor del sol o las flores de temporada, sino también por el sentido de la brisa, por la humedad que había caído por la noche o surgido del suelo en forma de rocío.

En otras circunstancias, Hipólita hubiera podido predecir el clima del día solo por sus aromas. Era capaz de saber si se avecinaba una tormenta, o si el cielo despejado duraría hasta el anochecer. Sin embargo, esta mañana, el olor de Teseo resultaba abrumador. Se había impregnado en su propia piel y en cada parte de la recámara a su alrededor. Nunca se había percatado de algo así en los encuentros que normalmente tenía con otros hombres, y no lo quería dejar ir ahora.

Teseo se terminó la ciruela, lamiendo el dulce jugo que aún quedaba en sus labios y en cada uno de sus dedos, antes de finalmente girarse hacia Hipólita.

—¿Conoces a mi padre?

—No estoy muy interesada en quiénes son los reyes de qué tierras, pero sí, conozco su nombre.

—Comprendo —dijo Teseo.

Después de otro breve vistazo por la ventana, cruzó de vuelta hacia la cama y se recostó junto a ella. Sin embargo, se aseguró de que quedara un espacio entre los dos. No quería desviarse de su historia. Por más difícil que resultara, Hipólita se contuvo.

Desde afuera, el clamor del día iba en aumento. El relincho de los caballos, el ruido y la conversación de las mujeres al trabajar, una llamada, un chiflido. Por un momento él pareció distraerse, pero luego cambió de postura e Hipólita supo que estaba listo para contar su historia.

—No me crie en Atenas —comenzó a decir—, sino en Trecén. Supongo que habrás oído hablar de ella.

Hipólita asintió.

—Vagamente. No es un lugar al que hayamos sido convocadas.

—Mi padre había tomado como esposa a una mujer muy joven, que resultó incapaz de darle un heredero. Comprensiblemente, esto lo atormentaba, como le ocurriría a cualquier rey, por lo que se casó de nuevo, esta vez con la esperanza de que un niño, un hijo, naciera pronto bajo su techo. Pero, por desgracia, esta segunda esposa murió de fiebre, dejándolo sin descendencia una vez más. Para ese momento ya no era un hombre joven. Sabía que era cuestión de tiempo para que sus rivales se resolvieran a disputarle la corona. Y fue así como visitó al oráculo, en Delfos.

Delfos era un sitio del que Hipólita había escuchado hablar en muchas ocasiones. Se decía que los templos délficos de Apolo eran los más grandes de Grecia, que la exuberancia de su tierra y la abundancia de sus árboles frutales eran la envidia del mundo entero. Por supuesto, los hombres que afirmaban tales cosas jamás habían pisado el Ponto.

—Mi padre hizo su ofrenda a Apolo —continuó Teseo—. La ofrenda fue más que generosa, como correspondía a un hombre de su posición. Pero, como respuesta, la Pitia solo le dio un acertijo.

—¿Un acertijo?

—Sí, le dijo: «La boca abultada del odre, oh, más grande entre los hombres, no la desates antes de que hayas alcanzado las alturas de Atenas; no sea que mueras de pena».

La forma en que Teseo recitó la frase hacía creer que la había oído muchas veces antes. Hipólita rumió sus palabras; ciertamente, era imposible negar que fueran crípticas.

—Como te puedes imaginar, esto angustió a mi padre. ¿Se trataba de una advertencia, de una instrucción, tal vez incluso de un insulto? —siguió Teseo—. Lo último que esperaba era la condescendencia del oráculo, especialmente siendo un hombre de costumbres tan juiciosas. Había pensado que la Pitia le ofrecería la salvación, que le diría cómo obtener un heredero. Dando por perdido el viaje junto con su esperanza, se tomó su tiempo para regresar a Atenas y, en el camino, se detuvo para visitar a un amigo. Uno que conocía bien las tetras de la Pitia, el rey Piteo.

—De Trecén —añadió Hipólita.

A pesar de su insistencia en no estar al tanto de la política, no ignoraba por completo el mundo y, en su profesión, era esencial tener un oído atento si ella y sus mujeres querían estar listas cuando llegara el llamado a la acción.

—Así es, de Trecén.

Teseo hizo una pausa.

—Bueno, el rey Piteo tampoco pudo, o quiso, descifrar las palabras del oráculo. A modo de consuelo, preparó un banquete con los mejores vinos. Mi padre no solía beber en exceso, como podrás esperarlo de un hombre en su posición. Pero estas no eran circunstancias normales. Estaba sufriendo. Estaba perdido. Así que consumió mucho más vino que comida y, con sus inhibiciones reducidas, terminó en el lecho de Etra, la hija del rey Piteo, mi madre.

Hipólita seguía escuchando atentamente, pero esta última información había sembrado en ella una semilla de decepción. Considerando la historia hasta el momento, le costaba ver en qué se diferenciaba el linaje de Teseo del de miles de personas alrededor del mundo, y el embarazo resultante de una insensata noche de borrachera difícilmente sugería el origen de un héroe.

—Mi madre concibió esa noche —continuó Teseo. Luego hizo otra pausa—. Aunque no puedo decir con certeza si mi padre es Egeo o Poseidón.

—¿Poseidón?

—Sí. Cuando mi padre terminó con mi madre, cayó en un profundo sueño, más bien un estupor, supongo. Ella, en cambio, se descubrió incapaz de dormir y, siendo inexplicablemente forzada a salir de su recámara, abandonó el palacio y sus jardines y deambuló hasta la orilla. Fue allí donde él la vio y la sedujo.

—¿Poseidón?

—El dios del mar. Ella entró al agua y se acostó con él, mientras las olas rugían a su alrededor, en la misma noche en que se había acostado con Egeo. Con el hombre que el mundo conoce como mi padre. Mi madre y Poseidón permanecieron juntos hasta que los primeros rayos de sol se esparcieron por el horizonte, con sus cuerpos entrelazados, antes de que él desapareciera. No hay forma de saber de quién es la sangre que corre por mis venas. No hay manera de estar seguro. Aunque hay pocas dudas, como tú misma has visto, de que tengo afinidad con el agua. Una afinidad que parece más allá de los talentos de cualquier mortal.

Por primera vez desde que había comenzado a hablar, Teseo miró a la reina, sosteniendo su mirada mientras esperaba su reacción. Le había dicho la verdad y, ahora, deseaba descubrir de qué manera eso sería valorado por ella. Sabía que la historia de su concepción no la había oído antes. Dioses con mortales, eso era casi un lugar común. Pero esto... el dilema en el que se encontraba era, sin duda, intrigante.

—Tu padre, el rey Egeo, ¿él sabe de esto?

Teseo sonrió, aunque sin expresar el cinismo que ella había anticipado.

—Soy hijo de mi padre. Le traje las reliquias que él puso a buen recaudo para que yo las recuperara y se las regresara cuando fuera capaz. Lo libré de la bruja de su esposa, Medea, esa vil hechicera que asesinó a sus propios hijos y que me habría matado a mí también si mi padre no hubiera sido bendecido con una mirada sagaz. Y gobernaré Atenas cuando él ya no esté. Yo soy su hijo.

Había resolución en sus palabras. Una seguridad en sí mismo que Hipólita había visto antes, en su propio padre. Y en el resto de los dioses. Se preguntó si Teseo había compartido esta historia con otras mujeres en su lecho. Ciertamente era un relato que podía haber captado su atención y, sin embargo, había algo en la desazón con la que habló. La forma en que se había negado a mirarla. Las pausas, hechas como para sopesar sus palabras, hasta su inequívoca declaración final. No, no le parecía que se lo hubiera contado a muchas otras personas, si es que lo había hecho siquiera. Hipólita sintió que algo había cambiado entre ellos, como ese instante en el que la marea alcanza su punto más alto y debe retroceder. Se le erizaron los vellos de los brazos y abrió la boca para hablar, pero antes de que una palabra brotara de sus labios, Teseo habló de nuevo.

—Sé que puedo sonar impertinente, pero me gustaría tomar un poco de aire fresco, aunque quizás lejos del agua. Un paseo por tu jardín, tal vez, antes de volver a la cama.

La reina tensó las mejillas.

—¿Qué te hace pensar que te dejaré volver aquí? —preguntó.

Teseo ya no podía ocultar su sonrisa, una mueca más profunda de lo que se había atrevido a mostrarle hasta entonces.

—Faltan casi dos lunas para que regresen tus hermanas, ¿no es así?

CAPÍTULO 12

Sin importar qué obligaciones y tareas tuviera la intención de completar durante la ausencia de sus hermanas, Hipólita las olvidó con rapidez. Ahora, la reina no despertaba ni dormía de acuerdo con su ritmo circadiano, sino con sus propios caprichos. Algunas noches se olvidaba por completo de dormir, y era como si su cuerpo y el de Teseo se hubieran fundido en uno solo. El sudor les corría por la columna mientras ella hendía medias lunas en la piel del hombre con las uñas. Otras veces, el deseo aparecía temprano por la mañana, mientras ella observaba cómo la pálida luz resplandecía en su piel y, acompañada por el coro de las alondras, descubría sus manos deambulando por su cuerpo, instándole a que se despertara para atenderla de nuevo.

Pero había más que solo sexo.

Todos los días luchaban juntos. Al no tener armas propias Teseo, ella le permitía usar las suyas. Flechas, espadas, cualquiera que fuera su gusto ese día. La fuerza de Teseo resultaba admirable. Era un hombre que se adaptaba mejor a la fuerza bruta esgrimida con un hacha o un garrote. A veces, su habilidad era torpe y su mente se distraía con facilidad. Una simple mirada sugestiva podía ser suficiente para seducirlo y darle a ella la oportunidad necesaria para desarmarlo. Si se hubieran enfrentado en el fragor de la batalla, con la muerte como único resultado final, sospechaba que su falta de enfoque sería su perdición.

—Si lucháramos en el mar, sin duda ganaría —le dijo.

—¿Y has librado muchas batallas en el mar? —le preguntó ella.

También pasaban el tiempo cabalgando juntos, otra habilidad en la que Teseo carecía de delicadeza. Dada su altura, podía subir a un caballo sin mucha dificultad, pero al montarlo, este daba brincos y se sacudía. La elegancia natural de la criatura desaparecía con aquella masa de hombre a horcajadas. La forma de Teseo, que cortaba el agua con tanta gracia, se volvía desgarbada y deforme en cuanto se sentaba sobre un caballo. Hipólita se vio obligada a ofrecerle un corcel distinto en cada ocasión, por miedo a que estos pudieran acostumbrarse a una mano tan pesada. Afortunadamente, con la práctica, mejoró hasta que ella dejó de temer por los lomos de sus animales al viajar.

Ciertos días se adentraban hasta el río, tomando los senderos de los pantanos, donde las garzas, con sus largas patas, arrancaban larvas e insectos del fango. Otras veces, volvían al mar e Hipólita observaba cómo Teseo se sumergía bajo las olas y reaparecía con el cabello cubriendo su rostro y el agua corriendo por sus mejillas. De vez en cuando se unía a él, para chapotear con el agua hasta las rodillas, pero siempre armada y alerta.

Cada vez pensaba más en sus hermanas, sobre todo en Pentesilea. Sabía que ella no aprobaría el arreglo que tenían. No se enfadaría por el uso que la reina hacía de Teseo en sí, pues, además de los gargarios, ella misma había tomado a otros hombres solo por placer. Sin embargo, tomaría mal y desconfiaría de la presencia del hombre en Temiscira.

Con el paso de las semanas, comenzó a ser conocido entre las mujeres que se habían quedado. Él también reconocía a muchas de ellas por su nombre, aunque nunca se dirigió a ellas directamente. Al menos en ese sentido mostraba prudencia. Mientras caminaban juntos por la ciudadela, Teseo inclinaba ligeramente la cabeza, acusando su presencia, pero evitando hacer contacto visual, como si fuera sordo a los susurros que los seguían.

A poco más de media luna de su estadía, se encontraban paseando por un jardín más allá de las murallas. Hipólita no se preocupaba por la horticultura en general, estando más interesada en los caballos y en las armas, pero eso no quería decir que subestimara el valor de las plantas que crecían en sus tierras. Estas también eran regalos de los dioses para auxiliarlas y fortalecerlas. Y mientras que en toda Temiscira crecía vegetación de muchos usos y variedades, era en esta pequeña porción de tierra, situada al suroeste de la ciudadela, protegida de los vientos que soplaban del mar, que algunas de las mujeres, principalmente las que se ocupaban de las heridas, habían cultivado los especímenes más útiles. En el espacio entre batallas y entrenamientos, podaban hojas y desraizaban malas hierbas. Arrancaban cabezas de flores secas y recogían las vainas de las semillas, las almacenaban para esparcirlas por la tierra con el cambio de las estaciones, o las molían para hacer tónicos contra el dolor o la hinchazón. Tal era la dedicación de las amazonas que, en los días más calurosos del año, cuando el sol ardía como un horno sobre sus espaldas, recogían agua del río y empapaban las plantas hasta que la tierra adquiría el tono de una cáscara de nuez y los gusanos salían a la superficie.

A cambio, el huerto les proporcionaba una cosecha abundante. La baya del saúco podía utilizarse al producir jarabe para la tos, o también secarse para ser fumada con propósitos de relajación. La asperilla dulce se almacenaba con la ropa para repeler a los insectos o polillas que de otro modo podrían instalarse allí. Para dormir, en ocasiones las mujeres preparaban un extracto de raíz de valeriana, y la hoja de hierbaluisa aliviaba la inflamación alrededor de una herida o reducía la fiebre provocada por una infección. Por mucho que a la reina le hubiera gustado creer que todo problema podía resolverse con su espada o con el arco de su hermana, sabía que no era cierto y, en más de una ocasión, ella misma fue una agradecida receptora de las bondades del jardín. Sin embargo, nunca lo había mirado con tanto asombro como lo hacía Teseo mientras paseaban entre los arriates.

—¿Y qué es esto? —preguntó, pellizcando el tallo de una flor rosa, cuyos pétalos ceñidos rodeaban los delicados estambres amarillos de su centro.

—Es una peonía.

Hipólita se echó a reír. No era el tipo de pregunta a la que estaba acostumbrada. Una mujer podría preguntarle cómo emplumar una flecha para que cortara el aire sin hacer apenas ruido, o cómo montar a caballo sin tomar las riendas para poder pararse y disparar el arco. Teseo parecía no conocer las reglas que acompañaban su papel de reina, y eso le traía una nueva sensación de libertad.

—¿Para qué se utiliza? —preguntó.

—Puede proporcionar un extracto que alivia el dolor.

—¿Y esto?

—Eso es aloe. Su savia alivia la piel quemada —añadió para anticipar su siguiente pregunta.

—¿Y esta?

—Es valeriana.

Teseo asintió, como si tan solo hubiera querido comprobar que ella lo supiera. Sus ojos vagaban de una planta a otra, siempre preguntando sus nombres y usos correspondientes. Se entretuvo de este modo por más de una hora, antes de que se bañaran juntos en las aguas frescas del río y volvieran a la ciudadela para agasajarse.

—¿Por qué sigue aquí tu barco? —preguntó Hipólita una tarde.

Tras cabalgar hasta una de las estepas más altas, se habían recostado juntos en la hierba. El dulce aroma de las agujas de pino y del cedro quemándose se arremolinaba a su alrededor.

—No puede ser que piensen que sigues vivo.

Teseo rodó sobre su estómago y tomó sus manos entre las suyas.

—Les dije que volvería dentro de dos lunas llenas. Si para entonces no he regresado, se irán sin mí.

—Dos lunas.

Ese era el tiempo que sus hermanas estarían fuera. Cuando Teseo llegó a sus costas, aquel momento le había parecido sumamente lejano. Ahora, casi la mitad de ese periodo había transcurrido.

—¿Sería esperar demasiado que hayas considerado mi propuesta? —preguntó Teseo, sentándose para verla con más claridad—. Ya has pasado tiempo conmigo. Entiendes lo que pienso. Comprendes que soy un hombre de palabra. Hipólita, ahora más que nunca sé que tú estás destinada a ser mi reina.

Cada vez que Teseo volvía a ese tema, ella pensaba en él como un niño pequeño, incapaz de entender por qué no se le permitía ir a combatir junto a su padre o sus hermanos. Como un niño que, jugando con una espada de madera, no lograba blandirla con precisión, pero aun así exigía una hoja más afilada. Las circunstancias de su concepción podrían haber sido inusuales, pero, durante estos momentos, todo lo que veía en Teseo era la arrogancia descarada de un príncipe griego. La certeza de que podía tener todo lo que deseaba. Pero ella no era suya por el simple hecho de pedirla.

—Este tiempo que pasamos juntos... —dijo Hipólita, meditando sus palabras con cuidado al hablar— es algo que difícilmente podré olvidar. Tal vez el año siguiente, cuando mis hermanas salgan de nuevo, ¿podrías volver? De cualquier manera, podrías desposarte, pero disfrutaríamos de la compañía del otro cuando surgiera la oportunidad.

Ella apretó la mano contra su pecho. Para Hipólita, esta parecía la más seductora de las alternativas. Nunca podría ser reina de un lugar como Atenas. Sin embargo, era cierto: ella y Teseo habían formado un vínculo como nunca lo había experimentado con ningún hombre o mujer. Un encuentro de mentes, de cuerpos, de ingenio y casi de fuerzas. Pero, por atractiva que la idea le pareciera, Teseo no era de la misma opinión. Él apartó su mano.

—¿Ese es el tipo de hombre que crees que soy? ¿El tipo de rey en el que me convertiría? ¿Crees que podría tomar a una mujer como esposa y comportarme de esa forma? ¿Realmente piensas tan bajo de mí?

Habiendo dicho eso, se puso de pie y recogió su odre de agua del suelo. Confundida, Hipólita se levantó también.

—No comprendo por qué te ofendí tanto. ¿No es eso lo que hacen la mayoría de los reyes? ¿Reservar a sus reinas para sus hijos y a sus concubinas para el lecho?

—¿Ahora te consideras a ti misma una concubina?

—No, simplemente me considero ajena a tu engañoso sentido de la decencia.

—Así que ahora me estoy engañando —el rostro de Teseo se había puesto rojo, con el coraje brillando en su mirada—. Y ahora, supongo que también te consideras por encima del amor.

No era la primera vez que Teseo pronunciaba esa palabra, aunque hasta ahora solo lo había hecho en tono de broma, o en el instante previo al clímax, tan concentrado en los cuerpos de ambos que su mente no concebía el peso de las palabras que salían de su boca.

—Te amo, Hipólita —dijo—. Debes saberlo. Te amo, con todo mi corazón.

—Teseo, por favor. Te estás poniendo en ridículo.

—¿Porque me he enamorado de ti?

—No tengo lugar para ese tipo de amor en mi vida.

Teseo cerró los puños a sus costados y tensó su mandíbula.

—No te creo. Te he visto cuando duermes con una sonrisa en los labios. Puede ser que la sangre de Ares corra por tus venas, pero también la de Otrera. Eres mitad humana, como yo. Y eres capaz de amar.

—¿Me estás informando de qué soy capaz?

Hipólita se puso de pie. Llevaba una pequeña daga atada al muslo, por costumbre, pero también para cazar conejos o cortar ramas pequeñas. Era la primera vez que la tomaba con toda intención.

—Deberías cuidar tu lengua si quieres salir de aquí con ella. O en absoluto, de hecho.

—¿Me impedirías irme?

—Creo que, en tu primera visita, te dije que la próxima vez que pisaras mis costas sería la última.

Ahora se movían en círculos. Hipólita balanceaba su peso hacia atrás mientras le clavaba los ojos encima.

—Es un poco tarde para recordar esa promesa, ¿no lo crees?

—Creo que yo decido lo que pasa en mi tierra, no tú.

Se habían enfrentado a diario desde su llegada, pero siempre como si fuera un baile. Un preludio de lo que vendría después.

Ahora, Hipólita sentía deseos de hacerle daño.

En su primera arremetida, la daga hizo un corte diagonal en su pecho, más profundo que la primera herida que le había infligido. Tan pronto vio la sangre, se le abrió el apetito. Dio otro salto hacia adelante, pero esta vez Teseo estaba preparado. Su puño cayó de lleno en el estómago de la reina, sacando todo el aire de sus pulmones. A este golpe le siguió otro contra su brazo, y la daga salió por los aires.

—Olvidas que conozco todos tus movimientos —la provocó.

Lo que estaba mostrando Teseo, ella lo sabía, era un falso sentido de seguridad. Sí, habían practicado los mismos ejercicios repetidamente, pero no porque ella lo necesitara, o careciera de la inventiva para luchar de otra forma, sino porque formaba parte de su coreografía: una ráfaga de movimientos de pies y de giros en la que ambos salían victoriosos. Pero esta era una situación muy diferente.

La mayoría de las mujeres habrían caído de rodillas tras recibir un golpe semejante; incluso una amazona habría tenido dificultades. Pero ella era Hipólita. Sin nadie para ayudarla, alargó el brazo, lo tomó del cabello y tiró de él con fuerza, asestando un golpe tras sus rodillas para que estas se doblaran y lo hicieran caerse. Se apartó de él con una voltereta, tomó la daga en cuanto sus manos tocaron el piso y, antes de que Teseo pudiera ver adónde se había ido, giró de nuevo hasta él. Le clavó la daga en la espalda lo suficiente como para que supiera que podría haberlo matado en ese instante. El cuerpo de Teseo se ablandó, y este levantó los brazos por encima de la cabeza y se giró lentamente para mirarla.

—¿Cómo podría amar a otra mujer después de ti? —preguntó, sin aliento.

Aquella noche, Hipólita le hizo saber que sería la última. Los rumores sobre la reina y su concubino abundaban y, si sus hermanas volvían antes de lo esperado, no permitirían que Teseo siguiera con vida. La idea de su muerte la hirió con más intensidad de lo que estaba dispuesta a admitir.

—¿Quieres tomar una copa conmigo? —le preguntó Teseo, mientras permanecían sentados, desnudos, a la luz tenue de una lámpara de aceite—. Si esta noche es la última que pasaremos juntos, ¿me complacerás con esta tradición?

El vino era algo a lo que ella se había resistido en su presencia. Vino, hierbas, cualquier cosa que rebajara sus inhibiciones. Pero él la miraba con tal súplica...

—Por favor, una sola copa... ¿y con agua? Creo que he visto unos cuantos barriles cerca de los establos.

—Fueron un regalo del rey de Frigia, hace años. Ni siquiera sé si se puede beber todavía.

—Mientras más viejo es mejor. El vino se enriquece con el tiempo —respondió Teseo—. Déjame que vaya y traiga un barril. Lo prometo, una copa nada más. Una despedida apropiada de mi reina, eso es todo lo que busco.

A la luz de la lámpara, su pelo brillaba como el fuego. Su cuerpo era el único que conocía tan bien como el suyo propio. Conocía las líneas de su mandíbula y la tirantez cerca de sus clavículas. Conocía el lugar de todas y cada una de sus cicatrices.

—Una copa pequeña, entonces. Y con mucha agua. Traeré el barril.

—Tú quédate aquí, mi reina. Yo iré por él. Gastarás más energía a mi regreso —le propuso, dándole un beso en la boca antes de irse.

Cuando volvió con el vino entre las manos, la besó suavemente, antes de alzar su copa en un brindis.

—Por nosotros —dijo.

La negrura invadió su mente. Había una ausencia de pensamientos coherentes, un entumecimiento arraigado hasta lo más hondo. Un impenetrable remolino de nada. Y entonces sus ojos se abrieron. Fue solo un parpadeo, pero bastó para ser casi cegada por la luz. Un profundo corte palpitaba detrás de sus ojos. La reina levantó una mano y se presionó suavemente la frente con los dedos, y la sensación pasó de una agonía punzante a un insondable mareo. El dolor se mecía de un lado al otro de su cabeza, como si se hubiera desplomado del caballo y hubiera aterrizado en un terreno duro. Pero hacía años que eso no le ocurría e incluso de niña sabía cómo caer para protegerse.

El dolor se extendió hacia abajo. Sus músculos no respondían. La garganta se le estaba llenando de espesura. ¿Qué había pasado? ¿Por qué se sentía de esta forma? Su mente parecía tan torpe como su cuerpo. Intentó erguirse hasta sentarse, pero cayó hacia atrás y se golpeó la cabeza contra una superficie dura. ¿Estaba enferma? ¿Tenía fiebre? Nunca en su vida, ni ella ni ninguna de sus hermanas, había padecido tal aflicción, pero algunas de sus mujeres sí. Aquellas cuyos cortes se habían infectado e hinchado tanto de pus que sus mentes terminaban por confundirse. ¿Era eso? No podía sentir huesos rotos o heridas abiertas. No podía recordar un accidente que pudiera haber causado una lesión de ese tipo. Y el dolor parecía emanar de algún lugar detrás de sus ojos, en el centro de su cerebro.

Apretando los dientes, se levantó y al fin consiguió sentarse. Intentó canalizar sus pensamientos en un flujo simple que pudiera seguir.

¿Dónde había estado la última vez? Intentó recordar. ¿Con sus hermanas, quizás? No, se habían marchado. Pero no a la batalla. Estaban con los gargarios. Eso era todo. Se habían ido y ella se quedó atrás. El alivio que sintió al ser capaz de recordar este hecho duró poco. Había estado en la cama. Había estado con Teseo. El vino. Debió haber bebido demasiado. ¿Pero cómo? Recordaba haber tomado solo dos sorbos y, después de eso, nada más. Entrecerró los ojos, como si eso la ayudara a pensar con claridad, pero nada acudió a su mente. Era como si el tiempo entre ese momento y el presente se hubiera evaporado; todos los recuerdos borrados por completo.

Solo hasta que Hipólita se frotó el puente de la nariz, notó la diferencia en su entorno. Los muros de piedra gris habían sido reemplazados por tablones de madera. Su mullido colchón de crin por una litera de madera. El olor a humedad impregnaba el aire, pesado y salobre. Cuando intentó moverse de nuevo, notó que el balanceo no se limitaba a su cuerpo, sino que afectaba el resto de la habitación.

Estaba en un barco.

Estaba en su barco.

Él la había secuestrado.

PARTE III

CAPÍTULO 13

El primero de los tres días del camino para volver a casa era siempre el más riesgoso y desafiante. Cabalgaban por encima de montañas escarpadas y fragosas, a lo largo de senderos donde los caballos se veían obligados a viajar en fila india, con apenas un pie de distancia entre sí y una muerte segura si se caían. Incluso con bestias de paso tan firme como las suyas, sus pezuñas a menudo resbalaban sobre las piedras. Algunas vacilaron, negándose a avanzar y sus jinetes tuvieron que azotar los talones contra sus flancos para que siguieran adelante. Una mujer joven resbaló de su montura y, por la gracia de los dioses, logró aferrarse al borde del precipicio y arrastrarse a un lugar seguro, salvando su propia vida con la fuerza de sus brazos.

Después de eso, las mujeres no hablaron hasta que dejaron el paso atrás.

Hacia el final del segundo día llegaron a tierras más llanas, donde acamparon para agasajarse con la carne que los gargarios les habían otorgado como regalo de despedida, junto con cuero y metales. Esa noche su cansancio era abrumador; apenas se escuchaba entre ellas algo parecido a la música o la conversación.

A la mañana siguiente, todo eso cambiaría.

Empacaron a primera hora y las risas ya reverberaban a su alrededor. El cielo era inmenso, de una extensión sin límites, decorado con nubes que se arrastraban como enormes y lánguidas bestias celestes. Ni una sola ráfaga de viento aliviaba la sequedad del calor; habían partido hacia la tierra de los gargarios en primavera, pero ahora el verano había llegado, dorando la hierba y convirtiendo los ríos en arroyos. Pero nada, ni siquiera la tierra más árida o el calor más abrasador, podía disminuir la alegría de las mujeres.

En cuanto dejaron atrás el terreno más peligroso, finalmente fueron libres para hablar y reír durante el resto del viaje. Una vez que la risa comenzaba, era casi imposible detenerse.

Había tantas historias que intercambiar, tanto cotilleo que compartir. Muchas de las protagonistas de estos relatos estaban felices de arrojar luz incluso sobre los rumores más escabrosos que circulaban acerca de ellas. Las charlas y los gritos de júbilo seguían flotando hasta los oídos de Pentesilea; al frente, montaba a un paso augusto, pues no había necesidad de apresurarse. Cuanto más felices estuvieran las mujeres, lucharían con más ferocidad para proteger su forma de vida llegado el momento. Su madre se lo había enseñado años atrás; era la misma vieja consigna con la que Hipólita gobernaba.

El viaje había sido fructífero, si no por otra razón, al menos para liberar tensiones. Cuando las mujeres dejaron Temiscira estaban agotadas, extenuadas por el combate; no se habían podido relajar por completo en caso de que el deber las llamara. Los meses de invierno habían sido duros para sus cuerpos; pasaban los días entrenando, perfeccionando sus habilidades, como si cada sesión de esgrima fuera supervisada por el mismísimo Ares. Esta presión constante se había infiltrado en sus mentes, desfigurando sus pensamientos y rodeando sus columnas con dedos gélidos. No habían reconocido la gravedad del asunto sino hasta que pudieron librarse de él. Lo mismo, sin duda, podría decirse de Pentesilea, quien solo ahora caía en cuenta de la tensión que había estado soportando.

Durante las dos primeras semanas del viaje, Pentesilea tomó el liderazgo de las amazonas con una seriedad que rozaba la obsesión. No se había entregado a las hierbas que los hombres les ofrecieron ni a la quema de las semillas afrodisíacas que ellas mismas trajeron como regalo. Hacía la guardia nocturna más a menudo de lo necesario y dormía en una pequeña tienda, sola, con su hacha al lado. Se había comportado como Hipólita lo habría hecho, como la protectora absoluta de sus mujeres, una reina regente que permanecía lista en todo momento en caso de ser requerida. Sin embargo, poco a poco comenzó a relajarse y participó en competencias con aquellos hombres que deseaban desafiarla; necesitaba el calor que traía blandir un arma entre las manos.

Tras algunos días de practicar esgrima, al fin llevó a un hombre a su lecho. Era uno de los más viejos, su cuerpo tenía más cicatrices que piel, el vello en su pecho se enredaba en ceñidos nudos grises y blancos. Después, Pentesilea se unió a sus mujeres en una de las hogueras, contemplando los colores que se formaban en las llamas a medida que el humo perfumado tejía espirales en el aire y al interior de sus mentes. Con esos vapores narcóticos, se terminaron de aflojar los lazos y responsabilidades que sentía hacia su hermana y que, desde que asumió su papel temporal de líder, la mantuvieron atada con tanta fuerza. A partir de ese momento se encontró en sintonía con las demás.

Pasó el resto de los días luchando con los hombres, haciendo que cada combate condujera precisamente a lo que ella quería. El desafío de la noche anterior había sido su favorito. Tres jóvenes gargarios decidieron enfrentarse juntos contra Pentesilea; la encontraron desarmada, pero conocían su reputación, así que se acercaron con espadas y escudos alzados, creyendo que, favorecidos por su número y armamento, podrían vencer a la hija de Ares. Pensaban que si la vencían, aunque la superaran en número, afirmarían su reputación entre el resto. Al verlos, los hombres de mayor edad y experiencia sacudieron la cabeza, escépticos frente a su cometido. La propia Pentesilea sintió un atisbo de compasión por estos jóvenes prepotentes. En un abrir y cerrar de ojos, tomó la espada más cercana y dio vuelta a la jugada antes de que alguno pudiera lanzarse contra ella. Derramó sangre. Y justo ahí comenzó la diversión.

Los aprovechó a lo largo de toda la noche; quienes no poseían de habilidad, la compensaron con resistencia y entusiasmo. Incluso en ese momento, la imagen de sus tres cuerpos, entrelazados con el suyo y entre sí, trajo una sonrisa a sus labios.

—Será otra niña. Estoy segura. Cada hijo que Oraras me ha dado ha sido una niña.

La voz de Melanipe sacó a Pentesilea de sus pensamientos. Imposible decir cuánto llevaba extraviada en esos ensueños, pero su hermana, que había estado montando a la mitad del convoy, ahora se encontraba a un lado suyo.

—Será una niña. Estoy segura —repitió.

Con su atención de vuelta en el presente, Pentesilea sintió la necesidad de moderar las esperanzas de su hermana.

—No puedes saberlo con certeza. Es posible que ni siquiera estés embarazada.

Melanipe le ofreció una mirada desdeñosa.

—Sí lo estoy. Desde la primera noche. Lo sé, tal y como supe que no lo estaba en nuestra última visita. Conozco mi cuerpo, así como tú conoces el tuyo. Los dioses al fin han querido recompensar mi paciencia.

Apretó la sonrisa y examinó los rasgos de Pentesilea, buscando alguna señal de que ella también pudiera estar embarazada. Su ausencia al comienzo del viaje había reducido las probabilidades, mas no por eso dejaba de ser posible. Dada la fertilidad de Antíope, que concebía en cada visita a los gargarios, era razonable suponer que Pentesilea se encontraba en la misma condición en la que Melanipe aseguraba estar. También era razonable pensar que, este año, Hipólita sería la única que no estaría encinta.

Hacia sus adentros, Pentesilea maldijo a la reina por no haberlas acompañado, y así demostrar que su falta de hijos no era causada por alguna clase de incapacidad física. Eso no quería decir que no fuera a desbordarse de alegría por sus hermanas. Mientras más de ellas estuvieran encintas, más niñas llevarían a cuestas el nombre de sus padres.

—¿Cómo crees que haya estado pasando el tiempo? —preguntó Melanipe, al parecer percatándose, por su expresión, de que Pentesilea estaba pensando en la reina—. Sospecho que se ha aburrido tanto que cuando estemos de regreso tendrá una batalla lista para nosotras.

—O tal vez incluso se ha marchado a pelearla. Y ya la ganó ella sola —respondió Pentesilea.

—Siento lástima por las pobres mujeres que se quedaron con ella. Seguramente las ha tenido puliendo armaduras, afilando espadas y una docena de otras tareas más en nuestra ausencia. No las envidio ni un poco.

Una ligera sonrisa se dibujó en los labios de Pentesilea. Era cierto, Hipólita tenía un buen ojo para los detalles. Una obsesión, podría decirse. No podía reprochárselo; era una de las muchas cosas que la convertían en una gran reina. Pero ¿era una mejor reina que la que Pentesilea hubiera sido de ser escogida por Ares? Difícil saberlo.

La noche siguiente sería la última que pasaran bajo las carpas; al levantarse por la mañana, la atmósfera había cambiado. Encintas o no, regresaban a su verdadera vocación. Por más placentera que hubiera sido esta temporada lejos de casa, después de tanto tiempo sin nada más que esgrima, el tedio comenzaba a asentarse en su interior. Y si bien Melanipe bromeaba al sugerir que Hipólita las estaría esperando con una próxima batalla, Pentesilea sospechaba que podría ser verdad; cualquier aburrimiento que hubieran podido sentir seguramente se multiplicó para la reina.

Se acercaron al Ponto por el sureste, con sus números significativamente reducidos, pues al llegar a Anatolia, las mujeres nómadas se habían separado del grupo. Algunas preferían los climas cálidos y se habían quedado más al sur. Otras, por el contrario, viajarían al norte, hasta los límites de Tracia, donde la altitud de las montañas hacía que el clima fuera más fresco. El resto de las mujeres siguió cabalgando junto a Pentesilea.

Conforme los bosques y estepas de su hogar aparecieron a la vista, los caballos comenzaron a jalar los arneses. La mayoría de las mujeres, incluida la princesa, dejaron ir las riendas por completo; sus caballos conocían el camino.

La ciudadela apareció a la vista.

—Iré al río para darme un baño y mostrar mi agradecimiento —dijo Antíope, haciendo girar en círculo a su caballo palomino hasta quedar frente a Pentesilea y Melanipe—. Varias de las mujeres vienen conmigo. ¿Se nos quieren unir?

Las frescas aguas del Terme burbujeaban entre remansos poco profundos, adecuados para bañarse y dar de beber a los caballos. Varias mujeres, incluida Pentesilea, preferían asearse ahí en lugar de esperar al agua caliente de los baños. Aun así, sacudió la cabeza ante la oferta.

—Debería seguir adelante y ver a nuestra hermana —respondió—. Sin duda tendrá mucho que informarnos. Tal vez vuelva más tarde.

Antíope asintió y se dio la vuelta hacia Melanipe, esperando su respuesta; pero antes de que esta pudiera hablar, la atención de las mujeres se distrajo. Tres caballos avanzaban hacia ellas, tres mujeres montando a galope, pero sin armas a la vista.

Una reacción, distinta de cualquiera que hubiera sentido antes, se agitó al interior de la princesa. Profunda. Gutural. Primigenia. De inmediato espoleó a su caballo con fuerza. Galopó a toda velocidad y alcanzó a las mujeres, quedándose sin aliento.

—¿Qué sucede? —exigió saber, mientras su caballo se detenía en seco—. ¿Qué está ocurriendo?

Sin color en el rostro, las mujeres arrojaban la mirada más allá de la princesa, escrutando a las que estaban detrás suyo. Fue la mayor, Glaucia, quien habló.

—¿Y la reina? —preguntó—. ¿No está con ustedes?

Pentesilea dejó caer el rostro, sacudiendo la cabeza con preocupación.

—La reina se quedó aquí, en Temiscira. Lo sabes. Este año decidió no hacer el viaje.

La confusión se había grabado en los rostros de las mujeres. Pentesilea no sabía cómo interpretarlo: ¿cómo era posible que no supieran que Hipólita se había quedado con ellas? No tenía ningún sentido.

Les clavó la mirada encima, mientras cada una evitaba encontrarse con sus ojos. Entonces, Glaucia susurró:

—La reina se ha ido.

CAPÍTULO 14

Se había ido a la guerra. Ese fue el primer pensamiento que cruzó la mente de Pentesilea. La reina se había ido a la guerra, justo como ese mismo día habían bromeado ella y Melanipe. No sería la primera vez que se marchaba sin más que un pequeño ejército. Sí, uno grande era intimidante, pero también lo era ver a una docena de mujeres asesinar a cien hombres sin recibir un solo rasguño. Pentesilea sintió una punzada de envidia. Esas batallas habían sido sus favoritas. Estaba a punto de preguntar hace cuánto tiempo no la veían, pues cargaba algunas armas con ella y le tomaría apenas un instante conseguir un caballo nuevo e ir en busca de su hacha. Pero las palabras se congelaron en sus labios. Las mujeres no mostraban ni pizca del orgullo que solían sentir cuando su reina estaba lejos, esparciendo su fama. Entrecerraron los ojos y sus frentes se arrugaron por algo más que la vejez. Las crines de los caballos ondearon con el viento que soplaba desde el mar.

Ahora el resto la había alcanzado.

—¿Qué ocurre? —exclamó una de ellas.

La multitud estalló en susurros. Una nube se arrastró hasta cubrir el sol, convirtiendo el azul celeste del mar en un gris sucio.

Los ojos de Pentesilea estaban fijos en Glaucia. Era una de las mujeres de mayor edad y, cuando se relajaba con los vapores de las semillas, acostumbraba a deleitar al resto con historias acerca de Ares y de Otrera, de aquellos días tempranos de la fundación de las amazonas. Era conocida tanto por su agilidad como por su frivolidad; se había roto más de un hueso intentando trucos a caballo que llevaba años sin realizar. Sin embargo, en ese momento, la mujer que Pentesilea tenía enfrente no mostraba más que angustia.

—Hay algo más —dijo en voz baja. Observó, por encima del hombro de Pentesilea y de sus hermanas, a las mujeres que aguardaban en silencio, buscando captar por lo menos un murmullo de lo que se decía.

—¿Qué más? —respondió Pentesilea, bajando la voz al mismo volumen—. ¿Qué más deberíamos saber?

La mujer tragó con fuerza. Su mano temblaba y se veía tan pálida como si estuviera perdiendo sangre tras una puñalada en el vientre; esta reacción no era de esperarse en una amazona, ni siquiera al enfrentarse con la muerte.

Esta mujer sentía miedo.

—¿Qué ocurrió? —preguntó la princesa, ahora con más firmeza—. ¿Qué pasó con mi hermana?

La vieja guerrera jaló aire con fuerza y miró al cielo, como si ofreciera una oración silenciosa al mismísimo Ares. Después habló.

—La reina tenía un hombre. Un hombre que estuvo con ella aquí mismo, en Temiscira. Y ahora ambos se han ido.

Pasaron las horas. Cepillaron y alimentaron a los caballos. En el tiempo que les tomó a las mujeres alcanzar los muros de la ciudad, el viento había traído una lluvia que, de tan fuerte, salpicaba hasta sus tobillos como si la tierra misma estuviera repeliendo al cielo. Ninguna de las mujeres fue al río.

Pentesilea se paseaba por el suelo de piedra, girando una flecha entre sus dedos sin siquiera pensarlo.

—No lo entiendo. Estás diciendo que ella lo mantuvo a su lado. Que ella...

Le costó pronunciar la palabra.

—...lo *quería* aquí.

—Yo diría que disfrutaba de su compañía —respondió Glaucia.

—¿En un sentido no solo carnal?

La anciana asintió.

—Casi nunca se separaban. Y menos aún de noche. Pregúnteselo a cualquiera de las mujeres. Todas los vimos juntos, luchando, cabalgando, riendo.

Esto último fue lo que más le costó comprender a Pentesilea.

—¿Crees que sea posible que se haya ido con él? —preguntó Melanipe—. ¿Que haya abandonado a las amazonas?

No podía soportar la desesperación en sus miradas ni un instante más. Pentesilea se dio la vuelta y caminó hasta la ventana. La luna estaba en lo más alto, pero parecía una mancha sin forma, oculta por la fina capa de las nubes. Siete de ellas estaban presentes: Pentesilea, sus hermanas y cuatro más; las tres mujeres que habían venido cabalgando con la noticia de la desaparición de la reina, y otra. Glaucia y Eumaquia eran las mayores, con el cabello blanco trenzado cerca del cuero cabelludo. Las otras dos, más jóvenes, eran Derione, herida en batalla antes del viaje a los gargarios, y Andromaquia, cuyas habilidades como nodriza la hacían más valiosa en la ciudad que en cualquier otro lugar.

Aunque estaba de espaldas a las mujeres, Pentesilea podía sentir cómo hundían los ojos en ella, esperando su respuesta. Pero ¿qué respuesta les podría dar? Nunca se habría imaginado que su hermana abandonaría a su pueblo, al honor que le fue conferido por el mismo Ares. Pero, a decir verdad, tampoco se habría imaginado que le daría la bienvenida con los brazos abiertos a un hombre en su hogar.

Se giró hacia Andromaquia.

—¿Dijiste que le hizo una oferta de matrimonio?

La mujer asintió.

—Con todo descaro. Y no una sola vez. Ese era el motivo de su llegada, o eso decía. Lo escuché decirlo varias veces. No tenía escrúpulos al declarar su propósito.

—¿Y ella? ¿No lo rechazó?

—Sí —contestó Derione, enérgica—. Lo rechazó en cada oportunidad. Dijo que nunca abandonaría su hogar. Que nunca escogería ser la esposa de un rey cuando ya era una reina por derecho propio.

Esas palabras trajeron un poco de alivio; el aire se llenó de exhalaciones. Pentesilea bien podía imaginar a su hermana diciendo eso. Fue como si, al fin, la propia habitación pudiera respirar.

Pero el alivio duró poco.

—Entonces él tuvo que habérsela llevado contra su voluntad —dijo Antíope.

—Pero ¿cómo? Ella hubiera luchado. Un solo hombre nunca hubiera sido capaz de llevársela contra su voluntad —repuso Melanipe.

—Mientras él estuvo aquí, su barco permaneció anclado a cierta distancia de la costa —dijo Derione, como ofreciendo una explicación—. Y uno de nuestros pequeños botes de pesca también ha desaparecido.

—¿Cuándo pasó esto?

—Hace cerca de una luna.

El silencio se cernió sobre ellas. ¿No podrían haber compartido esta noticia antes con Pentesilea? Al menos, ahora estaban seguras de cómo se había ido, lo cual solo servía para reforzar la idea de que no había sido una elección propia. De tener voz en el asunto, Hipólita tan solo se habría ido a caballo.

—¿Cuántas pisadas encontraron en la playa? —preguntó la princesa—. Si pertenecen a una sola persona, entonces sabremos con certeza que él se la llevó.

«Que no sean dos filas de huellas», fue el pensamiento que cruzó su mente. «Por favor, que no se haya ido por elección».

A juzgar por su expresión, estaba claro que sus hermanas pensaban lo mismo.

—No nos dimos cuenta de que no estaba sino hasta después —dijo Derione—. Para entonces la marea había subido, borrando cualquier rastro en la arena. Cualquier huella que pudiera haber estado antes ahí, desapareció.

La decepción embargó a las hermanas, tan pesada como una roca en el vientre.

Ya no tenían a su reina. Se había ido.

—¿Por qué no viniste a buscarnos de inmediato para decirnos esto?

La reina llevaba desaparecida una luna entera. ¿Quién sabe a dónde se la habría llevado Teseo?

Las mujeres titubearon. Al final, fue Glaucia quien habló.

—Pensamos... Pensamos que tal vez se había marchado para unirse a usted. Que había salido por la noche sin que la viéramos.

—O que se había ido por decisión propia. —Andrómaca dejó caer la cabeza, avergonzada de sus propias palabras.

Temiendo acabar con ellas ahí mismo, Pentesilea prefirió girar hacia sus hermanas.

—Me iré con un pequeño grupo al amanecer —dijo.

—¿Un pequeño grupo? —respondió Antíope—. Necesitamos toda nuestra fuerza. A cada una de las mujeres. Haremos que este príncipe pague por el rapto de nuestra reina.

—Si es que fue raptada en realidad.

—Oíste lo que dijo Derione. Hipólita rechazó sus peticiones de matrimonio. No puede haber querido irse con él.

—Lo rechazó en público. No podemos ignorar que le permitió a un hombre penetrar los muros de Temiscira. Si atacamos en masa, solo para descubrir que Hipólita nos dejó por elección propia, habremos librado una guerra sin razón alguna. Otros vendrán en defensa de Atenas tan pronto se enteren de nuestro error. Pondríamos nuestro hogar en riesgo.

Sabía que esa no era la respuesta que sus hermanas esperaban y, mientras tomaba una respiración larga y agitada, intercambió con ellas una mirada que lo decía todo. Pentesilea supo, sin lugar a duda, lo que estaban pensando.

—No busco perseguir la gloria para mí misma —dijo—. Pienso únicamente en Hipólita, en qué es lo mejor para mi reina. Nuestra reina.

Por sus expresiones, supo que sus hermanas no estaban del todo convencidas. Suponían que su plan era adentrarse ella sola en Atenas, salvar a su hermana sin ayuda y recibir toda la gloria. Y aunque esa idea, de hecho, había cruzado un instante por su mente, la descartó con la misma rapidez.

—Entonces, ¿qué? —preguntó Antíope, sin estar convencida aún—. Si descubrimos que se la raptaron, ¿qué haremos entonces?

—Entonces haremos lo que las amazonas sabemos hacer mejor —respondió Pentesilea—. Pelearemos una guerra. Y Teseo morirá.

CAPÍTULO 15

El viaje fue más arduo de lo que Pentesilea había previsto. Tan pronto descendieron las estepas del Ponto, fueron sorprendidas por la lluvia.

Las gotas, grandes como guijarros, difuminaban el camino y el resto del paisaje, haciendo imposible decidir hacia dónde cabalgar.

El cielo, gris e hinchado, oprimía a las mujeres con una pesadez que, al mismo tiempo, parecía ralentizar sus mentes mientras el agua llenaba sus botas y empapaba los gorros, formando riachuelos sobre su rostro.

—Princesa, no podemos seguir avanzando así. Los caballos caerán rendidos —dijo una voz a sus espaldas, apenas audible entre el ruido de la tormenta.

—Hemos luchado en peores climas que este —gritó Pentesilea, en el instante preciso en que un relámpago iluminaba el cielo.

—Por favor, princesa —gritó Clete—. No podremos salvarla si ni siquiera llegamos hasta Atenas.

Pentesilea se removió en la silla de montar, intentando determinar su ubicación.

Viajaban hacia el oeste cuando partieron al amanecer, pero ahora las nubes eran tan densas que resultaba imposible localizar la posición del sol para orientarse, mucho menos la del mar.

—No podemos acampar aquí —dijo al fin—. Manténganse alertas para encontrar un refugio. Una ladera o un matorral.

A sus espaldas, escuchó el murmullo de las mujeres asordinado por la lluvia.

Dando una patada a los flancos de su caballo, siguió adelante.

La lluvia aún no había escampado cuando dieron con una cueva de arenisca, ahuecada en una ladera de roca y con una pequeña saliente que prestaba un poco de protección a los caballos.

A juzgar por las cenizas en el suelo, era evidente que la cueva ya había sido utilizada como refugio, quizás por agricultores o, incluso, por sus propias mujeres nómadas. Esa idea no la tranquilizó;

esperaba haber recorrido una mayor distancia para entonces, encontrarse más allá del Mar de Mármara y al interior de Tracia. Mientras la lluvia siguiera martillando de esa forma, no había más remedio que aguardar hasta que pasara. Esperó que, por la mañana, tal vez las nubes se vaciaran del todo, pero al caer la noche, con las idas y venidas de la luna plateada de Selene, la lluvia persistió. Pentesilea y sus mujeres permanecieron atrapadas en los bordes de la cueva sin que su ropa pudiera secarse en aquel aire húmedo y estancado. No hacían ninguna de las bromas habituales en una expedición normal, esto podría ser todo menos normal. Afuera, los caballos relinchaban con más intensidad, expresando su propio anhelo de calor y alimento.

Cinco mujeres se le habían unido en esta expedición de rescate: Clonia, Polemusa, Termodosa, Derione y Clete. A las primeras cuatro no solo las había elegido por su destreza en batalla, sino también por su apariencia. Aunque por completo distintas en aspecto, eran igualmente seductoras, de una forma que atraería la mirada de cualquier hombre lo suficientemente afortunado para cruzarse con ellas. Ningún hombre de sangre caliente podría ignorar la turgencia de sus pechos, la curva de sus caderas; todo ello necesario para el plan de Pentesilea. E incluso si su belleza fallaba, sus armas nunca lo harían. Todas ellas eran asesinas probadas. Inteligentes y despiadadas. Letales y eficientes. Todas, excepto Clete.

Nunca habría sido la primera elección de Pentesilea; aunque era tan hermosa como el resto —sus ojos oscuros, su cabello caoba y sus pestañas, tan largas que podían causar una brisa, bastarían para hechizar cualquier mirada que se posara sobre ella—, el más reciente viaje a la tierra de los gargarios había sido el primero de su vida, tras perder su mocedad en batalla poco menos de un año atrás. Sin embargo, le había rogado a Pentesilea que la permitiera unírseles, asignándose a sí misma el cargo de paje de la princesa. Durante esas primeras noches con los gargarios, fue ella quien le llevó comida a la princesa cuando esta sentía la necesidad de quedarse afuera, montando guardia en el frío; fue ella la que limpió a su caballo después de cada largo viaje. Y aun cuando Pentesilea había rechazado su petición de unirse a la expedición a Atenas, Clete cabalgó detrás suyo, vistiendo su manto con bordados y rezumando esperanza y optimismo. Dado todo lo que había hecho por ella, Pentesilea no se atrevió a rechazarla. Y así, cinco mujeres se convirtieron en seis, cabalgando juntas hacia Atenas.

Pentesilea había decretado que Melanipe y Antíope se quedaran en casa. La decisión fue recibida con gran animosidad, en especial por Antíope, quien esta vez no tuvo miedo de quejarse: acusó a Pentesilea de perseguir la gloria para sí misma, de buscar que su nombre fuera tan conocido como el de Hipólita. Después de todo, si algo le ocurría a la reina, Pentesilea sería la siguiente en la línea. Sus palabras estaban cargadas de veneno. Pentesilea, dijo, había sido colocada en segundo lugar por su padre. No era del todo digna del cíngulo y, por lo tanto, debía ser ella quien se quedara en Temiscira, y Antíope, la que guiara a las mujeres hasta Atenas. Era casi tan hábil con el arco como Pentesilea, argumentó y, sin duda, una mejor guerrera que cualquiera que los atenienses les pudieran oponer.

Pero Pentesilea rebatió el argumento. Ante la ausencia de Hipólita, era ella quien estaba a cargo y sería ella quien cabalgaría hasta Atenas, no por la gloria como pensaban sus hermanas, tampoco para que su nombre fuera cantado en los salones y tabernas ni para que quedara grabado en la historia. Lo haría porque era incapaz de quedarse de brazos cruzados mientras esperaba tener noticias. Porque la ausencia de su hermana y su ignorancia de lo que había ocurrido con ella le ataba nudos en el estómago, nudos con púas afiladas que le desgarraban las vísceras desde adentro.

A diferencia de tantas mujeres, en toda su vida nunca había sucumbido a la enfermedad. Ni una sola dolencia del estómago o malestar que hiciera aumentar su temperatura. Esto era lo más cerca que había estado de algo parecido, y solo llegaría a su fin cuando Hipólita estuviera cabalgando a su lado nuevamente. Y si Teseo *realmente* había raptado a la reina, tal y como Pentesilea creía, entonces su muerte era inminente. Lucharía hasta que Atenas se derrumbara. Pero solo hasta escucharlo de los labios de la propia Hipólita. Por más voluble e impetuosa que Antíope la creyera, no iba declarar una guerra que pondría en riesgo la vida de sus mujeres sin la autoridad de su hermana, ni mientras existiera la posibilidad de que aún siguiera con vida.

A la mañana siguiente, el cielo finalmente se había despejado y el sol relucía intacto sobre la tierra anegada.

—Viajaremos cerca de la costa —les informó Pentesilea mientras colgaban las alforjas—. El suelo estará empapado e inestable. Tengan cuidado con los caballos, no podemos arriesgarnos a que alguno se lastime.

Conocía bien la ruta. Habían viajado de Anatolia a Grecia en innumerables ocasiones. A veces, sus visitas duraban apenas unos días. Otras, se alargaban por semanas enteras en las que un rey tras otro pedía su auxilio, temiendo perder sus tierras, pero siendo incapaces de reunir suficiente fuerza con sus propios medios para aplastar a los invasores. Habían teñido la verde hierba de rojo; habían acabado con ejércitos que se pensaban invencibles hasta que avistaron los escudos de medialuna de las amazonas brillando en el horizonte; habían sido llamadas a blandir sus espadas y disparar sus flechas en tantas guerras que Pentesilea necesitaría una semana para recordarlas todas.

Pero ahora era distinto. Cada vez que cabalgaban hasta aquí, hasta Macedonia o Tesalia o más allá, lo hacían sabiendo contra quién combatirían o, por lo menos, en nombre de quién lo harían. Esta vez, todo era incierto.

No hablaban al montar, y llevaban a los caballos al galope solo cuando el terreno era llano, uniforme y lo bastante seco. De vez en cuando, una de las mujeres señalaba un manantial o un arroyo donde podían detenerse para beber, pero, además de eso, incluso Clete se mantenía en silencio.

Al cabalgar en un viento más fino y fresco, más allá de la vasta extensión del monte Parnaso, el cielo se tornó de un azul brillante y el exuberante verdor de los cedros y cipreses apareció sobre sus cabezas. Los huertos florecían en la ladera de la montaña y las vides de uva eran tan prolíferas que casi ocultaban a las casas, los frutos curvaban con su peso los arriates a los que estaban atados. La montaña era sagrada para Dioniso, hijo de Zeus, dios del vino y del éxtasis. Considerando la abundancia de los frutos, era fácil imaginarse por qué.

—Hay un lugar unas horas al sur de Beocia —les dijo Pentesilea a las mujeres mientras alentaban el paso para atravesar un terreno más rocoso—. Tenemos un amigo allí. Podremos pasar la noche, comer y cambiarnos de ropa.

—¿Cambiarnos de ropa? —preguntó Clonia.

—No podemos viajar a Atenas de esta forma. Despertaremos demasiadas sospechas.

Los pantalones y las túnicas eran la vestimenta habitual de las amazonas. En batalla y al cabalgar, usaban gorros de cuero ajustados a la cabeza que, en ocasiones, eran acomodados para colocar encima un casco de metal si la gravedad del combate lo requería.

Pentesilea había asumido que la necesidad de cambiar su atuendo sería evidente para las mujeres, tan obvia como dejar los caballos y las lanzas donde ningún hombre los pudiera encontrar. Difícilmente podrían llegar a Atenas cabalgando, porque su condición de guerreras sería visible para todos. Sin embargo, las mejillas de las mujeres palidecieron y Clonia se aferró con fuerza a su arco.

—Pero ¿y nuestras armas? —preguntó.

Pentesilea jaló aire con brusquedad.

—Podemos llevar lo que logremos atar a nuestros cuerpos bajo las prendas. Tantas dagas como se sientan cómodas portando, siempre y cuando no sean visibles. No podemos levantar sospechas. El resto de las armas se quedará en Beocia, con Clete.

La joven abrió la boca a punto de objetar, pero volvió a cerrarla con fuerza de inmediato. La princesa había hablado. A diferencia de las hermanas de Pentesilea, Clete no cuestionaba su autoridad. El resto de las mujeres intercambió miradas furtivas de aprehensión, que Pentesilea no se dignó a acusar. No les hacían falta las armas. En el campo de batalla, había visto a Clonia romper el cuello de un hombre con sus rodillas, a Polemusa quebrarle la mandíbula a otro con el codo. El daño que cualquiera de ellas podría infligir con una sola daga era fácilmente comparable al de un soldado ateniense completamente armado. Sus armas, como el cíngulo de Hipólita, eran apenas una fuente de comodidad, no de poder. Esa comparación hizo que un escalofrío recorriera su espalda. Después de todo, fue el deseo de Heracles por el cíngulo lo que trajo a Teseo a sus costas en primer lugar.

Llegaron a su punto de reposo, al suroeste de Tebas, dos días después de lo que Pentesilea había planeado. Grandes constelaciones se esparcían por el firmamento como ríos poderosos, sus innumerables afluentes fulguraban de blanco contra la infinita extensión color añil. En ocasiones, Pentesilea podía perderse en las mil historias que representaban, sostenidas en perpetua quietud por la voluntad de los dioses. Como la historia de Casiopea, la hermosa reina atada por la eternidad a su trono en el cielo.

Aunque sin duda era atractiva, la presuntuosa reina Casiopea había afirmado ser aún más hermosa que las nereidas, las ninfas marinas que acompañaban a Poseidón y auxiliaban a los marineros en sus viajes. El dios del mar protegía con celo a estas doncellas, por lo que tomó sus palabras como una gran ofensa y envió a Cetus, un horrible monstruo marino, para que asolara su reino.

En un intento desesperado de apaciguar a la bestia, Casiopea ató a su hija, Andrómeda, a una roca en el mar para que Cetus se diera un festín. La historia contaba cómo fue que Andrómeda se salvó. El héroe Perseo, armado con una cabeza de gorgona, apareció en el caballo alado, Pegaso, rescatándola de una muerte segura. Sin haber obtenido el perdón, Casiopea fue atada a su trono y exiliada a las estrellas, condenada a sentarse y mirar cómo el mundo seguía girando bajo sus pies por la eternidad.

—Procurará no precipitarse, ¿verdad?

Pentesilea apartó los ojos del cielo. Clete le hablaba desde el otro extremo de la hoguera. El humo se trenzaba hacia arriba, oscureciendo el aire entre ellas. El resto de las mujeres dormía por orden de la princesa, pero Clete se mantenía despierta con ella, como si esa fuera su vocación.

—Sé que no puedo pedirle nada a una princesa. Pero, si pudiera, le pediría que no se precipite. Que no trate de matarlo por su cuenta.

—Te habría dejado en el Ponto de haber sabido que empezarías a hablar como mis hermanas.

—Sus hermanas dicen lo que dicen porque la quieren. Yo hablo...

Se detuvo de golpe, como si Pentesilea no quisiera escuchar lo que estaba a punto de decir.

El silencio se instaló hasta que el crepitar del fuego envió diminutas chispas de ámbar por el aire, sacando a cada una de sus pensamientos.

—Deberías dormir —le dijo Pentesilea.

Cuando llegó la mañana, se vistieron con las prendas atenienses que habían comprado en una ciudad cercana. No dejaban de quejarse por la tela que ondeaba entre sus piernas.

—Esto no está bien —insistió Polemusa—. Hay demasiada tela. ¿Cómo se puede correr con una prenda así?

—No se supone que una corra con una prenda así —replicó Pentesilea, tratando de ocultar que ella, también, estaba teniendo problemas.

Dada la longitud del viaje que aún quedaba por delante, continuaron a caballo. Las mujeres refunfuñaban sin cesar a causa de su ropa, soltando jadeos de frustración cada vez que un viento cortante hacía batir la tela. Pentesilea permaneció en silencio, a pesar de la incomodidad que le provocaban las finas sandalias de cuero que llevaba en los pies. Las botas eran infinitamente más prácticas para cabalgar.

Al mediodía, dieron con una pequeña área cubierta de árboles, en la que se detuvieron y desmontaron. De inmediato, los caballos dejaron caer la cabeza para comer.

—Aquí es donde te dejamos —le dijo Pentesilea a Clete.

—Cuídese, mi princesa —respondió ella.

Pentesilea pudo entrever una pregunta brillando en sus ojos; la necesidad de un consuelo que no podía otorgarle. Se giró para atar su caballo a un árbol cercano antes de reanudar el viaje, sin decir otra palabra.

Ahora a pie, las cinco mujeres restantes siguieron por un terreno rocoso y después a través de campos verdes repletos de olivos, cuyos troncos nudosos se abrían en coronas de hojas iridiscentes. Los cabreros guardaban a sus animales en tiendas improvisadas, tras vallas de madera mal construidas que no podrían hacerle frente a un depredador decidido; o sencillamente los dejaban vagar a la sombra de las arboledas. Las mujeres evitaban el contacto visual mientras caminaban, cubriéndose la cabeza y el rostro con velos que únicamente dejaban sus ojos al descubierto.

—La gente nos mira —susurró Polemusa cuando pasaron junto a una familia que almorzaba pan plano con aceite de oliva. Cuando las mujeres estuvieron más cerca la familia, esta se quedó en silencio e incluso después de haberse ido, el silencio persistió, aunque Pentesilea no le prestó atención.

—Es posible que esta sea su tierra —dijo—. De cualquier modo, no importa.

Cuanto más se acercaban a Atenas, más fértiles se volvían las tierras de cultivo y los viñedos. Fila tras fila de enredaderas ensortijadas interrumpían el paisaje intercalándose con el trigo, su amarillo oro haciendo un claro contraste con la intensidad del verde.

En un comienzo el aire olía a cultivo, tierra arada y polen, aceite recién prensado y madera de cedro a medio quemar. Sin embargo, poco a poco, esos aromas se desvanecieron para abrir paso a los fétidos olores de la vida urbana, tanto humana como animal; una ranciedad inconfundible. Y aun así, en medio del hedor, cuando alcanzaron las murallas de la ciudadela, las mujeres no tuvieron más remedio que detenerse y mirar, brevemente asombradas por lo que tenían frente a ellas.

Habían llegado a Atenas.

CAPÍTULO 16

Las fortificaciones eran distintas a todo lo que Pentesilea hubiera visto antes. Un hoyo profundo había sido cavado frente al primero de los muros, el cual no era más alto que dos hombres juntos. Esta estructura, más pequeña que el resto, estaba construida de manera paralela a las murallas principales de la ciudadela, con sus torres y almenas cubiertas por tejas de terracota que, bajo el sol fulgurante, asemejaban el color de la tierra quemada. La densa roca estaba punteada de ventanas estrechas, lo bastante anchas para que una flecha pudiera ser disparada desde ellas, pero no hacia su interior. Eso a menos que el arco estuviera en manos de una amazona, pensó Pentesilea. Sus flechas podrían entrar por esas ventanas sin dificultad; por lo menos, se trataba de un blanco fijo.

La muralla serpenteaba en torno a la ladera. Con sus ladrillos amarillos, rodeaba una ciudad de la que Pentesilea no podía entrever más que una parte diminuta que se asomaba a través de sus inmensas puertas. Sabía que existían varios puntos de acceso a lo largo de la muralla. Se habían acercado desde el norte, que era la ruta más directa para llegar a Atenas, aunque quizás sería necesario pensar en otra cuando fuera tiempo de irse.

—Vamos, sigamos a estas personas. Así despertaremos menos sospechas —dijo Pentesilea, señalando a un grupo de quince. Aunque casi todos eran hombres, detrás suyo se había rezagado una media docena de mujeres que caminaban a paso lento mientras platicaban, haciendo caso omiso a la charla de los que caminaban al frente. En cuanto Pentesilea asintió con la cabeza, las amazonas se acercaron, uniéndose al grupo sin ser advertidas mientras cruzaban el foso.

Había tanto que admirar. Era demasiado para que sus ojos y oídos pudieran asimilarlo de golpe, aunque, por suerte, su olfato se había acostumbrado al hedor que momentos atrás le causaba náuseas. Lo primero que llamó su atención fue la cantidad de personas y edificios. Los hoplitas, soldados atenienses, eran fácilmente identificables por sus pecheras de bronce en bajorrelieve y sus cascos pulidos, por el acero reluciendo con el grabado de su emblema. A medida que Pentesilea pasaba a su lado, tanto ella como el resto de sus mujeres amainaron el paso, cada una tomando nota de lo mismo: el número de guardias, las armas que portaban y los sitios por los que la muralla podría ser escalada. Los soldados cargaban lanzas y espadas cortas que a ellas les serían útiles una vez que se las arrebataran. Pero aún no, se recordó Pentesilea. No hasta que fuera necesario.

La topografía apenas permitía tener vislumbres de la ciudadela. A diferencia de las estepas del Ponto, donde el suelo subía y bajaba con suavidad como si su posición obedeciera al aliento mismo de la Tierra, aquí los valles y colinas parecían haber sido clavados con hachas y martillos; todo lo que había eran picos irregulares, grandes salientes rocosas y pendientes empinadas repletas de aún más personas y construcciones. Los templos se asentaban en la cumbre de las colinas. La acrópolis, velada por el humo del incienso y rebosante con la muchedumbre, era visible incluso desde la baja elevación en la que se encontraban.

Las mujeres se agruparon como si estuvieran preparándose para un ataque enemigo.

—¿Esos de ahí son templos? —preguntó Derione en voz baja, que recién ahora notaba las construcciones—. Si es así, ¿por qué necesitan ser tan grandes?

—Porque son griegos. Se deleitan con la ostentación. Es como si rezaran a gritos, esperando así ser escuchados con mayor facilidad —contestó Pentesilea. Su voz estaba impregnada de cinismo, intentando disimular la admiración con la que ella misma observaba los edificios y el resto de las construcciones. Incluso la muralla.

Siguieron adelante con el grupo de hombres y mujeres, en dirección al ágora. Atenas era conocida por su comercio y, sin duda, el corazón de ello sería su mercado; un lugar en donde la gente podría negociar con miel, lámparas, joyas de plata y un millar de cosas más que necesitaban o simplemente deseaban poseer. Había visto muchas ágoras antes, aunque por lo general en un estado de caos después de la batalla. Sin embargo, tan pronto doblaron en la esquina, toda expectativa palideció por completo.

—¿De dónde salió todo esto? —preguntó Clonia.

Aquí era. El corazón de Atenas. Un mercado tan atestado y rebosante que ni siquiera las cabras lograban quedarse quietas en sus corrales. No solamente el aroma de la oliva, sino también las ricas y profundas fragancias de palo de rosa, canela, iris, cistus, mirto e hinojo, se entrelazaban en espirales invisibles, perfumando la atmósfera. Granos de pimienta perfectamente esféricos, de un gris oscuro con acentos de rosa, se desbordaban de pequeños cuencos de madera. Sobre las mesas se exhibían pescados en salazón, cuyos colores se mudaban del rojo profundo a un blanco cristalino. Había puestos que vendían cuero, cortado o en pieles crudas para formar artículos como sandalias, mientras que otros ofrecían telas, madera, papiro y más. La lista era interminable. La gente se movía de un lado al otro, unos con evidente urgencia, otros a paso lento.

Era fascinante. Tanto, que quizás la reina Hipólita hubiera elegido vivir aquí. La pregunta apenas alcanzó a formarse en la mente de Pentesilea cuando se la quitó de encima otra vez. Debajo de esa superficie tan atractiva, los aspectos menos apetecibles se hacían evidentes. En algunos puntos, el excremento y las ratas llegaban casi a los tobillos. Atraídas por el desagüe de los canales, las moscas y mosquitos zumbaban sobre los labios y ojos de personas y animales por igual. Los borrachos roncaban bajo el calor del sol, algunos en charcos de su propio vómito, mientras los niños corrían por encima de sus cuerpos como si no fueran más que cadáveres. No, Hipólita nunca podría disfrutar de una vida aquí. Estaba segura de ello.

Ahora, varios pares de ojos estaban fijos en las mujeres. Recién entonces Pentesilea se percató de que se habían separado del grupo con el que llegaron. Al menos no había traído a Clete, pensó, porque entonces esos ojos sí que tendrían algo que mirar. Sin prestarles atención, continuó estudiando el ágora.

Debajo de otra carpa, una docena de hombres y mujeres estaban apiñados con los brazos atados detrás, de piel tanto clara como oscura, y de distintas edades. Los ojos de la princesa se posaron sobre una mujer que estaba de espaldas. Su cabello oscuro era del mismo tono y grosor que el de Hipólita, quizás un poco más corto, pero trenzado de una forma en la que su hermana fácilmente hubiera podido llevarlo. ¿Acaso podía ser ese el plan de Teseo? ¿Raptar a la reina para humillarla mientras era vendida al mejor postor?

El pulso de Pentesilea se aceleró. Sus pies resbalaron en el suelo a medida que se acercaba. El barro y el excremento rezumaron hasta sus sandalias y mojaron sus pies, sin que ella lo notara siquiera.

—¿Hermana?

La mujer se dio vuelta. Sus ojos, delineados con el carboncillo del kohl, eran oscuros y almendrados. Su mandíbula era cuadrada, su nariz larga y la frente estrecha. No había similitud alguna.

—Mis disculpas —dijo y retrocedió con lentitud.

Conforme se abrían paso entre los puestos, la incertidumbre comenzó a revolverse en su interior. Una sensación parecida a la de leche agria maduraba en su estómago, como si se dirigiera a la batalla sin saber de dónde podría venir el ataque. Estaba segura de que sus mujeres la sentían también. Incluso si sacar a Hipólita del palacio resultara relativamente sencillo, sería imposible escapar de un lugar tan atestado sin causar una sola baja.

Sin darse cuenta, se habían colocado en una formación en la que combatían a menudo, moviéndose con lentitud mientras escrutaban sus alrededores y se aferraban al cinturón de sus túnicas, donde las dagas permanecían ocultas.

Los ruidos las distraían. Hombres intentando vender sus mercancías a gritos, niños soltando llantos y alaridos, el ladrido de los perros, el relincho de los caballos.

—¡Granates! ¡Zafiros! ¡Rubíes!

Un vendedor ambulante llamaba a cada persona que se acercaba y, tan pronto vio al grupo, dirigió su pregón hacia ellas.

—¡Granates, los más grandes que verán jamás!

—¿Hacia dónde nos dirigimos? —susurró Derione.

Un tamborileo había comenzado a retumbar entre las costillas de Pentesilea y una oleada de adrenalina surcó sus venas. Estaba escrutando el horizonte, sin haber decidido aún en qué dirección avanzar, cuando una mano se alargó y la tomó de la muñeca.

Por instinto, la princesa sacó la daga de su cintura, se dio vuelta y la presionó contra la garganta del vendedor. De inmediato, el resto de las amazonas hizo una formación a su alrededor, bloqueando la vista de los transeúntes.

—¿Acaso te atreves a tocarme?

El vendedor intentó separarse de la daga. Aunque actuaba sin pensarlo, Pentesilea había logrado inclinarla con tal precisión que, incluso sin derramar sangre, la presión bastaba para constreñir su tráquea y causar una incomodidad considerable.

—El error es mío —jadeó—. Lo siento. Perdóneme. Perdóneme. Por favor, perdóneme.

Poco a poco, Pentesilea dejó ir la presión de la daga. El vendedor cayó hacia atrás, jadeando en busca de aire, con los ojos reluciendo de lágrimas mientras los movía de un lado al otro. Aunque el cuchillo seguía en mano de la princesa, él miraba por encima de su hombro, como si lo peor aún estuviera por venir. Al ver que nada más ocurría, se dejó caer de rodillas.

—Están solas —dijo con una mezcla de horror e incredulidad.

Pentesilea lo comprendió un latido antes de que Derione hablara.

—Por eso nos estaba mirando toda esa gente —dijo—. No tenemos a ningún hombre con nosotras. Todas las otras mujeres aquí están acompañadas de hombres.

¿Era ese el caso? Pentesilea giró ligeramente para mirar a su alrededor. Ahora que se lo habían hecho notar, resultaba obvio. Por supuesto, en una ciudad como esta las mujeres no eran independientes. Si deseaban deambular por las calles de Atenas, era necesario que lo hicieran con un acompañante. Esto lo sabía, pero de algún modo se le había escapado. O tal vez simplemente era que, cuando había estado en lugares como este, las reglas no aplicaban para ella, por lo que nunca les prestaba atención. Pero ahora la situación era distinta.

—El príncipe Teseo, ¿dónde está su residencia? —preguntó, llevando de nuevo su daga a la garganta del hombre.

El vendedor alzó la cabeza hacia la acrópolis. Alzándose la misma altura que el Partenón, había un edificio más bajo, de techos planos y amplias verandas. Era una ubicación razonable para un palacio, pensó la princesa. De tener lugar una invasión, sus ocupantes estarían a salvo, aunque, incluso desde aquí, lograba distinguir sitios por los que sería posible escalar las murallas, si llegara el momento de lanzar un ataque.

Pentesilea recordó las palabras de sus hermanas y la petición de mesura que le había suplicado Clete. Esto no debía ser un asalto, tampoco un combate en el que demostrara su valía como guerrera. Si iban a entrar al palacio, sería con el consentimiento de aquellos en su interior.

De repente, un pensamiento la golpeó como una flecha sin punta contra el pecho. Con una sonrisa en el rostro, se giró hacia el vendedor.

—Empaca tus gemas —le dijo—. Tú vienes con nosotras.

CAPÍTULO 17

—¿Quién eres? —tartamudeó el hombre. Tenía los ojos hundidos y a medio caer. Sus cejas pobladas, que alguna vez habían sido negras, ahora eran grises y se juntaban en el centro. El que no fuera originario de Atenas, Pentesilea ya lo había comprobado tanto por el tono de su piel como por su acento, pero eso lo usarían a su favor.

—Cúbrete la cabeza con este chal —le ordenó sin contestar a su pregunta—. No quiero que te reconozcan.

Ya no había necesidad de armas. Si se negaba, el hombre tendría un final limpio y rápido.

—¿Por qué? ¿Por qué haces esto? ¿Quién eres?

—Soy Pentesilea —dijo—. Hija de Ares. Hermana de la reina Hipólita.

—¿Tú eres la princesa amazona?

En ese momento, cualquier color que aún quedara en sus mejillas desapareció. El temblor de sus manos se había desplazado a sus rodillas, obligándolo a apoyarse en su carretilla para no perder el equilibrio. Antes, el vendedor tenía un aspecto bastante robusto, pero ahora parecía indefenso, incluso frágil. La princesa se permitió sentir una cierta satisfacción; una cosa era ser temida con un hacha entre las manos, pero otra muy distinta era causar el mismo efecto sin nada más que palabras.

—¿Debo preguntártelo de nuevo o tendré que usar la fuerza? —dijo.

El vendedor se apuró a tomar sus cosas. Al hacerlo miraba en torno suyo, en apariencia buscado alguna forma de escapar o de atraer la atención sobre su difícil situación. Parecía creer que, de una manera u otra, podría huir de sus captoras sin que eso culminara en su muerte.

—No hay nada que puedas hacer —dijo Clonia con suavidad. Al ser pronunciadas por ella, incluso las palabras más amenazadoras tenían un cierto lirismo en el tono—. O haces lo que te ordena, o no sobrevivirás. Cualquiera de nosotras puede acabar contigo en un instante.

El vendedor asintió con la cabeza. Sus hombros se hundieron conforme crecía su comprensión de la verdad. Aun así, Pentesilea no sintió culpa. Un hombre que hubiera acumulado tal riqueza en piedras preciosas no era ningún tonto, y enemistarse con una amazona sería el colmo de la estupidez.

Con las bolsas llenas, se irguió lo más que se lo permitía el temblor de su cuerpo y miró a la princesa.

—¿Qué es lo que quieres de mí? —preguntó.

La fuerza de su mirada era admirable, más aún en un hombre que, a juzgar por la tersura de sus palmas, seguramente no se había enfrentado al conflicto en toda su vida. Pentesilea sintió una pizca de respeto por él.

—Ahora vendrás con nosotras —dijo—, hasta el palacio.

Una y otra vez, los ojos de Pentesilea eran atraídos por los asombrosos edificios junto a los que pasaban. Se preguntó qué pensarían los dioses de esos desplantes. No era ningún secreto que Poseidón y Atenea habían competido por el patronazgo de la ciudad, presentando cada uno al viejo rey Cecrops dones que harían florecer su tierra más allá de los sueños del monarca. Golpeando su tridente contra el suelo, Poseidón había partido la tierra para hacer brotar de ella su regalo: un manantial de agua salada que formó un mar interior.

Atenea, por el contrario, bajo la atenta mirada de Cecrops plantó una semilla que creció hasta convertirse en un esplendoroso olivo, rebosante de frutos. De inmediato, el rey vislumbró todas sus posibilidades. La fruta podía usarse para elaborar aceite, para hacerla arder durante las noches oscuras o comerse a la sombra de sus hojas. El olivo, además, les otorgaría madera para quemar o para fabricar armas. Fue una decisión fácil para Cecrops y, ahora, los templos de Atenea se erguían con altivez. El padre de Pentesilea, el dios Ares, por el contrario, nunca había profesado tal deseo de reconocimiento; se contentaba con que sus hijas le mostraran su dedicación a través de los botines de la caza y la guerra.

A juzgar por los vientres hinchados de muchos atenienses, sus ofrendas seguían siendo bien recibidas. La ciudadela era rica, próspera. Pero si ese era el caso, ¿por qué Teseo había raptado a Hipólita cuando podía elegir a cualquier mujer como esposa?

—Dejen caer sus manos con naturalidad —dijo Pentesilea a sus mujeres mientras se acercaban a la escalinata del palacio.

—Aferrarnos a nuestras dagas es lo natural —repuso Clonia.

La princesa comprendió la preocupación de Clonia. La discreción no era su fuerte. Disimular sus intenciones iba en contra de lo que cualquier rey les pediría. Eran amazonas. Cabalgaban a la batalla con sus lanzas en alto y los arcos listos; su linaje corría por sus venas. Todos los hombres a los que se habían enfrentado sabían perfectamente quiénes eran. Hasta ahora.

Alcanzaron la escalinata. El mármol pulido era resbaladizo, más aún con todo el barro que quedaba en sus sandalias a causa de la larga caminata y el fango del ágora. El velo que cubría su cabello y se envolvía en torno a sus hombros era poco más que una fina gasa, pero a Pentesilea le resultaba claustrofóbico, restrictivo y, a ratos, sofocante. Decidió que, si luchaban aquí, lo harían descalzas y en contacto directo con el enemigo. De ese modo, podrían aprovechar la falta de fricción del suelo y el peso mismo de sus oponentes. Sería necesario colocar mujeres alrededor de la ciudadela y decidir por qué puerta irrumpir, y bloquear el resto para que nadie pudiera escapar. Si Atenas iba a caer, haría falta un ataque a gran escala.

Cuanto más subían, más densa era la multitud de personas que solicitaban una audiencia con el rey. Aquellos que esperaban poder arrodillarse en el suelo de la sala del trono, donde él pudiera mirarlos y fingir, con falso interés, que comprendía su difícil situación. Tal vez el rey Egeo era diferente. Tal vez de verdad escuchaba a sus súbditos. Le pareció improbable; había visto suficiente para saber que tales audiencias no eran más que una afectación de los tiranos. Había visto de primera mano qué sucedía cuando un rey recibía una *sugerencia* con la que no estaba de acuerdo. Y así como el vendedor de gemas se había hecho rico con sus ardides, los reyes también se aferraban a su poder.

El tiempo parecía ir más lento a medida que avanzaban entre la multitud, pero la paciencia era una habilidad que sus mujeres poseían en abundancia. La habían afinado durante los largos meses de verano, en los que llegaban a acechar a un mismo corzo solitario durante kilómetros; y en las noches de invierno, oscuras e interminables, cuando montaban guardia en busca del menor signo de un intruso en sus tierras. Pentesilea podía ver a las mujeres estudiar el entorno al igual que ella, tomando nota mental de qué hombres estaban armados y con qué, y de la forma más eficaz de lidiar con ellos.

La entrada era custodiada por más de dos docenas de hoplitas.

La complació la visión de los guardias, con sus cascos emplumados y corazas oficiales. La presencia de tantos hombres significaba que la realeza no se encontraba de viaje, sino en el palacio. Y de haberse llevado a Hipólita, Teseo no la dejaría sola, sabiendo que haría lo posible por escapar a la primera oportunidad.

A un costado de los hoplitas, un hombre se había puesto de rodillas. De tan desgastada, la suela de sus sandalias dejaba ver la carne callosa y sangrante de sus pies. De él emanaba un olor aceitoso a cabras y lanolina.

—Es la tercera vez que esto sucede. Por favor, déjeme hablar con el rey. Necesito que se haga una revisión en la polis.

—El rey te dirá que hagas una ofrenda en los templos.

—¡Ya lo he hecho! Por favor, por favor. Tengo derecho a otra audiencia. El rey me la concederá.

Mientras continuaba la discusión, Pentesilea escrutó al hoplita con quien el hombre hablaba, observando con interés la forma en que su peso se inclinaba hacia un lado, causando que su túnica cayera con un ligero ángulo. Era más alto que el resto de los guardias, casi tanto como un gargario, pero había sufrido una herida en el costado izquierdo y ahora estaba ligeramente debilitado. No estaba ahí por su fuerza, sino por su capacidad de intimidación. Conocer este hecho podría ser vital si tenía lugar una pelea.

Con el vendedor todavía temblando junto a ella, Pentesilea se movió un poco hacia el costado para obtener una mejor vista, estudiando al resto de los hombres que se interponían entre ella y su hermana.

El guardia que estaba más cerca de la puerta del palacio era más pequeño y delgado que el primero. Sus ojos se movían sin descanso, no solo para observar a las personas próximas a él, sino también a las más alejadas. A juzgar por cómo cambiaba su atención de un sonido a otro, tenía un oído agudo. Cuando su mirada se posó sobre Pentesilea, sus ojos se encontraron brevemente antes de que ella bajara los suyos y diera un paso atrás, arrastrando los pies hasta quedar más cerca del vendedor. Le resultó extraño. Los hombres usualmente sabían que estaba ahí para matarlos. Tener el tiempo suficiente para examinar sus fortalezas y debilidades no era algo que acostumbrara a experimentar.

—¿A qué han venido?

Le tomó un momento darse cuenta de que ahora el primer guardia la miraba a ella y a sus mujeres. El hombre con las suelas ensangrentadas se había ido; pero, a la espera de su próxima audiencia, permanecía cerca de los muros del palacio.

Ahora era su turno; al parecer, no quedaba otro obstáculo entre ella y su hermana.

Inclinando su cuerpo en una profunda reverencia, Pentesilea se deslizó hacia el frente.

—He traído mujeres —dijo—. Debo presentarlas al príncipe Teseo.

El hoplita sorbió por la nariz, retrocediendo con un aire de profunda repulsión.

—¿Por qué me diriges la palabra?

Se volvió hacia el vendedor, el cual se había puesto a temblar tanto que las gemas en sus bolsas resonaban. Abrió la boca, pero Pentesilea se colocó justo frente a él antes de que pudiera completar una palabra.

—Mi marido es mudo. Perdió la lengua a manos de unos bandidos. Por suerte, eso no afecta su capacidad para ganar dinero. No, como he dicho, tenemos regalos, mujeres para el príncipe.

El vendedor cerró la boca de golpe mientras el hoplita la miraba con desconfianza.

—No fui informado de esto.

—Son un regalo de Anatolia Oriental. Un presente para congratular al príncipe.

El guardia permaneció con un gesto de piedra, estudiando los cuatro pares de ojos que le devolvían la mirada desde más atrás, a través de sus velos.

—Han sido solicitadas por la reina Hipólita como un regalo para su futuro esposo.

¿No era esto lo que hacían los hombres griegos, ofrendar e intercambiar a las mujeres como si fueran ganado? Lo había visto a menudo; las mujeres pasaban de un hombre a otro como un botín de guerra, tan fáciles de transferir como el oro o las joyas, con la única diferencia de que el valor de un ser humano disminuía con el tiempo y, en la vejez. Se tornaban inútiles en lugar de ser consideradas valiosas por su sabiduría.

—Tenemos que ver a la reina Hipólita —Pentesilea habló de nuevo—. Ella le confirmará esto. Puede llevarnos con ella ahora mismo. Hemos venido desde Anatolia.

Agregó un poco de fuerza a estas últimas palabras. Si Hipólita estaba ahí, entonces sabrían quién era ella y no tendrían por qué sorprenderse con la presencia de mujeres solas, capaces de decir lo que pensaban incluso en presencia de sus maridos.

Con apenas un movimiento del dedo, el hoplita le hizo un gesto a uno de los guardias a sus espaldas. Al cabo de un momento, desapareció y el nuevo guardia, señalando con la mano, les indicó a Pentesilea y sus mujeres que esperaran junto a la entrada del palacio, al lado del cabrero maloliente.

—¿Y ahora qué? —preguntó Polemusa cuando el hoplita ya no podía escucharlas.

—Ahora debemos esperar.

—¿Y si no nos permiten ver a Hipólita?

Pentesilea respiró hondo.

—Si lo estamos pidiendo es por mera cortesía, eso es todo. Si mi hermana se encuentra en este edificio, no me iré hasta haber hablado con ella.

A su lado, el cabrero resollaba. Estaba cubierto de polvo, sin duda, de los animales que mantenía en pequeños corrales pero que, en las noches más frías y húmedas, llevaba al interior de su casa. En Temiscira habían nacido niñas con esa condición, que resollaban desde el día de su nacimiento. Por lo general preferían la vida nómada, alejándose de los grandes rebaños para cuidar aves de corral, pero seguían teniendo un lugar en el Ponto y entre las amazonas.

Pentesilea se preguntó cuánto tiempo les llevaría encontrar a Hipólita. El palacio era enorme, pero seguramente no tanto como para que un paseo rápido no lo cubriera por completo. Tal vez se había equivocado al suponer que Teseo había traído a su hermana aquí. Tal vez su rechazo a su propuesta de matrimonio lo había hecho idear un castigo más terrible. No temía por la vida de su hermana, pero, bien pensado, nunca había temido que la raptaran tampoco. Cuando el guardia reapareció en la puerta, les ordenó entrar con un seña.

—Pueden presentar a sus mujeres ante la polis —dijo—, ahí se decidirá si pueden ser regaladas como usted pide.

—La polis es para los hombres, pero mi marido no será capaz de hablar con ellos.

—No habrá necesidad de palabras. Es fácil ver lo que se está ofreciendo.

El guardia levantó una mano hacia Polemusa, amenazando con tomarla para encadenarla como a las esclavas que habían visto en el ágora. Cada una de las mujeres se puso rígida, luchando contra el impulso de matarlo ahí mismo.

—No —replicó Pentesilea, colocándose enfrente antes de que su mano pudiera rozarle la piel—. Esto no es lo que pedimos.

Una mueca torció los labios del hoplita. Sus ojos entrecerrados miraron más allá de Pentesilea, deteniéndose sobre Polemusa antes de volver a la princesa con una mirada del más profundo desprecio. La repulsión casi parecía rezumar por sus poros.

—Parece que olvidas tu lugar, mujer.

—Y tú pareces olvidar que la mujer aquí albergada es la reina amazona.

Fue tan rápido, tan instantáneo, que solo las amazonas supieron lo que venía. Mientras el vendedor miraba con estupefacción, el guardia ni siquiera alcanzó a mudar el desdén en su mirada por incredulidad cuando las mujeres lo rodearon, ocultándolo de la vista de sus camaradas en el exterior. En un instante, las manos de Pentesilea se alzaron, tomaron su cabeza y la torcieron; le rompió el cuello con un movimiento rápido, causando un chasquido que resonó hasta los altos techos con un eco. Las rodillas del vendedor se doblaron, pero Pentesilea lo atrapó antes de que cayera al suelo.

—No nos delates o tendrás el mismo final. Y ahora… ¿en dónde tendrían que encontrarse las mujeres de la casa?

Él tartamudeó y jadeó hasta casi hiperventilarse.

—Si no puedes decirme nada, entonces ya no me sirves.

Su tartamudeo se prolongó un momento más.

—El gineceo... La habitación de las mujeres... Debería encontrarse cerca del centro del edificio, para no ser visto desde afuera.

Pentesilea le sostuvo la mirada por un instante, tratando de descubrir algún engaño. Luego, satisfecha, le dio una palmada en el hombro.

—Ya está, sabía que serías de utilidad. —Se volvió hacia sus mujeres—. Manténgalo con ustedes. Encuentren un lugar donde poner el cuerpo del hoplita que no sea fácil de descubrir, luego escóndanse. Si alguien las encuentra, lidien con él sin llamar la atención.

Las mujeres asintieron. Pentesilea no esperó a ver la satisfacción que, sin duda, brillaba en sus ojos ante la perspectiva de una matanza. En lugar de eso, se dirigió hacia el interior, lista para buscar a su hermana.

CAPÍTULO 18

Las olas golpeaban los costados del barco mientras intentaba despejar su mente, aturdida por los efectos del vino adulterado. Una y otra vez caía en la inconsciencia, escuchando por un instante el canto de los hombres y, al siguiente, el chapoteo de los remos en el agua.

Se pasó la mano por el cuerpo, y se sobresaltó con la sensación de la tela. Seda, suave y lisa. La prenda era distinta a cualquier cosa que hubiera usado antes. Al levantarse con torpeza, los pliegues del material cayeron hasta el suelo y encima de sus pies descalzos, trazando las líneas de su figura. ¿De dónde había salido esto? Se colapsó de nuevo sobre la cama.

Poco a poco, las imágenes tomaron forma en su mente. Escenas inconexas, fracturadas en orden aleatorio, acompañadas de sonidos que no encajaban entre sí. Era como si su memoria se hubiera quebrado, al igual que un ánfora contra un suelo de piedra, para ser recompuesta de tal forma que las imágenes ya no se alineaban las unas con las otras. Su hogar. Los caballos. Hacer el amor con Teseo en su recámara.

Luego, con un alboroto que empujó la bilis hasta la parte posterior de su garganta, supo lo que él había hecho. Estaba desnuda cuando Teseo le trajo la bebida. Cuando la drogó. Y esta prenda, este vestido, le quedaba con tal perfección que debía haber sido confeccionada especialmente para ella. Por supuesto que sí. Ese había sido su plan desde el principio; Teseo siempre tuvo la intención de raptarla.

Intentó levantarse de nuevo, pero tropezó. El efecto de las hierbas seguía siendo evidente.

—¡Teseo! ¡Teseo! ¡Ven y enfréntame, cobarde!

Tras dos intentos más logró ponerse de pie, azotando sus puños contra la puerta con tal fuerza que comenzaron a amoratarse. La madera había sido clavada muy ceñida y, sospechaba, reforzada del otro lado. Era eso o se encontraba aún más débil de lo que temía. Era como experimentar una desconexión entre el cuerpo y la mente. Más valía concentrarse.

—¡Padre! ¡Padre! —La palabra «ayúdame» apenas se formó en su lengua cuando se las tragó de vuelta. Nunca le había pedido ayuda y no empezaría a hacerlo ahora. Le había ofrecido sacrificios, sí, pero no era lo mismo.

La piel tierna de su garganta se sentía áspera, como si hubiera sido frotada con arena. El hambre repentina que le sobrevino era otro indicio del tiempo que llevaba en ese barco.

Arrastrándose de vuelta a la cama, notó un odre de agua colgando de un clavo. Lo abrió y bebió codiciosamente, un trago tras otro, sin parar. Solo cuando se detuvo para tomar aire y saboreó la amargura terrosa, cayó en cuenta de lo que había hecho. Su cabeza golpeó la cama antes de que siquiera pudiera vomitar.

La próxima vez que despertó, un plato de comida había sido colocado en el suelo de madera. Carnes saladas, frutos secos y pan. Alimentos habituales para un viajero. Teseo le había dicho que sus hombres tenían comida suficiente para aguantar mientras estuviera con ella. Ahora, tenían una boca más que alimentar; una de la que sin duda se habían ocupado.

Examinó las marcas en los talones de sus manos y aquellas que las sogas habían dejado alrededor de sus muñecas, más dolorosas aún; dio un tirón, sabiendo que no cederían. La habían engañado de nuevo. La vergüenza la recorrió entera, más amarga que cualquier veneno. ¡Había sido esclavizada por un hombre en su propia tierra! La humillación se mezcló con el brebaje de valeriana que había cuajado en su interior.

Un barco de este tamaño podría tener una tripulación mayor a cincuenta hombres; todos ellos, por supuesto, leales a Teseo y listos para seguir cada una de sus órdenes. En tierra firme, lidiar con esa cantidad de hombres no habría sido más que un ejercicio ligero, apenas un desafío. Pero ¿en el mar? Si intentaba tomar el mando matando a Teseo, él terminaría por superarla. Estos eran sus dominios. Su padre era Poseidón, dios del mar. Hipólita necesitaba encontrarse en tierra y, entonces, Teseo tendría lo que merecía.

Recogió el plato con cierta dificultad, luego volvió a la cama y olfateó la comida. La rozó con la punta de su lengua, buscando algún signo que delatara la presencia de valeriana. Sin embargo, incluso cuando se sintió segura de que la comida no había sido adulterada, no comió. Algo más había llamado su atención.

Los movimientos bruscos del barco habían sido reemplazados por un suave vaivén, un balanceo rítmico que la mecía de un lado a otro. Y entonces, al sonido del agua acariciando el barco se sumó uno distinto. Pasos. Se puso rígida a medida que estos se hacían más fuertes, más próximos, replicados por el latido de su corazón. Cuando se detuvieron justo frente a la puerta, Hopólita alzó sus muñecas atadas, para apuntar con los codos, su única arma.

En cuanto la puerta se abrió, ella entró en acción. Con los codos aún levantados, arrojó todo su peso contra Teseo. Pero él venía preparado. La golpeó con su escudo, haciendo chocar su espalda contra las tablas del muro con tal fuerza que Hipólita las sintió crujir. El dolor recorrió sus brazos mientras caía de nuevo sobre la litera.

—Ten cuidado, amor mío. Si dañas el barco, puede que nunca lleguemos a Atenas.

—¿Cómo pudiste hacerme esto?

—Sabía que nunca vendrías por voluntad propia. Tu sentido de lealtad es demasiado profundo. Nubla tu visión. Pero esto es lo mejor, amor mío. Ya lo verás. Eres libre ahora. Libre de gobernar a mi lado.

—¿Libre? ¡Me raptaste! ¡Me ataste!

—Una precaución, eso es todo. Sabía que te haría falta tiempo para adaptarte y ver esto como la oportunidad que es. Reinaremos juntos sobre Atenas.

—¡Eso no es lo que quiero!

—¿No lo es?

Ahora que Hipólita estaba lejos de su tierra, él parecía más audaz, más seguro de sí mismo. Era de esperarse. En el Ponto se encontraba en desventaja numérica. Ahora, los papeles habían cambiado por completo. También era la primera vez que lo veía con armadura. Desnudo a su llegada, había usado lo que ella tenía para ofrecerle: pantalones o, más a menudo, una simple túnica. Pero ahora tenía toda la apariencia de un guerrero.

Sabiendo que Teseo no se tomaría todas esas molestias solo para hacerle daño, Hipólita se movió hacia atrás, dándose el tiempo de estudiar a su enemigo. El bronce batido se amoldaba a las líneas de su torso; otras piezas más pequeñas, formadas en placas combadas, se asentaban sobre sus hombros y alrededor de los bíceps. Aunque era poca la carne que estaba expuesta, había algunos puntos que podía penetrar. Pero primero necesitaría liberar sus manos sin que él lo notara.

Con un suspiro, Teseo tomó asiento en las tablas junto a ella. Hipólita no comprendía cómo podía existir algo más incómodo que dormir sobre una roca; sin embargo, los constructores de esta nave se habían esmerado en idearlo.

—Hipólita, por favor, escucha. Solo estamos tú y yo aquí. No necesitas mantener esta fachada ni preocuparte de que tus mujeres puedan escucharte.

—Me robaste.

Él frunció el ceño con incredulidad antes de sacudir la cabeza.

—No, amor mío. He logrado que estemos juntos.

Puso la mano contra su mejilla para atraerla, pero ella no quiso moverse y mantuvo la mirada apartada, mientras sus dedos se esmeraban en aflojar los nudos sin cesar. Cuando comprendió que ella no iba a responder, Teseo dejó caer su mano con derrota.

—Hipólita, amor mío, no te traje aquí para pelear contigo. Lo hice porque vi la verdad en tus ojos cada vez que nos besamos. Lo sentí en tu cuerpo cada vez que nos uníamos. Siempre lo supe: tú también querías que estuviéramos juntos.

—¡Me robaste! —espetó Hipólita.

Sus palabras no tuvieron ningún impacto. Era como si Teseo fuera sordo a su voz, a las cosas que le estaba diciendo. Sin previo aviso, se arrodilló.

—Te necesito. Te necesito como mi reina. Por favor, Hipólita. Me amas tanto como yo te amo, lo sé. Sin duda reconoces que esta es la única forma que tenemos, ¿no es así? Nunca podríamos haber estado juntos en Temiscira. Tengo un reino. El reino más grande de todo el mundo.

—¡Ni siquiera eres el rey! Solo eres un niño con delirios de grandeza.

Había logrado liberar sus muñecas lo suficiente como para hacerlas girar. En un minuto más, tendría libres ambas manos para estrangularlo.

—No, soy el futuro rey de Atenas y seré el mejor rey de la tierra entera. Y tú gobernarás a mi lado.

Se levantó hasta ella y besó la suave piel expuesta en su pecho. Hipólita notó que la piel del mismo Teseo era más suave que antes, que su aroma masculino era disimulado con aceites y jabones.

—No —dijo ella, inclinándose hacia él—. No puedes hacer esto. Tienes que dar vuelta al barco y llevarme de regreso al Ponto.

—No haré eso.

—Te obligaré a hacerlo.

—Me gustaría ver que lo intentes.

Una sonrisa se asomó en sus labios, pero no había alcanzado a formarse cuando ella estrelló el codo contra su mandíbula. El golpe lo tomó por sorpresa. Cayó hacia atrás, aterrizando en el suelo justo cuando el barco se sacudía, haciéndola caer también a ella.

—No te saldrás con la tuya. —Hipólita se levantó al mismo tiempo que él y apuntó la rodilla hacia su entrepierna, pero Teseo atrapó su tobillo antes de que pudiera hacer contacto y la volcó hacia atrás, azotando su cuerpo contra las tablas.

—Ningún hombre vivo puede domarte, excepto yo. ¿Es que no lo ves?

En un instante, Hipólita le rodeó el cuello con los tobillos y se lanzó a un costado, haciéndolo caer de nuevo.

—No necesito un hombre —resopló, lista para atacar otra vez.

Tan pronto como se levantó, Hipólita le asestó una patada en el pecho y lo derribó una vez más. Pero antes de que pudiera asestar el golpe fatal, Teseo estaba de pie, listo para ella. El movimiento errático del suelo hacía difícil que ella encontrara su ritmo.

Mientras daba un paso atrás, preguntándose desesperada qué hacer a continuación, sus manos se encendieron sobre la cuerda de sus ataduras en el piso. Saltó con un grito, rodeó con ella la garganta de Teseo y apretó con toda la fuerza que le quedaba en los brazos. Por un segundo, sus mejillas se enrojecieron y sus ojos parecieron salirse de las órbitas. Luego el barco se sacudió y Teseo se liberó de nuevo.

Cada vez que ella lo atacaba, él estaba listo con un contraataque; si acaso, parecía revitalizado por la continua resistencia de Hipólita. Y mientras que el cuerpo de Teseo se encontraba protegido por la armadura, el suyo aún luchaba contra los efectos de la droga y la falta de comida.

—Esto es lo que quieres —dijo él, apoyando las manos en las rodillas mientras la sangre de una cortada en su ceja goteaba—. Quieres un hombre que pueda controlarte. Que pueda vencerte.

—No existe un solo hombre en este planeta que sea capaz de hacerlo —escupió Hipólita, saboreando el ferroso regusto de hierro entre sus labios.

El plato de la comida estaba hecho añicos en el piso; agachándose, Hipólita tomó uno de los fragmentos, pero, en cuanto se irguió, pudo sentir la punta de una hoja bajo su pecho que hizo ceder la piel entre sus costillas.

—Soy tu rey —susurró Teseo en su oído—, y te seguiré hasta los confines de la tierra. Lo sabes. Quizás tu amor por mí no sea tan feroz como el mío, pero lo será. Te prometo que lo será. Y si piensas lo contrario, entonces acaba conmigo.

Y con eso retrocedió, soltando la presión en su pecho. Hipólita dejó escapar un suspiro. Ahora él se había alejado, alargando el cuchillo entre los dos, con el mango hacia Hipólita. De pronto el mar se quedó en calma y no hubo un atisbo de movimiento. Los ruidos de los marineros en la cubierta eran un mero murmullo entre el sonido entrecortado de su respiración.

Ni siquiera su primera pelea, en las aguas poco profundas donde las olas acariciaban sus pies, había sido tan intensa como esta. Ninguna pelea que hubiera luchado antes se había sentido así.

—Tómalo —dijo Teseo, alargando el cuchillo aún más—. Si no puedes amarme, entonces acábame. Hazlo ahora. Porque prefiero sucumbir ante tu voluntad de esta manera, antes que vivir mi vida sin ti. La decisión es tuya, mi reina. ¿Cuál será?

Sus ojos se encontraron con los de Teseo. Él merecía sentir un cuchillo en el corazón y ella merecía verlo morir. Entonces, ¿por qué no se había movido? ¿Por qué la idea de matarlo causaba tal tormento en su propio cuerpo?

—¿Lo ves? —dijo Teseo, dejando caer el cuchillo para dar un paso adelante y tomarla de las manos—. Tú también me amas.

CAPÍTULO 19

El mismo mármol liso que tanto había desconcertado a Pentesilea en la escalinata del palacio también revestía los suelos de su interior. Claramente los habitantes nunca habían considerado las implicaciones de una lucha, ya fuera porque el combate rara vez ocupaba sus pensamientos, o porque la idea de que pudiera ocurrir uno entre los muros de un palacio real resultaba inconcebible.

El olor distintivo de la resina y la cera, sin duda empleadas en los frescos ornamentados que cubrían las paredes, se apoderó de su garganta.

Recién pintados, los intensos azules y ocres decoraban los corredores hasta donde alcanzaba la vista. Sus ojos fueron atraídos por un paisaje marino, en el que las olas se estrellaban contra un acantilado y un ave volaba justo encima. Un búho, notó al acercarse; el pájaro de Atenea para el reino de Atenea. Dejó el cuadro atrás para continuar con su búsqueda.

El sol de la tarde se reflejaba en el suelo de piedra. La princesa se mantuvo en las sombras, sin despegar los dedos de sus armas ocultas. Siguiendo el consejo del vendedor, se movió siempre hacia el centro, sin que sus pasos hicieran más ruido que una gota de lluvia sobre la arena. Permaneció inmóvil junto a cada puerta, con la espalda apoyada contra las paredes heladas. A menudo, escuchaba profundas voces masculinas procedentes de las habitaciones, en ocasiones interrumpidas por risas, otras casi en un susurro, como si intercambiaran confidencias. Pero ni una sola voz de mujer. Nada de Hipólita.

Más de una vez, se vio obligada a ocultarse a toda prisa en una recámara o tras una cortina mientras los camareros pasaban corriendo, cargados con bandejas de plata y ánforas de cerámica. Pero su preocupación duraba poco; los ojos de los sirvientes permanecían fijos hacia el frente.

Acababa de evitar uno de esos encuentros, cuando una risa resonó a lo largo del corredor desde la recámara contigua. Era aguda, nerviosa, como la que suele acompañar el cotilleo. Hipólita nunca se reiría de esa forma. Pero era la voz de una mujer; la primera que había oído al interior del palacio.

Deslizándose contra la pared hasta la siguiente puerta, esperó con oídos atentos. No estaba fuera de las posibilidades que esta fuera una recámara privada, que un hombre estuviera ahí dentro con una o más mujeres, causando toda esa algarabía. Sin embargo, al cabo de un momento, volvió a escuchar que una mujer hablaba y otras dos voces femeninas sonaron enseguida.

Pentesilea miró a su alrededor, lista para lo que pudiera ocurrir a continuación. Las sombras se alargaban sobre cada centímetro del suelo. No había luz natural, solo el parpadeo de las velas, y ya no alcanzaban a oírse los sonidos del ágora. Había llegado a la zona más recóndita del palacio. En lugar de una puerta, un pesado tapiz colgaba sobre el umbral de la recámara. Tendría que entrar de una vez, o esperar hasta escuchar la voz de su hermana. Decidió que no tenía tiempo para eso. Rígida, como si estuviera a punto de blandir su hacha, Pentesilea apartó la tela del tapiz.

La luz del sol la tomó por sorpresa, obligándola a entrecerrar los ojos; aunque la recámara se encontraba totalmente aislada dentro del palacio, una abertura en el techo permitía que la luz diurna se derramara por la zona. Los tapices adornaban las paredes, aunque algunos seguían en proceso, con una multitud de hilos sueltos colgando de los telares. Las plantas y flores, al parecer elegidas por su aroma y por el intenso color de sus pétalos en lugar de por su valor nutritivo, crecían en vasijas de terracota alrededor de la fuente de piedra, en cuyo borde la mitad de las mujeres se sentaba con los pies colgando en el agua.

—Pasa, siéntate. Amaltea nos estaba contando sobre su noche de bodas.

Pentesilea se percató de que era ella a quien se dirigían y entró en la habitación. La atención de las mujeres se había vuelto hacia ella. La miraban al hablar, como si su presencia hubiera sido esperada. O, por lo menos, no del todo inesperada. Y, sin embargo, no podía moverse ni responder, porque sus ojos estaban fijos en el otro extremo, en la mujer sentada en el sillón con la mirada puesta en el suelo. Tenía un aire de aburrimiento, como si su cuerpo estuviera allí, en la recámara, con las mujeres y sus cotilleos, pero su mente se hubiera marchado a un lugar diferente.

El aire dulce se tornó enfermizo de golpe. De haberse cruzado con esa mujer en el ágora, o incluso en el corredor, no la habría reconocido; menos aún por la forma en que su cabello caía en suaves bucles, brillosos por el aceite y adornados con flores, o por lo bien que la tersa y pesada tela de la túnica envolvía su cuerpo. El corazón de Pentesilea se aceleró, latiendo tan deprisa que asemejó el zumbido de un colibrí. Se acercó a su hermana.

—Hipólita —susurró.

La reina levantó la cabeza y un grito ahogado escapó de sus labios.

—¡Déjennos! —anunció, poniéndose de pie.

El resto de las mujeres alzó la vista, interrumpiendo el parloteo con un sobresalto.

—Nuestros maridos... —empezó a decir una de ellas, pero no tuvo la oportunidad de terminar.

—¡He dicho que nos dejen! —repitió Hipólita, en un tono que ni siquiera Pentesilea se hubiera atrevido a contradecir.

Las mujeres se incorporaron de prisa.

—No nos molesten —les dijo Hipólita mientras se dirigían hacia la puerta—. Están despedidas por el día de hoy.

Las mujeres arrojaron miradas de reojo a Pentesilea, frunciendo el ceño mientras desaparecían tras la cortina.

Tan pronto se quedaron solas, Pentesilea corrió hasta su hermana, rodeándola en el abrazo más largo y estrecho que le hubiera dado jamás. Al fin se separó, con lágrimas de alivio en los ojos.

—Hermana, dime que no te fuiste por voluntad propia.

Su corazón seguía acelerado en espera de la respuesta, latiendo tan fuerte y tan deprisa que la palabra equivocada podría romperlo en dos. En ninguna de las batallas que había librado, llegó a sentir una tensión nerviosa como esta.

—No lo hice. Le dije que no me iría con él, pero algo puso en mi bebida, un extracto para dormir, me parece que derivado de la raíz de valeriana.

—Sabía que debió haber sido así.

El alivio inundó a Pentesilea. Era como si hubiera esperado hasta ese momento para realmente volver a respirar. La tensión había ceñido sus pulmones con tanta fuerza, que cada bocanada de aire que daba sin su hermana le causaba más y más dolor. No se había ido por voluntad propia; se la habían llevado a la fuerza. Que alguna de las mujeres lo hubiera puesto en duda, incluso por un instante, en la mente de Pentesilea era motivo suficiente de castigo. Sin embargo, ella todavía tenía sus propias reservas.

—¿Qué hay de Temiscira? ¿Es cierto que le permitiste entrar a nuestra ciudad?

La inclinación de cabeza de la reina fue la única confirmación que necesitaba. Su corazón, que creía curado por las palabras anteriores de su hermana, esta vez se agrietó antes de quebrarse en mil pedazos.

—¿Por qué harías algo así?

—No sé decirlo.

El ceño de la reina se hundió en profundas arrugas, como si no estuviera segura de lo que estaba recordando, al igual que un sueño cuyos lindes definidos se hacen difusos al despertar.

—Me pareció tan natural. Heracles y sus hombres ya habían estado al interior de la ciudadela.

—Sí, cuando amenazaron con matarte.

—Entiendo cómo te sientes, pero no tengo forma de explicarlo. Hermana, por favor, sé que no podrás perdonarme por esto. Ni siquiera yo puedo perdonarme a mí misma. Nunca podré hacerlo. No estaba actuando racionalmente. Algo en él me hizo comportarme así.

Un escalofrío recorrió la espalda de Pentesilea. No era la primera vez que una de sus mujeres afirmaba que un hombre la había hecho actuar de manera irracional. Sin embargo, no recordaba que le hubiera ocurrido a ninguna habitante de Temiscira; esto solían afirmarlo las nómadas, que vagaban libres de reunirse con los hombres cuando quisieran. Se sospechaba que algunas también vivían con ellos, al menos durante los meses más fríos. Era posible que, incluso, criaran juntos a sus hijos. Nunca se hablaba de ello. Pero esto era diferente; necesitaba saber la verdad.

—¿Lo amas?

La reina titubeó antes de dar una respuesta.

—Por lo que sé del amor, creo que sí.

Pentesilea se sentía perturbada. ¿Cómo podía ser posible? Hipólita era la más fuerte y la más valiente de todas ellas. Era su reina. Sabían que su madre había amado a Ares, pero eso era distinto. Ares era un dios. Siempre había creído que tanto ella como sus hermanas eran inmunes a esa clase de locura. Se amaban. Amaban sus tierras, a sus mujeres. ¿No era eso suficiente? ¿Qué más podría aportar un hombre?

—¿Él te ama?

—Sí, me parece que mucho. A su manera.

¿Por qué no podía descifrarla? En el pasado había conocido cada uno de sus pensamientos, incluso antes de que la misma Hipólita los procesara; ahora, sin embargo, era del todo incapaz de comprender el funcionamiento de la mente de su hermana.

Una brisa sacudió el follaje. No es más que un capricho, quiso decir Pentesilea. O algo peor. ¿Estaba fuera de las posibilidades que siguiera bajo el efecto de la droga? El cuerpo de su hermana podría ser fuerte, pero quizás su mente aún se encontraba confundida por algún brebaje de hierbas atenienses. Sí, pensó Pentesilea, esa debía ser la respuesta. Pero antes de que pudiera siquiera decirlo, Hipólita habló de nuevo.

—No hay nada que me retenga aquí, hermana —dijo con suavidad, reventando la burbuja de esperanza de Pentesilea—. Creo que él podría estar a mi altura.

Pentesilea luchó para encontrarle sentido a sus palabras.

—¿A tu altura? ¿Qué quieres decir con eso?

—Quiero decir que me desafía. No me consiente.

—¿Y por qué necesitarías que te consintieran? Eres la reina de las amazonas. Ya podrías haberlo asesinado, al menos una docena de veces.

—No. Él es como nosotras.

Fuera lo que fuera a decir a continuación, no quería que nadie más lo escuchara. Su voz se convirtió en un susurro, apenas audible.

—Tiene icor en las venas. Es hijo de Poseidón.

De todo lo que su había estado diciendo, esto fue lo primero que le dio un respiro a Pentesilea. El amor del que su hermana había hablado era ridículo, no, era catastrófico, pero esto... esto sumaba puntos a su teoría. ¿No eran los dioses conocidos por su astucia y su perfidia cuando se trataba de seducir a las mujeres? Y Poseidón, según se rumoreaba, era el peor de todos. Ya había escuchado suficiente.

—Tienes que salir de aquí ahora mismo. Estarás a salvo; lo prometo.

Le tendió la mano, pero Hipólita dio un paso atrás.

—¿Hipólita?

El tono de la princesa era grave, casi amenazador, pero la reina se limitó a apretar los labios.

—Hay algo más —dijo.

A Pentesilea la inundó un calor casi insoportable, mientras esperaba el nuevo tormento que su hermana estaba a punto de infligirle.

Hipólita alzó ambas manos para cubrir su vientre con ellas. Fue una acción tan simple; las palabras que dijo a continuación fueron tan superfluas.

—Estoy embarazada.

El calor se mudó por un escalofrío repentino. Pentesilea pudo sentir cómo su columna vertebral se convertía en hielo puro; el tiempo también pareció congelarse, mientras las mismas palabras se repetían en su cabeza. «Estoy embarazada». Esto era exactamente lo que Hipólita quería; lo que se merecía. Pero sin duda no de este modo. Una miríada de respuestas se formó en su mente, pero se marchitó antes de llegar a sus labios.

—¿Estás segura de que es suyo?

—Sí, estoy segura.

Pentesilea le dio la espalda a su hermana. Mientras se paseaba cerca de la fuente central, el cuchillo oculto había encontrado la forma de llegar hasta sus manos. Al cabo de dos vueltas, lo decidió; la mente de su hermana bien podía estar presa de esa locura a la que llamaba amor, pero ella iba a proteger a su sobrina.

—Tu hija es una amazona —dijo, otra vez de pie frente a Hipólita—. Es más que eso. Es una princesa amazona. Y debe ser criada como tal.

—Suponiendo que sea una hija. Si tengo un hijo...

Sus palabras se deshicieron en el aire. Pentesilea no tenía tiempo para dar pie a una idea tan ridícula.

—Será una niña. Los dioses te darán una hija que cargue con tu nombre.

Hipólita negó con la cabeza.

—No podemos saberlo con seguridad. Si es un niño, entonces será rey y heredero de Atenas.

—¿Pero qué son los atenienses? Pintores. Poetas. Tu hija será una guerrera. La descendiente del mismísimo dios de la guerra.

—Pero si nace varón, no podemos educarlo de esa forma. Eso no es lo que hacemos.

—Entonces lo enviaremos con los gargarios, al igual que todos nuestros hijos.

Cada vez se sentía más exasperada. ¿Por qué sería necesario siquiera tener esta conversación?

—Saben que no me acosté con ninguno de ellos este año —continuó Hipólita—. Se darán cuenta de que el niño no es suyo.

—¿Qué diferencia puede haber? Se sentirían honrados de criar a tu hijo. Especialmente si, como dices, su padre es el vástago de un dios.

—Puede no ser tan simple.

—Entonces nos preocuparemos de eso cuando llegue el momento.

Nunca había tenido la paciencia de Hipólita o de cualquier otra de sus hermanas; se sintió justificada al querer gritarle. Solo se lo impidió el riesgo de que las demás mujeres, esperando en algún lugar cercano, pudieran oírla.

—Pentesilea, debes tener en consideración que, si este niño es un varón, entonces Teseo matará a cualquiera que se interponga entre él y su heredero.

—¿Y qué? ¿Te quedarás aquí? ¿Nos abandonarás a nosotras, a tus mujeres?

—Los dioses lo trajeron hasta mi orilla. Debo tener fe en que este es su plan. Y así lo creo. Serás mucho mejor reina de lo que yo nunca fui.

—Eso no es verdad.

—Sí, es verdad. Lo sabíamos antes de que Ares me ofreciera el cíngulo, pero nunca hemos hablado de ello. Eres una guerrera poderosa, tienes las flechas más certeras que hayan existido jamás.

—¿Y qué significa todo eso? Si eso fuera todo lo que hace falta para ser reina, Ares me habría convertido en líder. Pero no lo hizo. Te eligió a ti.

Hipólita se levantó. El embarazo aún no era visible en su cuerpo, pero sus mejillas estaban sonrojadas.

—Si es una niña, te la devolveré. Teseo lo entenderá. Sabrá que debe ser criada como una amazona.

—Y si es un niño, ¿lo dejarás aquí y volverás con nosotras? Ya sea niño o niña, ¿volverás a casa?

Hipólita cruzó la recámara hasta donde estaba Pentesilea. Apretó las manos contra las mejillas de su hermana.

—Esta no será la última vez que nos veamos, hermana. Te lo prometo.

No quedaba nada más que decir. El pecho le dolía a Pentesilea como si hubiera incrustado su propio cuchillo en él, arrancándose el corazón de entre las costillas. Separándose del abrazo, se dio la vuelta y caminó en silencio hasta la entrada, haciendo la pesada tela a un lado. No le importó que alguien pudiera oír sus pasos pesados, mientras cruzaba los corredores en dirección al sitio en donde sus mujeres se ocultaban en las sombras con el vendedor. Cuando dio con ellas, otro guardia muerto yacía junto al primero y el quitón del vendedor estaba manchado de vómito.

—Nos vamos —dijo, pasando frente a ellas sin siquiera darles una segunda mirada.

—¿Y la reina? —preguntó Polemusa.

—Ya ha tomado su decisión —respondió.

CAPÍTULO 20

Conforme el sonido de los pasos de Pentesilea se desvanecía, Hipólita rompió a sollozar. Pese a todo su coraje, no era la primera vez que derramaba lágrimas desde que había sido separada de su hogar. Lloró esa noche en el barco, tras no haber sido capaz de quitarle la vida a Teseo como hubiera querido. Él expuso las limitaciones de su habilidad como guerrera; por eso, sabía que las palabras que recién le había dicho a Pentesilea eran ciertas. Su hermana sería una reina mucho mejor, pues nunca lo pensaría dos veces antes de matar a un enemigo.

Desde que había desembarcado en Atenas, todas esas semanas atrás, estuvo buscando la forma de escapar, de hacerse con cualquier arma que tuviera al alcance. Los hombres, sin embargo, tenían órdenes de mantenerse alejados de ella, con sus armas ocultas. Y aún más; Teseo, pese a todo el amor que profesaba por Hipólita, la había continuado drogando con valeriana. Ella se había mantenido despierta, pero en un estado de constante confusión. Podía caminar y hablar hasta cierto punto, pero lo hacía como si la conexión entre sus pensamientos y sus acciones hubiera sido interrumpida. Cada movimiento requería de una gran concentración y había que demorarse en busca de cada palabra.

Durante sus primeros días en Atenas, no aceptó más que fruta y agua pura en un intento de evitar que Teseo pudiera drogarla. Y aun así lo consiguió. ¿Acaso la droga, de algún modo, se encontraba en el aire? De haber tenido la oportunidad de matar a Teseo cuando este se presentó ante ella, lo habría hecho, pensó. Pero en el fondo de su corazón, sabía que se estaba mintiendo. No hubiera sido capaz. Y él también lo sabía.

Cuando Teseo la llevó ante su padre, recibió la misma bienvenida que si le hubiera presentado a una bestia salvaje.

—¿Esta es a quien has elegido? —había dicho Egeo—. ¿Una *oirapata*? ¿Una asesina de hombres?

Se preguntó cómo era posible que la percibiera de esa forma. Entonces ni siquiera tenía control de sus extremidades o del habla, salivaba sin parar y se encontraba más dormida que despierta.

En cualquier momento, pensó, su hermana llegaría para arrancarles la cabeza del cuerpo frente a ella. En cualquier momento, Pentesilea completaría la tarea que ella misma había sido demasiado débil para acometer; una tarea que anhelaba y temía por igual. Pero en aquel momento aún no se había percatado de que estaba embarazada.

Al día siguiente del encuentro con Egeo, Teseo llegó a verla con una manzana en la mano. Le dio un mordisco antes de ofrecérsela.

—Mira —le dijo—. Es perfectamente segura.

Hipólita estudió la fruta con desconfianza. El jugo goteaba de su crujiente cáscara roja y de su carne blanca. Y aunque todos sus instintos le ordenaron que la rechazara o se la arrojara encima, su estómago gruñó mientras el hambre la carcomía por dentro al cabo de tantos días resistiéndose. Agarró la manzana y se alejó, devorándola como un perro hambriento. Cuando hubo terminado, le clavó una mirada llena de rencor.

—No puedes retenerme aquí.

—No deseo hacerlo. Preferiría que te quedaras aquí por tu propia voluntad. Quiero que consideres este tu hogar y que gobiernes conmigo, tal como hablamos en Temiscira.

—¿Y por eso me mantienes prisionera de esta forma? ¿Esperas que gobierne rodeada de muros altos, con la mente adormecida y que nunca vea la tierra de la que soy reina?

—Te mostraré qué espero de ti. Y te gustará. Lo prometo.

—¿Cuándo?

—Tan pronto como mi padre se marche. Ha sido invitado a Salamina. Lo estoy animando a prolongar su estancia para que te puedas familiarizar con nuestras costumbres.

Hipólita sorbió aire, deseando haberse tomado el tiempo de saborear la manzana; en su prisa por saciar el hambre, apenas había probado su dulzura.

—¿Y cuándo partirá?

—Ahora mismo están alistando los barcos.

Los preparativos para la partida de Egeo llevaron cuatro días más; Teseo pasó la mayor parte de ese tiempo encerrado con Hipólita, llevándole fruta fresca y vino en cada visita. La fruta, Hipólita la comía; el vino lo tiraba al suelo o, en ocasiones, se lo arrojaba encima.

Apenas era la mitad de la segunda luna del viaje de las mujeres a los gargarios. Aún faltaba tiempo para que Pentesilea viniera por ella y terminara con Teseo, pensaba. Sin embargo, esto le causaba casi el mismo rechazo que la idea de permanecer ahí. Y es que, ahora, luchaban a diario y cada lucha terminaba de la misma manera: con sus cuerpos entrelazados y sus labios devorándose el uno al otro en un frenesí.

Aquella mañana, Teseo esbozó una amplia sonrisa al tomarla de las manos y decir:

—Ven. Tengo un regalo para ti. Un regalo que, estoy seguro, te encantará.

Teseo tenía razón. Aunque aún luchaba para moverse con libertad en el quitón, incómoda por toda la piel que este dejaba al descubierto, Hipólita se sentía a gusto caminando a su lado, entre las columnatas del palacio y hasta los templos de la acrópolis. Tal vez se debiera al contraste con esa escasez de luz diurna que había experimentado durante tanto tiempo. El aire fresco parecía revitalizar su piel y reanimar su espíritu. La embargaba una ligereza, un sentimiento de libertad que no recordaba haber tenido antes. Aquí no había problemas por resolver que no fueran los suyos propios. Nadie la necesitaba ni dependía de ella.

Siguieron descendiendo, hasta que atravesaron los muros de la ciudadela y las tierras de cultivo a su alrededor.

—¿Adónde me llevas? —preguntó Hipólita.

—Ya lo verás.

Acto seguido, tomaron un estrecho sendero a través de un viñedo, donde las pequeñas uvas borboteaban en las vides y las amplias hojas verdes parecían lo bastante maduras para ser recogidas y ablandadas en salmuera.

—¿Teseo?

En lugar de responder, Teseo la jaló de la mano. Y ahí, al final del sendero, dieron con un claro, y una sonrisa infantil se dibujó en sus labios.

—Sabía que nunca te sentirías a gusto aquí sin tus caballos, pero no sabía qué preferirías montar. Aunque, siendo sincero, tu forma de montar debería reservarse solo para cuando mi padre esté ausente. De cualquier modo, deseaba que tuvieras un corcel del que te sintieras orgullosa.

Se quedó muda ante el espectáculo que tenía delante. Caballos. Tantos caballos. No solo la sobrecogió su cantidad, sino también la variedad. Su mirada cayó sobre una yegua gris, de baja estatura, idéntica a las que había montado mil veces antes. Detrás de la yegua había un semental: cada centímetro de su pelaje era de un negro azabache, mientras que su crin y su cola relucían como si las hubieran bañado en aceite. Había bayos y picazos, así como palominos, de un pelaje pálido que brillaba como la luz de la luna.

—¿De dónde...? ¿Cómo...? —preguntó.

—Algunos se los han regalado a mi padre a lo largo de los años, aunque él ni siquiera los recuerde. Envié un llamamiento antes de viajar a verte en Temiscira. Cuando recién nos conocimos, noté que tu caballo era de enorme importancia para ti. Si alguna vez llegaras a ver Atenas como tu hogar, como deseo que lo hagas, me gustaría que hubiera un caballo aquí que te sintieras orgullosa de montar.

Había hecho todo eso antes incluso de raptarla, pensó Hipólita. Un resentimiento completamente nuevo echó raíces en su interior. Ese había sido su plan, antes de que ella siquiera se lo llevara al lecho. Pero mientras estos pensamientos aparecían en su mente, le resultó difícil seguir enfadada. Dando un paso adelante, posó la mano sobre una de las yeguas bayas. Resopló e Hipólita pudo sentir su aliento, húmedo y tórrido.

El claro no era lo bastante grande para esa cantidad de bestias; muchas habían comenzado a piafar sobre el suelo. Algunos de los hombres que las sujetaban parecían preocupados.

—No se preocupen. Mi reina sabe lo que hace —gritó Teseo.

Era la primera vez que se refería a ella de esa forma, al menos en Atenas, y le pareció lo más natural. Ella era su reina y este reconocimiento, junto con los maravillosos caballos que tenía delante, llenaron su corazón.

Caminó entre ellos, mientras examinaba sus pelajes recorriendo sus patas y sus lomos con la mano. Varios dieron un paso atrás. Otros caballos se acercaban, pero lo hacían con nerviosismo. A excepción de una. La yegua gris permaneció quieta, clavando los ojos en Hipólita. Era ágil y pequeña; sería la criatura perfecta para cabalgar en batalla, suponiendo, claro, que pudiera ser montada. Pero Hipólita sintió que sí, que podría montar a esta yegua. A decir verdad, estaba segura de ello. En sus ojos podía ver oscuridad, una especie de desesperación. Esos ojos le decían que ambas eran iguales. Que anhelaban la libertad de galopar mientras sentían el viento sobre su cuerpo.

—Somos solo tú y yo —susurró Hipólita, mientras le tendía una mano al animal. Sus palabras eran tan débiles que se perdieron en la brisa tan pronto se formaron—. Tú y yo no encajamos aquí, ¿verdad? Creo que eso es algo bueno.

Dio un paso al frente, luego otro más. Pronto se encontró apenas a un brazo de distancia. Las orejas del caballo se echaron hacia atrás, pero esta señal de molestia solo divirtió a Hipólita.

—No, no lo dices en serio. Sé bien que no.

Tras un paso más, su palma estaba tan cerca que podía sentir el aliento de la yegua. El resto de los sonidos del día, de los animales y las personas, desaparecieron de golpe.

—Creo que estábamos destinadas a encontrarnos aquí, ¿no te lo parece?

En ese momento, la yegua empujó el hocico contra Hipólita. No contra su mano, sino más abajo, en la parte inferior a su pecho, como si estuviera consolando a un potro recién nacido. Se quedaron en esa posición hasta que el ritmo de sus respiraciones se estabilizó, sincronizándose el uno con el otro. Y entonces no solo dos, sino tres latidos se unieron en uno mismo. Las lágrimas corrieron por las mejillas de Hipólita. Esa era toda la confirmación que necesitaba. Lo había sospechado durante los dos últimos días y ahora sabía que no era la única capaz de sentirlo. Cuando la yegua alzó la cabeza, Hipólita apretó el rostro contra su pelaje, absorbiendo su olor, su afecto, su todo.

Esa noche, le contó a Teseo lo que la yegua le había confirmado. Que estaba encinta.

El hombre cayó al suelo y, con lágrimas en los ojos, hundió la cabeza en su regazo.

—Este es el regalo de los dioses. Mi hijo. Una hermosa esposa y ahora, un hermoso hijo.

Ese fue el instante que trató de fijar en su memoria a medida que Pentesilea le daba la espalda para abandonar Atenas.

«Esta no será la última vez que nos veamos, hermana, te lo prometo». Eso le dijo a su hermana. Y era toda la verdad. Si daba a luz a una niña, entonces ella volvería a Temiscira con su hija. Si era un niño, regresaría ella sola, abandonando a su hijo y a Teseo.

El sol se había puesto sin ceremonias ni esplendor, retirando su presencia con discreción para dejar a su paso una grisura que, junto con la quietud del gineceo, le resultaba abrumadora. Teseo no vendría a visitarla aún; no con su padre presente. Porque, aunque le había prometido a Hipólita que en Atenas gozaría de la misma libertad que entre su propia gente, él no era rey todavía. Y como príncipe, tenía obligaciones. Había estado ocupado visitando granjas, haciendo las veces de emisario. Esa noche, ni siquiera estaba segura de que Teseo hubiera regresado a la ciudad.

Así que, sin pensárselo dos veces, hizo a un lado el tapiz y se dirigió al exterior.

¿Sabía hacia dónde se dirigía o simplemente caminaba al azar? De ser la primera opción, nunca se lo hubiera admitido a sí misma o a Teseo. Entró en una recámara con un fresco enorme de una escena de jardín, acompañada de pilares y árboles. Los aromas de la miel y el vino fortificado se mezclaban con el aceite de las lámparas. Y ahí, en la ventana, dejando las manos a los costados mientras contemplaba su reino entero, estaba el rey Egeo.

CAPÍTULO 21

Los ojos del anciano parecían extraviados en la oscuridad del horizonte. Los rizos grises de su barba y su cabello habían sido recortados al mismo nivel. De inmediato, Hipólita supo que este rey era distinto a gran parte de los que había conocido en el pasado; hombres que comían y bebían en exceso y se rodeaban de sicofantes. No, el rey Egeo era un hombre tranquilo. Contemplativo. El palacio no era tanto un escenario como una declaración. Era sencillo reconocer que Teseo, al hablar de la visión que tenía su padre, de Atenas convertida en un centro del arte y la civilización, había dicho la verdad.

Hipólita no había hecho ningún ruido al entrar y, sin embargo, él se giró para verla.

—*Oirapata.*

Aunque era la segunda vez que se dirigía a ella, había utilizado el mismo término: *oirapata*. Asesina de hombres. No estaba segura de si lo decía con desdén o con repugnancia. Posiblemente una mezcla de ambas.

—¿Te has extraviado? El andrón es una recámara exclusiva para los hombres de la casa. ¿Tu gineceo y tus aposentos no son suficientes?

Hipólita lo escrutó, sorprendida de que no le hubiera exigido que se marchara de inmediato, o llamado a los guardias para que se la llevaran. Quizá sabía que ninguno de ellos sería rival para ella.

—Me temo que no estoy acostumbrada a que se le impongan límites a la ubicación de una mujer.

—Es algo a lo que debes habituarte, si vas a permanecer aquí.

—Lo dudo. Usted no es tan ingenuo como para pensar que Teseo me trajo aquí con la intención de transformarme. Me parece que, si algo le gustaría cambiar, no es a mí, sino a usted y a la misma Atenas.

—No me digas —respondió con burla.

A pesar de la presencia de un sirviente, el rey tomó un ánfora de barro de una mesa a su lado y se sirvió una pequeña copa de vino, que luego cortó con agua.

—Yo también tomaré una copa —dijo Hipólita, dando un paso hacia él—. Aunque la mía me gustaría con un poco más de agua.

El rey estudió su rostro, como buscando algún rastro de humor en sus gestos. Al no encontrarlo, tomó una segunda taza de la repisa a sus espaldas.

Incluso de noche, la vista de Atenas era hipnótica. La umbría de la noche era interrumpida solo por el suave resplandor de las velas y faroles. En los acantilados, el golpeteo rítmico de las olas parecía acompañar de cerca la armonía de los suaves cánticos de las sacerdotisas y el susurro de las cigarras.

Egeo sirvió el vino, aunque, contra los deseos de Hipólita, llenó la copa casi tanto como la suya, apenas dejando espacio para un poco de agua.

Alargó el vaso, pero no hizo ningún movimiento para llevarlo hasta ella. Una sonrisa diminuta apareció en los labios de Hipólita mientras caminaba hacia el rey. Rodeó el recipiente con los dedos y, al tomarlo, notó lo firme que era su agarre. Manos seguras, también, sin el más ligero temblor.

—Reina Hipólita —dijo él, levantando su copa para beber otro sorbo de vino—. He oído muchos rumores sobre ti y tu gente a lo largo de los años.

—Algo me dice que muchos rumores se abren paso por nuestras tierras. ¿No es esa la naturaleza de cosas tan viles? Dígame, ¿cuáles han llegado hasta usted?

—Que asesinan a sus hijos si son varones al nacer. Que asesinan a sus amantes después de que estos han cumplido su propósito.

—Pueden cumplir su propósito más de una vez, ¿no lo cree? —respondió ella, con una sonrisa burlona.

—Ah, ¿sí?

Sus ojos relucieron de una forma que le resultó familiar. ¿Cómo era posible que pudiera encontrar a Teseo en esos ojos, se preguntó, cuando era tan claro que la sangre de Poseidón corría por sus venas? ¿Podría Teseo ser hijo de ambos hombres? La evidencia ciertamente lo sugería.

El rey y la reina continuaron de pie, uno frente al otro. Hipólita podía permanecer así durante horas, cómodamente, sin siquiera sentir dolor en los muslos. Pero esta postura tenía sus connotaciones. A menudo, la gente de pie estaba a la espera de algo; las más de las veces, de la orden de irse. Pero a ella nadie iba a ordenarle que se fuera. Así que, sin invitación de por medio, cruzó el andrón, tomó asiento y esperó la respuesta de Egeo, que no tardó en llegar.

—¿Y qué me dices de sus pechos? —dijo al sentarse frente a ella.

—¿Nuestros pechos?

Hipólita alzó la ceja.

—He oído que algunas de sus mujeres se mutilan a sí mismas. Se quitan un pecho para tensar el arco con mayor eficiencia. Para disparar una flecha con mejor precisión.

Hipólita no era ajena a estas historias. La idea de que mataban a sus hijos recién nacidos era algo que había oído antes, pero esto era nuevo. No pudo contener la risa.

—Siento decepcionarlo.

—¿De modo que no es verdad?

—Sospecho que se trata de un cuento, inventado por hombres que buscan insinuar que existe alguna explicación abominable para nuestras habilidades.

—¿Y tampoco asesinan a los hijos que dan a luz?

En sus palabras, había poca incriminación y nada de malicia. Preguntaba como si fuera un erudito, tratando de reunir cuanta información pudiera sobre su última adquisición. Resultaba casi entrañable y, una vez más, le hizo recordar a Teseo.

—No, no nos cortamos los pechos ni matamos a nuestros hijos. Se los entregamos a sus padres.

—¿Desean tener hijas únicamente?

—Las mujeres son nuestra forma de vida. Las mujeres son las guerreras más temerarias que existen.

Por primera vez, una sonrisa se asomó en los labios del anciano.

—No permitas que mi hijo te escuche decir eso.

—Mi esposo conoce perfectamente mi opinión.

—Sí, tu esposo…

Desvió la mirada, como si ese vínculo fuera algo que todavía no estaba listo para aceptar. No había tenido lugar ninguna ceremonia, tampoco habían visitado el templo para que su unión fuera bendecida por los dioses. Pero ¿no era el niño en su vientre toda la confirmación que necesitaban de su aprobación? El mero hecho de que Teseo hubiera nadado hasta su orilla, sin ayuda y sin sufrir heridas, ¿no era una señal de que los dioses deseaban que ellos se reunieran?

Aclarándose la garganta, Egeo dirigió los ojos hacia Hipólita.

—Supongo que sabrás que Teseo me ha dicho que estás embarazada.

—Lo sé.

—Por lo tanto, debes ser consciente de que, por supuesto, preferiría que tu hijo fuera un varón. Un heredero para el reino, llegado el momento. ¿Eso sería una molestia para ti?

Hipólita ya se había hecho esa pregunta, incluso antes de la llegada de su hermana y con el paso de cada hora desde entonces. Una hija significaría volver con sus mujeres, la continuación de su nombre entre las amazonas. Un hijo significaría algo del todo distinto. Podría regresar a Temiscira, pero ¿entonces qué?

—Confío en lo que decidan los dioses —dijo y, una vez más, Egeo sonrió.

—Respondes sabiamente. Imagino que fuiste una reina digna para tu pueblo.

—Imagino que también seré una reina digna para el suyo.

Entonces, sin esperar a que siguiera la conversación, ni mucho menos a recibir la orden de irse, Hipólita se levantó de su asiento y dejó su copa sobre la mesa.

—Buenas noches, rey Egeo. Haremos esto en otra ocasión, me parece.

Cuando el día por fin llegó, trajo consigo un dolor que ella había pasado muchos años anhelando. La presión surgiendo de su cuerpo. El desgarro de los músculos. No gritó, como sabía que hacían algunas mujeres, sino que cerró los ojos y respiró el momento. Con cada contracción de su abdomen, inhalaba el aroma de los aceites que embebían las toallas colocadas contra su cabeza, pero no aceptó ninguna de las hierbas que le ofrecían. Ni uno solo de los remedios que las mujeres de Atenas tomaban para dar a luz a sus hijos. Este era el último momento en el que ella y su bebé serían realmente uno solo. Y quería sentirlo todo.

Cuando el bebé se liberó de su vientre y entró al mundo, su llanto llenó el aire como una melodía. Fue como si el corazón de Hipólita se hubiera dividido en dos; como si nunca pudiera estar entero otra vez, a menos que su bebé estuviera a su lado. Las lágrimas le escocían en los ojos, mientras estiraba la mano hasta las piernas y levantaba al bebé hacia su pecho.

—Un hijo —susurró, mirando aTeseo—. Tenemos un niño.

PARTE IV

CAPÍTULO 22

Tras abandonar Atenas, Pentesilea no regresó a Temiscira de inmediato. Durante dos noches, acampó junto a sus mujeres en las colinas septentrionales del Ática, desde las cuales poseían una excelente vista de la ciudadela. Tenía que haber un error, se repetía a sí misma. De algún modo, Hipólita había sido coaccionada para quedarse y se iría de ahí tan pronto fuera libre de hacerlo. Había escuchado rumores de una bruja en el palacio ateniense, una bruja de Corcira que no se valía solo de pociones y hierbas, sino que también ejercía el poder de lo oculto. ¿Podría estar Hipólita bajo su poder?

Este pensamiento le provocó náuseas. No debió haberla dejado ahí. Pero ¿qué más pudo haber hecho? ¿Pelear con ella? No, debió haber encontrado a Teseo para matarlo.

Pentesilea no les había contado a sus mujeres todo lo que discutió con su hermana; ellas sabían que lo mejor era no hacer preguntas. Esperaron pacientemente, con el zumbido de los mosquitos frustrando el sueño noche tras noche, mientras ella se desesperaba en busca de respuestas. Aquella bruja, según se enteró por uno de los lugareños, no era otra que la antigua esposa de Egeo, expulsada de Atenas por Teseo. Así que se había ido del palacio y Egeo, atormentado por sus engaños, sin duda habría desterrado a quien fuera sospechoso de realizar las mismas viles prácticas. No existía la oscuridad en Atenas, le dijeron. Y Teseo era un buen hombre: un hombre que amaba a su nueva esposa y la colmaba de obsequios.

Aunque estas palabras le revolvieron la boca del estómago, sabía que eran ciertas. Lo había visto con claridad en los ojos de su hermana, en la determinación con que le había dicho que se quedaría hasta dar a luz al niño. No era un hechizo lo que la retenía en ese lugar, sino tan solo su ridícula noción del amor.

Solo hasta que le ordenó al resto de las mujeres que regresaran a Temiscira sin ella, Cletes habló.

—Me quedaré con usted —dijo de inmediato.

—No necesito compañía.

—Pero usted no debe estar sola. Debería tener alguien que la proteja.

La princesa frunció el ceño. Cletes era una buena guerrera, pero no tenía la misma experiencia en batalla que las demás. De tener lugar un combate, lo más probable sería que Pentesilea acudiera en su ayuda y no al revés. Y eso todas lo sabían.

—¿Qué le diremos a Antíope y Melanipe? —preguntó Clete, percatándose de lo absurdo de su oferta—. ¿Qué debemos decirles a sus hermanas?

—Diles que volveré a su debido tiempo

—¿Y de la reina Hipólita? ¿Qué decimos de ella?

Esta vez fue Polemusa la que habló. Su voz sonó a la vez rígida y cautelosa; esa era la pregunta que había estado rondando la mente de las mujeres. Pentesilea sabía que tenían derecho a una respuesta. Sin embargo, cada vez que intentaba dárselas su garganta se cerraba, sofocando las palabras antes de que las pudiera utilizar.

Eso también formaba parte de su reticencia a volver. Porque, ¿qué podría decirles? Antíope y Melanipe asumirían que había jugado algún papel en la decisión de Hipólita. E incluso si no lo hacían, ¿cómo decirles que la reina había elegido el amor a un hombre por encima del amor a su pueblo? ¿Cómo decirles que su hermana volvería solo después de dar a luz a un bebé, el cual bien podría ser criado por un rey extranjero en una tierra extranjera?

—Diles que se quedará en Atenas por el momento —dijo, desviando el rostro mientras hablaba—. Les haré saber más a mi regreso.

Durante la semana siguiente, Pentesilea permaneció sola en las colinas, esperando una señal que, sabía, no iba a llegar, mientras luchaba contra la culpa que rabiaba sin descanso en su interior. Culpa por no haber sido capaz de convencer a su hermana de volver a casa. Culpa por no haberle insistido más en que viajara con ella a la tierra de los gargarios. Culpa por no haber matado a Teseo, a Heracles y a cada uno de los hombres cuando llegaron a sus costas por primera vez.

Incluso con su posición y su linaje, Pentesilea no era inmune a las emociones. Una buena guerrera debía ser capaz de sentir remordimiento; tal vez por la muerte de una joven que apenas comenzaba su vida, o por el asesinato de una guerrera experimentada a la que pudo haber protegido mejor. Pero tanto ellas como los dioses habrían estado orgullosos de una muerte semejante;

cada amazona deseaba alcanzar el final de esta manera. Eso le sirvió de consuelo.

Mientras arrojaba la mirada hacia la oscuridad, más allá de la cual sabía que parpadeaban las luces perpetuas de Atenas y sus templos, Pentesilea recordó vívidamente a Mirina, una joven que había padecido una enfermedad pulmonar. Desde el día de su nacimiento, cada respiración era una pugna; la tos que sacudía su cuerpo diminuto coloreaba su rostro de púrpura, en sus labios y lengua se acumulaba una mucosidad blanca, viscosa. Dada la dificultad que tenía para ser amamantada y ganar peso, no pensaron que pudiera sobrevivir a su primer invierno. Y, sin embargo, lo consiguió. Y también sobrevivió al segundo, y al tercero. La fuerza de la que carecía su cuerpo, Mirina la compensaba con la de su mente. Aprendió a montar con una perseverancia que solo podía provenir de los mismos dioses. Las mujeres le fabricaron un arco, más pequeño que los usados por las niñas al entrenar, para que incluso con sus débiles brazos, aprendiera a disparar con él. No era ni ágil ni fuerte, pero sí tenaz y testaruda, y estaba decidida a demostrar que merecía el título de «amazona». Año tras año, siguió de esta manera hasta que pudo saltar vallas a caballo y alcanzar blancos lejanos con sus flechas. Las mujeres realmente creían que podría ocupar su lugar entre ellas; que tomaría su primera vida en batalla y sería coronada como una verdadera amazona. Pero ese año apareció la fiebre.

Llegó por la noche, sutil al principio, con un ligero aumento de temperatura que cubrió su frente de sudor. Por la mañana su cuerpo estaba tan empapado que la transpiración alcanzaba el delgado colchón sobre el que yacía. De esos frágiles pulmones surgieron tales gritos de angustia, que las aves salieron volando de sus nidos. Su piel traslució y dejó ver una red de venas azules brillando debajo, como afluentes.

Esa misma mañana, mientras la joven se retorcía en su cama, fueron convocadas a luchar en el sur de Anatolia. Pentesilea no había querido visitarla ni despedirse de ella. Estaba desesperada por creer que Mirina tendría, como tantas veces a lo largo de los años, otra de sus milagrosas recuperaciones. Sin embargo, la princesa no era ingenua y sabía que, cuando estuvieran de vuelta, ella se habría ido. No podía esperar hasta entonces.

Al entrar en la habitación, la niña abrió los ojos.

—Lléveme con usted —suplicó—. Conviértame en amazona.

Pentesilea se había arrodillado en el suelo de piedra, pasando los dedos entre su cabello, tan empapado de sudor como si se hubiera dado un baño.

—Ya eres una amazona.

—No, así no. Lléveme, por favor. Hágalo por mí.

Pentesilea no esperó a tener el permiso de Hipólita. Ese día, cabalgó con Mirina sentada frente a ella, tan débil que apenas podía sujetarse de las crines del caballo. Más de una vez, Pentesilea pensó en cuán absurdo era lo que estaba haciendo y comenzó a guiar al caballo de vuelta al Ponto. Pero en cada ocasión, Mirina gritaba, suplicándole que no la llevara de vuelta. Ella necesitaba eso. Necesitaba convertirse en amazona.

Cuando llegaron al campo de batalla, Pentesilea rodeó a Mirina con su cuerpo y colocó sus dedos alrededor de los suyos, de tal modo que ambas sostenían el arco al mismo tiempo. Cuando jaló la flecha y la disparó al soldado que se acercaba, fueron como una sola persona.

En ese momento, incluso entre la miseria de la matanza, Pentesilea vio brillar una luz en la joven. Su esencia estaba siendo elevada por los dioses, elevada a estratos que la mayoría de las mujeres no podían más que soñar. Mirina moriría como una vencedora.

Pentesilea comprendió lo que debía ocurrir a continuación. Saltó del caballo, dejó a Mirina sola con su arco y blandió su hacha por el aire, cercenando cuellos y espinazos al azar. La batalla fue rápida, como tantas otras. Los pocos hombres que entraron en razón e intentaron huir a pie, fueron perseguidos y rematados, o abatidos por flechas que no vieron volar hasta sus espaldas. Cuando el polvo se hubo asentado, únicamente las amazonas quedaban con vida. Pero Pentesilea no prestó atención a las vivas. Aquel día, buscó entre los muertos.

Mirina yacía en el suelo. Miraba al cielo con una herida mortal a lo largo del pecho, pero también con una sonrisa en los labios, y la princesa se arrodilló sobre el polvo y lloró de alegría. La enterraron al día siguiente junto con su arco, pues había muerto como una verdadera amazona.

A menudo, Pentesilea pensaba en aquella joven con un destello de orgullo por lo que había sido capaz de otorgarle. Pero ahora, sola en las colinas del Ática, esa sensación de logro se tornó en culpa. ¿Y si no se hubiera llevado a Mirina con ella? ¿Y si su fiebre hubiera pasado, como hizo tantas otras veces? ¿Qué más podría haber logrado la joven? Y ahora, Hipólita. Tal vez pudo haber argumentado con más vehemencia; hacerle ver que era el deseo de Ares, su padre, el dios mismo, que ella siguiera siendo su reina.

¿Dónde estarían ahora, si así hubieran ocurrido las cosas?

Una mañana, tras casi un mes de haber levantado su campamento en el Ática, la princesa despertó sintiendo que había algo nuevo en el aire. Y cuando se incorporó, vio ante ella una cierva de pie bajo un ciprés. Tal vez, de haber sido un espino o un cedro, no habría pensado más en ello, pero tanto la cierva como el ciprés eran símbolos de la diosa Artemisa. Pentesilea le había rezado a menudo como diosa de la caza, pero ese no era su único rol, pues también era diosa del parto. Mientras miraba al animal, erguido sin un asomo de miedo, supo lo que esto simbolizaba: Artemisa velaría por Hipólita. La reina estaba a salvo bajo la vigilancia de la diosa.

Pentesilea bajó la cabeza, en deferencia tanto a la diosa como a su criatura y, cuando volvió a levantarla, la cierva ya se había ido. Recogió sus pertenencias a toda prisa y cabalgó en dirección al Ponto. A medida que los cascos de su caballo martilleaban sobre la tierra, cayó en cuenta de una verdad que nunca hubiera esperado admitirse.

Ahora ella, Pentesilea, era reina de las amazonas.

CAPÍTULO 23

La música llegaba desde uno de los templos. Sin duda se hacían preparativos para alguna festividad, aunque Hipólita no podía decir cuál con total certeza. Llegado el anochecer, mil velas serían encendidas y los tambores harían temblar los muros de la ciudadela, resonando a través de las distantes montañas mientras los hombres bailaban a la luz de la luna.

Si Hipólita se hubiera encontrado con las amazonas, sabría exactamente qué comida debían preparar las mujeres y habría supervisado la selección de los sacrificios y la planificación de las celebraciones. Sin embargo, aquí tan solo ofrecía su consejo ocasional, dejando el resto de las tareas a las sacerdotisas que, a fin de cuentas, habían dedicado su vida entera al servicio de los dioses. Esa era su vocación, no la de Hipólita; resultaba difícil de saber cuál era la suya ahora.

Más de una vez había intentado dejar Atenas atrás. La primera ocasión fue varios meses después de que nació su hijo, Hipólito.

Lo había alimentado de su propio pecho por última vez, esperando a que se durmiera profundamente. Lo recostó en su cuna y le dio un último beso en la frente.

—Crece fuerte.

Estas fueron las últimas palabras que pensaba decirle y, aunque su voz no era más que un susurro, el niño la escuchó, abriendo los ojos para mirarla. Esa fue su perdición. La duda comenzó a ceñirla como una enredadera, sofocando cada una de sus intenciones. ¿Era esto realmente lo correcto?, se preguntó mientras Hipólito la miraba sin pestañear. Seguía siendo tan pequeño y, por más que Teseo fuera un padre amoroso, ella era por quien lloraba todas las noches. Armándose de coraje, se sobrepuso al dolor y se apartó de él. Casi de inmediato su labio inferior comenzó a temblar. Siguió dando pasos hacia atrás, dejando que una nodriza se adelantara.

—Yo me ocuparé de él, alteza —dijo la mujer, pero Hipólita apenas escuchó sus palabras. Al instante, se dio vuelta y huyó por el corredor hacia la entrada de palacio, mientras los llantos de Hipólito resonaban a sus espaldas.

Las extremidades le pesaban al caminar, como si estuviera vadeando en aguas profundas y una corriente invisible la arrastrara hacia atrás. Bajó los escalones en dirección al ágora, donde el estruendo de las risas, los cánticos y las oraciones del templo de Nike tendrían que haber bastado para ahogar los lamentos de su hijo. Sin embargo, por encima de todo eso, e incluso con el viento agitando las hojas de los árboles, aún era posible escucharlo. Cuando llegó a las murallas de la ciudad, el dolor en su pecho se hizo tan agudo, que fue como si el corazón le estuviera siendo arrancado de entre las costillas. No, decidió que ese no era el momento de dejarlo. Era demasiado pequeño. Todavía la necesitaba. Pero pronto, muy pronto, volvería a estar entre las amazonas.

La noche antes de su próximo intento de marcharse, Teseo llegó al lecho más tarde que de costumbre. Había pasado la velada discutiendo asuntos de importancia con los asesores más cercanos de su padre. Al dejarse caer junto a Hipólita, gruñó con estrépito, su aliento estaba cargado con el aroma penetrante del vino.

—Otra vez has bebido de más —dijo ella, dándole un beso en la frente y no en los labios.

—Un hombre de mi posición jamás haría tal cosa —respondió Teseo, mientras se acercaba para besarle los labios. Ella colocó la mano entre ellos y soltó una carcajada que hizo al príncipe retroceder con una mueca.

—Tu estado sugiere todo lo contrario.

Beber vino en exceso, según había descubierto, no era poco común entre los atenienses. Sin embargo, el hábito abundaba mucho más entre los hombres de menor rango. Y aunque esa flaqueza de Teseo no le agradaba en lo absoluto, se había acostumbrado a ella. Teseo no bebía para olvidar o adormecer su mente, como aquellos hombres que Hipólita había visto al exterior de las tabernas. No se volvía estridente o agresivo. Tan solo tenía la costumbre de dejarse llevar por el momento, perdiendo toda noción del tiempo y de la cantidad de alcohol que había bebido.

—Quizás me esté enfermando —dijo Teseo al despertar la mañana siguiente. Apretándose el puente de la nariz, cerró los ojos con fuerza—. Creo que es mejor que me quede aquí un rato más. No te importa, ¿verdad, amor mío?

Luego se dio la vuelta, dándole la espalda antes de que ella pudiera responder. Hipólita no había planeado despedirse de ninguno de los dos. Y, aunque la borrachera de Teseo no era un motivo para irse, hacerlo en ese momento le pareció más que apropiado. Necesitaba, no obstante, ver a Hipólito una vez más.

Había pensado mirarlo por última vez a cierta distancia distancia, antes de escabullirse en silencio. Esta era una buena edad para dejarlo, se dijo. Era tan joven que apenas la recordaría. Así ocurría con toda la descendencia masculina de las amazonas. Y, sin embargo, mientras lo contemplaba entre los pliegues de la cortina, jugando con una nodriza que apretaba sus piernas regordetas y lo hacía reír con sus cosquillas, Hipólita lo sintió de nuevo. Ese lazo tangible. El vínculo que palpitaba de dolor con la sola idea de la separación. ¿Cómo se las arreglaría sin él? ¿Cómo podría concentrarse en su papel de reina si su mente, por no decir su corazón, permanecía aquí, en Atenas? No sería capaz de hacerlo; esa era la verdad.

No era solo Hipólito quien gobernaba su corazón. A pesar de todas sus imperfecciones, la relación con su esposo había florecido; si bien ardía con la misma intensidad que cuando lucharon en las playas del Ponto, ahora iba más allá de lo meramente físico. Compartían una profunda amistad. Un entendimiento afín. Nunca había pasado tanto tiempo con nadie además de sus hermanas. Cuando él se iba, Hipólita echaba de menos su presencia, su calor, su tacto y su conversación. Y cuando estaba de vuelta, únicamente se separaban cuando sus responsabilidades como príncipe lo hacían inevitable.

Poco después del quinto cumpleaños de Hipólito, pasaron la mañana cabalgando juntos. Teseo se había ausentado por más de un ciclo lunar, viajando como emisario de su padre para difundir la gloria de Atenas y presentar obras de arte ateniense a otros reyes, para su evidente deleite y envidia.

A su regreso, agasajó a Hipólita con regalos que incluían, como de costumbre, una nueva selección de caballos a elegir. Se había convertido en una tradición para conmemorar el aniversario de su llegada.

—He decidido dejar de molestarme con los sementales —le dijo mientras caminaban de la mano, hacia el campo donde los caballos habían sido reunidos para su inspección—. ¿Eres consciente de que, en los últimos cinco años, nunca has elegido a uno solo?

—¿Es verdad eso?

—Sabes que sí.

Aunque la decisión no era consciente, los caballos que elegía siempre se parecían a los que solía montar en las estepas. Pequeños, ágiles, rápidos. Siempre con el espíritu brillando en los ojos.

—No sé por qué sigues haciendo esto. No necesito más caballos, apenas tengo tiempo para montar los que ya tengo.

—Lo hago —dijo Teseo estrujando su mano—, porque hace que tus ojos brillen como si se posaran sobre la maravilla más grande que el mundo tuviera para ofrecer. Y eso, para mí, es más significativo que contemplar la verdadera forma de un dios.

Posó la mano en su mejilla y la besó en los labios con ternura. Aún después de tanto tiempo, no se habían cansado el uno del otro. Hipólita no era tan ingenua como para pensar que él, en sus viajes fuera de Atenas, no llevaba a otras mujeres a su lecho. Pero cuando estaba en la ciudad, su compañía era la única que buscaba. En cuanto Teseo se separó de sus labios, tenía un brillo familiar en los ojos, el cual indicaba que pronto se retirarían y no saldrían por varias horas.

—Y si no tienes el tiempo suficiente para hacer aquello que amas, entonces debemos encontrarlo. ¿Por qué no dejas que las nodrizas te sean de más ayuda con Hipólito?

A juzgar por la carcajada de su esposo, la mirada de Hipólita había resultado más desafiante de lo que ella pretendía.

—La feroz reina amazona, guerrera invicta, temida en cada rincón del mundo, es superada por un niño de cinco años.

Sonaba absurdo, pero era cierto, y se descubrió riendo también. Hipólito la había superado en todos los sentidos; desde el primer instante en que, manchado de sangre e indefenso contra su pecho, la miró hacia arriba sin parpadear.

Ahora, sin embargo, tenía la edad suficiente para que Hipólita pudiera conversar con él, disfrutar de su compañía y de la inocencia con que miraba el mundo.

—Sabes, si fueras cualquier otra madre, me preocuparía que tu cariño lo hiciera débil —dijo Teseo, mientras continuaban caminando.

—¿Quieres que sea más dura con él?

—Puedes enseñarle a pelear sin dejar de ser gentil, como bien sabes.

Hipólita sabía a qué se refería. Esa misma mañana llevó a su hijo a practicar con espadas de madera, tal y como solía enseñar a las niñas amazonas. Los lustrosos suelos de mármol no eran la superficie ideal para entrenar, pero, al menos, estaban lejos de las miradas indiscretas que seguían al niño cada vez que ponía un pie fuera del palacio. Se mantenía firme, confiado, bloqueando cada una de las suaves estocadas. Pero algo faltaba. Las niñas amazonas acostumbraban a mirar a sus madres entrenar, hacer esgrima, perfeccionar sus habilidades a caballo; todos los días de su vida, veían flechas volando y armas reales en uso. Buscaban empujarse cada vez más lejos, hasta que sus músculos dolieran tanto que se pudieran quedar dormidas de pie. Cuidaban de caballos que les doblaban la altura, se ponían de puntitas para cepillar sus abrigos y limpiar sus cascos tanto como sus regordetes dedos lo permitían. Se llenaban de moretones y se fracturaban los huesos, sabiendo que, para ser tan fuertes, veloces e intrépidas como soñaban, era necesario romper los grilletes de sus propias limitaciones.

Sin embargo, Hipólita no quería que su hijo sufriera un dolor semejante, o siquiera un fracaso momentáneo. Quería tenerlo cerca. Protegido.

—¿Preferirías que adoptara métodos de enseñanza más espartanos, amor mío? —preguntó, sabiendo que la pregunta irritaría a su esposo. Él apretó los dientes, fingiendo fastidio.

—Ten cuidado, o devolveré estos caballos al lugar de donde vinieron.

CAPÍTULO 24

Los caballos jóvenes parecían bailar a saltos. Enérgicos y de largas patas, cada pocos pasos daban coces antes de detenerse con brusquedad, girando el cuello de un lado a otro, como si observaran su entorno por primera vez. Teseo e Hipólita permanecían juntos, tomados de la mano; ella miraba a los animales, juzgando su temperamento por la forma en que interactuaban entre ellos. Teseo solo la miraba a ella.

A diferencia de las otras ocasiones en que Teseo le había regalado un caballo nuevo, ahora los ojos de Hipólita se fijaron en un potro. Era joven y robusto; daba mordiscos al resto, como si fueran parte de su propio rebaño. Su melena desgreñada parecía ondular, idéntica al heno de verano secándose en el campo. Sus ojos relucían con el sol.

—Ese —le dijo a su esposo mientras lo señalaba—. Es ese.

Teseo miró al joven caballo con curiosidad y se volvió hacia su mujer.

—Es por lo que dije acerca de que solo escoges yeguas, ¿verdad? ¿No es así?

—No. Me recuerda a alguien.

Su pelaje era casi del mismo tono que el cabello de Teseo; la arrogancia con la que se comportaba le recordaba al joven que, tantos años atrás, había nadado hasta sus costas.

—Debió ser la forma en que lo vi intentar montar a una yegua que se encontraba muy por encima de su estatus —dijo con timidez.

—¿Es así? Te recuerdo que mi destino es ser rey. No un hombre ridiculizado para el entretenimiento de su esposa.

—Y te recuerdo que, mucho antes de conocerte, yo ya era una reina. Y que podría regresar a esa vida con facilidad, si cualquier aspecto de esta dejara de satisfacerme. Incluyendo a mi esposo.

En otro tiempo, esas palabras le habrían sonado a una amenaza. Sobre todo, durante el embarazo: de haber dado a luz a una niña, entonces Teseo hubiera sido su única razón para permanecer en

Atenas. En aquel entonces, ambos dudaban de que su amor pudiera ser suficiente para evitar que ella volviera con sus hermanas a Temiscira, llevándose a su hija consigo. Pero las cosas habían cambiado; ahora eran una familia. Este era el hogar de Hipólito, el cual compartía con la gente que más amaba y Temiscira nunca podría darle lo mismo. Así que, mientras su hijo permaneciera aquí, ella también lo haría, junto a un esposo que la adoraba. Ciertamente, existían peores maneras de vivir.

—Entonces haré que lo lleven a los establos —dijo Teseo.

—Después de que lo monte, querrás decir.

Todavía no estaba completamente amaestrado; eso lo notó antes incluso de acercarse. Aquellos que habían tratado de domar al potro, lo hicieron con fuerza y mal genio. Eso había causado que se sobresaltara con el menor movimiento. Hipólita lo atrajo con suavidad, alentando su confianza tanto con la voz como con los movimientos sosegados de su cuerpo. Los músculos del caballo nunca parecían relajarse, la tensión los hacía ondular sin descanso. No obstante, ella se mostró paciente, sin presionarlo ni precipitarse; los planes para esa tarde con su esposo estaban olvidados.

Eventualmente, Teseo regresó al palacio, dejándola sola con el animal. Ahora que podía tocarlo, Hipólita sintió que, con cada caricia, la tensión abandonaba el cuerpo de ambos. En momentos como este volvía a sentirse como una chica joven, no mucho mayor que Hipólito, recorriendo las estepas, ansiosa por su primera batalla y por esa primera muerte que le otorgaría su derecho de nacimiento amazónico. Recordó ese tiempo antes de que su padre la nombrara futura reina, antes de cargar con el peso de la responsabilidad sobre todas sus mujeres. Una vida en la que parecía tener todo el tiempo que deseaba para ser una misma con la tierra.

Arrojó la mirada más allá del caballo, casi esperando ver a sus hermanas ahí, domando a sus nuevos corceles. Entonces, concentrándose de nuevo en el joven animal y hablándole con suavidad, separó los pliegues de su túnica y lo montó.

La pequeña multitud que se había reunido murmuró de asombro ante el espectáculo. Tal vez, aquello servía como un aterrador recordatorio de quién era su futura reina en realidad. Hipólita aún disfrutaba de esos momentos en los que el pueblo de Atenas la veía cabalgando a pelo por la ciudadela, con el quitón metido debajo, las piernas abiertas y la piel a la vista. Muchos se quedaban boquiabiertos. Algunos hombres le clavaban la mirada mientras que otros se apuraban a desviarla, como si se tratara de una gorgona y un simple vistazo en su dirección pudiera convertirlos en piedra. Hoy su paseo sería breve. El potro se mostró más receptivo a Hipólita de lo que ella había previsto, pero, aun así, se puso nervioso cuando pasaron frente a aquellos que los observaban. Tras cabalgar hasta los establos, lo desmontó y le prometió que volvería al día siguiente.

Ya en el palacio, Hipólito corrió hacia su madre. Tras agacharse, ella lo levantó y le dio una vuelta para ponerlo sobre su cadera.

—¡Te vimos, madre! *Pappouli* y yo te vimos. ¿Puedo ir contigo la próxima vez? ¿Puedo montar yo también?

—¿Me vieron?

—Sí, *pappouli* me llevó.

La reina miró en dirección a Egeo, el cual se acercaba con su túnica beige rozando los tobillos. Sus sandalias de cuero estaban adornadas con abalorios de oro, a juego con la corona de laurel que llevaba en la cabeza. Su piel era más oscura, más ajada y tenía más manchas de vejez que cuando Hipólita había llegado a Atenas, pero sus ojos se mantenían tan relucientes como antes.

—Eso hizo, ¿verdad? —dijo, al tiempo que le sonreía a su suegro.

—Hubo toda una escena afuera de la ciudadela. Mis guardias estaban preocupados de que algo anduviera mal. Por supuesto, les dije que seguramente no era más que *oirapata*, causando problemas en mi reino como de costumbre.

Sonrió satisfecho al pronunciar estas palabras. Con los años, ese se había vuelto un término de afecto entre los dos. Antes incluso de la llegada de Hipólito, ambos habían encontrado un terreno común: el liderazgo de su pueblo y los sacrificios a sus dioses. Las diferencias entre los atenienses y las amazonas eran insalvables, pero Hipólita descubrió que las que había entre los buenos hombres y las buenas mujeres no eran tan grandes. Y Egeo, sin duda, era un buen hombre.

—¡Mira, madre! Mira lo que me ha dado *pappouli*.

Hipólito levantó la mano, mostrándole a Hipólita lo que sostenía. Una pequeña muñeca de terracota, con brazos y piernas articuladas y un alto casco en punta. Su cabello estaba tallado en una larga trenza, la cual caía por su espalda y estaba pintada de café oscuro.

—Es Pentesilea, la gran reina amazona —dijo Hipólito—. Es la mejor guerrera que existe. Mira, sus flechas no pueden fallar.

Movió los brazos de la muñeca, silbando como si las flechas volaran de un arco invisible.

—La encontré a la venta en el ágora. Me pareció que era apropiado, ¿no te parece? —explicó Egeo.

Hipólita frunció el ceño.

—¿La reina Pentesilea? —dijo, torciendo los labios y lanzando una mirada mordaz—. ¿*Ella* es la mejor guerrera que existe?

—Eso dijo el vendedor. En su defensa, el caballero no era de por aquí —se apuró a añadir Egeo con humor.

—Bueno, asegurémonos de que no regrese.

Hipólita soltó una risa antes de volver a posar los ojos en la muñeca. ¿Qué hubiera pensado su hermana de la semejanza entre las dos? Los rasgos de la muñeca eran mucho más duros; tenía el ceño fruncido y el rostro entero estaba petrificado en un gesto de enfurecimiento. Luego de ese vistazo, se dirigió a su hijo.

—¿Vamos a darte un baño? Mientras tanto, puedo contarte una historia acerca de Pentesilea, la más grandiosa de las reinas amazonas, tía del futuro rey de Atenas.

—¿De verdad?

—De verdad.

Antes de salir, sus ojos volvieron a cruzarse con los de Egeo. La luz se reflejaba en ellos con tanta fuerza que parecía venir de su interior. Era el amor por su familia lo que causaba eso.

Más tarde, tras haberle dado el beso de buenas noches a su hijo, Teseo la descubrió tomando un baño perfumado con aceites. Se unió a ella y, sin quitarse la ropa, besó cada centímetro expuesto de su cuerpo.

—Podría vivir tantos años como Zeus y nunca me cansaría de tu cuerpo —le dijo, tomándola entre sus brazos para sacarla de la bañera y recostarla sobre una cama de toallas suaves. Hicieron el amor en el suelo de mármol, bajo la mirada de los hombres y mujeres pintados encima de las paredes del baño. Al terminar, Teseo volvió para lavarse el sudor y la mugre de la piel. Hipólita, luego de haberse vestido, se unió a su suegro en el andrón.

En los días en que no había invitados presentes, estos encuentros se habían vuelto costumbre. Sin embargo, cuando el rey recibía visitas, la reina estaba obligada a celebrar su corte en el gineceo. Aunque, para su sorpresa, esa segregación había dejado de molestarle. Después de todo, había crecido en la compañía exclusiva de mujeres.

—Tuve que arrancarle ese juguete de las manos a Hipólito —le dijo a Egeo tan pronto entró al andrón—. Se quedó dormido con él.

El anciano sonrió.

—Entonces puedo considerar mi regalo un éxito.

—De cualquier modo, sigues sin estar perdonado por ese comentario acerca de «la mejor guerrera».

—Ah, pero la observación no fue mía.

Una media sonrisa se dibujó en su rostro. Sin embargo, Hipólita notó una cierta pesadez en sus ojos. No era un hombre que temiera mostrar sus emociones, aunque estas no variaban a menudo. Su disposición era plácida, gentil, en todo distinta a la fanfarronería de muchos de los reyes griegos que Hipólita había conocido. A decir verdad, su carácter era más templado que el de su esposo; otro elemento que favorecía su teoría del linaje de Teseo.

Egeo se levantó de su asiento y le sirvió una copa de vino. A diferencia de la primera vez, ahora dejó un tercio sin llenar antes de agregar el agua, de acuerdo con la preferencia de Hipólita. Ella tomó la copa y esperó a que el rey se sentara para hablar nuevamente.

—Teseo vendrá enseguida. Tiene algo que decirnos —dijo el rey.

—¿De verdad?

Egeo asintió con lentitud, pero no añadió otra palabra. ¿Había algo que ella debiera saber?, se preguntó Hipólita. ¿Alguna guerra en el horizonte? Si ese fuera el caso, podría ser de ayuda. Trazar estrategias junto con su esposo. No sería la primera vez que lo hacían. Pero antes de que pudiera preguntar, el rey habló de nuevo.

—Nunca le has pedido a tus hermanas que te visiten aquí. O, al menos, eso me supongo. Habría sido un honor recibirlas, si hubieran llamado a nuestra puerta.

Este comentario fue totalmente inesperado. Inmediatamente, la mente de Hipólita viajó de vuelta al momento en que Pentesilea irrumpió en el palacio para liberarla y llevársela de vuelta a casa. A menudo pensaba en ello; sobre todo, en ese instante cuando Pentesilea le dio la espalda y se marchó. La última vez que la había visto. Horas más tarde, dos guardias fueron encontrados con los cuellos rotos y, sentado junto a ellos, balbuceando entre llantos, había un viejo mercader de gemas. Les pareció imposible que un hombre tan frágil hubiera podido vencer a dos hoplitas; cuando lo interrogaron, parecía haber perdido la razón. No hacía más que llorar, murmurando algo sobre no querer que le cortaran la lengua.

No se celebró ningún juicio. Al final, el mercader fue liberado, por lo que Hipólita creyó que Egeo la consideraba responsable. Pero nunca se dijo una palabra al respecto. Acusar a Hipólita equivaldría a culpar a Teseo por haberla traído en primer lugar, supuso, y eso era algo que el rey no se podría permitir. Ahora, era como si el incidente nunca hubiera tenido lugar.

—No he tenido noticias de mis hermanas —dijo al traer su mente de regreso al presente.

—¿Eso te causa tristeza?

—Las echo de menos, pero tienen sus propias vidas, en todo distintas a la mía. Y la pena que esto me causa, está de sobra compensada por el amor de Hipólito. Y el de Teseo. Y el tuyo —añadió.

El anciano le dirigió una sonrisa, como si hubiera dado la respuesta correcta, pero no duró mucho antes de desvanecerse de sus labios, casi tan rápido como se había formado.

—No sabes lo feliz que me hace oírte decir esto. Siempre creí que, si dabas a luz un hijo, regresarías a Temiscira. Y sin embargo aquí sigues, año tras año. De todas maneras, me preocupo.

—¿Te preocupas? ¿Por qué?

Soltó una risita breve y triste.

—Me preocupa que, si te vas, este viejo corazón mío pueda romperse. Se rompería solo un poco. Estoy hecho de un material resistente. Pero sí, ciertamente me sentiría muy triste si te fueras. Has sacrificado mucho para estar aquí con nosotros —continuó Egeo—. Y aunque esa es la norma entre los matrimonios de la realeza, no lo es para las de tu clase. Los dioses te enviaron a nosotros. Estoy seguro de eso. Hemos sido bendecidos.

La voz del viejo rey parecía temblar en sus labios. ¿Estaba enfermo? ¿Era esa la causa de toda esta introspección? Hipólita abrió la boca, lista para preguntar por su salud, pero cambió de parecer y guardó silencio.

Al terminar su declaración, la conversación se movió a temas más mundanos: propuestas y mociones que habían sido discutidas en la polis aquel día, los nuevos expertos que el rey estaba empleando para asegurar un flujo constante de agua hasta la ciudadela, el nuevo número de barcos que planeaban construir, los países que se encontraban en guerra.

Sin embargo, en su voz, el peso de los años parecía evidente. Hipólita no lo había notado antes; era algo nuevo, como también lo era que hubiera llevado a Hipólito fuera del palacio para mirarla cabalgar. Pasar tiempo con su nieto era un placer que se permitía siempre que el tiempo era propicio, pero nunca en los días en que se reunía la polis. En su mente, daba vueltas algo que aún no estaba listo para compartir con ella.

Para cuando Teseo se les unió, ya estaban bebiendo su tercera copa de vino.

Vestido con su túnica larga, pasó junto a Hipólita, besándola en la cabeza con suavidad. Olía al aceite de lavanda con que habían perfumado su baño un rato atrás. Ella levantó el rostro para ofrecerle una sonrisa, una que insinuaba aquello que habían hecho y volverían a hacer esa misma noche. Pero él, en lugar de devolvérsela, hizo una seña con la cabeza para que un sirviente le sirviera una copa de vino.

—Es suficiente —dijo, aunque le habían escanciado muy poco.

A Hipólita se le retorció el estómago con inquietud. Su esposo solía beber en mucha mayor abundancia.

—¿No deseas sentarte, amor mío? —le preguntó, mientras Teseo seguía paseándose entre ella y su padre. Egeo también se removía en el asiento. ¿Los estaba afectando el mismo problema? Si ese era el caso, ¿por qué seguía sin saber de qué se trataba?

—Le agradezco a ambos que estén aquí —dijo y, acto seguido, vació la copa de un trago.

Hipólita se rio entre dientes.

—Teseo, nos reunimos aquí siempre que podemos, ¿por qué estás actuando de forma tan peculiar?

Hipólita mantuvo su sonrisa, pero ni su marido ni su suegro la correspondieron. Antes, Teseo endureció la espalda y carraspeó.

—Hay algo que debo contarte —dijo—. Mi adorada Hipólita, sabes que los atenienses tenemos muchas tradiciones de las que estamos orgullosos. Desde que llegaste a nuestro mundo, lo has embellecido tanto que no podría pedir nada más. Los hombres y las mujeres de Atenas te veneran. Les has dado un príncipe, el cual llegará a gobernar el reino más grande que haya existido jamás. Pero hay cosas de las que aún no has sido testigo.

Hipólita se quedó helada ante la solemnidad de su voz. Se esforzó por pensar a qué podría referirse. ¿A la guerra? ¿A la muerte? No era una mujer que cayera en la desesperación ante esa clase de cosas; era evidente que su marido lo sabía. No obstante, cuando vio la gravedad de su rostro, su malestar se hizo más grande. Incapaz de permanecer sentada por más tiempo, se levantó. Sus ojos se encontraron frente a frente con los de su esposo.

—Teseo, ¿qué pasa? ¿Qué necesitas decirme?

Pasaron unos instantes. Egeo estudiaba sus propias manos entrelazadas, mientras que las fosas nasales de Teseo se aplanaban contra su nariz en una profunda respiración.

—Dime, mi reina, ¿qué sabes acerca del Minotauro?

CAPÍTULO 25

Todos los hombres y mujeres de Grecia, Anatolia e incluso más lejos, habían oído hablar del Minotauro. Sin duda, los mismos padres que atemorizaban a sus hijos con historias de las bárbaras mutiladas del Ponto, alternaban esos relatos con las de la monstruosa criatura, mitad toro, mitad hombre, que pasaba sus días acechando en un laberinto de túneles bajo el palacio del rey Minos. Algunos de estos cuentos habían llegado hasta el Ponto, trayendo noticia de sus enormes cuernos, gruesa piel, aliento vil y apetito insaciable por la carne humana.

Hipólita había llegado a pensar que el rey Minos llamaría a las amazonas para librarse de esta bestia, pero eso nunca sucedió. Sin duda, albergar a una criatura tan terrible traía consigo un cierto asombro, incluso respeto, al que quizás Minos no deseaba renunciar.

Se contaba que el rey Minos se había negado a sacrificar su animal más preciado, un gran toro blanco, a Poseidón. Fue entonces que el vengativo dios hechizó a su esposa, Pasífae, para que esta se enamorara de la bestia. Si las historias eran ciertas —e Hipólita no tenía motivos para dudar de ellas—, el minotauro era el resultado de la unión entre Pasífae y el gran toro blanco. Desde su nacimiento, la criatura habitaba en un elaborado laberinto, como recordatorio de la desobediencia de Minos.

—Sí, conozco al Minotauro —respondió Hipólita a la pregunta de su marido.

—Por supuesto que lo conoces.

Ahora Teseo miraba a su padre, como si buscara la señal de cuánto más debía decir. O tal vez esperaba que Egeo se hiciera cargo del relato. La tensión parecía vibrar entre ambos mientras Hipólita esperaba con impaciencia, preguntándose qué podrían tener que ver Creta o el rey Minos con ellos en Atenas. Al fin de cuentas, había sido el rey Minos el que intentó engañar a Poseidón, sacrificando un toro de ganado en lugar del gran toro blanco que le había sido enviado. Había sido Pasífae la que dio a luz a ese gran animal luego de enamorarse del toro. El rey Minos trajo todo eso sobre sí mismo y sobre su reino. ¿Cómo les incumbía todo eso? Era incapaz de ver la conexión; hasta que Egeo le reveló de qué forma estaban tan devastadoramente implicados.

—¿Sabes por qué Atenas es una ciudad tan grande? —le preguntó el anciano.

Él la miró con fijeza y, por un instante, Hipólita creyó que realmente esperaba una respuesta. Sin embargo, el momento pasó y Egeo volvió a hablar antes de que ella pudiera pensar en qué contestarle.

—Es una ciudad majestuosa porque la he construido con cada uno de mis aprendizajes —continuó—. Ya no temo a borrar mis errores para hacer las cosas mejor. Ya no creo que mi opinión sea la única que importe, o que siempre sabré cómo cultivar, cómo construir un templo o, incluso, cómo servir una copa de vino.

Levantó la copa y, al momento, un sirviente que permanecía callado en un rincón se adelantó para llenarla de nuevo. El anciano bebió profundamente, dejando que el líquido reposara en su lengua durante unos instantes antes de tragar. La mirada de Hipólita alternaba entre el rey y su esposo. Ahora, la tensión que Teseo había traído consigo a la recámara se adueñó de ella. Egeo bajó su copa.

—Sé que ignoro muchas cosas, pero no ignoro todas. Es cierto que la edad trae sabiduría, pero también errores. Y yo he cometido muchos, mi joven *oirapata*.

Permaneció en silencio. En ocasiones, al marcharse los invitados, lo había visto caer en un estado de melancolía, recogiéndose en su interior hasta quedar un poco distanciado del mundo. Pero nunca lo había escuchado hablar así.

—Ha habido tiempos oscuros en mi vida, *oirapata*. Muchos tiempos oscuros, antes de que Teseo me encontrara. Estoy seguro de que él te ha hablado de ellos. Pero quizás no de este, que involucra al Minotauro.

Hipólita negó con la cabeza, temerosa de hablar y perturbar el cauce de sus palabras.

Egeo asintió.

—Como ocurre con muchos jóvenes nacidos para la grandeza, yo era arrogante. Y la arrogancia siempre muestra su lado más terrible cuando siente que tiene algo que demostrar. Has visto a Teseo junto a su querido amigo Heracles, así que estoy seguro de que puedes dar fe de ello.

Hipólita reflexionó sobre este comentario. Cuando vio por primera vez a Teseo, con Heracles, ¿había actuado como si tuviera algo que demostrar? Tal vez no en la playa, pero sin duda sí más tarde, en la ciudadela. Después de todo, ¿qué no había vuelto a casa con la reina de las amazonas? Ella sonrió ligeramente, mostrándole a Egeo que comprendía sus palabras y que podía continuar.

—Hubo un joven con quien mi naturaleza competitiva y mi arrogancia alcanzaron nuevas cotas; Androgeo, el hijo del rey Minos. Era casi quince años menor que yo, de modo que, durante la mayor parte de nuestras vidas, yo lo había derrotado en todos los desafíos. Sé que ahora es difícil creerlo, pero en mi juventud, yo era todo un atleta. Entonces, cierto año, volví a Creta para descubrir que él había crecido. Yo era más viejo para entonces, mayor de lo que Teseo es ahora. Mi cuerpo ya no tenía la destreza física de la que antes me podía jactar. No me avergüenza admitirlo ahora, pero me avergonzaba entonces. Androgeo, sin embargo, se había convertido en un pilar de fuerza y hermosura. Su cabello era rubio, tan claro en algunos sitios que podría pensarse que él también era vástago del toro de Poseidón. Pero lo llevaba con buen ánimo. Era gracioso, encantador; un hijo cariñoso y un querido hermano mayor.

»Yo había regresado a Creta para los juegos Panatenaicos, como era mi costumbre. En esa ocasión, Androgeo sugirió que tal vez podríamos sacar más beneficio de observar los juegos que de participar en ellos. Podríamos sentarnos con su familia: el rey, sus hermanas y su madre. Podríamos beber vino y relajarnos. Lo que sugirió fue algo que mi arrogancia no pudo soportar. Insistí en que compitiéramos, convencido de que Androgeo tan solo temía ser puesto en evidencia».

Hubo una pausa mientras Egeo, visiblemente repugnado por el recuerdo, resoplaba con disgusto.

—Pensé que buscaba una excusa. Incluso a mi edad, me creí capaz de superarlo. Pero pronto se hizo evidente que las cosas habían cambiado. Androgeo me venció en cada desafío. En la carrera mostró ser más rápido. En el disco, más fuerte. No importaba lo que escogiera; cualquiera que fuera el evento, él me superaba. Para mi más profunda humillación, fue coronado ganador. Por eso le ofrecí un último desafío: no ante los ojos del público, sino en privado. Un desafío que determinaría con toda certeza si él era un mejor guerrero. Le dije que debíamos matar al gran toro blanco.

Una corriente gélida entró a la recámara, agitando las pesadas cortinas mientras Hipólita intentaba ocultar su asombro y disgusto ante esta revelación.

—Oh, sé lo que estás pensando —dijo Egeo con una risa amarga—. Que los dioses se habrían enfurecido. Que buscarían vengarse de nosotros por matar a su animal sagrado. Pero, en un principio, fue ese el propósito con el que la criatura le había sido regalada. No matar al toro fue la razón de lo que le ocurrió a Pasífae.

»Sospecho que, en ese momento, mi razonamiento tenía dos caras, cada una idéntica en su egoísmo. Podría ganarme el favor de Poseidón por llevar a cabo su voluntad original, matando por fin al toro. Y, dado que planeaba acabar con la criatura antes que Androgeo, también podría demostrar que seguía siendo el más grandioso y el más fuerte entre los dos.

»Quizás podría dar el golpe fatal mientras Androgeo tomaba los cuernos del toro. A decir verdad, no estaba muy seguro de mi plan; solo sabía que debía recuperar mi honor. Pero todo pasó tan rápido, que fue como si el toro supiera a qué habíamos ido. Se lanzó a la carga, con la cabeza casi hasta el suelo, como un relámpago, y hundió un cuerno justo en el estómago de Androgeo. El hijo del rey quedó colgado, igual a una marioneta rota, con brazos abiertos y piernas caídas. Era el momento de arremeter y matar a la bestia; incluso con Androgeo en ese estado, sabía lo que debía hacer. Pero no pude. Fui un cobarde. Androgeo me había superado en todos los juegos y, si él no podía derrotar al toro, ¿cómo podría hacerlo yo? Como el traidor que era, corrí de regreso con el rey Minos, pidiendo que me perdonaran por mis actos; por la muerte de su hermoso y joven hijo.

Cuando terminó de hablar, sus ojos se posaron en Teseo. Era evidente a dónde se habían ido sus pensamientos. Mientras el anciano se apuraba a limpiarse una lágrima, Hipólita pensó en lo que había escuchado del incidente. Aunque recordaba vagamente algunos rumores de la muerte del hijo del rey Minos, no podía recordar hacía cuánto tiempo de eso. Sin embargo, la expresión en el rostro de Egeo delataba que, para él, todo podría haber ocurrido apenas ayer.

—Y ahora —continuó Egeo—, es mi pueblo el que debe sufrir. Cada nueve años estoy obligado a enviar catorce atenienses, siete hombres y siete mujeres jóvenes, para alimentar a su monstruo: al Minotauro Transcurre tanto tiempo entre las ofrendas, que en ocasiones casi me permito olvidar. No, no es eso; no es olvidar lo que me permito, sino tener esperanza. Esperanza de que puedan encontrar otra forma de aplacarlo. O de matarlo. Algo que no me obligue a elegir a los mejores de Atenas para que sus vidas terminen de manera tan brutal. Pero esta es la tercera vez que mi pueblo tiene que pagar el precio de mi arrogancia.

Cuando se volvió para mirar a Hipólita, las lámparas de aceite se reflejaron en el húmedo lustre de sus ojos.

—Por eso a veces me comporto así, *oirapata*. Por eso, en ocasiones, me has visto descender a la caverna de mis más oscuros pensamientos. Es lo menos que merezco.

En ese instante, Hipólita pensó que, de ser ella esa clase de persona, hubiera abrazado al anciano como si fuera una hija. Se preguntó si Teseo haría lo mismo, pero este no se movió. En cambio, inhaló con fuerza, dejando caer un poco los hombros, como si la confesión de su padre hubiera aliviado la tensión que sentía.

—Y por eso necesitaba hablar con ustedes el día hoy —dijo él, causando que Egeo levantara la mirada de golpe—. Porque he decidido terminar con esto. Viajaré en el barco a Creta como uno de los siete hombres, junto con el resto de los sacrificios. Tengo la intención de matar al Minotauro.

CAPÍTULO 26

El aire pareció congelarse a su alrededor. Las cortinas dejaron de agitarse, las lámparas relucieron sin apenas un parpadeo. Desde afuera, llegaban los balidos lejanos de las cabras y los himnos que se cantaban en los templos, pero Hipólita no lograba apartar la mirada de Egeo. Las palabras de furia para su esposo esperaban listas en su lengua, pero su boca permaneció cerrada. No hablaría hasta saber que tanto ella como el rey pensaban lo mismo.

—¡No! —dijo Egeo—. No lo permitiré. Lo prohíbo.

Hipólita respiró con alivio al escuchar que Egeo compartía sus sentimientos. Sin embargo, conocía a su esposo; sabía que, si bien él desearía su aprobación, tampoco la necesitaba del todo. Al menos el rey estaba de su lado.

—Necesito hacer esto, padre. Estoy seguro de que lo entiendes. Tú mismo lo dijiste, es un ciclo de muertes sin sentido.

—Entonces, ¿sumarás la tuya a esa cifra? No, eso no puede suceder.

Egeo se puso de pie y se dirigió a zancadas hasta su hijo.

—No esperé tanto tiempo para que llegarás a mí, solo para verte morir por uno de mis errores.

—No tengo la intención de morir. Mataré a la bestia y luego volveré a ti, de nuevo. Hipólita, díselo. Dile a mi padre que soy capaz de hacer esto.

—Dile que esta idea es ridícula, *oirapata*. Dile a mi hijo que ha perdido la cabeza.

Ambos hombres la miraron expectantes. ¿Sería Teseo capaz de matar al monstruo? No había duda de que era el guerrero más fuerte que Atenas tenía para ofrecer. Pero ¿era tan fuerte como esa bestia? ¿Era tan fuerte como Hipólita? La única vez que la venció fue cuando su cuerpo estaba bajo la influencia de la valeriana y ella forcejeaba con el movimiento desconocido de un barco en altamar, en medio de los dominios de Teseo. El Minotauro, en cambio, se encontraría en su propio hogar, rodeado de objetos, imágenes y olores que solo él conocía y podía utilizar en su beneficio. ¿Qué posibilidades tenía un hombre, incluido su esposo, de vencer en circunstancias semejantes?

Pero entonces, la chispa de una idea se encendió en su interior. Tal vez nada de esto era necesario.

—Déjame ir contigo —dijo.

—¿Qué?

—Siete hombres y siete mujeres jóvenes —dijo—. Dudo ser demasiado vieja para que no me acepten. Piénsalo. ¿Qué posibilidades tendría la bestia contra nosotros? Tú, el príncipe de Atenas, su mejor guerrero y yo, una reina amazona —se volvió hacia Egeo—. Estoy segura de que, juntos, podríamos lograrlo. Entonces Atenas estaría libre de esta carga para siempre.

Observó cómo la idea tomaba forma tras los ojos del anciano; el dolor y la posibilidad flotaban juntos en sus pensamientos. Funcionaría; estaba segura de ello. Pero antes de que Egeo pudiera ofrecer una respuesta, Teseo habló de nuevo.

—¿Crees que no puedo derrotar a esta bestia solo? ¿Crees que necesito una nodriza, al igual que un niño quejumbroso? ¿Tan poca fe tienes en mí? —Las llamas de su petulancia se alzaron como nunca antes.

—Teseo, escúchala, te lo ruego. La idea no carece de mérito.

Egeo habló con suavidad, pero sus palabras también fueron pasadas por alto.

—Este es *mi* destino. Este es el legado de *mi* padre. Debo ser yo quien arregle las cosas. Ella es la madre del heredero de Atenas y su lugar está en el palacio, cuidando de él.

Hipólita sintió un golpeteo en el pecho, un tamborileo rítmico bajo las costillas, parecido a los momentos en que había cabalgado hacia la batalla. El calor colmó sus mejillas.

—¿Mi lugar?

De inmediato, sintió que crecía en estatura. ¿Cómo podía haberse encogido tanto durante su tiempo en ese sitio? Recién ahora, notó que sus hombros se habían comenzado a curvar hacia adentro. Hipólita enderezó la espalda y, de inmediato, se puso de pie como a punto de disparar una flecha. Nunca le habían hablado de esa manera. No aceptaría eso de ningún hombre; menos aún de su propio esposo.

—Mi lugar —escupió—, es el de una reina amazona.

Por primera vez en más tiempo del que podía recordar, Teseo palideció; era como si hubiera olvidado que la criatura que trajo a casa no era un gatito que pudiera acariciar o domesticar, sino un animal salvaje, un tigre con poderosas garras y mandíbulas. Y que, si aún conservaba la cabeza sobre los hombros, era solo porque ella aún no decidía arrancársela. Pero era demasiado tarde. Hipólita, la amazona, se había liberado.

—Mi lugar está donde quiero. He decapitado a cientos de hombres, he atravesado cientos de corazones con mis flechas. Si estoy aquí contigo, con mi esposo, en Atenas, es porque elijo estarlo. Y si tuviera que irme y asesinar al Minotauro, esa también sería mi decisión. Parece que has olvidado a quién tomaste como esposa, príncipe Teseo.

Teseo se quedó ahí, hirviendo de ira. Ella lo había reprendido igual que a un niño travieso.

—Por favor, hijos míos, puedo ver que ambos están molestos. Es más que comprensible —Egeo se colocó entre ellos y puso una mano sobre el hombro de cada uno—. Teseo, debes comprender que todo esto es ridículo. Estás arriesgando tu vida. De hecho, se trata de una muerte casi segura. Hipólita solo quiere mantenerte a salvo.

—¡No necesito que una mujer me mantenga a salvo! Esto no es una discusión. Vine aquí esta noche para informarles lo que planeo hacer, no para *pedirles* su permiso. El barco zarpa en la mañana, y yo estaré a bordo —se volvió hacia Hipólita—. Ahora, tengo asuntos que deseo discutir con mi padre. Tal vez deberías retirarte al gineceo o a tu recámara. No me importa a cuál de los dos. Tu presencia aquí ya no es necesaria ni bienvenida.

La ira de Hipólita se transformó en incredulidad. Escrutó su rostro, buscando la señal de que ese tono áspero fuera tan solo un juego; sin embargo, no encontró más que un gélido desdén. Estaba preparando una réplica, con la lengua lista para atravesarlo, cuando Egeo le apretó el brazo.

—Tal vez sea mejor que hable con Teseo a solas, hija mía.

Sus ojos parecían exhaustos y llenos de pesadez; viejos. Hipólita pensó en su propio padre, en cómo nunca sufriría con un estorbo tan trivial como la edad. Su corazón se llenó de afecto hacia su suegro. Le hizo un gesto con la cabeza y, sin atreverse a mirar a Teseo, temerosa de no poder contenerse, salió a toda prisa. Se prometió a sí misma que, sin importar el resultado, los comentarios de su esposo no serían perdonados con facilidad.

El aire era más fresco al exterior de la recámara. La ira aún recorría su cuerpo; no quiso retirarse a la cama. En lugar de eso, y a pesar de sus connotaciones, regresó al gineceo, con sus telares, tapices y todo aquello que tanto detestaba de ser mujer en aquel sitio. Pero ahí, por lo menos, había vino.

¿Cómo se atrevía? ¿Cómo se atrevía a decirle qué podía y qué no podía hacer?

Caminaba de un extremo al otro de la recámara. Debía irse. Debía irse ahora mismo y regresar a Temiscira; eso le mostraría a Teseo cuál era su verdadero lugar. Sin embargo, solo de pensar en eso sintió angustia. Y es que su lugar ya no estaba en el Ponto, sino en otro lado que nunca había previsto: con Hipólito, con su hijo. Era ahí donde quería quedarse para siempre. Agitando uno de los tapices, salió caminando del gineceo.

Hipólito dormía profundamente, aunque debió haberse despertado en algún momento porque había tomado la muñeca de terracota de la mesa junto a su cama y ahora la sostenía contra el pecho. ¿Cómo podría dejarlo? No lo haría, pensó; al menos no hasta que fuera rey. Hasta que se casara y, tal vez, tuviera su propio hijo. Entonces, quizás Hipólito sabría cuán profundo era el amor de su madre.

Al inclinarse, le apartó el cabello de los ojos, aspirando su aroma antes de sentarse a sus pies. Permaneció ahí, escuchando su suave y lenta respiración, mientras intentaba imaginar una vida sin él. Era imposible. Aquellos días, anteriores a Teseo y Atenas, parecían pertenecer a la vida de otra persona. Una vida espléndida, llena de aventuras que podían contarse a oídos atentos frente a la hoguera. No obstante, Hipólita estaba cada vez más ausente de esas historias. Ahora eran las batallas de otra mujer; las valientes hazañas de otra mujer.

Mientras seguía contemplando el movimiento de su pecho, la ira de Hipólita se apaciguó. Sus emociones se aquietaron ante esa pequeña figura, tan felizmente ignorante de lo que ocurría a su alrededor. Y después, cuando su cuello comenzó a doler y ya no pudo contener los bostezos, besó con gentileza la suave piel pálida de su hijo y se retiró a su propia recámara.

El sueño no llegó. Aunque, a decir verdad, tampoco lo convocó, sentada como estaba sobre su lecho, esperando que Teseo se le uniera. ¿No iría a verla esa noche? Seguramente sí. Siempre lo hacía en algún punto, incluso cuando él y Egeo entretenían a sus invitados hasta que el amanecer asomaba en el horizonte. Hipólita permaneció sentada, sola, en la espesa oscuridad. Solo cuando una luz tenue delineó el borde de las cortinas, Teseo apareció en la puerta.

—Me voy.

Se quedó de pie, mientras su sombra se estiraba hasta Hipólita, aunque él no hiciera intento alguno de moverse.

—¿Tan pronto? —Hipólita no supo en qué momento se había quedado dormida, pero el cuello le dolió al erguirse—. ¿No podemos hablar de esto un poco más?

—No hay nada que decir. El barco saldrá en unas horas y yo estaré en él. Tengo que prepararme.

Hizo una pausa. Había una cierta amargura en su voz que, sin duda, se debía a la situación. Después de todo, ¿por qué estaría dirigida a ella?

—Teseo, por favor. ¿No puedes al menos considerar lo que dije?

—Tengo que pedirte algo —dijo, ignorando su pregunta—. Siempre y cuando no lo consideres indigno de tu posición, claro está.

Había visto a muchos hombres comportarse de esa forma. A menudo eran los más débiles quienes, buscando ocultar su miedo, hacían sentir menos a quienes los rodeaban. Por lo general, los asesinaba en el acto, pero dado que se trataba de su marido, rompió con la tradición y, en cambio, reunió tanta gentileza como pudo antes de hablar.

—¿Qué puedo hacer por ti, esposo mío?

Teseo resopló.

—Mi padre no ha tomado bien la noticia. Te agradecería que lo cuidaras en mi ausencia.

Esperó unos momentos, en caso de que hubiera algo más que quisiera decirle. Por supuesto cuidaría de Egeo. Y no simplemente porque Teseo se lo pidiera. Recordó cómo el rey se había referido a ella como su hija; era un cariño que nunca había expresado con palabras, pero que ambos habían compartido a lo largo de muchos años.

—Sabes que lo haré.

—Gracias. ¿Y a Hipólito también? ¿Lo cuidarás mientras yo no esté?

—Considerando que es mi hijo y que ya me encargo de él, estés o no tú presente, no me parece que cuidarlo sea un inconveniente —dijo. Su intento de sumar un poco de humor se había transformado en sarcasmo.

Si Teseo no se disculpaba con palabras por lo que había dicho la noche anterior, seguramente no tardaría en hacerlo con su cuerpo. Hipólita esperó, preguntándose si debía levantarse e ir hasta él, pero decidió quedarse en la cama. El ceño fruncido en el rostro de su marido lo dijo todo.

—Te veré pronto, reina Hipólita.

Y, con eso, se giró sobre sus talones y salió de ahí.

CAPÍTULO 27

El ruido de los pasos iba y venía, haciendo eco en el corredor al exterior de la recámara de Hipólita. Cada vez que alguien se acercaba, sus esperanzas crecían y, por un instante, sentía su respiración acelerarse. Quizás Teseo, tras reflexionar sobre su estúpida obsesión con el Minotauro, había cambiado de opinión. O bien, volvía por ella para que pudieran librar la batalla hombro con hombro. ¿Es que no regresaría para al menos rodearla con sus brazos, para darle un beso de despedida apropiado, como siempre hacía antes de sus viajes? Sin duda, una discusión no podría haber borrado el amor entre los dos. Pero Teseo no vino y, pronto, un nuevo silencio se posó sobre el palacio, el cual le hizo saber que el barco de velas negras había partido con catorce atenienses encaminados a la muerte. Y su esposo estaba entre ellos. Su tenacidad era una característica que siempre le había parecido encantadora. Ahora, sin embargo, era mucho más parecida a la petulancia.

—¿A dónde se fue papá? —le preguntó Hipólito cuando le llevó uvas e higos para desayunar a su habitación—. Se despidió de mí esta mañana y me dijo que iba a matar a un monstruo. ¿Cuándo va a volver?

La muñeca de terracota estaba enredada entre las sábanas. Al parecer, había sido olvidada al cabo de un solo día. Hipólita la tomó y la puso sobre la mesa de noche.

—Padre dijo que regresaría como el héroe más grande de todos. Más grande incluso que Heracles —continuó Hipólito.

—¿Eso te dijo?

A continuación, ignorando tanto a la muñeca como a la comida, saltó fuera de la cama. Tomó una pequeña espada de madera y la blandió por el aire, como si luchara contra la misma bestia a la que su padre pronto se enfrentaría.

Hipólita miró la espada con un sentimiento de decepción. Estaba hecha de abedul; una madera tan clara en color como liviana en peso, demasiado endeble para serle de utilidad en el entrenamiento, poco más que el juguete que usaría el hijo de un granjero.

Más de una vez lo había discutido con Teseo y su padre. Eran pocas personas en el palacio las capaces de enseñarle a Hipólito como era debido y, además, probablemente lo harían con un exceso de moderación, temerosos de lastimar al futuro rey. Lo menos que podían hacer era darle armas de entrenamiento adecuadas. Suspiró. Se llevaría esa espada mientras su hijo dormía, para reemplazarla con algo más adecuado.

—Mira, coloca tu pie delantero más hacia el frente —dijo, abandonando toda esperanza de terminar su desayuno—. Y dobla las rodillas. Sí, así, así. Ahora blande tu espada hacia mí, pero detente antes de golpearme. Primero necesitas controlarla. Como si fueran tus propios brazos y manos.

Dejó caer la espada hacia su madre, pero la golpeó de lleno en el hombro. Una mirada de terror brilló en sus ojos, pero ella tan solo le sonrió.

—¿Qué dije acerca del control? Vuelve a intentarlo, mi amor.

Jugaron así durante un rato. Hipólita le enseñó las distintas formas de sostener y blandir la espada, de mover las piernas para mantener un equilibrio perfecto. En ocasiones, en lugar de bloquear sus golpes, le permitía que se los asestara, fingiendo ceder ante su ataque para regocijo del niño. Al final, el deseo de alimento se volvió demasiado intenso para que Hipólito pudiera seguirlo ignorando.

—Quiero montar a caballo, madre. ¿Podemos ir? —preguntó mientras masticaba.

—Por supuesto, mi amor —dijo—. Pero primero debo hablar con tu *pappouli*.

—¡Iré contigo! —Hipólito se puso de pie, con el pan en la mano—. Le mostraré cómo he aprendido a matar monstruos con mi espada.

—No esta vez —dijo, abrazándolo contra el pecho al tiempo que presionaba los labios contra la coronilla de su cabeza—. Pero no tardaré mucho.

Por mucho que quisiera borrar de su mente la última imagen de su esposo, no podía olvidar su petición de velar por el rey. Egeo la necesitaría. Y ella estaría ahí para él.

El rey y los miembros de su consejo conducían sus asuntos en el megarón, un gran salón abierto, con columnas de proporciones ciclópeas, asientos cubiertos de azulejos y una plancha central donde Egeo acostumbraba a ponerse de pie para hacerse oír. A menos de que celebraran banquetes u otros eventos similares, no era un sitio para las mujeres. Y aunque Hipólita lo había intentado cambiar poco después de su llegada a Atenas, en esa parte del palacio el patriarcado aún conservaba todas sus fuerzas.

—Los hombres se distraen contigo con demasiada facilidad —le habían dicho Teseo y Egeo, después de que, una mañana, asistiera para escucharlos participar en un debate débil y desganado sobre el fortalecimiento de sus defensas y la expansión de su ejército. Dada su experiencia en el asunto, en cierto momento Hipólita comenzó a decir lo que opinaba. Se desató el caos: mientras que algunos hombres gritaban, desesperados por ahogar su voz, otros parecieron llenarse de temor, convencidos de que esta *oirapata* haría lo que su epíteto sugería y acabaría con todos ellos. Otros, en cambio, se encontraban demasiado sorprendidos para hablar o siquiera moverse.

—Si una sola mujer los hace sentir tan incómodos, incluso vestida con toda su ropa, entonces sospecho que el problema es suyo, no mío —había dicho en respuesta.

—No es tan sencillo —había tratado de explicarle Egeo—. Han venido de toda Grecia para guiarme en la construcción de Atenas. La familia de Bithi es originaria de Pela. Y no es el único. No deseo molestarlos.

No hizo falta decir más. Tiempo atrás, Hipólita había sido llamada a Pela para poner fin a una guerra; lo hizo rápidamente, sin dejar un solo combatiente con vida. Seguramente, estos ancianos recordaban aquel ataque, lo cual hacía mucho más comprensible el miedo con que la miraban.

—La única forma de hacerles ver que no quiero quedarme con sus cabezas es dejar que me siente con ellos —argumentó, pero Teseo y Egeo se mantuvieron firmes.

Ahora, si llegaba a aparecerse en el salón, era solo para llevarse a Hipólito cuando este entraba corriendo en busca de su abuelo. E incluso en esos breves instantes, disfrutaba de las miradas que recibía, de la confusión en sus rostros. Sabía que se preguntaban cómo podía ser que se viera así, idéntica a cualquier mujer de Atenas; maternal, cariñosa, incluso dulce, mientras que, bajo su exterior, acechaba una salvaje asesina. Una *oirapata*.

Aunque Hipólita sabía que, esa mañana, su hijo no se había escabullido hasta el enorme salón, de igual forma entró con la cabeza en alto. No estaba ahí para intentar hablar de nuevo; solo quería mirar a Egeo a los ojos y evaluar su estado de salud. Pero cuando dejó el corredor para adentrarse en el eco de la recámara, no fue su voz la que escuchó.

Un hombre mayor estaba de pie en el centro del salón, agitando las manos al tiempo que declamaba en torno al tema de las cosechas. El resto lo miraba embelesado. Hipólita dio otro paso hacia el interior, buscando al rey con la mirada. Incluso entre ese mar de barbas grises y quitones blancos, sabía que lo reconocería al instante. Y, sin embargo, no estaba ahí. A medida que más y más hombres se percataban de su presencia, comenzaron los movimientos nerviosos. Se removieron en sus asientos y se miraron los unos a los otros con ansiedad, hasta que la voz del orador mismo se redujo a un murmullo apenas audible. Su intención no era dirigirse a la polis pero, ahora que tenía su atención, no parecía tener otra opción.

—Solicito una audiencia con el rey —dijo.

El orador, ahora tembloroso, se aclaró la garganta.

—El rey no se encuentra bien. No pudo asistir el día de hoy. Me pidió que... que... —Su piel, de por sí pálida, se volvió aún más blanca—. ¿Tiene la intención de quedarse? —preguntó con voz temblorosa.

Hipólita sonrió con toda la serenidad que pudo, aunque no logró disimular el brillo en sus ojos.

—Hoy no —respondió—. Es con el rey con quien deseo hablar. Aunque, tal vez, pronto venga a sentarme entre ustedes.

Se giró con lentitud y, a sus espaldas, escuchó un suspiro de alivio colectivo. En todos sus años en Atenas, no podía recordar que Egeo se hubiera excusado de asuntos relacionados con la ciudad. Incluso el invierno pasado, cuando una tos se hundió en sus pulmones a tal profundidad que no podía pronunciar más de dos o tres palabras sin doblarse de dolor, el rey se sentó en la parte posterior del salón, desde donde sorbía un jarabe cada cierto tiempo.

Hipólita se dirigió sin reparos al andrón, y lo encontró vacío, a excepción de un sirviente que barría el polvo en una pila, la cual se levantaba y caía de nuevo a medio metro de donde estaba.

—¿Dónde está el rey?

—No lo he visto, su alteza —respondió, aferrándose a la escoba con fuerza mientras hablaba—. Hoy tiene lugar la reunión de la polis, ¿no? Debería estar ahí.

—No está ahí.

El hombre se encogió en sí mismo, como si ella fuera a echarle la culpa por la ausencia del rey. Pero Hipólita no dijo otra palabra.

Existían innumerables rincones en el palacio y en la acrópolis a los que Egeo podría haber acudido en busca de soledad. Sin embargo, en su corazón, ella sabía exactamente dónde encontrarlo: en la terraza sur, con vistas al puerto y a los mares más allá. Desde ahí habría visto zarpar el barco de Teseo y fue precisamente ahí donde fue a buscarlo.

Una brisa fresca hizo ondear la tela de su túnica, aunque el anciano no pareció notarlo mientras clavaba los ojos en el agua. Las nubes eran blancas y esponjosas; el cielo, azul; el viento, suave. Nada en la escena sugería un mal augurio.

—¿Se fue? —preguntó Hipólita con voz suave.

El rey no se movió al escuchar su voz. Su mirada permaneció fija en las olas. Varios barcos aparecieron al igual que manchas en el horizonte. ¿Podría ser que su marido estuviera a bordo de uno de ellos?

—¿Cuánto tardará en llegar a Creta? —preguntó otra vez, intentando llamar la atención de su suegro. Finalmente, como si intentara descifrar el origen del sonido, Egeo se giró para verla.

En las horas transcurridas desde la última vez que lo vio, había envejecido una década. Tenía los ojos hundidos, como si estuvieran incrustados en grandes huecos grises. Sus finos labios se habían resecado y unas profundas líneas surcaban su rostro, de por sí repleto de arrugas.

—Creo que la razón por la que disfruto tanto de la compañía de mi nieto es porque no conocí a Teseo a su edad. Supongo que conoces la historia de cómo llegó aquí. De cómo lo dejé con su madre hasta que tuvo la edad y la fuerza suficientes para cumplir con su destino.

Aunque no había respondido a ninguna de sus preguntas, Hipólita supo que no era necesario preguntar de nuevo. En cambio, asintió con la cabeza, dándole otro momento a solas con sus pensamientos.

—Ahora me pregunto si fue un error —reflexionó—. Es un buen chico, mi Teseo, como bien sabes. Pero este deseo de demostrar su valía... A veces me preocupa hasta dónde pueda llegar. Me pregunto si este anhelo de poner a prueba sus fuerzas, proviene de no haberme tenido a mí para guiarlo cuando era niño, de no haber podido aprender de mis errores. Tal vez toda la culpa sea mía.

Hipólita avanzó hasta quedar a su lado. Esos sentimientos de culpa hicieron eco en su interior; ella había experimentado un dolor y unas dudas similares cuando sus mujeres llegaron a perder a sus madres, hijas, hermanas o amigas en batalla. Sabía que, una vez que se atribuía la culpa, esta echaba raíces tan sólidas que ninguna palabra podía desenterrarla. Así que, en cambio, optó por el silencio.

Por un rato ambos se quedaron así, inmóviles, pensando en una persona a la que amaban y en todo lo que podría estarle esperando tras el desembarco. Tal vez pudiera encontrar a alguien que lo auxiliara en su tarea. Tal vez, si hallaba la forma de escapar del laberinto del Minotauro, lo inevitable podría ser impedido.

—Has sido un obsequio de vida para mí, Hipólita —Egeo rompió el silencio de súbito—. Quiero que sepas que, si algo me ocurriera a mí o a mi hijo, este siempre será tu hogar.

—Él es fuerte —respondió ella, dándose cuenta enseguida de lo triviales y condescendientes que debieron haber sonado sus palabras.

A pesar de ello, el anciano sonrió.

—No podría soportar vivir en este mundo sin él, *oirapata*. No podría. Sé que tiene sus defectos, ¿quién de nosotros no los tiene? Hemos llegado a un acuerdo para que yo no me vea obligado a vivir en Atenas sin él.

La ansiedad se agitó en el pecho de Hipólita ante estas palabras.

—Alteza, por favor, no deberías estar pensando de esta forma.

—Hemos llegado a un acuerdo —repitió—. Sé que puede parecer mórbido, especialmente para alguien como tú, hija mía. Pero he vivido mi vida. Y si los dioses deciden quitármelo, entonces mi momento habrá llegado también.

La importancia de esta revelación la sacudió de inmediato. Su hijo era el siguiente en la línea de sucesión al trono. Sin Teseo ni Egeo de por medio, los lobos no tardarían en venir a la puerta. ¿Sería Atenas lo suficientemente fuerte para defenderlos a ambos? Y, ¿estarían dispuestas sus mujeres a luchar por su hijo, incluso después de haberlas abandonado durante tanto tiempo?

Antes de que pudiera ahondar en estos pensamientos, Egeo habló de nuevo.

—Le pedí asegurarse de que cambiaran las velas —dijo—. Esto debes saberlo también, para que estés preparada. Si su barco regresa con velas blancas, significará que ha tenido éxito, que ha sido victorioso. Y mi hijo, el héroe, regresará a nosotros con vida. Y si las velas son negras…

Sus palabras flotaron en el aire antes de evaporarse. Hipólita tomó su mano.

—Si son negras, estaré a tu lado. Y lo superaremos juntos.

CAPÍTULO 28

Adelantarse al clima y predecir los acontecimientos eran habilidades que Hipólita había dominado como amazona. Podía mirar un cielo despejado y saber, sin lugar a duda, si permanecería así el tiempo suficiente para completar sus tareas al aire libre o si la lluvia llegaría a raudales desde las montañas. Cuando aparecían nubes de tormenta, sabía si estallarían de inmediato o si esperarían hasta que las mujeres alcanzaran el mar. Sabía cuánto tardarían en ganar una batalla con el primer vistazo de un guerrero enemigo y, la mayoría de las veces, sabía cuánto tiempo pasaría hasta que el mismo rey débil volviera a pedir su ayuda. Y, sin embargo, ahora era como si el tiempo mismo hubiera olvidado cómo comportarse.

Algunos días transcurrían con tanta lentitud que era como si los hilos que los arrastraban hacia el anochecer se hubieran enredado, incapaces de moverse. Hipólita y Egeo podían pasar horas juntos en la terraza sur, mirando cómo se formaba el oleaje o cómo el sol se movía milímetro a milímetro por el cielo. Otras veces, los días pasaban tan deprisa que, tan pronto amanecía, ya estaba encendiendo las lámparas y ella, de nuevo, llevaba a Hipólito a la cama. Sin embargo, pese a toda la incertidumbre, un pensamiento se mantenía inmutable: Teseo.

Las preguntas desfilaban por su mente sin cesar. ¿Había llegado a Creta? Si los vientos eran fuertes y no encontraban obstáculos en el camino, el viaje podría completarse en menos de medio ciclo lunar. ¿Se ofrecerían los sacrificios al Minotauro al momento de su llegada, o habría un período de gracia que le permitiera a los jóvenes disfrutar de algunos últimos placeres?, ¿de la oportunidad de comer y beber, de sentir el calor del sol en sus rostros y la arena entre los dedos de los pies antes de ser entregados a la bestia? ¿Serían ofrecidos todos a la vez o uno por uno, prolongando la agonía de aquellos que esperaban su turno?

En algún momento Egeo dijo algo sobre unos juegos celebrados en honor de Androgeo, pero apenas susurró las palabras al viento, como hacía cada vez más a menudo esos días. Por más profunda que fuera su propia angustia, Hipólita no deseaba empeorar la del rey haciéndole más preguntas.

—Teseo me salvó —dijo Egeo, en uno de sus momentos de mayor lucidez—. ¿Te contó eso alguna vez? ¿Te habló de mi esposa, Medea? Ella intentó hacer que lo mataran. No había duda de que habría hecho lo mismo conmigo. Pero él pudo ver su interior; la vio como la bruja que era. Sin él, tal vez nunca hubiera conocido a mi nieto. O visto a mi ciudad prosperar.

—Y tanto tú como tu hijo la seguirán viendo prosperar durante muchos años —respondió Hipólita—. Y vivirás para ver a Hipólito convertirse en un hombre fuerte y valiente, igual a su padre y a su abuelo.

Ahora, cada mañana, Egeo se quedaba de pie en los acantilados. Desde el momento en que el sol brillaba en el horizonte, sus ojos buscaban algún indicio de las velas en la distancia. Los barcos iban y venían, en ocasiones hasta por docenas, pero nunca era el que esperaba: el de Teseo. No había nada más que la espera.

Al cabo de una semana, Hipólita se le unió. A partir de entonces comenzaron a esperar juntos, a ratos sentados, a otros de pie y tomados de la mano. En cualquier caso, rara vez intercambiaban palabras. Cada día, conforme el sol se mostraba por completo y seguía sin haber señales del barco, Hipólita sentía el primer asomo de alivio. Esa alta de noticias era infinitamente mejor que una mala noticia. No obstante, en ese punto, sabía que el día aún estaba lejos de terminar. Permanecían ahí durante horas. Solo cuando el sol alcanzaba su cenit y el cambio de marea aseguraba que ningún barco llegaría al puerto antes del anochecer, podía ver cómo la tensión que se había apoderado del cuerpo del anciano comenzaba a disiparse. «Hoy no» era la frase que se decían sin palabras. En ese momento, Egeo se solía levantarse y le ofrecía un breve asentimiento de cabeza, indicando que tenía asuntos que atender.

Sin un marido que ocupara su tiempo, el resto de los días los pasaba casi por completo con Hipólito, manteniéndolo ocupado para que no pensara demasiado en la ausencia de su padre ni se enterara de los insidiosos cotilleos que circulaban sobre una muerte inevitable. Atesoraba ese tiempo. Lo vio desarrollarse como nunca y, además, estuvo lo más cerca de entrenarlo en la tradición amazónica como era posible en un lugar tan lejano. Pero todas las horas juntos, practicando con el arco y la espada, lo dejaban cansado, en ocasiones tan exhausto que se quedaba dormido, apoyado en su madre al tiempo que picoteaba su cena. Entonces Hipólita tenía que llevarlo a la cama y se quedaba sola, una vez más, con sus pensamientos; pensamientos acerca de su familia, tanto la que estaba aquí cerca como la más lejana.

A lo largo de los años, había reunido toda la información que le fue posible sobre las amazonas; de los mercados y de las mujeres en el gineceo, por no mencionar aquellos fragmentos que alcanzaba a escuchar al pasar junto a la polis, antes de que los hombres notaran su presencia e intercambiaran susurros llenos de desconfianza:

«Pentesilea había liderado una batalla en Dascilio y salió triunfante. Pentesilea había acudido en auxilio del rey en Sardis y diezmó a sus oponentes. Reina Pentesilea. Reina Pentesilea. Reina Pentesilea».

En ocasiones, parecía que así había sido siempre o, por lo menos, que así había estado destinado a ser. Pero no sentía animosidad alguna. Hipólita había descubierto otra forma de vida en su nuevo hogar y, con ella, una nueva satisfacción por todo lo que hacía.

Casi un ciclo lunar completo tras la partida de Teseo, Hipólita se enteró, por los viajes que sus sirvientes hacían al ágora, de una enfermedad que había caído sobre el pueblo; una que venía acompañada por altas fiebres. Cuatro granjeros habían dejado a sus mujeres viudas en los últimos días. La esposa de un alfarero había muerto, dejándolo con siete hijos a su cargo, incluido un recién nacido del que no se esperaba que pudiera sobrevivir. Escuchar sobre enfermedades y muertes tan largas y persistentes, tan solo le hizo apreciar aún más el estilo de vida de las amazonas. Ninguna enfermedad la había afligido nunca, ni esperaba que lo hiciera. Pero la protección que su educación y la sangre de su padre le brindaban no se extendía a su hijo.

Un día, mientras entrenaban en el patio, se percató de que Hipólito hacía un gran esfuerzo por levantar su espada. Era cierto que recientemente había reemplazado la ligera arma de abedul por una pequeña espada de bronce. Pero, si bien esta era más pesada, la había levantado y logrado blandir sin problemas varias veces en los últimos días. Y, sin embargo, esa mañana a duras penas la pudo alzar de las losetas. Por la tarde, su frente y su cuello relucían de sudor y, a la mañana siguiente, sus sábanas estaban empapadas al punto de tornarse translúcidas. Todo ese día Hipólito se negó a comer, y bebía agua solo cuando ella le insistía. Permaneció en cama, letárgico y lleno de apatía.

Al caer la noche, la fiebre se había apoderado de Hipólito. Tenía la piel sonrosada, húmeda, de un rojo brillante en algunos sitios, del todo blanca en otros y, lo más preocupante, con un aroma a leche agria. Durante horas su madre trató de hacer que bajara la temperatura, pero seguía ardiendo.

—Esto está demasiado caliente —le espetó a la sirvienta que traía un cuenco de agua perfumada y un paño para colocarle en la frente—. Necesito agua fría.

—No tenemos, mi reina —respondió la sirvienta, inclinándose tanto que casi se arrodilló mientras retrocedía.

—¡Entonces ve y encuentra un poco! —ordenó Hipólita.

Nunca se había sentido tan impotente. Para entonces, más de una centena habían sucumbido a la enfermedad: hombres y mujeres de todas las edades, así como niños cuya salud no había sido distinta de la de Hipólito antes de caer enfermos. Pero su hijo no era un niño cualquiera. Era el futuro rey. Y tenía que vivir.

Aunque no era inaudito que las amazonas sufrieran fiebres, a menudo estas eran originadas por heridas infectadas, no por algo que flotara en el aire, como estaba ocurriendo. Sintió que el pulso se le aceleraba mientras contemplaba un futuro sin él. No iba a perderlo; se negaba a hacerlo.

Al llegar la mañana, no había ninguna mejora; sin embargo, la enfermedad también había alcanzado su mente.

—¡Padre! ¡Padre!

Hipólito se retorcía en la cama, con los ojos en blanco. Su tez oscura había palidecido y el olor agrio era más intenso. Su madre le quitó el paño de la cabeza y lo reemplazó por uno más fresco.

—Estoy aquí, mi amor. Estoy aquí —repitió, peinando con las manos el cabello anegado de su hijo—. Estoy aquí.

Permaneció a su lado el día entero, sin comer ni beber, mientras veía cómo su hijo alternaba entre sofocos y escalofríos que lo sacudían hasta la médula. Sus gritos, en ocasiones, se tornaban en gemidos tristes y lastimosos. A ratos hablaba, pero nada de lo que decía tenía mucho sentido. Llamaba a su caballo favorito por su nombre. Lloraba por su padre y por su abuelo, pero, sobre todo, por su madre.

—Estoy aquí, Hipólito. Estoy justo a tu lado —le aseguraba Hipólita, al tiempo que su mente combatía un agotamiento que no había experimentado jamás. No significaba que su cuerpo o su mente jamás hubieran sentido cansancio. Ella había soportado más pruebas físicas de las que cualquier guerrero se podría imaginar, había sufrido la pérdida de amigas y la habían separado de su hogar en contra de su voluntad. Pero ver a su hijo de esa forma, vacilando al borde de un abismo, le estaba robando la vida.

La noche trajo consigo una oscuridad tan ceñida que ni siquiera las estrellas resplandecían sobre la ciudadela. Los movimientos nerviosos de Hipólito se habían ralentizado. Ya no retorcía las extremidades; tan solo soltaba de vez en cuando un gemido débil. ¿Estaba cerca el final?

Hipólita, que no había soltado su mano, al fin cayó dormida sobre la cama.

Lo siguiente que supo fue que había despertado de golpe de cualquier sueño o pesadilla en la que hubiera estado sumida.

—Madre, madre, tengo hambre.

La bruma del sueño cubrió sus ojos y su mente por un momento más. Su brazo derecho se había entumecido al cabo de tanto tiempo en aquel ángulo peculiar. Era extraño; incluso luego de estos años, Hipólita solía tener un sueño ligero, lista para despertar al instante y alcanzar el arma que tuviera cerca. Sus músculos se quejaron al sentarse y estirar los nudos de su cuello.

—Madre, ¿me oíste? Dije que tengo hambre.

Hipólita parpadeó y giró hacia su hijo. Su piel seguía tan pálida y húmeda como antes, pero sus ojos tenían una luz que no había visto en dos largos días. Presionó una mano contra su frente y descubrió que su temperatura coincidía con la suya casi a la perfección. El alivio la inundó mientras lo atraía hacia su pecho, besándolo una y otra vez.

—¿Eso significa que puedo comer algo? —dijo, soltándose de su abrazo.

—Sí, por supuesto que puedes, mi amor.

Al girarse para dar la orden, descubrió que no había ningún sirviente cerca. Una chispa de ira se encendió en su interior. ¿Y si algo hubiera sucedido? ¿Y si hubiera necesitado a alguien durante la noche? Sin embargo, al instante recordó que ¿acaso no había pedido que la dejaran sola con su hijo? Sí. Y por supuesto, habían seguido sus instrucciones.

—Te traeré algo de inmediato —dijo, besándolo de nuevo antes de ponerse de pie.

A unos pasos de la recámara, vio a un sirviente que pasaba.

—Necesitamos comida —ordenó, hambrienta por los días que había pasado sin comer— Por favor, tráela de inmediato.

—Sí, su alteza.

—Asegúrate de que sea suficiente. Y que sea fresca, la cosecha de hoy.

Estaba a punto de darse la vuelta, cuando la visión de los primeros rayos de sol que se esparcían por el suelo de mármol la hizo pensar en Egeo. Había ido a verlos la noche anterior; desde la puerta preguntó por la salud de Hipólito, tal como había hecho el día antes. Sintió una punzada de culpa. De haber sabido que la fiebre de su hijo había cedido durante la noche, se habría levantado para unirse al rey esa mañana y, de nuevo, velar con él por el retorno de Teseo. Durante esos días, Egeo solía quedarse en los acantilados incluso después de constatar que no se acercaba el barco de su hijo. Con suerte, todavía estaría ahí. Y ella podría contarle sobre la recuperación de su nieto tan pronto hubieran comido.

En los acantilados, la tierra seca crujió bajo sus pies. En contraste con el Ponto, aquí el paisaje era agreste y accidentado. No obstante, había una cierta belleza en la forma en que las rocas brillaban a la luz del sol y las plantas crecían a pesar de la escasa tierra. Siguió cuesta arriba, consciente del estado de sus prendas luego de los días que había pasado cuidando de Hipólito, pero sabía que Egeo no la juzgaría.

La decepción la invadió tan pronto salió de la ciudadela y no pudo vislumbrar ninguna silueta en el acantilado. Supuso que era demasiado tarde, Egeo debía haber regresado al palacio para almorzar. Pero en cuanto ese pensamiento cruzó por su mente, otro lo siguió de inmediato. De ser el caso, entonces se lo habría encontrado en el camino. Solo había una ruta hasta el mirador, el mismo sendero repleto de pisadas en el que Hipólita se encontraba ahora mismo. La inquietud se revolvió en su interior mientras seguía avanzando.

Cuando llegó, el sol había despejado el horizonte. Sus rayos tiñeron las nubes de un magenta intenso, las cuales repetían su majestuoso avance sobre un mar en calma.

Y ahí, en el centro de todo, vislumbró un barco... con velas negras.

CAPÍTULO 29

El aire escapó de sus pulmones y un dolor agudo le apretó las costillas como un torno. Cada respiración la dejaba sin aliento.

Velas negras. Teseo estaba muerto. Su marido se había ido para siempre. Su hijo se había quedado sin padre. ¿Y Egeo? Una nueva agonía la sacudió.

—¡Egeo! ¡Egeo!

Giró en su sitio, como si, de algún modo, hubiera pasado por alto su presencia y Egeo fuera a aparecer a sus espaldas. Sin embargo, sabía que eso no iba a ocurrir. Luego de titubear un momento, corrió hasta el borde del acantilado. El aire se fugó de sus pulmones por segunda ocasión.

Su túnica azul estaba extendida, igual a los pétalos de una flor rara que hubiera crecido entre las rocas grises del fondo. La tela flotaba y se hundía, mientras las olas rompían sobre su cuerpo maltrecho antes de replegarse otra vez.

—¡Egeo! —gritó.

La espuma volvió a alzarse y su cuerpo se sacudió hacia un costado. Eso no podía causarlo únicamente el movimiento de las olas. ¿Había motivos para tener esperanza? Aún podía estar con vida. Tenía que estarlo. No podía perderlos a ambos.

—¡Egeo! —gritó de nuevo.

Hipólita sabía que la forma más rápida de llegar a él era cayendo directamente hacia abajo. Se ató el quitón alrededor de la cintura y se sostuvo del borde hasta alcanzar la pared del acantilado. Su ropa ondeaba con el viento al igual que una vela de barco, obligándola a moverse en direcciones que no quería. La espuma la salpicaba, haciendo imposible que sus pies dieran con un punto de apoyo entre las rocas empapadas. Al mirar hacia abajo, notó que el cuerpo de Egeo se había desplazado ligeramente hacia el acantilado. ¿Quizás había intentado arrastrarse? Aunque seguía bocabajo, no debía perder la esperanza.

Sin aliento y con lágrimas en los ojos, se impulsó de vuelta hacia arriba y miró abajo de nuevo, en busca de una ruta alternativa.

Mientras existiera la más mínima posibilidad de salvarlo, tenía que seguirlo intentando. Pero ¿cómo? No de esa forma. No arriesgando también su propia vida.

Se puso la túnica y corrió lejos del acantilado. A su mente acudieron el golpeteo metálico y el estruendo de los cascos, pero esto no era una batalla; debía luchar por lo que restaba de la familia de su hijo.

En todos sus años en Atenas, nunca había corrido de esa forma. Las sandalias lastimaban sus pies, suavizados por años de inactividad. Pero Hipólita apenas lo notó. El rumor de la sangre corriendo en sus oídos era tan fuerte como el de las olas que pronto estaría persiguiendo.

No se dirigía al palacio. No necesitaba la ayuda de los guardias. Necesitaba un bote.

Escuchó más de una voz confundida llamándola a sus espaldas, pero no se detuvo. Tal vez podía llegar a tiempo. Tal vez los dioses verían conveniente salvarle la vida. Solo eso cabía esperar.

Al llegar al puerto, tuvo miedo de preguntarse cuánto tiempo había transcurrido hasta entonces. Se detuvo inspeccionando los botes frente a sus ojos mientras recuperaba el aliento, sin perder ni uno solo de esos preciados instantes.

Docenas de embarcaciones de todos los tamaños permanecían ancladas en la orilla, flotando de arriba abajo. A un costado del muelle se encontraban los barcos más grandes, cargando o descargando sus contenidos y, justo detrás, vio las siniestras velas negras que anunciaban la muerte de su esposo. Estaban cada vez más cerca, pero no podía pensar en Teseo. Lo lloraría más tarde. Ahora, necesitaba aferrarse a la esperanza de rescatar a Egeo.

Con la marea creciente y el estado de las aguas, un barco grande no tardaría en estrellarse contra las rocas. Su mirada dio con un bote de remos, similar a los que usaban los niños para practicar, o los pescadores más pobres que, día con día, luchaban por pescar apenas lo suficiente para alimentar a su familia. Al interior, un hombre pequeño, más viejo y encanecido que su suegro, se encorvaba al tiempo que ordenaba sus redes. Hipólita atravesó el agua corriendo hasta él.

—Necesito tu bote —dijo, subiendo a bordo, lista para arrebatárselo si era necesario.

El anciano enderezó la espalda con lentitud y separó los labios para responder, pero entonces sus ojos se abrieron con incredulidad.

—¿Su alteza?

—Tu bote. Lo necesito. Y tus remos.

—Sí, sí.

Mantuvo la cabeza inclinada mientras bajaba del bote. Sin embargo, no podía rescatar a Egeo por sí sola.

—Debes remar el bote —dijo—. Hasta el lado sur del promontorio, a los acantilados que están justo debajo del palacio. ¿Los conoces?

El anciano titubeó; la piel arrugada y correosa de su cuello se movió al tragar saliva. Pero, antes de que Hipólita se viera obligada a lanzarle una amenaza, comenzó a fijar los remos.

Los brazos curtidos del anciano parecían bastante fuertes y, sin embargo, bregaban contra la fuerza del viento y la marea. Su movimiento empezaba a ser desarticulado. ¿Cómo era posible que se moviera con tanta lentitud? Hipólita quiso gritar, pero tan solo le bramó una orden.

—Dámelos.

El hombre no dudó en entregarle los remos. Hipólita empujó las olas con todas sus fuerzas, levantando y hundiendo las palas en un patrón constante.

—Por favor... por favor... —le rogó en murmullos a cualquier dios que pudiera oírla—. Que siga con vida. Que siga con vida.

Ahora, podía escuchar el batir de las velas negras a medida que estas se acercaban. Pero no era capaz de mirarlas, no soportaría pensar en ellas. No ahora. Primero tenía que llegar hasta Egeo. Con toda la velocidad de su fuerza y su técnica, logró que avanzaran con rapidez hacia el borde del acantilado.

—Toma, ten el control y mantén el bote firme.

Le devolvió los remos al anciano e hizo un esfuerzo para erguirse. El bote se balanceaba bajo sus pies, pero las olas tenían un movimiento rítmico. No era tan distinto a mantenerse de pie sobre un caballo a galope, lo cual, se dijo, solía lograrlo aún si los rayos del mismo Zeus tronaban sobre su cabeza. Y con eso en mente, encontró su punto de equilibrio. Su quietud en la tempestad.

Las olas rompían contra la pared rocosa, deshaciéndose en espuma antes de retroceder. Sin embargo, el agua a su alrededor era oscura y costaba trabajo ver a través de su masa ondulante. ¿Dónde estaba Egeo? Su pulso se aceleró de nuevo, pero sus pies se mantuvieron firmes.

De pronto vislumbró algo que brillaba. ¿Podría ser su túnica?

—¡Ahí!! —gritó—. ¡Llévame hasta ahí!

Pero fue inútil. El anciano no tenía más fuerzas ahora que un rato atrás y le costaba mantener el bote en posición contra la marea. Hipólita miró hacia abajo de nuevo; las sombras en el fondo hacían remolinos, mezclándose entre sí. Había tanto movimiento que era imposible discernir dónde terminaba el agua y dónde comenzaban las rocas. Por más que se esforzaba, no pudo distinguir ningún otro destello de color encima de la superficie. Tal vez desde abajo pudiera ser más sencillo verlo. Sin embargo, tan pronto puso un pie en el borde del bote, una mano curtida la tomó del tobillo.

Paralizada por la confusión, Hipólita se giró hacia el hombre.

—¿Cómo te atreves? —le gruñó.

—Por favor, alteza, no puede hacerlo. Conozco este lugar. Mi propio hijo perdió la vida aquí. El agua la arrastrará antes de que pueda siquiera tomar aire.

No recordaba haberse sentido tan desconcertada en toda su vida.

—Suéltame mientras aún tengas manos para hacerlo —lo amenazó en voz baja.

Las olas seguían creciendo a su alrededor. La marea traía consigo toda la fuerza del agua y el pescador luchaba por permanecer sentado, a pesar de lo cual, continuó aferrándose a Hipólita con la mano.

—No podrá salvarlo, se lo prometo. Aquí no. Todos los hombres y mujeres de Atenas lo saben. Sea quién sea a quien busque, si es de sangre ateniense, también sabrá que es inútil.

Hipólita volvió a escrutar el agua. La marea había subido tanto y tan deprisa, que no podía distinguir si era ahí donde había caído Egeo. Tal vez el problema era ese. Tal vez había ido a buscarlo al sitio incorrecto.

Volvió a sentarse en el bote y el hombre la soltó.

—Dámelos —dijo, arrancándole los remos de vuelta.

Pasó el resto de la mañana remando alrededor del acantilado, gritando el nombre de Egeo con tanta fuerza que su voz ahogaba el chillido de las gaviotas y el atronador choque del agua contra las rocas. Pero no pudo ahogar los ruidos en su cabeza. No podía regresar a Atenas. No podía regresar al palacio. ¿Cómo le diría a Hipólito que había perdido a los dos hombres más importantes de su vida? ¿Quc Atenas, su hogar, se había quedado sin gobernante? ¿Que su juventud sería la invitación perfecta para que hombres de más edad, más fuerza, mejores aptitudes y carentes de toda piedad, se hicieran con una corona que le pertenecía a Hipólito por derecho? Siguió remando hasta que el sol estuvo justo encima de ellos. Solo entonces el anciano se atrevió a hablar de nuevo.

—Lo siento —fue todo lo que pudo decir.

Lo sentía. Cuán poco significaba eso.

En tierra firme, la mirada de Hipólita se posó sobre las velas negras del barco recién atracado. Sus pulmones ardieron de nuevo. Aunque no lo hubiera admitido antes, si había pasado tanto tiempo buscando a Egeo sin resultados, era porque solo así podía apartar de su mente esa verdad a la que era incapaz de enfrentarse. Esa verdad en la que, desde el primer momento, ni siquiera se había permitido pensar.

Teseo estaba muerto.

El hombre que le había dado a su único hijo, que la había amado y adorado desde el primer instante en que la vio, estaba muerto. Y debía decírselo a Hipólito.

Caminó de regreso al palacio con dificultad. Su cuerpo temblaba, aunque no sabía si a causa del frío o del tormento al que sus pensamientos la sometían. Con cada paso que daba, parecía dejar atrás una parte de sí misma, un fragmento de su alma en cada huella húmeda. Pronto, desaparecería por completo.

Cuando estuvo de vuelta, fue recibida con expresiones de preocupación y ojos que se desviaban al verla. A sus oídos solo llegaron susurros apagados, demasiado bajos para ser inteligibles.

—Una toalla —le dijo a uno de los sirvientes, sin mirarlo. El frío la había calado hasta los huesos. Hasta que pasó junto a él se dio cuenta de que no se había movido—. ¿Escuchaste lo que dije? Necesito una toalla.

—Sí, su alteza. Enseguida —dijo antes de salir corriendo.

Su primer instinto fue buscar a Hipólito para decirle la verdad, pero se sintió incapaz de hacerlo. Todavía no. Ese día su hijo se había levantado con rubor en las mejillas, pidiendo de comer, sintiéndose saludable de nuevo. Y ahora su mundo se pondría de cabeza. De ser posible, retrasaría ese momento lo más posible; en todo caso, era su deber hacerlo. Así que, en cambio, siguió caminando a través del palacio, casi adormecida ante su entorno.

Se detuvo tan pronto llegó al megarón. ¿Qué sentido tenía entrar? Ninguno de los dos estaría ahí. La polis no se había reunido ni se escuchaban voces en el interior. Sin embargo, algo la hizo apartar la cortina y entrar al salón.

Estaba de pie, de espaldas a ella. El sol delineaba los bordes de su silueta con tanta fuerza que lo hacía parecer más que un simple semidiós. Hipólita sintió que se le doblaban las rodillas. Era su imaginación jugándole una mala pasada, pensó, mientras se obligaba a permanecer erguida. Todo estaba en su mente. Él no podía estar ahí. Y, sin embargo, conocía esa figura tan bien como la suya propia.

—Teseo.

La palabra fue apenas audible al salir de sus labios. Sus ojos se nublaron de lágrimas.

—Teseo, ¿eres tú? No puede ser posible.

El hombre se giró con lentitud. Su vestimenta era majestuosa, con una túnica púrpura y una corona de laurel ciñendo su cabeza. En ese momento, todo su dolor se disipó en un diluvio de gratitud que brotaba de cada una de sus fibras.

—¿Cómo...? Tu barco... Tu padre... Teseo. Oh, Teseo.

Corrió hacia él. Sus piernas temblaban como nunca lo habían hecho incluso en el campo de batalla. El corazón le latía con la fuerza de un poderoso corcel. Los dioses le habían dado un regalo. Le habían devuelto a su marido y, ahora, nunca más lo dejaría ir. Abrió los brazos, lista para sentir su cuerpo, cuando otra visión la obligó a detenerse de golpe. Un poco detrás de él, descubrió a una joven de cabello rubio y grandes ojos delineados con carbón de kohl. Muchas mujeres parecidas acudían a su gineceo para beber su vino y chismorrear durante horas. Pero esta mujer tomaba a Teseo por el brazo, aferrándose a él. Se acercó más hasta apretarse contra él.

—Teseo, ¿quién es ella?

Teseo alzó la barbilla en un movimiento lento y deliberado. Señaló a la mujer con un movimiento de cabeza.

—Esta es Fedra, princesa de Creta —dijo—. Y será mi esposa.

CAPÍTULO 30

Quería matarlo. Había jarrones a su izquierda y a su derecha, objetos desmesurados que no servían más que para exhibir la escala de la riqueza de Atenas. Incluso en el cuello de los jarrones, la arcilla roja era más gruesa que su pulgar, pero no sería difícil romperlos con una patada firme del talón. Podía usar un fragmento para cortarle la garganta o el vientre o hundir un trozo más delgado en su ojo, dejando que se desangrara en agonía. Podía tomar la cortina que colgaba casualmente a sus espaldas y rodear su garganta con fuerza, haciéndolo jadear en busca de aire mientras sus ojos se salían de sus órbitas. Aquí no había ningún barco que la tormenta meciera para protegerlo. O podía usar solo sus manos desnudas. Romperle el cuello. Golpearlo hasta que sus costillas se hicieran trizas y perforaran los pulmones. Había infinitas opciones a su disposición. Sin embargo, no llevó a cabo ninguna.

—Teseo, ¿qué significa esto?

Teseo se movió para ajustar su postura, bloqueando el camino entre Hipólita y la mujer, la joven, la tal Fedra.

—No tengo tiempo para esto —se frotó la sien con las yemas de los dedos, como si buscara exorcizar un dolor que acababa de formarse en aquel sitio—. Necesito ver a mi padre. Deben hacerse los preparativos de la boda. Él debe estar al tanto.

Hipólita estudió sus ojos. Tantas emociones se agitaban tras esas pupilas oscuras, incluido el miedo —hacia ella, probablemente— y la desconfianza. Pero sumado a eso, notó un nuevo sentido de orgullo y arrogancia. Orgullo por haber regresado cuando nadie lo creía posible. Arrogancia de pensar que podía jugar con ella cualquiera que fuera este juego. No obstante, faltaba una: dolor. Solo entonces, pensó en la petición de ver a su padre. Teseo no lo sabía.

—Egeo está muerto.

Hipólita dijo estas palabras con toda la compasión que pudo reunir.

Se formaron arrugas en su frente en señal de confusión. Al hablar, su voz fue igual a la de Hipólito cuando se le pedía hacer una tarea que no había realizado antes, que lo dejaba perplejo e incapaz de unir las piezas de lo que le era exigido.

—No comprendo —dijo.

—Tus velas, Teseo. Eran negras. Y tu padre las vio. Se arrojó del acantilado lleno de pena. Lo siento. Traté de salvarlo. Traté de salvarlo con todas mis fuerzas.

Las piernas de Teseo se doblaron de manera visible. Lágrimas silenciosas cruzaron sus mejillas.

—Yo... yo... —tartamudeó. La joven a su costado se aferró a él con más fuerza.

—Lo busqué en el agua. Tomé un bote ...—comenzó Hipólita, pero todo eso ya le sonaba patético.

No se había sumergido bajo las olas para buscar el cuerpo. Teseo sí lo habría hecho, aunque con la guía de su otro padre.

—¿Por qué no cambiaste las velas? —preguntó—. Ese fue el acuerdo, ¿no es así? Egeo me lo dijo: velas blancas si vivías, negras si morías. ¿Cómo pudiste olvidarlo?

Teseo abrió la boca para hablar, pero la cerró de inmediato. Y, entonces, ella notó la forma en que su mano descansaba sobre su cabeza. Ese movimiento similar a acunar. Lo había visto hacerlo cientos de veces antes, siempre por la misma razón autoinfligida. La ira que unos momentos atrás se había mitigado frente a su dolor, volvió a arder con más fuerza que nunca.

—Estabas borracho —escupió—. ¡Olvidaste cambiar tus velas porque estabas borracho! ¿Pensaste en él siquiera una vez, tú, egoísta, arrogante...?

—No es así como se le habla a un rey —interrumpió él.

—¡Tú no eres rey!

Desde atrás se escuchó un gemido, similar al de un cachorro encerrado en una jaula. Fedra se había quedado a un costado, cruzando los brazos sobre el pecho, a la defensiva. Teseo dirigió la mirada a uno de los sirvientes.

—Llévala a su recámara. La que da al templo.

—Teseo —susurró.

—No te preocupes, mi amor —dijo él, tomando la mano de Fedra para darle un beso—. Estaré contigo en un momento. Primero debo hablar con Hipólita.

Y cuando los ojos de Teseo se encontraron con los de Hipólita, ella pudo ver más culpa que dolor.

El megarón no era el sitio para una conversación privada como esa. El tamaño del espacio permitía que sus voces resonaran alrededor; sin embargo, Teseo no sugirió que acudieran a un lugar más privado, e Hipólita no iba a pedírselo. Aguardaron mientras los pasos de Fedra se alejaban; el silencio se hizo tan pesado como la presión en el aire antes de una tormenta.

Hipólita apretó los dientes. Al parecer, tendría que ser la primera en hablar.

—¿De qué se trata esto, Teseo? ¿Quién es esa joven?

—Como dije, su nombre es Fedra, hija del rey Minos. Y será mi esposa.

Ella sacudió la cabeza con incredulidad.

—Ya tienes una esposa. Yo soy tu esposa.

Esa respuesta causó una risa tan amarga en Teseo, que debió quemarle la lengua como si fuera ácido.

—¿Es eso lo que eres? —respondió—. Te recuerdo que nunca ha habido una ceremonia para confirmarlo. No se ha hecho ningún acuerdo, ninguna dote ha sido otorgada por tu familia a la mía. Has sido una invitada. Eso es todo. Y una invitada que se ha quedado mucho más tiempo del debido.

A Hipólita se le cayó la mandíbula. No podía pensar en ningún acto que hubiera cometido para merecer esa respuesta. Fuera lo que fuese, había herido el orgullo de Teseo tan profundamente, que el daño a su relación parecía irreparable. Solo una cosa se le ocurrió que podría haber provocado esta reacción.

—Esto es por lo que dije antes de que te fueras, ¿no es cierto? Porque quise viajar a Creta contigo. Porque quise ayudarte en tu misión.

—Pero no necesitaba tu ayuda, ¿lo ves? —soltó—. Lo hice por mi cuenta. Maté al Minotauro. No necesitaba la ayuda de una mujer para completar la tarea de un héroe.

—Y entonces, ¿esta es tu manera de vengarte de mí? Por favor, ayúdame a entender.

Teseo dejó escapar un suspiro cargado con un olor a petulancia.

—No hay nada que debas entender. Ahora, sin mi padre, mi compromiso de matrimonio se ha vuelto más importante aún. Atenas necesita estabilidad. Necesita una reina que no amenace con marcharse a cada oportunidad. ¿Crees que no estoy al tanto de las veces en que lo consideraste? Te he estado vigilando desde que llegaste por primera vez.

—¿Nunca confiaste en mí?

Las siguientes palabras se clavaron en su corazón más que cualquier cosa que hubiera dicho hasta entonces.

—¿Cómo podría confiar en ti, reina de las *oirapatas*?

A lo largo de los años, Egeo había utilizado ese término con cariño. Sin embargo, ahora se lo lanzaban repleto de veneno, con la única intención de infligirle dolor.

—Me amabas —susurró—. Todavía me amas.

—Amo a Fedra.

—¿Cómo? Apenas la conoces. Y no es más que una joven.

—Una joven que crecerá para convertirse en una mujer y una reina magnífica. Lo que yo hago, a quién amo, no tiene nada que ver contigo.

Sintió que sus rodillas se desmoronaban. Alargó la mano hacia Teseo, pero él la dejó caer.

—Tiene todo que ver conmigo. No puedo creer que esto esté pasando. No puedo creer que hayas dejado de amarme. Por favor, Teseo.

—Tus súplicas me repugnan. Siendo alguien que una vez fue una guerrera, me sorprende que no te causes asco a ti misma.

Esas eran las palabras que necesitaba escuchar; tenía razón. Se daba asco a sí misma. Le daba asco haber creído en sus mentiras, sus engaños y sus dulces palabras de amor. Le daba asco esta mujer sollozante en la que se había convertido. Le daba asco esta vida perezosa que había estado tan feliz de llevar, lejos de sus mujeres, de sus hermanas y de las estepas. En cuanto se puso de pie, Teseo dio un paso atrás, percibiendo el cambio súbito.

—Pediré que se disponga un barco para ti de inmediato —dijo, como si estuviera despidiendo a un emisario que viajaba de vuelta con su rey—. Me aseguraré de que tengas un pasaje seguro de regreso a tu hogar.

Sí, pensó. A su hogar. Porque Atenas no volvería a serlo nunca más.

—¿Un barco? Soy una reina amazona y viajaré como tal.

—Como gustes.

Hipólita enderezó la columna y echó los hombros hacia atrás.

—Hipólito y yo nos iremos de inmediato. No tenemos ninguna marea a la que esperar. Recogeré nuestras cosas. Te agradecería que los caballos estuvieran listos.

Esta vez, fue Teseo quien se puso rígido. La burbuja de satisfacción que Hipólita había sentido ante su sumisión reventó de golpe.

—Hipólito no se irá contigo.

—Por supuesto que sí. Es mi hijo.

—Eso no es negociable, Hipólita.

—Al menos en eso estamos de acuerdo.

Una furia roja la recorrió, rasgando las heridas sin sangre que él había infligido momentos atrás. La bilis le quemó la garganta mientras se obligaba a expulsar las palabras de entre sus dientes.

—Has traído una nueva reina a mi casa. Es suficientemente joven como para darte una docena de hijos más. No puedes quedarte con ambas cosas, Teseo. Hipólito viene conmigo.

Teseo replicó con el mismo veneno.

—Hipólito es mi hijo y se quedará conmigo. Eres una amazona. No eres capaz de criar a un niño. Ustedes les prenden fuego a los bebés que nacen varones. Es un milagro que haya sobrevivido tanto tiempo en tu presencia.

Hipólita supo que, al escupir estas mentiras, su única intención era hacerle daño. Él sabía perfectamente lo que ocurría con los varones a los que las amazonas parían. Se lo había dicho antes de que la separara de su familia y, desde entonces, hablaron de ello en varias ocasiones. Hipólita mencionaba a menudo lo feliz que la hacía tener a Hipólito a su lado, mirarlo crecer en lugar de haberlo tenido que enviar con los gargarios, como sería el caso si aún estuviera con su gente. Les agradeció a los dioses por ese privilegio en incontables ocasiones. Teseo lo sabía y, de todas formas, pronunció esas palabras llenas de odio, buscando infligir el mayor dolor posible. Esto venía de un hombre que le había profesado su amor. Su amor infinito e imperecedero.

La voz de Hipólita se quebró mientras sofocaba el llanto.

—Eres un bastardo. Cada niño que nace de nosotras es criado con amor. Es criado para convertirse en un guerrero.

—Y aquí eso no será distinto. Yo mismo me aseguraré de que aprenda a combatir y a matar, incluso con más eficacia que cualquiera de tus mujeres.

Hipólita se mofó de su arrogancia.

—Como si pudieras hacerlo. Te he visto usar un arco, ¿recuerdas? Puede que seas capaz de nadar igual que un pez, pero también disparas flechas como uno.

El rostro de Teseo se endureció. Mostrando los dientes, dio un paso hacia ella; a esa distancia, Hipólita pudo oler su aliento tibio, procedente del vino rancio que debía estarse cuajando en su estómago.

—Entonces dime, gloriosa reina, si es que todavía es posible llamarte así, ¿adónde irá Hipólito? ¿De verdad crees que será bien recibido por los gargarios? No es uno de ellos. No significa nada para ellos. En todo caso, su mera presencia será el símbolo de que su semilla no fue suficiente para la reina de las amazonas.

—Es mi hijo. Conmigo siempre tendrá un hogar.

—¿En Temiscira? ¿Siendo el único hombre criado entre mujeres? ¿Lo dices en serio? ¿Cómo te imaginas que eso lo hará sentirse? Es más, ¿qué imaginas que pensarán las mujeres al respecto? Cada una de ellas está obligada a entregar a sus hijos y, sin embargo, tú aparecerás, luego de años de ausencia, con Hipólito. ¿Crees que estarán agradecidas con su presencia? ¿Crees que confiarán en él? Mi sangre corre por sus venas, ¿recuerdas? La sangre del mismo hombre que te arrebató de ellas. Tal vez, incluso, piensen que se trata de un espía. Tal vez piensen que lo mejor sea librar al mundo de él.

No había forma de contener las lágrimas que se derramaban por las mejillas de Hipólita, y salpicaban el suelo de mármol frío. ¿Cómo podía una persona causar tanto dolor sin un arma entre las manos?

—No puedes alejarlo de mí.

Aunque pronunció estas palabras, lo hizo con voz temblorosa; Hipólita conocía la verdad tanto como él.

Teseo, seguro de que ahora tenía la ventaja, enderezó la espalda y alzó la barbilla.

—Soy el rey de Atenas. No tienes idea de lo que soy capaz. Ahora, apúrate a recoger tus cosas. A menos que quieras averiguar lo que sucede cuando alguien desafía al rey Teseo.

CAPÍTULO 31

Hipólita nunca había experimentado una agonía física o mental como esa. Le dolía la cabeza y sus ojos ardían. Lo peor de todo era que su corazón estaba roto. De alguna forma logró recomponerse y, después, avanzó entre los sirvientes que se habían reunido afuera del megarón, sin mirar ni a la izquierda ni a la derecha. Estas personas la habían atendido durante años. Algunas tenían gestos de lástima en el rostro mientras que otras la miraban con petulancia, como si disfrutaran de presenciar la caída ajena, sobre todo de alguien con tanto que perder. Luego estaban aquellos que, sin duda, se sentían aliviados de no seguir compartiendo techo con la *oirapata*.

«Reúne tus cosas», le había dicho Teseo, pero ¿qué cosas? Si esta casa ya no le pertenecía, ¿qué había de los objetos en su interior? Si ni siquiera su propio hijo, al cual había gestado en su vientre y alimentado con su leche, podía considerarse suyo, ¿qué más importaba? Cuando Teseo la raptó, todas sus armas se habían quedado en Temiscira. Sin embargo, a lo largo de los años, le había obsequiado numerosos repuestos: un arco, tallado en hueso y grabado con las imágenes de mujeres a caballo; cuchillos de distintos tamaños; una espada corta con granates incrustados en la empuñadura. Aunque tenía una docena para elegir, al final se quedó tan solo con el arco, tres cuchillos, un cíngulo de cuero teñido y una aljaba con cuatro flechas. Eso era todo lo que necesitaría para el viaje. Ahora, los recuerdos que había asociado a esas armas eran poco más que cenizas en las brasas de su relación.

Una de las dagas había sido un regalo de Egeo, el rey que había llegado a convertirse en un padre para ella. ¿Cómo habría reaccionado si hubiera visto a Teseo traer a esta tal Fedra al palacio?, se preguntó. ¿Habría su amor resultado tan voluble como el de su hijo? Lo dudaba. Sin embargo, antes de ese día, tampoco hubiera creído que Teseo fuera capaz de tanta crueldad.

Colocó la hoja al frente de su cíngulo. Sería la primera arma de la que echaría mano si resultaba necesario, y una parte de ella esperaba que así fuera. Quizás hundir una daga en el corazón de un hombre aliviaría el dolor que sentía en el suyo. No obstante, al mismo tiempo, sabía que ni siquiera mil muertes serían suficientes.

Tras haber llenado un pequeño bolso de cuero con provisiones, estaba lista para partir. Pero todavía quedaba una última cosa por hacer. Tenía que despedirse de su hijo.

El suelo y las paredes de la recámara de Hipólito estaban iluminadas por el sol de la tarde, el cual traía el aroma de la tierra cálida hasta el palacio. Habían pasado apenas unas horas desde que la fiebre cedió, desde que su hijo la despertó pidiéndole de comer. Sin embargo, Hipólita sentía como si, en ese tiempo, hubiera sido arrastrada a través de tantas emociones que días enteros podían llenarse con ellas, incluso semanas.

El cuerpo de Egeo en las rocas. El bote pesquero. Teseo y Fedra.

La mujer de pie en aquella habitación era una distinta a la que había salido por la mañana.

Lo contempló desde la puerta. Estaba sentado en el suelo, de espaldas, ocupado con lo que fuera que tuviera al frente. Siempre había sido un niño activo; a menudo, ella tenía que encontrar formas de mantener su mente y su cuerpo ocupados. Tan pronto aprendió a gatear, quiso caminar y, poco después, correr. Si le ordenaban que se quedara quieto, se movía y retorcía con nerviosismo, incapaz de obedecer la restricción. Y ahora estaba ahí, murmurando en voz baja para sí mismo, concentrado con algún juguete. Podría pasar horas observándolo, pensó Hipólita. Y de inmediato se dio cuenta, con renovada desesperación, de que nunca más sería capaz de hacerlo.

Se apresuró a entrar en la recámara antes de comenzar a llorar de nuevo, y tosió para alertar a Hipólito de su presencia. Él se dio la vuelta y su rostro, de inmediato, resplandeció de alegría.

—¡Madre! ¡Madre! ¡Ven a ver! Hice una flecha. Corté la madera tal como me enseñaste.

En cuanto extendió la mano, Hipólita vio que era cierto; sus dedos sujetaban un palo de cedro que había tallado en uno de los extremos, usando su pequeño cuchillo hasta formar una punta. Esta era áspera y el trozo de madera demasiado deforme como para asemejar una flecha real, pero era la primera vez que lograba algo así sin que alguien se lo pidiera. Las lágrimas que se resistía a derramar anegaron sus ojos.

—Dioses míos —sorbió una lágrima, tragando con fuerza—.

Con una punta tan afilada, podrías perforar la piel de un jabalí. Tal vez incluso la piel del león de Nemea.

Los ojos del niño se iluminaron ante el efusivo elogio.

—¿Lo dices en serio?

—Tu madre es una guerrera. Nadie en el mundo sabe más de flechas que ella. Y esta de aquí —la tomó de entre sus dedos, haciéndola girar en su propia mano—, es perfecta.

¿Cómo era posible que apenas un día antes hubiera temido por su vida? Que hubiera podido sentirse tan aterrada de que la fiebre no lo dejara ir. Su reacción ante una única enfermedad, contraída por un niño que había sido fuerte toda su vida, ahora le parecía absurda. En aquel momento se había mantenido firme para él, pero nada pudo haberla preparado para esto.

—Hipólito —dijo y se sentó en el suelo junto a él, dándose palmadas en el regazo—. Ven aquí. Tengo algo que decirte.

Con la flecha todavía entre las manos, Hipólito se acercó a su madre. Su aroma era dulce, un almizcle juvenil, exclusivamente suyo. ¿Ocurría así con todos los niños? No, imposible. Solo con él. Ese aroma permanecería con ella para siempre, como la fragancia de las estepas del Ponto al cabo de una fuerte lluvia.

Cerró los ojos, inhaló su aroma y, en silencio, rezó para encontrar la fuerza que necesitaba en ese preciso instante.

—Tu madre tiene que irse por un tiempo —dijo.

Él frunció el ceño y su labio inferior sobresalió ligeramente.

—¿Por cuánto tiempo? —preguntó.

Por supuesto que haría preguntas. Siempre las hacía, ¿por qué sería distinto ahora? «Por qué las gallinas se posan en las noches, pero los búhos vuelan. Por qué los rayos caen antes de que rujan los truenos». Siempre quería saber más: saber por qué, cómo, cuándo. Pero Hipólita sabía que, esta vez, no podría darle respuestas.

—No puedo decirlo —dijo, acariciando su cabello—. Pero ahora tu padre está aquí, y cuidará de ti.

—Y de *pappouli* también.

Nunca se había enfrentado a algo así. Las amazonas solían perder a sus madres, en ocasiones a la misma edad que su hijo, pero el grupo estaba tan integrado, sus vínculos eran tan fuertes, que algunas niñas ni siquiera sabían decir quién era su madre biológica hasta que tenían ocho o nueve años, mucho menos quiénes eran sus abuelas. Todas eran parte de una misma familia.

—Lo siento, cariño. Tu *pappouli* también tuvo que irse a otro lado.

—¿Contigo?

—No, a un lugar distinto.

—Entonces, ¿por qué no puedo ir contigo?

¿Por qué? ¿Por qué? ¿Por qué? La culpa se agitaba en su interior. ¿Era todo esto obra suya? Si se hubiera quedado en silencio cuando Teseo partió hacia Creta para enfrentar al Minotauro, si hubiera tenido fe en que podría completar la misión por sí solo, entonces quizás él no se hubiera esforzado por encontrar una esposa un poco más *permanente*. Pero no, no se permitiría asumir la culpa de su comportamiento. La decisión de abandonar a su familia había sido suya nada más. Ella no habría sido capaz de controlar sus actos, más de lo que podía controlar la dirección del viento o el brillo del sol... o las lágrimas que ahora se abrían paso por sus mejillas.

—Serás feliz aquí, mi amor —dijo, ofreciendo a su hijo la única verdad que era capaz de darle—. Tienes a tu padre. Y él tiene que contarte todas esas maravillosas aventuras. ¿Sabes que tu padre derrotó al Minotauro?

Los ojos del niño se abrieron de par en par.

—¿De verdad? —preguntó con asombro.

—De verdad. Tu padre es un héroe.

Hipólita pudo haberse asfixiado con las palabras que salían de sus labios. Pero ¿qué otra opción tenía?

—¿Está aquí? ¿Regresó? —preguntó Hipólito.

—Sí, regresó.

En un instante el niño se puso de pie, dejando caer su flecha al suelo, listo para salir corriendo hacia la puerta.

—Hipólito, espera —dijo ella, tomándolo de la mano.

El niño se detuvo, confundido.

—¿Podrías primero darle un abrazo de despedida a tu madre? Por favor, ¿recuerdas lo que dije? Debo irme por un tiempo.

Se quedó ahí, indeciso, no sabiendo si obedecer el pedido de su madre o su propio deseo de buscar a su padre y oír las historias de su heroísmo. Un poco a regañadientes, se dio la vuelta y le rodeó el cuello con los brazos.

Hipólita ya no pudo seguir conteniendo las lágrimas; las dejó caer libremente por sus mejillas. La idea de soltarlo era intolerable. Quería quedarse así para siempre, abrazándolo, sintiendo cómo su corazón latía contra el suyo, sintiendo el calor del niño contra su propia piel y escuchando su aliento en el oído.

—¡Madre, me aprietas demasiado!

Se retorció, intentando liberarse de sus brazos. A medida que luchaba con más fuerza, ella supo que debía soltarlo. Tan pronto como Hipólita dejó caer los brazos, él se giró y salió corriendo hacia la puerta, en dirección a su padre, sin echar un solo vistazo atrás.

—¿Hipólito? —lo llamó su madre por última vez.

Él se dio la vuelta. En su expresión, se delataba el fastidio por esas constantes demoras.

—Sé fuerte. No tengas miedo. Y recuerda... que tu madre te ama.

Apenas terminó de decir estas palabras, Hipólito se marchó. Sus pasos se desvanecieron en las profundidades del palacio.

Abandonado en el suelo, descubrió el delgado palo de cedro, con uno de sus extremos tallado con tosquedad para formar una punta achatada. No, nunca habría servido de flecha, ni siquiera con su ayuda.

Lo recogió y lo deslizó al interior de su aljaba.

PARTE V

CAPÍTULO 32

Los sacos eran tan pesados que fue necesario repartirlos entre dos docenas de caballos. Parte del pago había sido acordado desde antes: los metales —el cobre y el latón—, así como los costales de sal. Sin embargo, el rey estaba tan impresionado por la rapidez con que la situación fue resuelta, que les prodigó cuanto pudo: gemas, collares, bandejas de plata. Y aún más: una enorme cantidad de cerámica, de jarrones pintados de naranja y de negro, muchos de los cuales se vieron obligadas a rechazar por su tamaño y por lo impráctico que resultaba transportarlos. Muchas mujeres recibieron regalos personales. Ahora, dos de las más jóvenes lucían collares de oro, los cuales caían torpemente sobre sus pechos, aunque eso no les impedía portarlos con orgullo.

Pentesilea sospechaba que la batalla sería bastante sencilla; un ejército de apenas trescientos hombres no tardaría mucho en ser despachado. Por esa razón, había escogido esa noche en particular para traer consigo a las muchachas más jóvenes. Algunas de ellas nunca habían estado en combate y su mocedad en batalla seguía intacta. Las guerreras de más edad y experiencia recibieron la instrucción de intervenir solo de ser necesario y, cuando fuera posible, dejar que las otras cumplieran con su parte. Y así ocurrió.

Las flechas habían volado por el aire, cruzándose entre sí, subían y bajaban como un murmullo, atravesando un corazón y después otro. Silbaron, acertaron, perforaron y cegaron. Antes de siquiera saber que se encontraban bajo ataque, los hombres fueron derribados uno luego del otro; para cuando comprendieron a quiénes se enfrentaban, era demasiado tarde para huir. Estaban rodeados. Desconocían que algunas de sus enemigas eran apenas unas niñas, que ni siquiera habían probado su valía en combate. Pero poco importó; ellas eran amazonas. Cada una de las mujeres que lucharon ese día, jóvenes o viejas, acabaron con una vida y todas vivieron para contarlo.

—Debemos ofrecerle un buen sacrificio a nuestro padre —dijo Antíope por encima del hombro mientras cabalgaba—. Debemos agradecerle por nuestra prosperidad. Además, estará orgulloso de todo lo que hemos conseguido en su nombre.

Disminuyó la velocidad hasta quedar a un lado de Pentesilea y habló más suavemente.

—Y estará especialmente orgulloso de ti, por todo lo que has logrado como reina.

Pentesilea mantuvo la mirada al frente mientras cabalgaba. Llevaba el hacha colgada de la cintura, compensado su peso con el arco, la aljaba y los cuchillos.

—Tan solo cumplí con lo que se requería de mí —respondió.

—Quizás tengas razón. Sin embargo, la cantidad de mujeres que han sido ungidas con sangre hoy nos ha otorgado el ejército más grande que hayamos tenido jamás. Has demostrado ser una gran reina. Más grande, incluso, que la propia Hipólita.

El hecho era innegable. Desde la partida de Hipólita, sus números habían aumentado con el paso de cada año. No se debía solo a la buena fortuna que tuvieron con los nacimientos, sino a que tanto ella como sus hermanas les exigían a las jóvenes entrenar con mayor dureza y rapidez. No las llevaba a la batalla solo cuando creía que estaban listas, sino cuando sabía que tendrían que demostrar su valía o morir. Y, en cada ocasión, esa apuesta rindió frutos. En todos esos años, perdieron a muy pocas mujeres y se convirtieron en la banda de guerreras más fuerte que hubiera conocido. A pesar de eso, el instinto natural de Pentesilea era refutar cada uno de los cumplidos y defender el título de su hermana como auténtica reina de las amazonas.

Los rumores sobre Hipólita comenzaron a discurrir desde su partida. Cuando se descubrió que había dado a luz a un niño, muchas de las mujeres, incluida Pentesilea, asumieron que al fin regresaría con ellas. En ese entonces, Pentesilea se rio, sintiendo una alegría que nunca habría esperado ante el prospecto de devolver la corona, una corona de la que, en realidad, nunca se había sentido merecedora. Pero cuando Hipólita no volvió, una simiente amarga germinó al interior de algunas guerreras.

—Nos abandonó —dijo Antíope.

—No tienes idea de qué le ha hecho él —respondió la nueva reina, intentando razonar con sus hermanas en privado—. La raptó, ¿recuerdan? La drogó para llevársela. No hay nada que ese hombre no esté dispuesto a hacer.

—Debió haberse quedado por su propia voluntad. Era la reina

de las amazonas. Si no es capaz de vencer a un solo príncipe mortal, entonces tampoco es digna de portar el nombre de nuestro padre.

Pentesilea no supo qué responder. Les había contado solo fragmentos aislados de la conversación que tuvo con la reina aquel día en el gineceo; les narró cómo Teseo la drogó para llevársela y que ella había rechazado su oferta de matrimonio, tal como las mujeres afirmaron que había hecho antes. Les contó que Hipólita estaba embarazada, que no deseaba arriesgarse a la guerra que Teseo desataría sobre ellas si intentaba marcharse con su hijo no nacido. Sin embargo, no había dicho nada del amor que Hipólita sentía por él. En lugar de eso, les aseguró que regresaría tan pronto como pudiera; que Hipólita volvería a ocupar su lugar como la reina.

Sin embargo, con el paso de los años, esas afirmaciones se volvieron más difíciles de sostener. No surgieron nuevos rumores de embarazos o de niños que pudieran mantenerla en Atenas. ¿Podría Teseo haberla amenazado con una guerra si se marchaba, incluso ahora que tenía el control sobre su propio hijo? Esa era la única explicación en la que podía pensar. Además de otro factor; uno en el que no se entretenía por la sola ira que le causaba pensar en ello. El hecho de que su hermana las hubiera abandonado por amor.

Y así, mientras cabalgaban entre las laderas ondulantes y la corta hierba verde que llevaba de vuelta a su tierra natal, no se apresuró a reprender a Antíope tanto como podría haberlo hecho.

—El día de hoy nuestro padre nos ha bendecido —respondió con diplomacia—. Solo espero que lo siga haciendo.

Viajaban hacia el norte. La batalla tuvo lugar cerca de la tierra de los gargarios, donde las colinas y los valles eran más empinados que en el Ponto. Las rocas amarillas se deshacían bajo los cascos de sus caballos, mientras que los árboles se ladeaban tanto a causa de los vientos imperantes, que casi era un milagro que se mantuvieran en pie. El clima, sin embargo, era templado y el cielo sin nubes se iluminaba por una luna tan reluciente que fue posible viajar incluso después del atardecer. Resultaba tentador seguir avanzando; cabalgar durante la noche permitiría llegar a casa para el amanecer, pero las más jóvenes se merecían un descanso, así que acamparon bajo el fulgor de las constelaciones. Cavaron una multitud de pequeños pozos para el fuego, lo suficientemente profundos como para evitar que alguna ráfaga súbita de viento extinguiera las llamas.

Desde algún punto a la distancia, llegó el ruido de pezuñas caminando sobre la roca. Sin duda, habría granjeros y familias con rebaños de cabras cerca, pero no tendrían que preocuparse por ellos. Encender un fuego enviaba una señal clara: estas mujeres no tenían miedo de los intrusos. Y así, Pentesilea se recostó y cerró los ojos, dejándose bañar por la calidez del viento.

Era difícil no tener una sensación de calma y felicidad al escuchar a las jóvenes hablar de todas las vidas que habían quitado; de cómo sus flechas atravesaron el viento y a sus enemigos por igual. De cómo algunas habían temido lo peor, solo para descubrir una fuerza de la que no se sabían dueñas. A decir verdad, ya no eran jóvenes del todo. Se habían convertido en auténticas amazonas y, al año siguiente, emprenderían el viaje a la tierra de los gargarios. La reina sonrió. Recordaba con claridad la sensación de poder y de goce que le produjo su primera experiencia en batalla. El orgullo que la invadió al darse cuenta de que realmente formaba parte de algo más grande. Les daría a las mujeres el tiempo suficiente para dormir; podrían partir un poco más tarde por la mañana. Después de todo, no había motivo para apresurarse. Tendrían que cazar para tener listos sus sacrificios, pero habría tiempo de sobra para eso.

Sumida en esa relajación, escuchó unos pasos que se aproximaban y sonrió de nuevo. No necesitaba abrir los ojos para saber de quién se trataba.

—¿Desea algo de comer, mi reina?

Pentesilea abrió los ojos. Clete se había convertido en una guerrera cuya habilidad superaba cada una de sus expectativas. Talentosa tanto para la espada como el arco, podía disparar dos flechas con apenas un segundo entre ellas y, de todas formas, acertar con perfecta exactitud en objetivos alejados entre sí. Los músculos de sus brazos ondulaban como si hubieran sido tallados por la mano de un dios. Su largo cabello, peinado en una sola trenza que caía sobre su espalda, tan oscuro que parecía negro y que contrastaba intensamente con el azul de sus ojos y la curvatura de sus labios rosados. Se arrodilló en el suelo junto a la reina, provocando que Pentesilea se levantara para apoyarse sobre los codos.

—Te agradezco la oferta, pero ya comí.

—Entonces, ¿qué hay de una bebida? Puedo llenar tu odre en el manantial, si no lo has hecho aún.

—Ya hiciste eso por mí, ¿recuerdas? La primera vez que montamos el campamento.

—Por supuesto. ¿Cómo pude olvidarlo?

Clete la miró con una pequeña sonrisa en los labios. Con un dedo, recorrió la parte exterior del muslo de Pentesilea.

—Entonces, ¿habrá, quizás, otra forma en que pueda serte útil?

La reina arrojó una mirada a sus mujeres, intentando distraerse del calor que crecía en su interior. No sería la primera vez que llevaba a Clete a su lecho. De hecho, había perdido la cuenta de todas las veces que encontraron placer entrelazándose. Había ocurrido por primera vez al visitar a los gargarios, donde primero compartieron una tienda de campaña, después a los mismos hombres y, finalmente, una a la otra. Un deseo casi insaciable surgió en ambas al tocar sus cuerpos. De vuelta en el Ponto y sin hombres con los que aparearse, descubrieron que satisfacerse mutuamente era igualmente gratificante, si n o es que todavía más. Y nada podía despertar el deseo de Pentesilea tanto como una buena batalla.

Clete se agachó junto a la reina. Su aliento, tibio contra el cuello de Pentesilea, tan solo hizo más profundo el anhelo en su interior. No era la única de las amazonas que había tomado a otra mujer como su amante. Aquello no era inaudito y, sin embargo, en aquel momento algo no se sentía del todo apropiado.

—Creo que tendré gran necesidad de tus atenciones cuando regresemos a Temiscira —dijo, con una mirada que era imposible malinterpretar.

Clete sonrió y sus ojos relucieron a la luz de la luna.

—¿Estás segura de que ahora no hay nada que pueda hacer por usted?

El deseo de sentir su tacto se tornaba agonizante. Pentesilea dio una respiración profunda mientras Clete deslizaba la mano hacia el interior de su muslo. Antes de que pudiera llegar más arriba, la reina tomó su muñeca y la apartó de golpe. Un grito de sorpresa brotó de los labios de Clete, antes de que se torcieran en una sonrisa.

—Como desee —dijo, incorporándose—. Será mañana por la noche en Temiscira, entonces.

Se levantó y, deliberadamente, se contoneó en dirección al resto de las mujeres, para que Pentesilea pudiera ver de qué se estaba perdiendo. Esta sería una noche difícil y solitaria.

Cuando la reina se despertó a la mañana siguiente, Antíope ya estaba moviéndose por el lugar, haciendo el equipaje y llenando los odres.

—Las jóvenes siguen durmiendo —dijo, ofreciéndole un trozo de carne seca—. ¿Quieres que las despierte?

Su instinto le decía que no, que les permitiera dormir; sin embargo, unas nubes de color morado oscuro habían llegado durante la noche, amenazando con una tormenta. Este lado de la montaña era conocido por sus terribles aguaceros; lo mejor sería alcanzar el otro lado cuanto antes.

—Sí, despiértalas. Tenemos que comenzar.

Entre el grupo de las jóvenes, el ambiente de celebración festiva se había transformado en una reflexión mucho más pensativa sobre cuestiones como sus áreas de debilidad; en qué necesitaban trabajar, a quién debían pedirle ayuda con la esgrima o con la equitación. Ese deseo constante de superarse, de mejorar como guerreras y como amazonas, estaba al centro de quiénes eran tanto como la batalla. Había una razón por la que eran invencibles y, mientras cabalgaba, Pentesilea podía escuchar esa razón a sus espaldas.

El mar fue lo primero que apareció a la vista. Una lámina plateada sin apenas una ondulación en la superficie. Entonces cabalgaron sobre la hierba más exuberante que había en las estepas. Finalmente, una colina apareció a la vista y, en la cima, su ciudadela, Temiscira. Pentesilea aminoró la marcha de su caballo y lo hizo girar en un arco para encarar a las mujeres.

—A partir de ahora, el resto del día es suyo —les gritó—. Son libres de pasar el tiempo cómo quieran. Pueden dormir o entrenar. Esta noche le rendiremos sacrificio a Ares y deberán ofrecer sus regalos, pero si los cazan ahora o más tarde, depende de ustedes.

Sonrió para sus adentros mientras decía estas palabras; sabía que ninguna de sus mujeres, por más que lo necesitara, escogería dormir por encima de la cacería, mucho menos si se requería un sacrificio.

Cabalgaría directamente de regreso a Temiscira. Melanipe las había estado esperando y, sin duda, querría un relato completo de todo lo que había sucedido.

—Me parece que iré a cazar —gritó Antíope mientras las mujeres reanudaban el galope—. Me aseguraré de que ninguna se entusiasme demasiado luego de una batalla tan fortuita. De nada nos servirá que Artemisa se enfade con nosotras.

Tras un gesto de aprobación de Pentesilea, la princesa torció el rumbo hacia el bosque más al sur. La mayoría de las mujeres se separaron para seguirla.

Pentesilea giró el cuello de un lado a otro mientras cabalgaba, percatándose con satisfacción de cómo la tensión de sus músculos se aliviaba al estirarlos. Esta noche, se daría un largo baño para aliviar el resto de sus dolores y alistarse para la llegada de Clete. O tal vez ella se le podría unir en el baño. Ya habían experimentado un gran placer de esa manera antes y, claro, los músculos de Clete necesitaban relajarse tanto como los suyos.

Su mente seguía en esas divagaciones cuando reparó una figura montada, a poca distancia de la ciudadela. Lo primero que notó fue su corcel; era más ancho que los caballos que ellas acostumbraban a montar. También era más alto. Había visto animales semejantes en sus viajes; a menudo, los usaban para tirar de carros en esos ridículos juegos que los hombres celebraban en un intento de afirmar su dominio sobre los otros. Recordó que ellas mismas habían tenido uno o dos de esos corceles, recibidos como pago por los servicios prestados a uno que otro rey. Pero ninguno de un color tan extraordinario, con un pelaje tan pálido como este.

De pronto, sus ojos se levantaron del caballo para posarse sobre el jinete. Era una mujer, pero no vestía prendas de amazona ni el ropaje de ninguna de las mujeres nómadas. No llevaba ningún gorro ajustado en la cabeza, ni botas de cuero ni pantalones en las piernas. Y, sin embargo, incluso con su atuendo griego, se sentaba a horcajadas sobre su caballo justo como lo haría una amazona. Y había algo en su porte, en su seguridad. Con un latido repentino del corazón, los labios de Pentesilea dejaron salir un grito ahogado.

Hipólita estaba de regreso.

CAPÍTULO 33

Las tres hermanas, Pentesilea, Antíope y Melanipe, se reunieron al exterior de la ciudadela. La voz de Melanipe era un susurro apagado, no más fuerte que el suspiro de la brisa que mecía los árboles a su alrededor. El sol se había hundido en el horizonte; sus últimos rayos iluminaban los bordes raídos de las nubes de un rosa oscuro, mientras que el mar resplandecía con serenidad, sin una sola cresta. Todo parecía tan pacífico, y sin embargo, tiempo atrás Pentesilea había aprendido lo engañosa que podía ser esa calma.

—¿Todavía no te ha dicho nada? —le preguntó Melanipe—. Ahora tú eres la reina. Seguramente te dijo por qué ha elegido regresar con nosotras.

Pentesilea negó con la cabeza, insegura de si todavía podía referirse a sí misma con ese título, incluso en sus propios pensamientos. La verdadera reina estaba de vuelta; aquella que había escogido Ares como su líder. Y, a pesar de ello, la Hipólita que ahora mismo se encontraba entre los muros de Temiscira no era la misma que las había abandonado.

—Se pasó el día entrenando —dijo Antíope—. Todo el día. Se levantó antes del amanecer y se negó a detenerse para descansar, incluso cuando le sangraban los dedos.

—Tenemos que darle tiempo —respondió Pentesilea, sabiendo la respuesta que provocarían sus palabras antes incluso de que estas dejaran su boca.

—¿Cuánto tiempo más? —increpó Antíope—. Ya pasaron tres días. Tres días y no nos ha dicho nada. ¿Y si nos está tendiendo una trampa? ¿Y si busca mantenernos distraídas para que los atenienses puedan atacarnos? Sabes bien que las nómadas han estado llegando para verla. Con todas nuestras mujeres reunidas en un solo lugar, sería la oportunidad perfecta para atacar. Puede que solo esté esperando el momento oportuno hasta que llegue su amante.

Con los ojos fijos en su hermana, Pentesilea sacó su daga de la vaina y la hizo girar entre sus dedos, sabiendo que Antíope haría caso a la advertencia. No era una amenaza propiamente dicha, sino el recordatorio para que fuera cuidadosa con las palabras que elegiría a continuación. En realidad, las hermanas nunca habían luchado entre sí. Siempre se mantenían juntas, tanto en el campo de batalla como en el funcionamiento cotidiano del reino. Pero las cosas siempre podían cambiar.

—Hipólita era la reina —dijo con lentitud, enunciando cada sílaba de tal forma que sus sentimientos se hicieran evidentes—. Ella es la legítima reina, elegida por Ares. Y nunca pondría a sus mujeres en peligro.

—Eso no lo sabes. Ya no sabes lo que podría hacer o no. Han pasado casi seis años. Debe decirnos por qué está de regreso. Si no habla, entonces no tenemos otra opción que asumir lo peor y prepararnos para ello.

—¡Estás equivocada! —gritó Pentesilea, incapaz de seguir ocultando su ira—. Tenemos la opción de confiar en ella.

—Sí. Y, ahora, tú eres la reina —dijo Melanipe. Su tono tranquilo era la antítesis del de Antíope—. Pero aquí, tú eres solo una entre miles de mujeres, Pentesilea. Y las demás comienzan a sentirse inquietas, incluso temerosas por su presencia. Si no consigues que te dé una respuesta pronto, podrías enfrentar una revuelta.

—¡Eso nunca ha ocurrido! —repuso Pentesilea, indignada de que su hermana se atreviera a sugerir algo semejante.

—No. Y tampoco había existido jamás una reina amazona que se casara con un príncipe ateniense. Por favor, hermana, no decimos nada de esto para ser crueles. Amamos a Hipólita con todo nuestro corazón, lo sabes. Pero debes averiguar por qué ha regresado y cuáles son sus intenciones. Y necesitas hacerlo pronto.

Pentesilea se alejó de ellas y cerró el puño en torno a su daga. Se sentía derrotada; superada en número. Sus hermanas la habían acorralado y estaban conscientes de ello. Así que eso era todo. Hipólita tenía que hablar.

En un rincón de la recámara, estaba dispuesta una pequeña lámpara, cuya tenue llama había formado una marca aceitosa en el techo. Su luz apenas era suficiente para ver, menos aún para realizar tareas de utilidad. Sin embargo, Hipólita permanecía sentada junto a ella en la cama, pasando una piedra de afilar por el borde de su espada. El roce resonaba en las paredes de piedra desnuda a su alrededor. No era una habitación en la que estuviera acostumbrada a dormir; por lo general, estaba destinada a la servidumbre.

Clete durmió ahí durante un tiempo, antes de encontrar su lugar permanente en el palacio. ¿Era así como debía percibirse a sí misma a partir de ahora? ¿Como poco más que una sirvienta?

—Antíope llevó tu caballo a pastar con el resto.

Antes de entrar a la recámara, Pentesilea había sopesado con cuidado de qué forma abrir la conversación. Este parecía el comentario más inofensivo con el que podía comenzar.

—Espero que haya sido lo correcto.

Hipólita asintió sin alzar la mirada. El ruido de la piedra contra el acero era rítmico, casi hipnótico. Rasguño, tintineo. Rasguño, tintineo.

Pentesilea había aprendido que, cuando alguien no estaba dispuesto a hablar, no se le podía obligar a hacerlo si no se tenía una amenaza plausible. Y aunque su posición no le exigía participar en interrogatorios, la confesión y la muerte a menudo iban de la mano. Los hombres decían cualquier cosa si pensaban que eso podría salvarles la vida. Por supuesto, la vida de Hipólita no estaba en peligro. Y de haberlo estado, a ella no parecía importarle.

Sabiendo que tenía una ardua tarea por delante, Pentesilea tomó un pequeño taburete y lo acercó a su hermana. Había esperado que mencionar a su caballo provocara alguna reacción y, así, comenzar un intercambio de palabras simple, sincero. Pero eso no había servido. Ahora, su única opción era decir por qué estaba ahí, rezando para que su honestidad y su franqueza brindaran un desenlace rápido y pacífico al problema.

—Nuestras hermanas creen que has venido para traicionarnos —dijo—. Que estás aquí porque eres parte de una trampa.

Hipólita detuvo el movimiento de sus manos y al fin levantó la vista.

—Tú no crees eso, ¿verdad? —preguntó.

«No», quiso decir Pentesilea. «No. Con todo mi corazón, te juro que no lo creo». Pero sabía que, si daba esa respuesta, conocer la verdad del porqué de su retorno sería inalcanzable.

—Me cuesta saber qué debo creer —respondió, en cambio.

Hubo un silencio. Pentesilea esperó que su hermana quisiera hablar una vez más. Entonces, Hipólita volvió a inclinarse sobre su tarea, aunque ahora su movimiento carecía del ritmo constante de antes. Sus manos estaban temblando.

—Me dijiste que regresarías después de que naciera tu hijo. Niño o niña, prometiste que volverías con nosotras.

—Creí que lo haría —respondió, sin levantar la mirada.

—Entonces, ¿por qué no lo hiciste?

Hipólita se negó a decir otra palabra; el sonido del metal contra la piedra se tornaba chirriante. Desesperada, Pentesilea se acercó y, tomando a Hipólita de los hombros, le dio una sacudida con fuerza.

—¡Por favor! Necesito que hables conmigo. Necesito que me digas algo. Las mujeres están preocupadas. Sea lo que sea, sin importar qué haya ocurrido, te ayudaremos. Te perdonaremos si hace falta que lo hagamos. Pero por favor, por favor, habla conmigo.

Su pulso latió con más fuerza. Su hermana estaba débil; no en cuerpo, sino en espíritu. Ni siquiera había reaccionado ante el arrebato de Pentesilea.

Se escucharon pasos ligeros más allá de la recámara. Tendría que haberlo adivinado: sin duda, Antíope y Melanipe estaban escuchando, buscando asegurarse de la exactitud del relato que Pentesilea les daría más tarde. Pero no planeaba mentirles; no afirmaría que Hipólita le hubiera proporcionado una explicación o una confesión si no lo hacía. Únicamente diría la verdad.

Las manos de Pentesilea apretaron los hombros de su hermana con un poco más de fuerza. Ya no temblaba; era solo su carne contra la suya.

—Por favor, Hipólita. Necesitamos saber. Las mujeres necesitan saber. De lo contrario... de lo contrario...

Dejó que las consecuencias se sobreentendieran, flotando en el silencio entre las dos. Pasó un momento y, después, otro más. No había ningún ruido ahora, ni al interior ni al exterior de la recámara. «No me obligues a decirlo», rezó Pentesilea, mientras los ojos de Hipólita se elevaban lentamente hasta encontrarse con los suyos. Incluso en la tenue luz de las velas, la humedad de sus lágrimas relucía con nitidez.

—De lo contrario, ¿tendré que irme de Temiscira? —preguntó Hipólita—. De lo contrario, ¿me obligarás a marcharme?

Pentesilea tan solo pudo ofrecer más silencio. Sin embargo, con eso lo decía todo; el sentido era tan claro como si lo hubiera gritado desde lo más alto de la estepa. Sentándose más erguida, Hipólita respiró hondo y colocó la espada en su regazo.

—Cuando llegué al palacio por primera vez, escuché rumores sobre las cosas que él había hecho. Las personas que había asesinado. No eran guerreros, tampoco monstruos. Eran personas comunes. La mayoría de los sirvientes buscaban estar alejados de él. Bajaban la mirada al verlo pasar. Pero eran poco más que esclavos. Así se supone que deben actuar, ¿no? Con temor hacia sus amos.

Pentesilea no dijo nada al respecto. Mientras Hipólita siguiera hablando, evitaría interrumpir el flujo de sus palabras.

—También había otros rumores. Decían que había tomado a una jovencita llamada Helena, cuando ella era apenas una niña, cuando él también era un niño. Le hice preguntas al respecto. Le hice preguntas sobre cada uno de los rumores. Pero no eran más que eso, me dijo. Calumnias. Ellos no eran más que niños, jugando juntos mientras que personas llenas de envidia se esforzaban por mancillar su reputación. Y le creí. Le creí con todo mi corazón. Incluso después de lo que me hizo. Incluso después de haberme raptado.

Al igual que su mirada, su voz pareció vagar hasta un sitio que Pentesilea no alcanzaba a vislumbrar y que únicamente podía imaginarse. Apretó los puños a los costados.

—Me mostró tanto amor, hermana. Me amaba, estoy segura de ello. ¿Por qué regresar por una persona al cabo de tantos años, si no es por amor? ¿Por qué darle la bienvenida a tu hogar? Siempre supe que podía ser vengativo y mezquino, pero nunca creí que pudiera ejercer esa crueldad contra mí.

Por más que la recámara estuviera cálida, Hipólita se estremeció como si una brisa gélida hubiera entrado por la ventana.

—Por él traté de salvar a Egeo. E Hipólito. Mi Hipólito. No sé qué haré sin él. ¿Cómo pudo hacerme esto?

La lámpara parpadeó al tiempo que Pentesilea se sentaba para escuchar. El corredor estaba en completo silencio, con sus hermanas inmóviles. La historia de Hipólita avanzaba a tropiezos; no era una narración simple, sino una serie de fragmentos contados sin conexión entre sí, al menos sin una conexión que Pentesilea pudiera distinguir. Sin embargo, poco a poco, comenzó a trazar líneas entre las piezas, a unirlas hasta formar una imagen: la imagen de un hombre, su hijo y su esposa. Una imagen de dolor, traición y pérdida.

Pentesilea no hizo preguntas sobre Teseo, Hipólito o sobre esta nueva mujer que había llevado a casa. Cuando Hipólita se presionó la frente con las palmas de las manos e hizo dos simples preguntas, se sintió tan enfurecida que supo que debía hablar de nuevo.

—¿Qué hice mal? —preguntó—. ¿Por qué no fui suficiente?

La furia de Pentesilea se hizo tan ardiente y peligrosa como hierro fundido sobre la piel. Y no hizo ningún intento de apaciguarla.

—¿Tú? No eres *tú* la que no fue suficiente. Eras demasiado para él, hermana. Siempre fuiste demasiado. Demasiado fuerte. Demasiado poderosa. Demasiado inteligente. Demasiado compasiva. Demasiado valiente. Demasiado amorosa. Él intentó arrebatarte esas cualidades maravillosas, rebajarte a su nivel, pero no fue capaz de hacerlo. No te reemplazó porque fueras insuficiente, mi querida hermana, créeme. Te reemplazó porque sabía que jamás podría estar a tu altura.

La mandíbula de Hipólita temblaba. Pentesilea pensó que, habiéndolo dicho de esa manera, ahora su hermana debía darse cuenta de la verdad. Hipólita era la reina de las amazonas. Invencible en términos humanos. Carente de temor. ¿Cómo era posible que un hombre pudiera quebrantarla de esa forma? La invadió una oleada de agradecimiento hacia la devoción de Clete. Nunca había dudado de su lealtad y esperaba que Clete nunca hubiera dudado de la suya.

—Hermana. Te ha ultrajado de tantas maneras...

Hipólita profirió una risa triste y amarga.

—Incluso si ese es el caso, ¿qué puedo hacer? Ahora es rey de Atenas. Y tiene a mi hijo.

Pentesilea giró la cabeza hacia la puerta. No tenía duda de que sus hermanas seguían escuchando desde el exterior. Esperó que estuvieran de acuerdo con lo que estaba a punto de proponer.

—¿Qué deseas hacer? —preguntó primero.

Los ojos de Hipólita se posaron sobre el arma en su regazo. Recorrió el limbo de la hoja con el dedo, antes de alzar la espada y darle una vuelta en su mano.

—Lo quiero muerto —dijo en voz baja—. Quiero a mi hijo de vuelta y a Teseo muerto.

Por primera vez desde el retorno de Hipólita, Pentesilea sintió que una auténtica sonrisa se dibujaba en sus labios, mientras que el conocido sentimiento de anticipación recorría su interior. Alzó la voz; solo un poco, lo suficiente para estar segura de que sus hermanas pudieran oírla.

—En ese caso, propongo que hagamos lo que mejor sabemos hacer: ir a la guerra.

CAPÍTULO 34

Hipólita se acercó para darle un beso a su hermana en la mejilla. Su antigua sonrisa parecía haber regresado.

—¿Ir a la guerra con Atenas? —soltó una breve risa—. Esa es una batalla que, me temo, ni siquiera nosotras podamos ganar.

—Hemos triunfado en cada una de las guerras en las que hemos luchado. ¿Por qué esta sería diferente?

—Por una centena de razones distintas. El tamaño de su ejército. Los dispositivos y las estructuras que los rodean y los protegen. El diseño de las calles de la ciudad, que cada soldado conoce de memoria. Las defensas que deben ser atravesadas, incluso para entrar a la ciudadela, son mayores a cualquier cosa que hayamos enfrentado antes.

—En ese caso, disfrutaré del desafío.

Para Pentesilea, era evidente que Hipólita tomaba sus palabras apenas como un comentario compasivo, dicho con la intención de levantarle el ánimo. Pero al intercambiar miradas, pudo distinguir comprensión en los ojos de su hermana. Hablaba en serio.

—¿Lo dices de verdad? —preguntó—. ¿Crees que podemos hacerlo?

—Estoy segura de que podemos. Tú quieres a Teseo muerto. Yo quicro quc sca dcstruido por todo lo quc tc ha hccho a ti y a csta familia. Quiero que sufra de maneras inconcebibles. Quiero que sus muros caigan y que su ciudad arda y, si buscas en tu corazón, sé que también quieres esto.

Sus palabras llegaban en diluvio. Desde el primer instante en que supo que Teseo le había robado a su hermana, Pentesila había deseado esto por encima de todas las cosas.

—Podemos hacer esto —insistió—. Juro por los dioses que somos capaces de tomar Atenas.

Su respiración tembló con anticipación al ver cómo, en los ojos de Hipólita, resplandecía todo lo que ella recordaba de tantos años en el pasado. Su hermana bajó la barbilla con lentitud. ¿Era eso un asentimiento? ¿Estaba de acuerdo con ella? Los movimientos de

Hipólita eran tan vacilantes que era imposible estar segura; entonces, habló de nuevo.

—Si realmente crees que podemos ganar, entonces debemos prepararnos cuánto antes.

Desde la abdicación de Hipólita, Pentesilea había soñado con el momento en que pudiera atacar Atenas, matar a Teseo y recuperar a su hermana. Pero esto era aún mejor; esta vez, vería cómo la propia Hipólita disparaba una flecha a su corazón.

Se hizo un llamado para convocar a las nómadas de vuelta en Temiscira. Las mensajeras fueron enviadas a lo largo y ancho del país, para asegurarse de que sus aliados se hicieran con los guerreros, los caballos y los alimentos necesarios para emprender un ataque contra Atenas. En circunstancias normales, las exploradoras irían por delante, buscando evaluar el acceso a la ciudadela y localizar los puntos de entrada más débiles, así como aquellas áreas en las que probablemente encontrarían mayor resistencia. Esta información aseguraría una batalla rápida y eficiente. Ahora, sin embargo, no resultaba necesario; tenían a Hipólita.

—Existen muchas puertas en la ciudadela, pero tendremos que entrar por aquí.

Señaló su boceto de la ciudadela. Distaba mucho de ser exhaustivo; omitía muchos de los lugares que Hipólita nunca había llegado a visitar. Gracias a lo que Pentesilea había visto por su cuenta, sabía que el palacio ofrecía una vista panorámica de las tierras más abajo.

—En toda la ciudadela, hay puntos elevados que podemos usar a nuestro favor. Aquí —dijo, señalando al oeste de la Acrópolis—, el Areópago debería ser el primer lugar que tomemos para establecer nuestro bastión.

El resto de las hermanas asintió con la cabeza, en señal de acuerdo. Mientras Hipólita hablaba, Pentesilea estudió a su hermana con cuidado, cuyo tono había cambiado desde su regreso. Ahora abordaba cada tarea con desapego, como si los lugares que mencionaba, a los que una vez había considerado como su hogar, no tuvieran significado alguno para ella. Sin embargo, también había un cierto titubeo en su forma de planificar; cuando había que tomar una decisión importante, la delegaba a Pentesilea.

Convocaron a todas las nómadas y mujeres amazonas que se

habían establecido en Éfeso, al oeste de Anatolia. Llamaron a las que vivían en los aúles; campamentos levantados en las estepas con grandes tiendas en el centro, en las cuales encendían hogueras para protegerse de las heladas invernales. Llamaron a las tribus tracias, con las que habían formado alianzas a lo largo de los años. Después, cuando todos habían pactado su apoyo, cargaron a los caballos con provisiones suficientes. Había pasado media luna desde el retorno de Hipólita, finalmente, estaban tan listas como podían estarlo. Solo les quedaba una tarea por hacer.

Cabalgaron en masa hacia el farallón, pasando el oscuro y agitado Mar de Mármara. Con excepción de las que se quedaron con las niñas, todas las mujeres estaban presentes; incluso las guerreras de más edad, quienes sospechaban que la próxima batalla sería la última que presenciarían, así como las jóvenes que aún no habían sido bendecidas con sangre en batalla. Ahí, ofrecieron a Ares el más valioso de los sacrificios: caballos de su tierra natal, machos bellísimos, igualmente leales y poderosos. Obsequios dignos de su padre. Pese a toda la sangre que había visto en su vida, Pentesilea tuvo que forzarse a observar la luz abandonando los ojos de cada uno de los sementales. Pero no habría desperdicio alguno; Ares recompensaría ese diligente cumplimiento del sacrificio.

El olor a sangre se tornó acerbo y dulzón a medida que el último animal era conducido hasta la roca; un bayo de pelaje oscuro, al que Hipólita guio con una cuerda alrededor del cuello. Arrodillada sobre el suelo, susurró unas palabras que solo ella y los dioses pudieron escuchar, antes de hundir su cuchillo en el corazón del caballo.

Más tarde, bailaron hasta el atardecer. Con lanzas en las manos, enviaron sus oraciones en todas direcciones, acompañadas por sus cánticos y el pisoteo de sus pies. Pentesilea había rezado así en incontables ocasiones. Había bailado en fiestas, celebraciones y banquetes para honrar a los dioses por la generosidad que les concedían, pero nunca lo había hecho con tanta urgencia como en ese momento; nunca había clavado su lanza en el aire con tal fuerza, una y otra vez. Estaba perdida en las voces a su alrededor; profundas, resonantes e hipnóticas. Tan pronto los fuegos se redujeron a brasas y el sol desapareció tras el horizonte, decidieron irse a la cama; al día siguiente cabalgarían hacia Atenas.

La tenue luz de la luna resplandecía a su alrededor mientras Pentesilea se arrodillaba en la parte menos profunda de la orilla. Ahí, el agua era más fría que en las costas del Ponto; las punzadas gélidas refrescaron su piel del calor abrasador de la danza. Antíope estaba ocupada, despachando a las mujeres encargadas de reunirse con los líderes y monarcas que había entre ese sitio y Atenas, para así hacer más sencillo su paso. Melanipe había ido a atender un problema con los suministros. Pentesilea, en cambio, había decidido quedarse cerca de Hipólita.

A pesar de todos los años que pasó lejos de Temiscira, Hipólita no había perdido ni un ápice de su precisión con el arco ni de su habilidad con la lanza y la espada. Pentesilea supuso que debió haber seguido entrenando en Atenas, tal vez junto a Teseo. O, tal vez, se debía simplemente a su herencia divina. Prefirió no hacer preguntas. Su cuerpo se había mantenido firme y activo; sin embargo, no podía decirse lo mismo de su mente. A menudo, Pentesilea la miraba para descubrir que sus ojos estaban a la deriva, que su mirada se extraviaba en algún lugar más allá del horizonte. Hipólita perdía el hilo de sus palabras, pausando para reiniciar las frases con una vacilación que Pentesilea nunca había advertido en ella. La desconfianza que seguía recibiendo de las otras mujeres, pese a toda su ayuda con la planeación del ataque, hacía necesario que Pentesilea la mantuviera cerca en todo momento. Incluso dormían en la misma cama, lo cual también requería la ausencia de Clete, cosa que deseaba rectificar cuanto antes.

Mientras se lavaban las manos, Hipólita se volvió para mirar a su hermana.

—Necesito pedirte algo. Una cosa más —le dijo.

Pentesilea sacó las manos del agua y las secó en sus pantalones.

—No tienes por qué temer. El ataque será un éxito. Tomaremos la ciudadela y podrías reunirte con tu hijo.

Hipólita asintió, pero, en lugar de responder, se apretó las manos con fuerza antes de soltarlas y sumergirlas de nuevo en el agua.

—Lo siento —Pentesilea habló de nuevo—. Querías pedirme algo. Por favor. Te escucho.

Hipólita bajó la mirada y Pentesilea sintió que algo afligía el corazón de su hermana. ¿Cómo era posible que sus ojos pudieran transmitir tanta tristeza? ¿No eran esos los mismos ojos que habían brillado con tanta risa y alegría, con tanto amor y compasión? Sin embargo, un corazón tiene la capacidad de cambiar, de abrirle la puerta a la oscuridad. Y en ese momento, la oscuridad habitaba tan profundamente en su interior, que su alma no parecía reflejar luz alguna.

—Quiero que muera. Quiero que Teseo muera por lo que me ha hecho y por todas las atrocidades que, estoy segura, cometió antes de que yo lo conociera. Y por las que seguirá cometiendo si no lo detenemos. Lo quiero muerto.

—Lo sé, lo comprendo.

Pentesilea se apuró a cerrar los labios de nuevo, recordando su promesa de escuchar a su hermana.

—¿Estás segura de que podemos derrotarlo? —preguntó Hipólita—. Las cifras de su ejército son enormes y sus hoplitas están bien entrenados.

—Ya hemos acabado con ejércitos de gran tamaño. Algunos han sido dos, tres o hasta diez veces más grandes que el nuestro.

—Este será incluso más grande.

—Y las recompensas que las mujeres podrán cosechar garantizarán que esta guerra nunca se olvide. A partir de ahora, las amazonas serán recordadas como las más grandiosas guerreras que hayan existido jamás.

Las suaves olas seguían acariciando las rodillas de ambas.

—Me preocupa que, llegado el momento, no sea capaz de hacerlo yo misma —dijo Hipólita al fin—. Me preocupa no ser capaz de matarlo.

Pentesilea tomó a su hermana por los hombros, obligándola a darse la vuelta para verla de frente.

—Tú eres la verdadera reina de las amazonas —dijo Pentesilea—. No hay forma de que falles. Ya sea con espada, con lanza o con flecha, él morirá por tu mano.

Una media sonrisa se mantuvo en los labios de Hipólita, sin embargo, sacudió la cabeza.

—Esto es distinto. No temo que mis habilidades fallen, sino mi determinación. Temo que, si él se dirige a mí, sus palabras se filtren hasta lo más profundo de mis pensamientos. Sé que está mal. En verdad lo quiero muerto, pero, a pesar de todo, lo sigo amando. Él hará que dude de mí misma, estoy segura.

—Tal vez antes haya sido capaz de hacer eso, pero ahora nosotras estaremos a tu lado. No permitiremos que eso suceda.

Pese a la seguridad de Pentesilea, Hipólita volvió a sacudir la cabeza.

—Si cuando llegue el momento crees que pueda estar titubeando, necesito que me prometas que tú lo harás por mí. Que lo matarás.

Para su propia sorpresa, Pentesilea vaciló. Había soñado con hundir una daga en el corazón de Teseo, pero lo que Hipólita estaba pidiendo iba mucho más allá de la muerte del traidor que había escogido por esposo. Las mujeres amazonas se enorgullecían de sus logros; se vanagloriaban en ellos. Que Hipólita siquiera considerara no ser capaz de matarlo, era preocupante. Tal vez sus hermanas tenían razón. Cuando todo esto llegara a su fin, ¿seguirá siendo apta para gobernar como reina? Se quitó ese pensamiento de la cabeza.

—Una vez que estés ahí, en el calor de la batalla, verás las cosas de otra forma. Encontrarás la fuerza.

—Quizás, pero tal vez él encuentre mi debilidad antes. Por favor, hermana, no puedo enfrentarme a Atenas si no me haces esta promesa: si te lo pido o si hago una señal, tú le dispararás. Por favor, hazlo por mí.

Pentesilea asintió, sabiendo que solo podía dar una respuesta. Pero sus propias palabras le pesaron en el corazón.

—Si tú no puedes hacerlo, yo me haré cargo: lo mataré. Pero primero debemos tomar Atenas.

CAPÍTULO 35

Cabalgaron con una cantidad de guerreras y de provisiones más grande que nunca; el sudor de los caballos, cargados hasta los dientes, oscurecía y ensuciaba sus pelajes a medida que sus cascos martilleaban sobre el suelo. Primero se dirigieron hacia el norte y, luego, de nuevo hacia el oeste, atravesando Tracia. Hipólita estaba consciente del formidable espectáculo que le esperaba a los atenienses mientras galopaban hacia ellos, con sus relucientes túnicas estampadas, las aljabas cargadas y los arcos listos.

Al pasar frente a los asentamientos, los niños rompían en llanto, mientras que los hombres y mujeres se encogían de miedo o salían corriendo hacia sus casas. Además de las órdenes ocasionales de alguna de las princesas o de las líderes de las tribus, no se dijo palabra alguna. El viento silbaba sobre sus cabezas bien cubiertas.

Hipólita podía entender por qué se hablaba de Pentesilea como la más grande de todas las reinas amazonas. Quedaba claro que se había convertido en más que una líder competente. Las mujeres prestaban atención a cada una de sus palabras, y cada discurso que pronunciaba resultaba más estimulante e inspirador que el anterior. Cabalgaban todas a la vez; no como individuos, sino como una misma entidad con un objetivo común.

Y no podía ser una coincidencia que, bajo su liderazgo, el ejército se hubiera vuelto más grande y fuerte que nunca. Muchas de las jóvenes, que antes se esforzaban por colocar una flecha en su arco o mantenerse de pie sobre un caballo inmóvil, ahora cabalgaban con sus túnicas y pantalones manchados por la sangre de la batalla. De las dos, tal vez la mejor reina era ella. Todas las evidencias parecían confirmarlo.

Antes de partir de Tracia, cambiaron sus caballos por otros nuevos, obsequiados por el rey Turegétai. Aunque hubieran querido avanzar con más rapidez, fue necesario pasar tiempo con cada uno de los reyes y jefes tribales de las tierras que cruzaban a caballo; discutieron tácticas con ellos, acordaron reembolsos y botines que les serían presentados a su regreso, luego de poner de rodillas a la ciudadela. También tuvieron que negociar suministros adicionales, en caso de que el asedio se extendiera más de lo previsto.

—Entonces, ¿es cierto? —El rey Turegétai hizo la misma pregunta que cada uno de los líderes con los que se habían reunido—: ¿Teseo realmente raptó a la reina amazona?

Al escuchar esas palabras, Hipólita sentía que su cuerpo se retorcía, como si su piel se hubiera encogido hasta apretarla demasiado. Al menos, no tenían la impertinencia suficiente para preguntarle si se había enamorado de Teseo, o si el hijo que le había dado era un botín que valiera la pena una guerra. Así que les respondía con honestidad: Teseo la había drogado y no era un padre digno para el hijo de una reina amazona.

Conforme se acercaban a Atenas, Hipólita se iba tranquilizando. Pronto volvería a luchar, a blandir su espada contra el enemigo y derramar su sangre sobre las piedras. Le traía paz la idea de cabalgar de nuevo a la batalla.

—Nos iremos cuando la luna esté en su punto más alto —les dijo Pentesilea mientras acampaban en Ática, al norte de la ciudad.

Por consejo de Hipólita entrarían por la puerta de Pireo, en el lado este de la ciudadela. Ahí, en las colinas libres de edificaciones, podrían construir sus fuertes. Tan solo esperaba no ser traicionada por su memoria; de haber sabido que las cosas llegarían a este punto, habría insistido en ver más de la ciudad durante su estancia. La habría recorrido a diario, aprendiendo todas sus debilidades, sus deficiencias, sus vulnerabilidades. Bien pensado, eran muchas las cosas que hubiera hecho de otro modo.

Si Teseo estaba a la expectativa de un ataque —y sería una estupidez de su parte no estarlo—, entonces lo esperaría desde el norte, la ruta más obvia, en donde había varias puertas para elegir. En lugar de tomar en cuenta la topografía del terreno o la posibilidad de un asedio, buscaría triunfar por pura fuerza numérica en una batalla tan breve como sangrienta. Hipólita sabía cómo trabajaba, podía anticiparse a sus pensamientos; así que, después de todo, su relación había tenido algunas ventajas. Sí. Habría más hombres apostados en las puertas del norte.

Pentesilea le había pedido pronunciar el discurso previo a la batalla para arengar a sus tropas a luchar por ella, tal como lo había hecho todos esos años atrás. Aunque lo consideró por unos instantes, este ya no era su ejército; era de Pentesilea. Y no solo porque ella hubiera entrenado a la mayoría de las mujeres y hubiera vivido a su lado, sino porque era ella en quien confiaban.

—Tal vez me dirija a ellas más adelante —dijo Hipólita con suavidad—. Cuando él esté muerto, volverán a confiar en mí.

Si al pronunciar esas palabras no sintió ni un poco del dolor que hubiera esperado, fue porque eran ciertas; sin embargo, incluso mientras las decía pensó que aquello era poco probable. ¿Cómo podrían confiar en ella cuando ella aún no confiaba en sí misma? ¿Qué haría cuando tuviera a Hipólito de regreso? ¿Dónde quedaría su lealtad, cuando se viera obligada a decidir el destino de su hijo? Sabía que esa misma pregunta había estado en la boca de sus hermanas desde la planeación de la batalla. Una y otra vez había visto cómo se la tragaban; razonó que ellas no querían escuchar su respuesta más de lo que Hipólita era capaz de dárselas.

Y así, fue Pentesilea quien se colocó frente a tres mil mujeres amazonas, acompañadas de sus aliados tracios, escitas y samaritanos. Hipólita permaneció detrás, a un lado de Antíope y de Melanipe, como una princesa amazona más.

Todas la observaron en un silencio lleno de asombro. Pentesilea alzó la vista al cielo, como si desde ahí pudiera ver el Olimpo y al resto de los dioses que escuchaban atentos cada una de sus palabras. Se detuvo un momento antes de mirar a las mujeres.

—No hace falta que les recuerde que no todas ustedes podrán regresar a su tierra.

Un murmullo recorrió la multitud. Las manos de muchas jóvenes fueron estrechadas por las manos de las más viejas. No hacían falta sonrisas de aliento; esto era un rito, un privilegio. Mientras que las más jóvenes estaban sedientas de ello, las mayores sabían que, sin importar qué sucediera, habrían cumplido con su parte.

—Esta no será una batalla sencilla, y no la libraremos sin pérdidas, pero saldremos victoriosas. Atenas caerá junto con su rey. Las que no sobrevivan, morirán como heroínas. ¡Y les demostraremos que todas somos hijas de Ares!

Con eso, levantó su lanza hacia el cielo y, un instante después, tres mil lanzas más se unieron a la suya. Sus puntas relucieron a la luz de la luna mientras un grito de batalla resonaba hasta el cielo. Eran grandiosas. Eran invencibles. Eran amazonas.

Cuando llegó el momento, dejaron campamentos montados a lo largo del camino, para tener donde almacenar los suministros y enviar a sus heridos mientras el resto continuaba luchando. Una centena de guerreros se quedó para protegerlos, aunque ningún ateniense en su sano juicio osaría atacarlos; estarían demasiado ocupados tratando de mantenerse con vida.

Esa noche, las nubes opacaron a las estrellas y la luna, pero el débil parpadeo de las luces de la ciudadela en la distancia las guio hacia su destino.

—Por supuesto, pondrán a muchos guardias alrededor del palacio —le dijo Pentesilea a Hipólita, rompiendo el silencio mientras las luces en las colinas se tornaban más brillantes.

Llevaban un rato cabalgando con lentitud, apenas separadas la una de la otra.

—Tan pronto nos vean venir, Teseo será rodeado por sus guardias. Hará falta un pequeño grupo de nuestras mejores mujeres para abrirse paso hasta él.

—Y tomar a Hipólito —le recordó Hipólita, con más brusquedad de la que pretendía.

—Y tomar a Hipólito. Nos llevaremos a tu hijo con nosotras, Hipólita. Sé por qué estamos aquí. Después de eso, no hubo nada más que decir, y conforme el cielo se iluminaba y la noche se desvanecía, las murallas de la ciudad aparecieron a la vista. Al comienzo no eran más que una silueta, una larga serpiente negra que cruzaba la ladera y se extendía hacia el horizonte. Pero conforme se acercaban, todo cobró nitidez: las ciclópeas estructuras de ladrillo, las pesadas puertas y, en la cima de la colina, el templo.

Los guardias apostados afuera de las murallas fueron silenciados antes de que pudieran pronunciar una palabra, mucho menos dar la alarma. Mientras se acercaban a la puerta de Pireo, Pentesilea dio la señal para que las mujeres se detuvieran. Volteó una vez más hacia su hermana.

—Tú deberías comenzar con esto —le dijo—. Deberías ser tú quien dispare la primera de todas.

Por un momento, Hipólita consideró rechazar la solicitud, tal como se había negado a dirigirse a las mujeres la noche anterior. Esto, sin embargo, se sentía correcto; le correspondía hacerlo.

Fue así como, conteniendo la respiración, tensó una flecha en llamas, levantó su arco y lanzó el proyectil ardiente por encima de las murallas y al interior de Atenas.

La guerra había comenzado.

CAPÍTULO 36

Pentesilea e Hipólita guiaron a la mitad del ejército a través de la puerta de Pireo, mientras que el resto siguió a Melanipe y Antíope a través de la puerta de Acarnia, en extremos opuestos de la ciudadela. Atravesaron la muralla, como si fueran un río desbordándose, soltaron un torrente de flechas y silenciaron a todos los hoplitas que estaban a su alcance. Sus caballos resoplaron al pasar entre la muralla de la ciudadela y la del palacio, pisando las piedras adoquinadas, tan distintas de la tierra blanda de las estepas. Hipólita se mantuvo agachada sobre su corcel, con la espalda a la altura del flanco del animal. Así, ofreciendo a sus oponentes la menor cantidad de piel descubierta, también podía inclinarse y arrancar flechas de los hoplitas muertos para dispararlas de nuevo.

Para entonces, todos los hombres, mujeres y niños sabrían que Atenas estaba bajo ataque. Teseo también estaría al tanto y, además, sabría exactamente quién venía por él.

—Debemos alcanzar un terreno más alto para obtener la ventaja —gritó Hipólita mientras las guiaba hacia el Areópago, la gran colina rocosa en la que esperaban rendir un sacrificio a su padre.

Ahora era cuestión de confianza, de saber que cada mujer haría lo que se necesitara de ella. Antíope cumpliría con su parte, manteniendo las puertas abiertas para cuando llegara el momento de irse. Melanipe, entre tanto, se había ido al lado este de la Acrópolis y dos de sus mujeres más fuertes, Dorímaque y Antandre, se encontraban en el lado sur. Las amazonas rodearon el centro de la ciudad, obligando a los atenienses a dispersarse. Los gritos de pánico llenaron el aire; gritos que hicieron crecer un destello de satisfacción al interior de Hipólita. Tal como esperaban, el ataque desde la puerta sur los tomó por sorpresa. Todo lo que podían hacer era defenderse y mitigar sus pérdidas lo más posible.

Los hoplitas se movieron en formación cerrada, alzando los escudos para formar una coraza de acero alrededor de sus cuerpos. Sus lanzas relucían en posición vertical, listas para atacar. Cada uno de sus pasos resonaba como un trueno y sacudían el suelo bajo sus pies. Pero sus movimientos eran lentos y torpes en comparación con los de sus enemigas, las cuales actuaban con más decisión de lo que Hipólita hubiera visto jamás. A este ritmo, la batalla terminaría pronto. Gobernado por la arrogancia de Teseo, todo lo que Egeo había construido estaba a punto de derrumbarse.

Los hoplitas cayeron uno tras otro. Sus escudos y armaduras apiladas formaban un caparazón sobre la tierra. Hipólita, por su parte, tomó cuántas vidas pudo, evitando escrutar los ojos debajo de los cascos, temerosa de que una mirada conocida pudiera encontrarse con la suya. La sangre empapaba sus botas y salpicaba su piel. Y con cada muerte, una pequeña parte de ella parecía renovarse; una parte que había perdido entre esos muros y que, ahora, le estaba siendo devuelta.

—¡Pasaremos a través de ellos y llegaremos al palacio antes del mediodía! —gritó Pentesilea por encima del estruendo de los metales.

—Ni siquiera resistirán tanto tiempo —respondió Hipólita. Sin embargo, apenas había pronunciado esas palabras cuando un nuevo grito se elevó por el aire. Uno que había oído tan pocas veces que su mente no fue capaz de procesarlo. Incluso cuando vio el miedo reflejado en el rostro de su hermana, no logró entender lo que escuchaba.

—¡Hermana, están atacando por detrás! —las palabras de Pentesilea alcanzaron sus oídos, pero Hipólita no pudo comprenderlas. ¿Cómo era posible que sus mujeres estuvieran bajo ataque?— ¡Ven! ¡Tenemos que ganar más altura!

Instigada por nada más que los movimientos y las palabras de su hermana, Hipólita puso en marcha a su caballo. Tirando a sus bestias de las riendas, se abrieron paso entre espadas alzadas y cuerpos que caían rendidos, mientras los cascos de sus animales pisoteaban carne, armaduras y tierra por igual. Ahora, era imposible negar que las cosas habían cambiado. El aire, que hacía menos de una hora ondulaba con la emoción de su inminente victoria, se tornaba tenso, frágil, como si pudiera quebrarse en cualquier momento. Y ahí, desde lo alto, alcanzó a ver la razón.

Miles de hombres cruzaron las puertas de la muralla exterior. No eran hoplitas, sino tropas peltastas; hombres libres de cargas en el cuerpo que, en lugar de escudos o pesadas corazas, portaban apenas un trozo de armadura. Corrieron hacia las amazonas e hicieron llover sus lanzas en un torrente sin fin. Las mujeres luchaban en ambos frentes. Habían luchado contra cifras semejantes en el pasado, pero nunca en el confinamiento de un área tan pequeña. Necesitaban espacio. Espacio para que los caballos galoparan y pudieran serpentear.

—¡No lo entiendo! —gritó Hipólita al observar la escena.

Estaba claro que Teseo esperaba el ataque; era imposible que tantos hombres se hubieran mantenido escondidos por accidente. El tamborileo de sus pies y el sonido metálico de las armas contra los escudos formaban un pulso metronómico que hacía temblar el suelo, vibrando a través de las suelas de las botas de las amazonas. Necesitaba regresar ahí. Necesitaba luchar; pero al clavar los talones en los flancos de su caballo, un nuevo terror atrajo su atención.

—¿Qué es eso?

—Es una ballesta —le respondió Hipólita a su hermana, sintiendo una nueva oleada de rabia y dolor. Teseo había hablado antes de un instrumento semejante: uno que lo haría invencible en la guerra. Y ella lo había descartado como poco más que un juguete de niños. Qué equivocada estaba.

Montada sobre un carro rodante, la ballesta gigante disparaba saetas con una punta de hierro del grosor y la longitud del brazo de un hombre. Y aunque no pudiera ser recargada con la rapidez de un arco cualquiera, estaba destrozando a las amazonas. Sin detenerse ante la carne, los huesos o la armadura, cada saeta derribaba a media docena de ellas, dispersando sus cuerpos y caballos como si fueran las hojas de un árbol en otoño.

—¡Hermana! No podemos mantener todas nuestras posiciones —gritó Pentesilea por encima del hombro, blandiendo el hacha frente a su cuerpo de manera horizontal para derribar a un hoplita luego del otro— ¿Dónde deseas que concretemos el ataque?

La confusión inundó a Hipólita. Nunca había visto a sus mujeres superadas en número de esta manera. Luchaban con más eficacia que cualquiera de los hombres, pero estos eran simplemente demasiados. Teseo había concentrado todas sus fuerzas para disparar estas nuevas armas; incluso había liberado a sus esclavos para que lucharan y murieran por él. Y todo esto con el propósito de mantenerla alejada de su hijo.

Por más insoportable que fuera reconocerlo, ya no cabía duda: por primera vez, las amazonas estaban siendo derrotadas.

—Necesito llegar hasta Teseo —dijo Hipólita—. Solo hay una forma de terminar esto. Si su rey está muerto, tendrán que rendirse.

Pentesilea asintió y respondió:

—Muéstrame el camino que necesitas despejar.

Sin dejar de combatir contra los soldados, Hipólita miró hacia atrás.

—Tú y yo atravesaremos el ágora —dijo, apuntando su flecha hacia una zona que rebosaba de hombres. Aunque ahí las superarían en número, veinte a uno, sabía que su hermana no se negaría.

—Entonces hagámoslo.

Habían luchado de esa manera antes, separándose para abrir camino a la fuerza entre las tropas enemigas. A una distancia tan corta, Hipólita prefería confiar en sus kopis, sus pequeñas espadas. Las usaría con tanta rapidez que sus enemigos no tendrían tiempo de contrarrestarlas. Cada movimiento de las espadas, cada giro y cada vuelta, significaría otra muerte ateniense y otro paso más hacia Teseo e Hipólito. Desde atrás, llegaba el sonido del hacha de Pentesilea, cortando carne y hueso con la misma implacable fluidez.

Los hoplitas que tenían enfrente cayeron uno por uno. No por primera vez, Hipólita se sintió llena de lástima y admiración por los hombres. Conscientes de que su muerte era inevitable, lucharon con ferocidad solo para servir a un rey con los escrúpulos de un bandido. Era mi esposo, quería gritarles. «Me prometió una vida amorosa y así es como me trata. No le importa Atenas ni su gente. Solo se preocupa por sí mismo». Pero no había tiempo para eso. No había tiempo para nada más que los gruñidos, que los gritos guturales que brotaban de los hoplitas al encontrarse con la muerte en la punta de su espada.

—¡Allá! —gritó Hipólita, apuntando su espada en dirección a los escalones del palacio. Un hoplita le arrojó su lanza, pero antes de ser alcanzada por su punta, ella la desvió y le dio una patada al hombre, lo tiró al piso y acabó rápidamente con él y los soldados que le seguían detrás.

Ninguna otra mujer había llegado tan lejos en la ciudadela. Ahí, los soldados estaban más apiñados y fuertemente armados que en cualquier otro lugar. Una barrera humana. Un muro de corazones palpitantes. La invadió el terror; sabía exactamente lo que significaba su presencia.

—Sabe que vengo por él.

—Entonces también sabe que vas a asesinarlo —respondió Pentesilea—. Lo harás. Terminarás con esto hoy mismo.

Combatieron en el calor abrasador del mediodía. Cada nuevo paso que daban era al costo de una docena de muertes. Tenían la piel cubierta con hilos de sudor; era como si Helios se negara a descender de su cénit. Los rayos dorados reverberaban en los edificios, amenazando con cegarlas mientras giraban en su eje y daban arremetidas. Se arrojaban contra espadas y escudos y, cada vez, se levantaban para repetir lo mismo.

—¡Ya casi llegamos! —gritó Hipólita, mientras alcanzaba la última línea de refuerzos. A sus espaldas, había un camino sembrado de cadáveres atenienses. Por más seguro que hubiera estado Teseo de que Hipólita lo vendría a buscar, el número cada vez menor de guardias le indicó que estaba seguro de que ella no llegaría tan lejos. Cuando pasó el umbral del palacio, solo quedaba un puñado de hoplitas; hombres a los que había visto a diario durante casi seis años.

—Ya sabes cómo se termina esto —dijo, con toda la amabilidad que fue capaz de reunir.

—Oira...

Le cortó la garganta al hombre antes de que otra sílaba pudiera brotar de ella.

Al interior el palacio estaba fresco, en calma. El ruido de la batalla parecía silenciarse, asordinado por la distancia, el grosor de las paredes y los latidos de su propio corazón. El calor de su cuerpo se vació sobre las losetas de mármol blanco, al tiempo que las oscuras sombras helaban el sudor y la sangre que cubrían su piel.

—¿Dónde podrá estar? —preguntó Pentesilea—. ¿Hacia dónde nos dirigimos desde aquí?

Hipólita apretó los labios, escudriñando aquellos corredores que alguna vez le fueron tan familiares. Las paredes estaban adornadas con los mismos frescos coloridos, los mismos tapices colgaban de las mismas puertas, sin embargo, ahora ese lugar le parecía más extraño que nunca, incluso más que en esos primeros días, cuando Egeo la recibió con desconfianza y Teseo mezclaba raíz de valeriana en su bebida. No le cabía duda de que él había estado observando el progreso de la batalla desde ahí arriba, lanzando vítores al presenciar la masacre de sus mujeres.

Tan pronto la alcanzó este pensamiento, otro le siguió de inmediato. Existía una habitación en particular que ofrecía una mejor vista de Atenas.

—El andrón —dijo en voz alta, apurando el paso.

La habitación había sido el dominio de Egeo, su santuario. Un remolino de dolor y de rabia la recorrió sin previo aviso. Teseo había asesinado a su propio padre. No con una espada ni con veneno, sino con su arrogancia, su egoísmo y megalomanía. Y cuando lo matara, lo haría tanto en venganza por la muerte del anciano como por justicia hacia sí misma.

Sintió sus labios secarse mientras se preparaba para lo siguiente. Con la punta de su espada, apartó la cortina y entró, pero la habitación estaba vacía.

De golpe, el aroma del vino la inundó de recuerdos. Sus conversaciones nocturnas. Las historias que compartían de todas las batallas que habían librado. Los sueños que ambos abrigaban para Hipólito. El viejo rey levantando al niño, colocándolo en su regazo para hacerlo saltar. Se había reído en esta misma habitación. Se había reído, había respirado y se había sentido perfectamente cómoda y a gusto. Y ahora, estaba a punto de derramar sangre en su interior.

—Hipólita, no están aquí. ¿En dónde más podrían encontrarse? —a sus espaldas, la voz de su hermana zumbó a la distancia mientras Hipólita recorría los muebles con la mirada. Nada había cambiado en su ausencia—. ¡Hipólita!

Salió de su ensueño; si no estaban aquí, ¿dónde más? Era posible que se hubieran retirado a la sala del trono. Dada la urgencia de los asuntos en la ciudad, aquel espacio tendría el tamaño ideal para que todos sus asesores pudieran reunirse a discutir las estrategias. Sí, eso tendría sentido. Comenzó a abrirse camino a través de los corredores, y luego se detuvo de golpe una vez más.

Al principio, asumió que los sonidos venían del exterior, como una distorsión de los gritos de la batalla. Pero estos ruidos eran diferentes: se sostenían, aumentaban en intensidad y luego parecían desvanecerse cuando volvían a crecer hasta un volumen todavía más grande que el anterior. Esforzándose por escucharlos mejor, envainó su espada y la cambió por su arco y una flecha.

—Eso suena igual a una risa —dijo Pentesilea—. Como si alguien estuviera celebrando un banquete.

En cuanto su hermana terminó de hablar, Hipólita se puso en movimiento de nuevo. Corrió por el corredor, dejando huellas de un rojo oxidado sobre el mármol blanco mientras esparcía tierra a cada paso. Un banquete, un banquete. Ahora alcanzaba a escucharlo. El olor del vino y la carne asada, el agrio sabor de los quesos salados. Mientras más cerca estaba del salón, más intenso se tornaba el ruido. Se escuchaban risas y vítores. ¿Ya estaban brindando por su victoria? No, ni siquiera Teseo podía ser tan arrogante como para celebrar mientras sus hombres perdían la vida por él.

Cuando aminoró el ritmo de sus pasos, alcanzó a distinguir un sonido más. Las náuseas le revolvieron el estómago. Era una lira. Música. Estaban tocando música en tiempos de muerte. Su sangre nunca había hervido con tanta furia, su pulso nunca había latido con una rabia tan ardiente. Estos hombres no les tenían miedo; frente a la inminente llegada de las amazonas, no se escondían ni acobardaban como tantos otros. ¿Por qué?

Esforzándose por refrenar el inesperado temblor de sus dedos, colocó una flecha en el arco, apretando el astil con las yemas de los dedos. Sin embargo, tan pronto salió del corredor y se enfrentó a la luz del salón de banquetes, se quedó paralizada ante la vista que tenía delante.

CAPÍTULO 37

Cuando llegó a Atenas por primera vez, Hipólita había tardado en acostumbrarse a la magnitud de los festejos. Le repugnaba el exceso con que comían y bebían, el escaso respeto que mostraban por sus propios cuerpos y, aún más, la forma en que desperdiciaban la generosidad de la tierra con que los dioses los habían bendecido. Pescado y carne que se caía de los huesos, frutas secas, miel dulce y pegajosa que rociaban sobre panes desmenuzados. No se escatimaba en gastos, ningún gusto quedaba insatisfecho. Era así como celebraban los atenienses. Y lo hacían a menudo.

En una ocasión, cerca del segundo cumpleaños de Hipólito, había intentado comer al mismo nivel. Colmó su plato con todo lo que había, atiborrándose más allá de lo necesario para su disfrute. Su cuerpo se hinchó y sus extremidades se llenaron de tanta pesadez, que se preguntó si Teseo no la habría drogado de nuevo. Sin embargo, echando un vistazo a los demás, descubrió que no era la única afectada de esta manera. Con el cuerpo tan relajado, nadie era capaz de bailar propiamente. Y los efectos no se terminaron con el banquete; al día siguiente, Hipólita se encontraba gruñendo de dolor, con el vientre hinchado como si estuviera gestando un segundo hijo. Después de eso, siempre había preferido moderarse, sin importar las tentaciones que se le ofrecían.

Sin embargo, lo que tenía enfrente ahora mismo superaba cualquier festín al que hubiera asistido en todos sus años en Atenas. Y es que aquello, se dio cuenta, no era una celebración de victoria.

Era una boda.

Teseo se encontraba al otro extremo de la habitación, sentado frente a una mesa elevada sobre un entarimado. Su cabello había sido aceitado con espesura, ensortijado sobre los hombros en mechones grasientos como los de una gorgona. Llevaba puesta una túnica púrpura, intrincadamente bordada con un hilo de oro. Sobre su cabeza, descansaba una corona de oro en forma de hojas torcidas, engastada con un granate del tamaño de una punta de flecha. A su lado, permanecía sentada la joven que había traído a su hogar. La joven a la que le prometió convertir en su esposa.

La sala se sumió en silencio, con todos los ojos puestos en Hipólita y su hermana. Varias mujeres se llevaron las manos a la boca, mientras que otras empujaron a sus hombres en dirección a las intrusas. Sin embargo, ellos no hicieron nada, salvo palidecer más a cada instante. Los reconoció como miembros de la polis; hombres que la habían visto con desdén y desconfianza desde el momento en que fue arrastrada hasta ese lugar. Ahora, la miraban como si fuera un monstruo. Pero ella sabía la verdad. Aquí, el único monstruo era su rey. Tal como él mismo había demostrado hacía poco en Creta, los monstruos también podían ser asesinados.

Una nueva claridad surgió en su mente. Inclinó la cabeza a un costado antes de hablar.

—Parece que mi invitación se perdió en el camino.

Se escucharon quejidos provenientes de la mesa más cercana, donde una mujer temblaba tanto que el vino se desbordaba por el borde de su copa. El hombre a su lado —por su edad, resultaba imposible adivinar si era su marido o su padre— enderezó la espalda.

—No son bienvenidas aquí. Han sido derrotadas. Deberían marcharse.

—Mi hermana está hablando.

La voz de Pentesilea era tan afilada como la punta de la flecha que apuntó hacia el hombre. Este se replegó al instante, viendo agotada su reserva de coraje. Aun así, aquella había sido una demostración de valor más grande que la del resto de los invitados, quienes simplemente se encogían en sus asientos.

Hipólita esperó un momento a que las personas reunidas reflexionaran sobre las palabras de su hermana. Entonces habló de nuevo.

—No veo cómo es que he sido derrotada —dijo, tensando todavía más la cuerda de su arco mientras apuntaba directamente hacia Teseo—. Me parece que, ahora mismo, hay una flecha lista para ser lanzada a su rey. Ninguna otra persona necesita morir en este salón. Lo único que quiero es a mi hijo. A mi hijo... y la cabeza de mi esposo.

Con un gesto de la cabeza, Pentesilea dio un paso adelante y ocupó el lugar de Hipólita, apuntando su propio arco hacia Teseo. Su hermana se giró para examinar la habitación. Había al menos doscientas personas presentes; hombres y mujeres, viejos y jóvenes.

Eran atenienses en su mayoría, a excepción de un puñado de dignatarios de los reinos vecinos. También había varios niños, todos ellos vestidos con sus mejores galas. Pero su hijo no estaba por ninguna parte.

Se dirigió hacia Teseo, que permaneció en su asiento.

—¿Dónde está? —espetó— ¿Qué has hecho con él?

Ahora fue él quien inclinó la cabeza, imitándola.

—¿Se supone que debo saber a quién te refieres?

—¿Dónde está Hipólito? —dijo, haciendo énfasis en cada sílaba.

De todas formas, él siguió con su juego; arrugó el entrecejo, fingiendo confusión antes de abrir los ojos de par en par.

—Ah. Te refieres a mi hijo. No está aquí, como puedes ver.

Habló con lentitud. Se estaba tomando el tiempo para saborear el placer de ponerla en ridículo.

De pronto, a sus espaldas, sonó un ruido de tela batiéndose, tan ligero que podría no haber sido más que el aleteo de un pájaro. Hipólita giró sobre su eje y disparó una flecha, antes de que el resto de los invitados se percatara de lo que ocurría. Un guardia, que había estado oculto tras la cortina, cayó rendido con una flecha clavada en la cuenca del ojo; su espada chocó estruendosamente contra el suelo. Hipólita dio un paso adelante, hizo rodar su cuerpo con un pie, arrancó la flecha y la puso de vuelta en su arco. Entonces se dirigió a Teseo.

—No me pongas a prueba —dijo, trabando miradas con él—. Mataré a todos en esta habitación hasta llegar a mi hijo.

El gesto arrogante en el rostro de Teseo cambió ligeramente. A su lado, Freda se había puesto pálida de miedo mientras se aferraba a su nuevo esposo por el brazo.

—Esto no terminará bien para ti, Hipólita. Vete ahora. Retírate de mi boda. Perdonaré a lo que aún quede de tu ejército y te daré noticias de Hipólito en el futuro.

—No te creo. Cada palabra que dices es una mentira.

—No puedes escapar de aquí con vida. Allá afuera tus mujeres están agonizando. Lo sabes. Todas caerán.

—No caerán hasta que yo tenga a mi hijo conmigo.

Teseo alzó un poco la ceja.

—¿Harías eso? ¿Sacrificarías la vida de todas tus amazonas por un niño al que ni siquiera deseabas tener?

—¡Siempre lo desee! —gritó—. No estoy jugando, Teseo. Dime ahora mismo en dónde está, o te mataré. Y cuando estés muerto, mataré a cada uno de tus invitados, empezando por esta niña que has tomado como esposa. Será una muerte piadosa; es mejor liberarla ahora, que condenarla a una vida miserable a tu lado.

Ahora, Teseo se giró hacia Fedra. Casi parecía sorprendido de verla, como si hubiera olvidado que estaba ahí. Las palabras de Hipólita flotaban en el aire, idénticas a motas de polvo refulgiendo en un rayo del sol. Él sabía que Hipólita lo veía tal como era: un mentiroso, un manipulador, un narcisista. Sin embargo, Teseo también la conocía a ella y, por eso, sabía que cada una de sus palabras era cierta.

La propia Fedra bajó la mirada e Hipólita notó la forma en que sus manos se movían de la mesa hasta su vientre. ¿Podría ser?, se preguntó. ¿Tan pronto? Mientras pensaba en la criatura que podría estar creciendo en el vientre de la niña, su mente viajó al futuro. ¿Qué sería de Hipólito si esta mujer le daba otro hijo a Teseo? ¿Qué planes podrían tramarse detrás de esos ojos azules? Ciertamente, ninguno que fuera favorable para su hijo.

—Ya tuve suficiente de esto —dijo y, de nuevo, apuntó la flecha hacia su esposo.

Quitándose la mano de Fedra de encima, Teseo se puso de pie y abandonó la silla. Despojada de su anterior arrogancia, su voz era apenas un susurro.

—Por favor, Hipólita. Así no. Te llevaré con Hipólito.

—¿Más palabras vacías, más engaños?

Ahora su piel había tomado una notable palidez.

—Por favor, Hipólita. Ya has causado suficiente destrucción. Puedes atravesar mi corazón con una flecha, si crees que eso es lo justo. Pero no aquí.

La miró, suplicando con esos mismos ojos que ella había visto por primera vez en las playas del Ponto. Cuando movió los labios de nuevo, ningún sonido alcanzó a brotar de ellos; tan solo la sombra de dos palabras en el aire: «Por favor», balbuceó.

—¡Hipólita! —la voz aguda de Pentesilea sonó a sus espaldas: un recordatorio de su promesa. Pero ella no estaba lista aún. Y no lo estaría hasta encontrarse con Hipólito.

—Llévame con mi hijo —dijo, recuperando la resolución en su voz.

—Por supuesto. Pero primero deja en paz a esta gente. No seas la mujer que todos piensan que eres, *oirapata*.

Por segunda vez en ese mismo día, alguien la llamaba así al

interior del palacio. Sin embargo, esta vez no fue con la malicia que había usado el guardia, ni tampoco le fue espetado, como hizo Teseo cuando la desterró de Atenas. Se lo dijo con el mismo cariño que utilizó Egeo todas esas veces en el andrón.

Hipólita asintió. Teseo salió de detrás de la mesa y se dirigió a la puerta. Hipólita caminó hasta quedar a su costado mientras Pentesilea mantenía su arco listo.

—Escuché lo que hiciste por mi padre —dijo en voz baja, una vez que estuvieron en el corredor—. Escuché cómo lo intentaste salvar. Me contaron cómo remaste para buscarlo. Nunca te lo pude agradecer. Lo siento.

Aunque el recuerdo hacía aflorar sus emociones, Hipólita no respondió. No iba a permitir que su voz la delatara.

—Él te amaba. Te amaba muchísimo —continuó.

Su cabeza parecía asentir por voluntad propia, como si su cuerpo deseara estar de acuerdo con él, aunque su mente quisiera lo contrario.

—Hermana —la llamó Pentesilea.

—Espera junto a la puerta y asegúrate de que nadie salga —respondió.

En ese instante, con su espalda hacia ella, podría matarlo sin dificultad. Pero ¿qué vendría después? ¿Allanar el palacio y la ciudadela entera en busca de Hipólito, con la esperanza de encontrarlo antes de que su ejército fuera derrotado por completo o de que alguien lo matara en represalia? La gente asesinaba niños por menos que eso. No, debía aguantar hasta el final. Le permitiría a Teseo pensar que la había derrotado y así, más tarde, gozaría todavía más de su muerte.

CAPÍTULO 38

La mayoría de los invitados lloraba lastimosamente, mientras que otros se habían desmayado. Pentesilea se había posicionado de tal manera que pudiera vigilarlos con claridad a la vez que vigilaba a su hermana y a Teseo a medida que avanzaban por el corredor. Pronto habría más soldados de camino al palacio, tropas que serían transferidas de sus deberes para proteger al rey. Hipólita, sin embargo, parecía ajena al peligro. Ajena a todo, menos a Teseo.

Pentesilea no era ajena a los hombres crueles ni a los reyes arrogantes; sin embargo, en esos momentos, la repulsión que se había acumulado en su interior era más fuerte y difícil de soportar que incluso en su encuentro con Heracles.

Deseaba darle a su hermana el tiempo que fuera necesario para obtener una respuesta sobre el paradero de su hijo; sin duda, la reina necesitaba una resolución. Pero Pentesilea tenía que pensar en sus mujeres. ¿Qué había ocurrido con Clete? No la había visto desde el comienzo de la batalla. Y esas armas, en cambio, habían terminado con tantas amazonas... Desechó ese pensamiento antes de que pudiera distraerla más.

Mientras sus ojos permanecían fijos en los invitados de la boda, notó que Hipólita había dejado de caminar. En cualquier instante acabaría con esto.

—Ya es suficiente —escuchó que decía su hermana; sacó su daga y la puso contra la garganta de Teseo—. Ahora dime, ¿dónde está Hipólito?

Teseo se giró con lentitud, con la mirada puesta en el suelo. Parecía estar demorando las cosas a propósito, pensó Pentesilea. Sin duda, esperaba que la ayuda llegara a tiempo. ¿Realmente creía que Hipólita caería en esa trampa? Sus dedos temblaron con el impulso de clavarle una flecha en el corazón, pero se resistió. Si eso causaba que su hermana perdiera a su hijo, nunca se lo perdonaría.

—Él no está aquí —dijo Teseo, mirando hacia el techo—. Lo envié a Trecén.

—¿A Trecén?

—Para que lo criara mi madre.

Pentesilea respiró con alivio.

Eso era todo; ahora que tenían la información que necesitaban, podían volver con sus mujeres. Encontraría a Clete, se irían de ahí. Estaba esperando a que su hermana la volteara a ver, a que le diera una señal para irse, cuando tres hoplitas doblaron la esquina. Eran hombres jóvenes, de hombros anchos, armados cada uno con un kopis. Avanzaron serpenteando por el corredor; pero a pesar de su rapidez y agilidad, no tenían ni una fracción de la suya, ni tampoco de su destreza.

La flecha que disparó hizo caer al primero de ellos. Uno de sus camaradas arrojó una daga directamente a su cabeza; su puntería era buena y, con un objetivo menos capaz, podría haber acertado. Sin embargo, a Pentesilea le bastó un ligero paso lateral para que la daga pasara volando sin dañarla, enterrándose en la pared a sus espaldas. En un instante, disparó dos flechas más y, para cuando los cuerpos tocaron el suelo, su atención estaba de vuelta en su hermana.

La hoja de la daga seguía presionado el cuello de Teseo. Sin embargo, él había tomado a Hipólita de los hombros y acercaba los labios a su oído.

—Hermana —la llamó Pentesilea.

Teseo continuó hablando un momento más antes de soltar a Hipólita. Ella, a su vez, despegó la daga.

—Hipólita —habló Pentesilea—, tiene que pasar *ahora* mismo. Sabemos dónde está tu hijo. Podemos ir a buscarlo. Debemos irnos. Termina con esto, o déjame a mí hacerlo.

Cuando las miradas de las hermanas se encontraron, una sola lágrima se deslizó por la mejilla de Hipólita. Tragó saliva y, entonces, bajó la barbilla de manera casi imperceptible.

Más adelante, Pentesilea recordaría a menudo ese instante y aquel simple movimiento. Antes de la guerra, antes de Teseo, había existido un tiempo en el que podía leer cada intención de su hermana sin margen para la duda o la malinterpretación. Tal vez había estado esperando su señal con tanta anticipación, que creyó ver algo que no estaba ahí. O, tal vez, la señal sí había estado ahí y eso era exactamente lo que Hipólita quería.

Pero sin importar cuál fuera el caso, tan pronto Pentesilea arrojó su flecha, la expresión de su hermana se transformó.

La sangre se le escapó del rostro y el blanco de sus ojos relució más que el mármol pulido. Y mientras Pentesilea miraba su flecha volar hacia Teseo con perfecta precisión, supo que no iba a fallar.

A esa distancia, le perforaría las costillas y lo mataría en cuestión de segundos. Todo ocurrió en su mente; estaba tan segura de que los dioses deseaban que así sucediera... Hasta que no pasó.

CAPÍTULO 39

Desde niña, Hipólita había soñado con morir como una guerrera. La suya sería el resultado de una de las batallas más grandes de todas y de una célebre victoria; miles de personas, asombradas por su habilidad y por su fuerza, serían testigos de la escena. Aunque no sabía con exactitud cómo le sería asestado el golpe final. Después de todo, aquella era una fantasía infantil, un momento en el que pensaba solo en términos de coraje y de poder. Un final honorable para el mandato de cualquier reina.

De su muerte siempre estuvo segura; en el amor, por otra parte, le había resultado mucho más difícil creer. Ya fuera un amor romántico, apasionado, o uno de esos en cuyo nombre se librara una guerra donde ejércitos enteros fueran puestos de rodillas, la sola idea le parecía absurda. A menudo las amazonas se burlaban de que la gente pudiera sentir eso, sobre todo cuando eran convocadas en auxilio de algún rey cuyo pueblo entero hubiera sido enviado a la guerra por un asunto amoroso. Tenía sentido luchar por la familia, el honor, la riqueza o el territorio. ¿Pero por el amor de una sola persona, cuando había otras mil caminando sobre la tierra? Siempre le había resultado un misterio por qué alguien tomaría esa decisión.

Pero a medida que fue creciendo, empezó a reconocerlo. No podía negar que lo que sentía por sus mujeres fuera amor, aunque era un sentimiento distinto al que sentía por sus hermanas. Los lazos entre las mujeres amazonas evolucionaban con los años, forjados sobre una profunda base de confianza que surgía de combatir hombro con hombro, de atestiguar el momento más fuerte y vulnerable de la otra. Era del todo racional que amara a estas mujeres tanto como amaba a sus hermanas, cuya sangre compartía y cuyas creencias valoraba tanto como las suyas propias. Pero su amor por Teseo no era racional. No tenía origen en el pensamiento lógico. Era crudo e incontrolable. Ahora podía verlo: era la misma emoción que empujaba a los hombres a perder la cabeza, a ir a la guerra sin siquiera pensar en el costo. Y se volvió tan real para ella como la sangre que fluía por sus venas.

Entonces nació Hipólito. La primera vez que miró sus ojos azules sintió una oleada de ternura tan intensa que fue como si toda su existencia hubiera mutado para albergar a ese pequeño niño. Y el amor adquirió un significado completamente nuevo.

—Él no está aquí —dijo Teseo, mirando hacia el techo— Lo envié a Trecén.

—¿A Trecén?

—Para que lo criara mi madre.

El alivio la inundó al saber que estaba a salvo, que podía alcanzarlo.

Tres guardias irrumpieron en el corredor; les echó apenas un vistazo, consciente de que Pentesilea acabaría con ellos sin pensarlo siquiera. Pero ese único vistazo fue toda la distracción que Teseo necesitó. En ese instante, la tomó de los hombros y acercó los labios a su oído. Su aliento tibio le humedeció la piel.

—No hay forma de que ganes —dijo entre siseos—. Si me matas, los dioses decretarán que Hipólito me vengue, como es el deber de un hijo. Y entonces él irá por ti.

Ella se apartó y estudió su rostro. Un dejo de arrogancia se reflejaba en sus labios.

—Hermana —llamó Pentesilea desde atrás.

—O tal vez sea tu hermana quien me asesine —siguió hablando Teseo, casi en un susurro para que solo Hipólita lo pudiera escuchar—. Como su madre, quizás tú lo dejarías matarte para que me pueda vengar. Pero ¿crees que ella haría lo mismo? Él no significa nada para ella. Vendrá por tu hermana y ella lo matará. Si yo muero, tarde o temprano también morirá Hipólito.

Cuando la soltó de los hombros, Hipólita supo de inmediato que Teseo decía la verdad.

—Hipólita, tiene que pasar *ahora* mismo. Sabemos dónde está tu hijo. Podemos ir a buscarlo. Debemos irnos. Termina con esto, o déjame a mí hacerlo.

Podía sentir la impaciencia en el tono de su hermana. Pero más que impaciencia, a diferencia de ella, sabía que Pentesilea todavía tenía esperanza. Esperanza de que pudieran salvar a las mujeres. Esperanza de que las amazonas no perdieran su fuerza, incluso después de una batalla semejante. Pero, sin importar que Pentesilea admitiera la verdad o no, habían sido derrotadas.

Miró a su hermana. Una lágrima perdida rodó por su mejilla, cayendo sobre el gélido metal de la daga en su mano; entonces bajó la cabeza para verla. Cuando se percató de lo que ese movimiento podía significar para su hermana, era demasiado tarde.

La flecha salió disparada del arco de Pentesilea. Su punta reluciente se dirigió directamente hacia Teseo.

Cerró los ojos. Su mente se llenó con las imágenes de su hijo, de ambos jugando con espadas de madera y con figuras de juguete de las reinas amazonas. La suavidad de su piel y ese lustre en sus profundos ojos azules. El sonido de su risa y la presión de su mano entre la suya. Todo estaba ahí, tan claro en su mente, como si su hijo se encontrara junto a ella, viéndola interponerse entre Teseo y Pentesilea, reclamando la flecha para sí misma.

CAPÍTULO 40

Pentesilea nunca se había paralizado en batalla. Los gritos de los heridos, el hedor de las vísceras derramadas o la visión de la sangre que brotaba de los mutilados y moribundos jamás habían resultado demasiado para ella. Nunca se había descubierto indecisa sobre el objetivo de su próxima flecha o en qué dirección blandir su hacha.

En cambio, había visto a muchos hombres quedarse paralizados; guerreros iguales a bestias, de piel aceitada y músculos relucientes, que se lanzaban hacia ellas entre gruñidos y con sus lanzas en alto, terminaban pasmados en su sitio mientras veían a sus amigos caer, uno por uno, a su lado. Algunos ni siquiera llegaban tan lejos. A menudo, la sola imagen de las amazonas precipitándose hacia ellos, y el suelo temblando por la fuerza de los cascos de sus caballos, bastaba para congelarlos de miedo. Con esos hombres, la cuestión nunca era si iban a morir, sino cuándo.

Sin embargo, en escasas ocasiones, una que otra mujer amazona se quedaba paralizada. Y no ocurría necesariamente con alguna de las más jóvenes, desacostumbrada a las imágenes y los ruidos del campo de batalla. A veces una mujer mayor se inmovilizaba ante la escena de un ser querido —tal vez una hija— sucumbiendo frente a ella.

Por supuesto, todas sabían que con la batalla venía la muerte, pero también eran humanas, después de todo. Podía recordar una docena de veces en las que se había visto obligada a gritar el nombre de una mujer para traerla de vuelta al presente.

Pero ella, nunca. Eso nunca le hubiera ocurrido a Pentesilea; una princesa, una reina, una hija de Ares. Nunca. Hasta ahora.

Un océano carmesí se esparció con rapidez por el suelo de mármol. Lo contempló con impotencia, sin poder cambiar nada en lo absoluto. Había visto la punta de su flecha atravesar el acero en la coraza de su hermana. Creía haber escuchado cada uno de los sonidos que siguieron: la punción de la piel, el crujido del hueso, el corazón siendo perforado.

Sin embargo, incluso mientras veía la escena desarrollarse frente a sus ojos, no podía creer lo que estaba sucediendo. Era incomprensible.

—Se fue...

La voz de Teseo pareció despertarla. Hipólita había caído de espaldas y él, de rodillas, había atrapado su cuerpo y lo acunaba entre sus brazos. ¿Por qué demonios la estaba mirando de esa forma?, se preguntó, mientras él apartaba suavemente el cabello que le había caído sobre los ojos.

—Aléjate de ella —gruñó Pentesilea, al fin encontrando su voz.

Teseo levantó la cabeza de golpe. Sin embargo, permaneció en su sitio, sosteniendo a Hipólita en un suave abrazo.

—¡Dije que te alejes de ella!

Pero él no se movió. Aunque no había lágrimas en sus ojos, su piel se había puesto del color de la ceniza. Su frente estaba profundamente arrugada y sus mejillas parecían haberse hundido en sí mismas. Lanzó una mirada breve a Pentesilea, y volvió a posar los ojos en Hipólita.

Con una rapidez digna de su linaje, Pentesilea se colgó el arco del hombro, sacó el hacha del cinturón y la levantó en el aire. Su corazón latía con tanta fuerza que casi le nublaba los pensamientos.

—Ya no queda nadie aquí para salvarte —dijo con voz áspera.

Sus manos temblaron, y el movimiento se magnificó en su hacha, recorriendo el mango hasta sacudir la hoja. En sus manos, las armas solían mantenerse tan rígidas como una roca. Esta, en cambio, trepidaba como si la blandiera un borracho de taberna. No importaba; encontraría la fuerza suficiente para impartir el castigo que él merecía.

Recuperando su firmeza y resolución, dio un paso hacia él.

De inmediato, las manos de Teseo se alzaron en el aire.

—¡Piensa en Hipólito! —gritó. En su voz, notó la misma urgencia que había escuchado en tantos hombres que se sabían a punto de morir—. Piensa en Hipólito. Si me matas, será como matarlo a él. Alguien lo matará para reclamar el trono de Atenas.

—No me importan ni Atenas ni el chico. Él no significa nada para mí.

El rey parecía turbado; las palabras brotaron de sus labios en tartamudeos.

—Lo entiendo. Pero tú te preocupabas por tu hermana, y él era su mundo. Él es la razón por la que Hipólita no regresaba contigo.

Y también es la razón por la que se sacrificó. No lo hizo para salvarme a mí, sino a él. Debes ser capaz de reconocerlo.

—Tus palabras embusteras no funcionarán tan fácilmente conmigo, rey Teseo.

Solo hacía falta un golpe; entonces, ¿por qué no lo había asestado aún? Dando un vistazo con confusión a su alrededor, posó la mirada sobre su hermana. Sus ojos permanecían abiertos, vidriosos, desenfocados; no obstante, sin importar cuánto cambiara su posición, estos parecían mantenerse fijos sobre ella. Y aunque ninguna luz brillaba en su interior, de alguna forma su mirada daba la impresión de estarla juzgando.

Al girar el hacha entre sus manos, sintió el aire escasear en sus pulmones y el sabor del hierro pesando sobre su lengua. Esos ojos. Tenía que cerrarlos, tenía que detener esa mirada acusadora. Sin embargo, era imposible moverse sin darle a Teseo la oportunidad de asestarle un golpe.

Como si hubiera leído sus pensamientos, Teseo se arrastró hacia atrás. Lo hizo con lentitud al principio, debido al peso del cuerpo sobre sus rodillas. Luego, con una agilidad que ella no había previsto, dio un salto y se puso de pie, dejando caer a Hipólita. Su cabeza crujió contra el suelo de mármol.

—Has perdido, reina Pentesilea —dijo con un gruñido—. Tus mujeres ya deben haber sido derrotadas para este momento. Y, si acabas con mi vida, estarás terminando con la tuya también, de una forma u otra. ¿Qué pensaría tu hermana de que arriesgues todo esto por nada? Pobre Hipólita, en verdad te extrañó tanto.

—¡No hables de ella! ¡No digas su nombre!

Las lágrimas le ardieron en los ojos y el hacha se sacudió en su mano. ¿Qué debía hacer? Nunca había conocido a su sobrino. ¿Por qué habría de sentir alguna pérdida con su muerte? Lo sabía sin sombra de duda. No era el hijo de una amazona cualquiera; era el hijo de Hipólita. ¿Podría vivir teniendo las manos manchadas con su sangre también?

Tomó la decisión en una fracción de segundo. Tal como Teseo había dicho, ahora ella era la reina. Y era su deber asegurarse de que las mujeres que quedaran con vida volvieran a casa, e Hipólita también.

Inclinándose, Pentesilea arrancó la flecha de su hermana y la tiró a un lado para cargar el cuerpo sobre su hombro. Su arco cayó al suelo en el proceso. Abandonó el arma sin pensarlo dos veces;

sería imposible usarla y, al mismo tiempo, mantener el equilibrio al cargar el cadáver de su hermana. Aún conservaba su hacha; eso tendría que ser suficiente.

—Adiós, reina Pentesilea —dijo Teseo, ofreciéndole una falsa reverencia—. Saluda a tus *grandiosas* guerreras de mi parte.

Afuera, la masacre había alcanzado proporciones monstruosas. Los atenienses eran tantos, que resultaba casi imposible distinguir a sus mujeres entre ellos. Los cadáveres, masculinos, femeninos y equinos, se apilaban uno sobre el otro, como si se hubiera formado una nueva capa de tierra. Uno de sus dos caballos galopaba sin rumbo, con flechas clavadas los muslos y los flancos. ¿Había sobrevivido alguna de sus mujeres? A dónde quiera que miraba descubría túnicas bordadas, cubiertas de sangre y mugre. Las amazonas nunca habrían emprendido la retirada sin una orden; y ni ella ni Hipólita habían estado ahí para darla. Tal vez, pensó con una ligera chispa de esperanza, Antíope habría tenido el sentido común suficiente para retirarse, así fuera solo para salvar a unas cuantas.

Varios hoplitas la vieron descender las escaleras del palacio. Sin embargo, ninguno hizo movimiento alguno para atacarla. No hacía falta; sabían que su única forma de salir era pasar de largo. Pentesilea dio un salto y aterrizó sobre la parte frontal del escudo de un soldado y el casco de otro, sujetando el cuerpo de Hipólita para evitar que sus extremidades pudieran derribarla al balancearse.

Con los hoplitas atestando el Areópago y las colinas circundantes, tenía que encontrar una alternativa para salir de la ciudadela. Recordó la puerta de Diocares, donde Melanipe estuve manteniendo su posición. Si lograba llegar hasta allá y encontrar un caballo, entonces podría regresar a casa y darle a su hermana el entierro que se merecía.

La atacaron desde todas direcciones, arrojando lanzas, blandiendo espadas. El peso adicional sobre su hombro alteraba su equilibrio; una sola flecha alcanzó a rasgar la tela de su túnica. La ira y la sorpresa hicieron hervir su piel; fue lo más cerca que un hombre había estado de asestarle un golpe jamás. Entonces, el instinto y los años de entrenamiento tomaron el control; levantó el hacha sobre ella y, de un solo golpe, separó las cabezas de los hombros de dos soldados.

—Los mataré a todos, si es lo que hace falta para irme de este lugar —gritó.

A pesar de eso, siguieron llegando. El ruido era ensordecedor: el choque interminable del acero, el golpe sordo de la carne, impactando contra el suelo de piedra cada vez que un hombre caía de bruces.

Tres hoplitas se acercaron: uno por la izquierda, otro por la derecha y uno más desde el frente, con la intención de atraparla. Normalmente, no habrían representado amenaza alguna para ella, pero el cansancio finalmente comenzaba a hacer sus estragos.

—Tal vez no te matemos de inmediato —dijo uno de ellos—. Creo que antes podemos divertirnos un poco contigo.

Pentesilea ajustó su postura para compensar el peso sobre su hombro. Primero, mataría al que tenía enfrente. Tan pronto lo derribara, los otros dos se lanzarían sin pensarlo. Se preparó para atacar. Pero cuando los hombres estuvieron a escasos metros de ella, sus ojos se abrieron de par en par. Un momento después, cayeron en rápida sucesión, cada uno con una flecha en el pecho.

—¡Mi reina! ¡Por aquí! ¡Melanipe aún mantiene abierta la puerta!

La mujer encontraba de pie, iluminada por los últimos rayos del sol. Tenía el rostro repleto de mugre y de sangre, y los ojos abiertos con una mirada de desenfreno, a pesar de lo cual Pentesilea nunca, en toda su vida, había visto a una mujer tan hermosa.

—Clete —susurró.

CAPÍTULO 41

El tiempo parecía haberse detenido. Ahora, nada podía hacerle daño. Era como si las dos mitades de su corazón roto se hubieran encontrado nuevamente, cosidas nuevamente por un hilo invisible. Clete seguía viva, con todo su esplendor. Aunque su escudo de medialuna estaba maltratado y repleto de abolladuras, se mantenía firme en su brazo. Su arco todavía vibraba por las flechas que acababa de disparar.

—¡Ven! ¡De prisa!

Mientras llamaba a Pentesilea, sus ojos se posaron por un momento en el cuerpo que cargaba sobre el hombro. Sin embargo, no dijo palabra alguna; en lugar de eso, le hizo un gesto a su reina para que se acercara, mientras continuaba arrojando más flechas a los hoplitas que tenían a su alrededor.

Lucharon juntas para llegar a la puerta, aunque la ferocidad del enemigo iba disminuyendo; sus soldados eran cada vez menos numerosos y, ahora que sabían que la victoria era suya, los hombres estaban menos dispuestos a arriesgar sus vidas.

A la distancia, algunos dispararon a las mujeres en una acción meramente defensiva. Otros se apartaron a toda prisa, contentos de permitir que se fueran, a cambio de que sus corazones podrían seguir latiendo un día más.

Pentesilea, por su parte, solo terminaba con quienes no le dejaban otra opción. No había logrado matar a Teseo, así que, ¿qué importancia tenían estos hombres? No habría gloria alguna en su muerte.

Con Clete a su lado, avanzaron a tropiezos entre los callejones, pasaron frente a edificios que se encontraban en llamas y por encima de puestos destrozados, iban escudriñando con la mirada cada grieta y cada rincón.

Una y otra vez, se estremeció cuando sus ojos se encontraron con los de las amazonas muertas, que la miraban desde el suelo. La mayoría había caído con sus armas entre las manos; todas ellas mostraban laceraciones profundas y oscuros moretones, fruto de haber luchado por sus vidas. No había nada que pudiera hacer por ellas; ni siquiera rezar.

Clete había sobrevivido. Debía haber más, se dijo Pentesilea. No podían ser las únicas. Pero incluso entonces, conforme el ritmo del combate se hacía más lento, no se atrevió a hacer esa pregunta. Ninguna de las dos habló hasta que la puerta surgió frente a ellas. Melanipe no estaba a la vista, pero el camino se encontraba casi despejado; los últimos hoplitas que bloqueaban el camino cayeron bajo sus espadas.

—Necesitamos caballos —dijo Clete—. Podemos dirigirnos al campamento en Ática. Ahí ordenaron las princesas que nos reuniéramos.

—¿Mis hermanas están vivas?

Las rodillas de Pentesilea temblaron ante la noticia, pero no había tiempo para regocijarse. En cualquier momento, Teseo podría dar la orden para que sus hombres abandonaran la ciudadela y fueran tras ellas.

—¡Aquí! ¡Aquí hay caballos!

Clete corrió hacia un olivo, donde cuatro potros de las amazonas luchaban contra las gruesas sogas que los sujetaban.

—Toma este —dijo, deshaciendo un nudo y lanzando la cuerda sobre la cabeza del animal.

Sin tiempo para mostrar el debido respeto, Pentesilea arrojó el cuerpo de Hipólita sobre su montura y se subió de inmediato. Los caballos siguieron el empinado sendero que serpenteaba por la ladera, lejos de Atenas.

En la distancia, los muros de la ciudadela se hicieron más pequeños y el sonido de los hoplitas celebrando su victoria se debilitó. Esta noche se daría un festín en Atenas. No solo para Teseo y su nueva esposa, sino para todos aquellos que habían sobrevivido para ver otro día. La idea hizo sentir enferma a la reina hasta la médula.

Se descubrió mirando continuamente a sus espaldas, aunque no sabía qué esperaba ver. Ni siquiera los soldados más veloces podrían alcanzarlas ahora. Tal vez deseaba que, de alguna manera, otras mujeres hubieran logrado escapar, que otras también se estuvieran retirando de la batalla por primera vez desde que fueron bendecidas por Ares.

El suelo, árido y quebradizo, se desmoronaba bajo los cascos de los caballos. El cielo estaba cubierto de nubes densas: era una enorme capa gris apenas penetrada por los rayos más delgados de la luz. De camino a matar a Teseo, la distancia desde Ática hasta Atenas le había parecido bastante corta. Ahora, aunque la ciudad resultaba apenas visible en la lejanía, no se sentía más cerca de su destino.

Pentesilea cabalgaba a poca distancia detrás de Clete. Normalmente viajarían lado al lado o sobre el mismo caballo, pero ese segundo sitio ya estaba ocupado. Más de una vez, las palabras se formaron en la punta de su lengua, pero se las volvía a tragar. Quería dar gracias a los dioses por perdonarle la vida a Clete, por el amor que la había hecho volver para ayudarla a escapar con Hipólita entre sus brazos. Pero parecía inapropiado, incluso insultante o egoísta, sentir aquel destello de alegría cuando tantas mujeres lo habían perdido todo.

A medida que se acercaban a Ática, redujeron la velocidad al trote. Cuando sus tiendas aparecieron a la vista y avanzaron con dificultad hasta el campamento, se encontraron con una escena que habían presenciado muchas veces antes, pero nunca a esta escala ni mucho menos con sus propias guerreras. Cientos y cientos de amazonas yacían heridas en fila frente a ellas, de las cuales muchas sabían que su fin estaba cerca.

Los ojos de Pentesilea se anegaron de lágrimas con el hedor que subió hasta ellos, antes de atorarse en su garganta y provocarle náuseas. Las mujeres que estaban en condiciones corrían de un lado a otro, haciendo lo mejor que podían por el resto. Pero era imposible atender a todas las que requerían ayuda. De todos modos, sabían que gran parte de sus esfuerzos serían en vano. Usualmente se alejaban cabalgando de esos lugares, dejando atrás a los muertos y moribundos de su enemigo derrotado, satisfechas con la devastación que habían causado. Pero nunca había visto uno de esos campamentos repleto con sus propias mujeres.

—¡No! ¡No!

Si bien el grito vino de la sombra en la puerta de una tienda cercana, Pentesilea no necesitó mirar a la persona para reconocer su voz. Un segundo después, Melanipe corrió hacia el frente, con ambas manos entrelazadas sobre la boca.

—No. No puede ser posible. ¿Cómo? ¿Cómo demonios...?

Cuando su hermana llegó hasta su caballo, Pentesilea dejó caer el cuerpo de la reina en los brazos de Melanipe.

—¿Cómo sucedió esto?

Aunque la pregunta se repetía una y otra vez en su mente, no logró emitir ningún sonido como respuesta. Un espeso bulto se le había formado en la garganta. Hipólita era hija de Ares; una mujer que había vivido su vida con tanta energía y determinación, que ningún hombre podría haber extinguido jamás la chispa vital que habitaba en su interior. En realidad, ningún hombre lo había hecho.

Unas manos la sostuvieron para ayudarla a bajar al suelo. Entonces, como cuando se enfrentó a Teseo, la asaltó la incapacidad de formar un solo pensamiento coherente. Se dejó guiar hasta donde Melanipe lloraba sobre el cuerpo de su hermana muerta, enterrando la cabeza en su pecho; su propia túnica se había manchado tan profundamente de sangre que era imposible distinguir uno solo de sus patrones.

El tiempo fluía a su alrededor. Lo único que Pentesilea podía hacer era mirar. Los dedos de Clete se habían entrelazado con los suyos, ofreciéndole todo el consuelo del que era capaz. En cualquier momento, Melanipe descubriría la herida en el pecho de Hipólita y, entonces, reconocería qué flecha la había causado. Le echaría la culpa a Pentesilea, y con toda razón. Y entonces... solo los dioses sabían qué sucedería a continuación.

—¿Dónde está Antíope? —dijo Pentesilea al fin, sabiendo que solo sería capaz de pronunciar esas palabras en ese momento—. Ella también debería estar aquí. ¿Dónde está?

Melanipe alzó la cabeza del cuerpo de Hipólita; tenía los ojos tan inyectados de sangre que no quedaba ni un poco de blanco en su interior. Miró a su hermana por un instante, luego dejó de sostener su cabeza y sacudió su cuerpo una sola vez. Entonces rompió a sollozar de nuevo.

Pentesilea cayó de rodillas.

—¡No! ¡No puede ser! ¡No es posible! ¡No Antíope, también!

Los gritos de ambas mujeres resonaron entre las laderas que rodeaban el campamento. Desde una distancia respetuosa, un pequeño grupo de las que todavía podían mantenerse de pie las observaban.

—Había tantos soldados —tartamudeó Melanipe—. Podíamos verlos amontonándose a su alrededor, pero sabíamos que, si íbamos en su auxilio, perderíamos ambas puertas. Ella hizo todo lo que pudo. Acabó con tantos de ellos. Pero la rodearon desde todas las direcciones.

Las imágenes se arremolinaban en la mente de Pentesilea. Antíope había estado en situaciones semejantes muchas veces antes. ¿Por qué estos hombres habían tenido éxito donde tantos otros fracasaron? ¿Por qué los dioses habrían permitido que eso sucediera? Un miedo crudo e insondable se apoderó de ella.

—¿Qué hacemos? —preguntó—. ¿Qué hacemos ahora?

CAPÍTULO 42

Mientras Clete y Melanipe se concentraban en las heridas, Pentesilea montaba guardia en espera de cualquier otra mujer que viniera de regreso. En cuanto alguna aparecía en el horizonte, cabalgaba para prestarle su ayuda. Y si bien algunas mujeres llegaron, al principio lo hicieron en pequeñas cantidades; casi siempre en parejas, sosteniéndose la una a la otra mientras cojeaban hacia el campamento. Algunas de ellas, amoratadas y con desgarraduras de pies a cabeza, se esforzaban por hablar luego de todos los horrores que habían soportado. Muy pocas volvieron ilesas; casi todas se encontraban tan heridas que era riesgoso trasladarlas al Ponto de inmediato.

—Tenemos aliados en Macedonia. Podríamos llevarlas ahí. Serían tan solo dos o tres días de viaje —sugirió Melanipe.

—Dos o tres días más de los que son capaces de sobrevivir —respondió Pentesilea—. Además, ¿quién podría auxiliarnos ahí? Muchos de sus soldados murieron con nosotras. Ahora, ningún rey querrá darnos la bienvenida.

—No podemos quedarnos aquí.

—Tenemos que hacerlo. Además, debemos esperar al resto. Vendrán más.

Pronunció esas palabras con total confianza, ignorando las miradas que, sabía, Clete y Melanipe estarían intercambiando.

Tenían que haber más supervivientes. Habían sido casi tres mil y ahora, entre las heridas y las que seguían en pie, quedaban apenas unos cientos.

Sí, vendrían más. Quizá algunas se estuvieran escondiendo entre las ruinas de la ciudad, esperando recuperar la fuerza suficiente para intentar escapar.

Pentesilea esperó cuatro días y cuatro noches. Decidió que intentarían huir por la noche, al amparo de la oscuridad y cuando hubiera menos personas cerca, así que, con el amanecer de cada día, se sentía especialmente alerta y esperanzada.

La quinta noche, Clete se acercó para sentarse junto a ella.

Hipólita percibió, una vez más, aquel aroma a granadas que hacía tiempo había desaparecido de su vida.

—Dime algo, mi reina.

Pentesilea se estremeció.

—No me llames así.

—Te llamé reina cuando nos guiaste en el pasado, como lo hizo toda mujer amazona. Y ahora definitivamente lo sigues siendo.

Miró fijamente el fuego de su pequeña fogata, hecha solo de ramas y hojas secas. Crepitaba, arrojando chispas diminutas por el aire. Si tan solo hubiera sabido todo lo que terminaría por suceder tantos años atrás, cuando Teseo llegó a sus costas con Heracles. Al demonio con la *xenía*; le habría cortado la garganta en ese mismo instante. La ira de los dioses no podría haber sido peor que esta miseria.

—No sé qué se supone que debamos hacer ahora —dijo en voz baja.

Clete tomó su mano.

—Reconstruir. Regresaremos a Temiscira y comenzaremos de nuevo.

—¿Y si no lo logramos?

—Lo lograremos.

—No creo ser capaz.

A excepción de todas las que fueron abandonadas en Atenas, incluida la princesa, era necesario enterrar a las muertas ahí mismo, en las colinas del Ática. Todas las mujeres amazonas merecían ser sepultadas en su tierra natal, entre las suaves laderas verdes de las estepas, bajo las alas de las águilas y un cielo interminable. Sin embargo, ese no sería su destino; ni siquiera el destino de su reina.

—La reina encontrará a Antíope y la guiará hasta el inframundo —dijo alguien cuando colocaron a Hipólita en la tierra, acompañada de los objetos que podría necesitar en el inframundo: un arco, un escudo y su coraza. En ese momento, Pentesilea pensó en el cíngulo, el cinturón que Heracles le había arrebatado a Hipólita. También tendría que haberlo tenido. Era un regalo de su padre y debía llevarlo consigo en su travesía al inframundo.

—Cuéntame lo que sucedió —le pidió Clete en voz baja.

Pentesilea siguió mirando las llamas con fijeza. Se había sentado tan cerca que el calor le quemaba la piel y, sin embargo, no podría importarle menos. Cuando bañaron y vistieron el cuerpo de Hipólita, Melanipe alcanzó a ver su herida; rehuyó la mirada de Pentesilea, evitando decir palabra alguna al respecto, tal vez porque la forma de su muerte no cambiaba el resultado. Pero la verdad de lo que había hecho seguía ardiendo en su interior.

—Ya sabes lo que pasó —susurró.

Clete asintió con lentitud.

—Fue tu flecha —dijo—. Tu flecha la mató.

—No fue solo mi flecha. Fui yo. Fui yo quien la mató.

Al decir esto, intentó liberar su mano del agarre de Clete y ponerse de pie, pero su amante la sujetó, obligándola a darse la vuelta para mirarla. ¿Realmente era ella la semidiosa y Clete una mera mortal? Sintió que debía ser al revés: en ese instante, su piel refulgió tan luminosamente junto al fuego, que la mujer parecía ser un regalo del mismísimo Helios.

—Debes hablar de ello. Debes dejar ir esta carga que llevas encima. Por favor, mi reina. Temo por ti.

—¿Temes por mí? —preguntó, con una risa casi histérica—. En el nombre de los dioses, ¿por qué temerías por mí? Soy la única en este lugar que se mantiene de pie sin una sola herida. Sin un rasguño siquiera.

—¡Pentesilea, dímelo!

—Todas estas mujeres a las que te esfuerzas tanto por salvar... sabes bien que algunas de ellas nunca volverán a caminar, mucho menos a montar sus caballos. Solo estamos aquí esperando a que mueran. Si yo fuera una verdadera reina, las mataría mientras duermen.

Su voz se había elevado; se escucharon susurros en el campamento a sus espaldas. A pesar de ello, Clete permaneció en calma, serena, con los ojos fijos en Pentesilea.

—Dime qué pasó —repitió con lentitud—. Dime cómo podemos arreglar esto por ti.

La risa se escuchó de nuevo. Esta vez, fue más amarga.

—No puedes arreglar esto. Nadie puede. Ella eligió salvar a Teseo. Y *yo* la maté con *mi* flecha. Con la flecha que estaba destinada para él.

Era la primera vez que pronunciaba estas palabras en voz alta, y aun así, el dolor en su pecho no se alivió, se intensificó.

—Tuvo que haber sido Teseo. La flecha era para él —sollozó, tomando grandes bocanadas de aire.

Las lágrimas brotaron de sus ojos y corrieron en una cascada por sus mejillas.

—Silencio. Tú no tienes la culpa —le dijo Clete, jalando su mano. La abrazó con fuerza y la meció suavemente entre sus brazos, como si fuera una niña pequeña que no hubiera hecho más que romper un ánfora de cerámica—. Tú no tienes la culpa.

—Sí, sí la tengo. Nunca debí guiarnos a esta maldita guerra. La alenté a buscar venganza, cuando claramente eso no era lo que ella quería. Tengo la culpa de todo.

Y ahí estaba la verdad que no se había permitido pronunciar. No era solo que fuera responsable del sacrificio de Hipólita. *Ella* había fomentado esta guerra, casi había insistido en ella. ¿Cuántas veces había tratado su hermana de disuadirla? ¿Cuántas veces le habló del tamaño del ejército ateniense, de los medios con los que contaban, por no mencionar la profunda crueldad de Teseo? Pero había sido demasiado terca y testaruda, estaba demasiado enamorada de su propia reputación como para admitir que las amazonas pudieran ser derrotadas.

—Podemos recuperar nuestras fuerzas. Ya nos ayudaste a hacerlo una vez. Lo harás de nuevo —le dijo Clete.

Pentesilea negó con la cabeza.

—En aquel entonces era distinto. Mira quiénes quedan. Incluso si todas las mujeres aquí sobreviven el regreso al Ponto, cosa que no ocurrirá, ¿cuántas serán capaces de cabalgar con los gargarios de nuevo, o engendrar una hija que nazca sana y fuerte? Estamos perdidas. Lo he arruinado todo. He destruido el legado de mi padre. El legado de mi madre. El de mi hermana. Y Teseo sigue con vida.

Sí, Teseo seguía con vida. Su cuerpo tembló de rabia mientras alargaba los dedos, ansiosa por encontrar un arma.

—Debí haberlo matado hace mucho tiempo atrás. —Entonces, se dio cuenta—: eso es lo que debo hacer. Iré sola.

Imaginó la sangre de Teseo acumulándose en los pisos de mármol. No mostraría moderación; no habría clase alguna de honor en su muerte. Lo destruiría.

—No lo harás —le dijo Clete con firmeza, impidiéndole levantarse.

—Lo haré, debo hacerlo.

—No. Piensa: Hipólita quería que esa flecha la alcanzara —dijo con más suavidad—. Se dejó matar porque sabía que, si Teseo moría, Hipólito se vería obligado a vengar su asesinato. Sabía que él iría por ti. Tal vez no de inmediato, pero, con el tiempo, sin duda lo haría. Por eso lo hizo. Para protegerte a ti, su hermana. Y también a su hijo. Así que, si quieres proteger su legado, ten eso en mente.

Entonces el silencio se posó entre ellas y, en esa calma, comprendió que Clete decía la verdad. Aun si Hipólito no significaba nada para ella, había sido el mundo entero de Hipólita. Así que eso era todo. Teseo escaparía ileso, sin un solo rasguño, mientras que el cuerpo de Hipólita yacía frío bajo tierra.

—No es justo —susurró—. Esto no es justicia.

—Lo sé, amor mío. Lo sé.

El fuego se consumió hasta convertirse en un suave resplandor ambarino; sin embargo, ninguna de las mujeres se movió para reavivarlo. Envuelta en los brazos de Clete, Pentesilea siguió llorando con suavidad, hasta que no le quedaron lágrimas para derramar.

—Ahora debes dormir —le ordenó Clete, como si Pentesilea fuera una niña cuyo padre gentil la mandaba a la cama—. Apenas has descansado desde que terminó la batalla. Esta noche yo haré guardia. Si llegan más mujeres, iré a buscarte.

Con eso, le plantó un beso en la coronilla y, como si fuera una niña, Pentesilea se puso de pie obedientemente y se retiró a su tienda.

Ninguna otra mujer llegó esa noche, ni al día siguiente. Y aunque durante ese tiempo perdieron a varias más en el campamento, otras se recuperaron hasta que lograban ponerse de pie y algunas incluso montar a caballo.

—Ahora deberíamos regresar a Temiscira —sugirió Melanipe.

—Temiscira es demasiado grande para defenderla —respondió Pentesilea—. Con nuestras tropas así de reducidas, no podremos protegerla ni apostar vigías a lo largo del territorio. Podemos enviar un mensaje a las que siguen ahí para que reúnan a las niñas y se dirijan al sur.

La ausencia de Hipólita y Antíope se hacía palpable. Las dos hermanas restantes no eran suficientes para mantener discusiones productivas. Cuando tenían opiniones encontradas, no había ninguna mujer de rango que pudiera tomar partido, producir una mayoría, explicar o reforzar ciertas ideas o agregar un tercer contraargumento en el que no hubieran pensado antes. Por lo tanto, había sido necesario formar una especie de tribunal, incluyendo en sus conversaciones a las supervivientes más fuertes. Clonia, Polemusa, Amina y Dorímaque estaban entre ellas.

—Hay seguridad entre nuestros muros —continuó Melanipe, sin estar del todo convencida—. Conocemos los caminos de la ciudad como la palma de nuestra mano. Si nos atacan, podremos esquivar y confundir a los intrusos mientras nos mantenemos en movimiento.

—O podrían simplemente bloquear las puertas y matarnos de hambre.

Tal como Pentesilea lo pudo haber predicho, Melanipe sacudió la cabeza en desacuerdo.

—Eso no sucederá. Teseo nos dejó ir. Podría haber enviado a sus hombres para perseguirnos y terminar el trabajo que empezaron. No ha mostrado señales de querer tomar represalias. Tenemos que reparar las relaciones con nuestros aliados. Para eso, es vital que permanezcamos en Temiscira, donde pueden encontrarnos y enviar su llamado una vez que estemos listas para luchar de nuevo.

—Por favor, hermana. Sabes tan bien como yo que, en el pasado, hemos librado batallas que bien podrías haber ganado tú sola, sin ayuda de nadie. Las amazonas volverán a levantarse con fuerza, si nos lo permites.

Sus palabras eran casi un eco de las que le había dicho Clete. Esta vez, sin embargo, se percató de algo nuevo: una línea clara de pensamiento que le sugería lo que era necesario hacer.

CAPÍTULO 43

La culpa se agitaba en su interior a medida que guiaba a su caballo en silencio lejos del campamento. El viento, gélido y cortante, laceraba su piel mientras la fuerza de una brisa marina crecía a su alrededor, como si fuera la marea misma. Tal vez eso ayudaría a contrarrestar el hedor que se aferraba a su cuerpo y a sus prendas; el olor de la muerte y de la descomposición de todas aquellas a las que habían enterrado en los últimos días. Tantas tumbas. Tenía las manos sucias y las uñas ennegrecidas, las cuales reflejaban su estado de ánimo.

Había relevado la guardia de Enquesimargos, una guerrera casi tan famosa por su habilidad con la lanza como lo era Pentesilea por la suya con el hacha. Alguna vez había liderado a sus propias mujeres; era una nómada del mayor renombre. En Atenas, no obstante, le habían hundido una lanza en el hombro del brazo que usaba para tirar.

Al sacar su arma, el hoplita desgarró el músculo del hueso, dislocando la articulación tan gravemente que había quedado del todo inútil. Mientras caía al suelo, una de sus compañeras la atrapó y, de alguna manera, la ayudó a retirarse a un lugar seguro, donde logró detener el flujo de sangre. A todas les parecía un milagro que hubiera sobrevivido.

En la seguridad del campamento, Enquesimargos entraba y salía de la inconsciencia. Cuando al fin recuperó el conocimiento, una oscuridad había nublado sus ojos y hablaba entre monosílabos. Claramente hubiera preferido que su salvadora la dejara morir. Porque, ¿qué sería de ella ahora? Pentesilea podría haber reflexionado sobre el futuro que le esperaba a esta mujer, así como a todas aquellas que compartían su situación. Pero si ni siquiera había logrado discernir su propio camino, mucho menos podría preguntarse por el de cualquier otra persona.

Aguardó hasta que Enquesimargos regresó a su tienda y, luego, esperó un poco más todavía, calculando cuánto tiempo le llevaría quitarse las armas de encima, acostarse sobre el suelo y quedarse dormida. Entonces regresó a su propia tienda y tomó su morral de donde lo había dejado, justo en la entrada.

Había prometido montar guardia durante esas últimas horas entre la noche y el alba, cuando la luna de Selene se debilitaba ante el brillo del sol de Helios. Alertaría si los hombres de Teseo se acercaban o si alguna de sus mujeres estaba de vuelta. Le había dicho a Clete que se quedaría ahí hasta el amanecer. Pero ¿qué nadie se había percatado de que Penteselia ya no era una misma con la verdad, de que sus promesas habían perdido todo su valor? ¿Acaso no había jurado que su asalto a Atenas sería una victoria total? ¿No había prometido que matarían a Teseo? Y, en lugar de todo eso, había condenado a las poderosas amazonas al olvido y la leyenda.

Pentesilea se alejó con lentitud sobre su caballo, siguiendo un sendero donde apenas quedaba un trozo de tierra sin remover. Esa tierra extranjera había sido plantada en numerosas ocasiones; sin embargo, ya no habría más cosechas.

Pasó primero por Beocia, luego por el monte Parnaso y continuó hacia Tesalia. Cuando la asaltaba el hambre, se hacía con lo que pudiera encontrar; bayas, sobre todo, y en ocasiones algún conejo que asaba en una fogata diminuta, afilando su hacha mientras esperaba a que se cocinara.

Para ese momento, Melanipe se habría despertado para descubrir su ausencia; entonces sabría que las mujeres habían quedado bajo su mando. Les ordenaría empacar sus pertenencias, guardar las tiendas y seguirla de vuelta a casa. Cabalgarían a través de Tracia y alrededor del Mar Negro hasta las exuberantes estepas del Ponto. Y mientras el corazón de Pentesilea anhelaba ver esa suave y ondulante pradera, esos ríos caudalosos, siguió de camino al norte.

Su plan era cabalgar tan lejos de Atenas y de Temiscira como la llevara su caballo. Luego, perdería la cabeza y, con suerte, la vida en el calor de una última batalla. No tenía importancia a qué bando perteneciera o con qué motivo, solo importaba que pudiera pelear. Pero la lucha que encontró, cinco días después de haber iniciado su viaje, no tuvo lugar en un campo de batalla sino en una pequeña granja, unos kilómetros al este de la costa, en Epiro.

Ahí, la tierra era verde y las crestas de las pequeñas colinas se alineaban como ondas en el agua. Los campos no habían sido plantados únicamente con vides y olivos, como en las tierras cercanas a

Atenas, sino también con frutos cítricos: naranjas, limas y limones. Su fresco aroma era embriagador.

Se había detenido para arrancar un montón de naranjas para su viaje cuando comenzaron los gritos. No eran nada nuevo para ella; prácticamente había sido criada con esa clase de sonidos. Pero había algo diferente: era una sola voz y, además, era un grito de desesperación. Dejó caer la fruta y saltó sobre su caballo, clavándole los talones con tanta fuerza que este se encabritó antes de salir corriendo.

Las construcciones encaladas de la granja se hallaban al otro lado de un muro bajo. Las vides cercanas formaban un dosel tan denso que la luz del sol no alcanzaba a penetrarlo y, en el centro del pequeño patio, había una fuente de la que brotaba el agua de un manantial natural. A la derecha de la casa de campo, las cabras balaban con estruendo en su cercado. Justo detrás se alzaba una estructura parecida a un granero. Parecía tranquilo; el tipo de lugar en donde un recluso podría encontrar su tan anhelada soledad. Pero precisamente de ahí venían los gritos.

Bajó del caballo, comprobó la posición del arco en su espalda, tomó su hacha y caminó en silencio hacia la casa. No sentía golpeteo alguno en el pecho; solo la determinación de que, sin importar qué estuviera ocurriendo entre esas paredes, ella le daría fin.

Ahora, pudo identificar que el ruido provenía de una persona joven, llena de desesperación. Por mucho que rezara por estar equivocada, sabía lo que encontraría tan pronto entrara en la construcción. Una joven, poco más que una niña, estaba siendo inmovilizada contra una de las paredes encaladas. Dos hombres la sujetaban mientras un tercero se encontraba de pie frente a ella. La joven se retorcía, dando gritos y patadas, intentando escapar de su control. Pero no tenía adónde ir. Seguramente se había dado cuenta de eso, pensó Pentesilea, distrayéndose por un instante, pero no dejaba de luchar contra ellos.

Sin dudarlo un segundo más, Pentesilea levantó su arco y tomó una flecha de su aljaba con la misma facilidad con que uno se encoge de hombros. Colocó la flecha antes de dar otro respiro siquiera y, al mismo tiempo, se dio vuelta y disparó. El hombre del centro, el que estaba imponiéndose a la joven, fue el primero en caer. Se desplomó al suelo mientras los gritos alcanzaban un nuevo crescendo. En cuanto el segundo hombre se giró, recibió una flecha justo en el pecho. El tercero abrió la boca, como a punto de decir algo, antes de caer junto con el resto.

Dos hombres más llegaron corriendo desde la parte trasera de la casa. Llevaban cuchillos en las manos, así como la ira y la sorpresa escritas en el rostro. Blandieron sus débiles armas en el aire, aferrándose a bolsas que tintineaban con lo que claramente acababan de robar. Cuando Pentesilea atravesó sus vientres con el hacha, la plata y las joyas se derramaron por el suelo. No eran soldados. No llevaban corazas ni clase alguna de protección; su carne flácida se abrió al igual que un queso blando.

Una vez que acabó con los cinco, Pentesilea se movió para recuperar sus flechas de los primeros tres. Aunque los hombres estaban muertos, la joven aún estaba contra la pared.

—Mi hermana —jadeó en busca de aire—. El granero... Un hombre... se llevó a mi hermana al granero.

CAPÍTULO 44

Tan pronto la joven cayó de rodillas, dando arcadas y sollozos, Pentesilea giró sobre sus talones y salió corriendo de la casa. A pasos largos, saltó el muro tan fácil como si fuera una grieta en el suelo.

Las puertas del granero estaban abiertas de par en par. En su interior, estaba la muchacha sobre el suelo y, justo encima, un hombre gruñía mientras la embestía. Cuando los alcanzó, Pentesilea pudo oler vino en su aliento, tan intenso que podría estarse filtrando por sus poros.

En un movimiento rápido, deslizó el hacha sobre su cabeza ocasionándole un corte a lo largo de la columna que lo partió en dos. La sangre salpicó el aire mientras el hombre se precipitaba hacia el frente, dejando caer todo su peso sobre el pecho de la muchacha. Entonces, no hubo más gruñidos ni embestidas.

Con una fuerte patada, Pentesilea lo empujó lejos de la joven, quien tenía el cabello lleno de paja y de tierra. Le sangraban los labios partidos, su ojo derecho estaba tan hinchado que apenas lograba mantenerlo abierto.

—¡Aikaterini!

La muchacha más joven corrió hasta su hermana, dejándose caer en el suelo al tiempo que la mayor la atraía hacia sus brazos. Se estrecharon entre sollozos.

Verlas de esa forma trajo una imagen a la mente de Pentesilea. Todo era tan similar: el par de mujeres en el suelo, el abrazo tan estrecho, sus cuerpos repletos de sangre. Y, sin embargo, estas dos vivían.

De pronto, sintió como si la humedad hubiera aumentado y el aire se volviera más espeso. De alguna manera, el jadeo que momentos antes había afligido a la más joven se había transferido a Pentesilea. Necesitaba aire. Aire frío. De hecho, necesitaba estar de nuevo sobre su caballo, galopando lejos de ese sitio. Pero en cuanto se dio la vuelta para irse, una voz a sus espaldas la llamó.

—Por favor, espere —gritó la muchacha llamada Aikaterini, poniéndose de pie—. Gracias. Ellos nos habrían... nos habrían matado a nosotras también... como a nuestra madre... y a nuestro hermano.

Con cada palabra, la voz de la niña temblaba tanto que el aliento parecía escaparse de sus pulmones. Al cabo de un instante, lo intentó de nuevo.

—Quédese con nosotras —suplicó—. Por favor. Puede que haya más de ellos. Puede que regresen.

—No regresarán.

—Eso no lo sabemos. Ya han venido otros antes. Pero mi padre siempre había logrado expulsarlos. ¡Por favor!

—¿Dónde está su padre ahora? —preguntó Pentesilea—. ¿Hay un hombre en la casa que las pueda proteger?

Sintió náuseas al oírse hablar de esa manera, como si un hombre pudiera ser su única fuente de protección. Sin embargo, a juzgar por la palidez en la piel de las niñas y por la falta de callos en sus palmas, no eran del tipo que supiera utilizar azadas o palas, mucho menos espadas o lanzas. Una granja como esta, con esa cantidad de plata acumulada, sugería que algún día su padre ofrecería una dote generosa por ellas —si es que no lo había hecho ya—, cediéndolas al próximo hombre en sus vidas. No, estas niñas nunca sabrían cómo pelear.

—Nuestro padre y nuestro hermano salieron de viaje a Dodona. No regresarán sino hasta dentro de al menos una semana. Por favor, por favor, quédense con nosotras. Ahora estamos solas. Podemos darle dinero, o plata, si lo prefiere. Y comida. Por favor, por favor. Lo que pida, puede tomar lo que desee.

La niña estaba temblando. Apretaba las manos con tanta fuerza que sus nudillos se estaban poniendo blancos. La hermana menor no dejaba de aferrarse a su túnica.

—Deberían poder encontrar la forma de protegerse —dijo Pentesilea, dándose la vuelta.

Apenas había dado dos pasos cuando sintió que la tomaban por la parte trasera de su túnica. Actuando por reflejo, se giró con una flexión de los músculos. La niña permanecía de pie frente a ella, sin pestañear; los ojos abiertos y relucientes al tiempo que la muerte frenaba a unos milímetros de su cuello.

—Por favor —suplicó—. Por favor, enséñenos a hacer eso.

La sangre pulsaba con fuerza en sus venas; un ardor recorrió su pecho y sus brazos hasta la punta de sus dedos. ¿Cómo era posible que una chica de campo pudiera ser así? Tan débil, tan incapaz de defenderse. Y, sin embargo, ni siquiera se había turbado frente a la hazaña de su hacha.

—No soy una maestra —dijo Pentesilea, girándose otra vez.

Pero Aikaterini se abalanzó hacia el frente, bloqueando el paso de Pentesilea y aferrándose a su ropa.

—Por favor, enséñanos algo. Cualquier cosa. Si vuelven, no sobreviviremos.

—Sobrevivir no es siempre el regalo que crees que es —respondió, alzando su túnica de un tirón.

La joven cayó al suelo, derrotada al fin.

Sin quererlo, los ojos de Pentesilea volvieron a posarse sobre los de la más pequeña; la miraban fijamente, sin pestañear, tal como lo habían hecho los de su hermana En su interior, alcanzó a distinguir una oscuridad que se arremolinaba y casi le pareció un reflejo de la suya propia.

—Lo siento. Como te he dicho, no soy una maestra.

Bajó la mirada y salió a la luz del sol. Arrancó una lima del árbol en su camino, antes de montar su caballo y seguir cabalgando.

Viajó durante media jornada sin apenas fijarse en la posición del sol, permitiendo que el animal eligiera el camino casi con tanta frecuencia como ella. Por primera vez desde que había dejado Ática, sus pensamientos no estaban fijos en Hipólita; la flecha atravesando a su adorada hermana había dejado de ser la única imagen en su mente. Se habían sumado otras: Aikaterini y su hermana pequeña, la misma que se había enfrentado a esos hombres con uñas y dientes, como si fuera un animal salvaje y que, al ser liberada, tan solo había podido pensar en su hermana. Por más que Pentesilea se intentaba distraer, su mente se negaba a apartarse de ellas. Su hermano y su madre estaban muertos. Esas jóvenes tendrían que hacerse cargo tanto de sus cuerpos como de los hombres que las habían atacado.

Si más hombres venían, las jóvenes no lograrían sobrevivir. Podría ser incluso peor, si tal cosa era posible; pagarían por lo que había hecho Pentesilea. El murmullo de un arroyo cercano capturó su atención y, en su primer acto deliberado desde que dejó la granja, Pentesilea guio a su caballo hacia él. Se sintió agradecida de que este obsequio llegara justo cuando su odre estaba próximo a vaciarse y el sol, a punto de reclamar su cénit en el cielo.

El arroyo era más pequeño de lo que esperaba; se trataba más bien de un riachuelo, con un lecho rocoso que tornaba el agua blanca como la espuma. A pesar de ser angosto, se movía con rapidez y lo sintió gélido cuando tomó un poco con las manos para beberlo. A su lado, el caballo frunció los labios y bebió hasta saciar su sed. Se quedaron un rato ahí; el murmullo del agua y el trino de los pájaros sobre su cabeza casi bastaron para ahogar sus pensamientos.

Se dijo a sí misma que no había nada especial en esas niñas. Probablemente, ambas se casarían en los años siguientes y darían a luz a más mujeres idénticas a ellas: débiles, endebles. Más jóvenes que no sabrían usar una espada o defenderse por sí solas. Y ella no podía instruir a todas. No podía salvarlas a todas. Además, la mayoría no tendría interés alguno en luchar.

Pero esas dos hermanas habían pedido su ayuda. A esas dos sí podía salvarlas.

Esperó un poco más. Cuando su caballo bebió un poco más, Pentesilea llenó su odre. Por primera vez en todos esos días, cabalgó con un destino claro en la mente.

En la granja, parecía como si el tiempo se hubiera detenido en el instante preciso en que Pentesilea se fue. Aunque los cuerpos de los hombres que había asesinado estaban rodeados de moscas, se hallaban en la misma posición en la que quedaron cuando terminó con sus vidas. El olor a muerte se hacía más espeso. Pronto, se convertiría en un fétido telón de fondo para el aroma de las tierras de cultivo a su alrededor.

Esta vez, Pentesilea descubrió a la madre y al hermano de los que había escuchado hablar. Estaban apartados en un rincón de la habitación; eran más jóvenes de lo que esperaba. La mujer había recibido cortes en las manos y los brazos, en un intento de proteger a su hijo bloqueando los cuchillos de los hombres. La suya, pensó Pentesilea, había sido una muerte admirable.

Sin embargo, entre todos los cuerpos, no pudo encontrar a Aikaterini y su hermana. Ciertamente no habían hecho ningún intento por limpiar el desorden o preparar los cuerpos para el entierro, aunque tal vez no sabían cómo hacerlo. Decidida a revisar el granero, se estaba dando la vuelta cuando un pequeño sonido, no más fuerte que el chirrido de un ratón, la obligó a detenerse. Provenía de detrás de una puerta de madera, la cual probablemente conducía a la despensa.

Se acercó con lentitud. Tanto el miedo irradiado desde atrás como la tensa atmósfera a su alrededor eran palpables y, juntos, se expandían hasta mantener al mundo entero en silencio. Dio otro paso al frente y el piso crujió bajo sus pies.

Cuando abrió la puerta, su corazón casi se rompió. Las dos muchachas se habían agazapado lo más atrás posible. La más joven estaba sentada detrás de su hermana, gimiendo, con los brazos alrededor de sus rodillas mientras se balanceaba de adelante hacia atrás. Aikaterini se puso de pie con un salto, blandiendo un pequeño cuchillo oxidado, sin filo. En la penumbra del armario, sus pupilas se abrieron tanto que sus ojos parecían no tener color en lo absoluto. Su mano temblaba y el cuchillo se sacudía con tanta violencia, que era un milagro que pudiera sostenerlo. Cuando notó que se trataba de Pentesilea, se arrodilló y hundió la cabeza entre las manos.

—Me quedaré una sola noche, eso es todo —dijo—. Y si no escuchan lo que tengo que decirles, me iré antes de eso.

CAPÍTULO 45

El tiempo en la granja se pasó más rápido de lo que ella imaginó; el simple hecho de tener un propósito mantenía su mente ocupada de una forma mucho más positiva.

Después de todo, aquel día no hubo ningún entrenamiento. Era necesario lograr que Calista, la más joven, accediera a salir de la despensa. Por más pequeña que fuera, también era combativa; hundió los talones en el suelo de piedra como si se tratara de lodo, aferrándose a los estantes de madera hasta que las astillas le desgarraron la piel. Apestaba a orina y se había ensuciado la ropa. Al verla, Pentesilea pensó en una cachorra; la más pequeña de la camada, aquella que no haría más que languidecer junto a la teta de su madre y negarse a comer. Aquella para la cual su dueño elegiría un chapuzón en el río dentro de una bolsa de arpillera como el destino más compasivo posible.

Si una niña se hubiera comportado de esa forma en Temiscira, Pentesilea la habría sacado a rastras antes de arrojarla al suelo. Entonces la habría obligado a limpiar su desorden, a disculparse con aquellos a quienes había molestado y después, la habría hecho trabajar más duro que antes. El entrenamiento de las niñas amazonas era extenuante, pero gracias a él, nunca tendrían que enfrentarse a lo que Calista y Aikaterini habían soportado.

Aikaterini se había agachado en el suelo frente a su hermana menor, murmurando dulces palabras de consuelo. Aun así, esta se negó a moverse; se quedó temblando, con los ojos clavados en la cocina. Las manchas de sangre en las losetas eran un cruel recordatorio de lo que había sucedido en ese sitio.

Mientras Aikaterini seguía tratando de convencer a su hermana para que abandonara la despensa, Pentesilea aprovechó el tiempo para sacar los cuerpos de la casa. A los hombres, los quemó sin monedas en los ojos; sin tesoros que llevar consigo al inframundo y pagarle a Caronte el viaje en bote a través del Estigia. No se lo merecían. En lugar de eso, dejó que sus cuerpos ardieran con lentitud, llenando el aire con el olor acre de la carne quemada.

A la madre y al hermano menor los enterró en un huerto de duraznos e higueras justo antes del atardecer, después de que Aikaterini finalmente consiguiera sacar a Calista de la despensa. El dosel de hojas esparcía la luz ámbar en trozos diminutos, proyectando un mosaico sobre el suelo. Las niñas habían reunido algunos de los objetos favoritos de su madre y de su hermano: para ella, un pequeño espejo con un mango de plata ornamentada, así como un peine de hueso con un delicado patrón de conejos. Para él, un caballo de juguete, bellamente tallado en madera por su padre.

Cuando el sol de la tarde finalmente desapareció detrás de las colinas ondulantes, se percató de que era demasiado tarde para que las niñas pudieran aprender algo ese mismo día. De cualquier forma, no se encontraban en condiciones; estaban pálidas, con el cuerpo lánguido por el cansancio. Aikaterini, siguiendo su consejo, había llenado un cuenco con sal y agua tibia para lavar las manos de Calista y sacar cada una de las astillas. También encontró una tela limpia con la que cubrir su piel. Aunque todavía quedaban fragmentos diminutos de madera enterrados en sus suaves manos, había logrado deshacerse de las peores.

La joven preparó una pequeña cena a base de pan y queso de cabra. Lo hizo a la luz de una sola lámpara, colocada cerca del suelo para que su presencia fuera menos evidente. Fue una decisión sensata; Pentesilea se preguntó si era algo que le hubieran enseñado, o si lo había hecho por mera intuición.

Pentesilea se dio cuenta de que Aikaterini no había vuelto a llorar mientras la veía quedarse dormida, sentada en posición vertical, sin dejar de rodear a su hermana con los brazos mientras esta luchaba contra el cansancio y se esforzaba por mantenerse despierta. Al ver los cadáveres de los hombres, no había entrado en pánico ni había tenido arcadas. Tampoco se había quejado cuando limpió la sangre del suelo ni cuando ayudó a su hermana a cambiarse la ropa sucia. En otro tiempo y en otro lugar, habría podido ser una amazona de lo más feroz. Con ese pensamiento, el dolor asaltó a Pentesilea de inmediato; se puso de pie, controlando su rabia lo mejor que pudo.

Al exterior, la noche parecía más tranquila que nunca. No había viento que hiciera susurrar los árboles; solo el tintineo de la fuente acompañó sus pasos mientras cruzaba el patio. Había atado a su caballo a un árbol cerca del granero, donde podría darse un festín con el mismo heno que habían dejado para las cabras, pero más tarde pensó que sería mejor mantenerlo cerca de la casa. Había visto pocos caballos en su viaje y perderlo le costaría un precio inconmensurable.

—No comas demasiado mientras estemos aquí —le susurró mientras aflojaba el nudo de la cuerda—. No quiero que te acostumbres a esta vida.

El caballo relinchó, rozándola con el hocico, como si pudiera entender qué le estaba diciendo. Pentesilea sintió una sonrisa triste flotar en sus labios mientras lo conducía de regreso a la casa.

—Esto está mejor —dijo, atándolo a un poste justo frente a la puerta. Con una última caricia sobre la ancha mejilla del animal, regresó a los escalones, donde se encontró cara a cara con Aikaterini, que blandía un cuchillo.

—¡Dijiste que no irías a ninguna parte!

—Solo estaba moviendo mi caballo.

El arma permaneció alzada. Con una mano, Pentesilea rodeó suavemente el antebrazo de la niña, cerca de la muñeca, sintiendo temblar sus frágiles huesos.

—No me voy a ninguna parte —susurró, quitándole el cuchillo—. Estás a salvo. Puedes dormir ahora. Vuelve adentro.

A pesar de que Aikaterini había mantenido sus lágrimas a raya, cuando el sueño finalmente llegó, lo hizo acompañado de las pesadillas. Al escuchar los sollozos y quejidos de la niña, Pentesilea deseó haber prestado más atención al brebaje para dormir que las mujeres solían preparar en Temiscira. En ese momento, no podía hacer nada más que cumplir con su promesa: quedarse.

—¡Ya nos tienes que enseñar!

La voz estridente de Aikaterini despertó de golpe a Pentesilea. Descubrió que ya había amanecido y que, pese a haber pasado la noche en una silla junto a las niñas, durmió bastante bien. El silencio nocturno fue reemplazado por una cacofonía de sonidos. Aunque el mar estaba demasiado lejos para ser escuchado detrás de tantos árboles y colinas, las cabras balaban con fuerza, exigiendo su comida matutina. Las gallinas, que no había visto el día anterior, entraron a la casa rasguñando el piso de piedra con sus patas.

Aikaterini, en cambio, parecía aún más cansada, de ser eso posible. Tenía la piel repleta de manchas, los labios agrietados y con sangre. Pero era la arruga entre sus ojos lo que la hacía envejecer toda una década.

—No estás en condiciones para que te entrene —dijo Pentesilea, estirándose—. Te lastimarás.

—¡Lo prometiste!

¿Cómo era posible que una niña tan delgada y frágil pudiera mantenerse de pie? No parecía tener músculos en las piernas o en el pecho. No poseía fuerza alguna en los brazos. Era inconcebible que, en ese estado, alguien pudiera sobrevivir más allá de la infancia. Y, sin embargo, ahí estaba, oponiéndose a la reina amazona como nadie se había atrevido a hacerlo y esperando sobrevivir a ello. Aunque no tendría por qué saber con quién estaba hablando. Tal vez, pensó Pentesilea, era necesario decírselo. Eso podría cambiar las cosas.

—Soy más fuerte de lo que parezco —insistió Aikaterini, percatándose de su mirada—. Soy de ayuda en la granja. Ordeño a las cabras. Cargo el agua. Por favor. Lo prometiste.

Calista se retorcía en el colchón, revolcándose en las mareas poco profundas del sueño. Las vendas se habían aflojado y sus manos seguían enrojecidas.

—Sé quién eres —susurró Aikaterini.

—¿Qué quieres decir?

—Usas pantalones. Montas el lomo de tu caballo con un paño y disparas flechas mejor que cualquier hombre. No fue difícil de adivinar. Eres una amazona.

Pentesilea frunció los labios, sintiendo cómo el impulso de refutarla recorría su cuerpo. Una vez más, se llenó de autodesprecio. Jamás había sentido ganas de ocultar quién era. Nunca había siquiera considerado negar su herencia, su ascendencia, la vocación que la hacía destacar por encima del resto. Ahí estaba, dudando si debía responderle a esta joven. «Sería por su seguridad», se dijo, tratando de convencerse a sí misma; por Aikaterini y por Calista. Considerando los enemigos que Pentesilea tenía, era mejor que no supieran quién era.

—Soy una especie de guerrera —dijo—. Pero tú no lo eres. Y no podré enseñarte nada. Eres demasiado mayor para aprender.

—¿Cómo sabes que no podrás enseñarme, si ni siquiera lo intentas? —respondió la joven.

CAPÍTULO 46

A pesar de los esfuerzos de Aikaterini, el suelo seguía pegajoso por la sangre. Así que salieron de la casa, donde había más espacio y menos recuerdos.

Pentesilea hubiera preferido enseñarles a fabricar sus propias armas primero, como hacían las jóvenes amazonas. Después de todo, un cuchillo mal elaborado que se rompiera con la presión podría causar más daño que bien al intentar defenderse. Pero no había tiempo suficiente. En cambio, les pidió que buscaran todo lo que tuvieran; cuchillos para desollar conejos o pelar verduras. Los que su padre usaba cuando hacía sacrificios a los dioses.

—Su objetivo es matar —les dijo—. No deben pensar en otra cosa. Siempre deben intentar causar el mayor daño posible a su oponente. Porque eso es lo que ellos querrán hacerles. Ahora, ustedes son más pequeñas, más ligeras y seguramente son más rápidas con los pies. Deben usar eso a su favor. Apunten aquí —señaló la carne suave debajo de su propia mandíbula, dejándola a su alcance—... y aquí —trazó una línea a través de su vientre—. Solo las áreas blandas. No tienen la fuerza suficiente para romper costillas y sus armas no están hechas para eso. Deben atacar por el frente, si es posible. Desde atrás, les será más difícil causar el daño suficiente.

Calista se sentó en una roca cercana. Ahora, las gallinas que habían invadido la casa por la mañana estaban reunidas a su alrededor, persiguiendo las semillas que la niña les arrojaba, de una cabeza de girasol que tenía en su regazo. Las miraba distraídamente conforme estas picoteaban el suelo a sus pies. Su labio inferior sobresalía al morderse un extremo, exagerando la deformidad que la hinchazón había causado en su rostro. Cada tanto, inclinaba la cabeza en dirección a la casa, como si hubiera escuchado un ruido en el interior. Permanecía un momento de esa forma antes de regresar su atención a las aves, al parecer ajena a su hermana y a Pentesilea.

Aikaterini, por el contrario, no podía estar más pendiente de las palabras de Pentesilea. Apenas parpadeaba, absorbiendo cada frase como si fuera una bendición de los dioses. Imitaba todas las acciones de la amazona, como una figura en miniatura de la poderosa reina guerrera. Sus piernas estaban negras y amoratadas, la parte interna de sus muslos enrojecida y repleta de rasguños, pero no se inmutó. No soltó una sola queja.

—Puedo hacerlo mejor —dijo mientras Pentesilea le apartaba el brazo de golpe, con la misma facilidad que si fuera uno de los tallos de girasol—. Ponme a prueba otra vez.

La amazona dio un paso atrás, notando que Calista se había movido y, ahora, miraba absorta hacia un naranjo.

—Has hecho suficiente por hoy —le dijo Pentesilea—. Tu cuerpo no está acostumbrado a esto. Mañana te dolerán los músculos.

—Apenas es mediodía. Quiero aprender más. Hay más cosas que necesito saber.

—Puede que sí. Pero también tienes labores que hacer y, si te despiertas mañana con tanto dolor en las manos que no puedas tomar ni una escoba, ¿cómo piensas protegerte? Parte de ser una guerrera es aprender cuándo necesitas entrenar y cuándo descansar. Y, por ahora, necesitas descansar.

En la punta de la lengua de la niña se balancearon unas cuantas palabras, pero decidió cerrar los labios con fuerza, asintiendo. Esa noche, su apetito parecía estar de regreso: cenó huevos hervidos y queso de cabra y bebió leche en abundancia. Pentesilea la observó con satisfacción y un ligero grado de orgullo. Pero esto se evaporó tan pronto como desvió su mirada hacia Calista, la cual se había vuelto a acurrucar en el colchón que apestaba a orina fresca.

—¿Crees que volverá a hablar? —preguntó Aikaterini en voz baja—. Solo ha pasado un día. Volverá a hablar, ¿cierto?

Rara vez se había visto obligada a otorgar falsas esperanzas. Así que, en cambio, trató de imaginar las palabras que Clete ofrecería en una situación semejante.

—Como dices, solo ha pasado un día. Le hará falta tiempo. Y las más jóvenes son más resistentes.

—Más resistentes que los adultos —Aikaterini asintió deprisa, aprobando la respuesta—. Quizá mañana ella también entrene con nosotras. Le preguntaré. Es fuerte, ¿sabes? Es más fuerte que yo. Será buena, ya verás.

Con un nuevo espíritu de optimismo, Aikaterini rodó otro huevo para quebrar la cáscara y poder pelar sus pedazos. Pentesilea, sin embargo, sabía que estaba a punto de reventar la burbuja de su esperanza.

—Me quedaré contigo una noche más, pero después tendré que irme por la mañana.

Aikaterini dejó de quitar los trozos.

—Pero necesitamos más ayuda.

—Ya las ayudé. Les presté más ayuda de la que nadie fuera de mi familia ha recibido jamás.

El huevo reposaba en la palma de la joven; el suave líquido se filtraba entre sus dedos con lentitud.

—¿Y si regresan?

—No pueden regresar. Los maté a todos, ¿recuerdas?

—Pero puede haber más como ellos.

El pánico se delataba en su voz aguda; toda la compostura que había mostrado durante el entrenamiento la había abandonado.

—Y ahora saben cómo defenderse. Confíen en mí. Mostraste habilidad. Y tienes la determinación suficiente para asegurarte de que ningún hombre se aproveche de ustedes otra vez. Además, su padre estará de vuelta en unos días.

—Por favor... —su voz tembló. Ahora, las lágrimas que se había esforzado por contener asomaron en sus ojos—. Por favor.

—Ya tienes mi respuesta. Lucharás por ti misma y sobrevivirás. O no.

La dureza de su propio tono tomó por sorpresa incluso a Pentesilea. Aikaterini retrocedió con un temblor en el labio inferior. Dejó caer el huevo en el plato y clavó su mirada en la reina. Entonces se levantó de la mesa, uniéndose a su hermana en la cama húmeda de orina.

Esa noche, sus propias palabras hicieron eco en la cabeza de Pentesilea, junto con la traición que había visto reflejada en la mirada de Aikaterini. No era capaz de enfrentarse a eso de nuevo. Así, una vez que las jóvenes se sumieron en un sueño agitado, recogió sus cosas, salió, montó en su caballo y se alejó de la granja. Esta vez para siempre. Un manto de estrellas cubría el cielo, iluminándolo con la potencia de mil lámparas. Era hora de seguir adelante. Ya se había quedado demasiado tiempo.

Persiguió una batalla tras otra. Podía ser de cualquier magnitud, en contra de cualquier clan, tribu o rey; no importaba. Cuanto más grande fuera la pelea, mejor. Tan pronto salía fresca de una escaramuza, con el pelaje de su caballo todavía lustroso por el sudor, se unía a la siguiente. Siempre elegía combatir junto al bando más débil. Su única condición era ser superada en número; cuanto mayor fuera la desventaja, mejor. Pero las cosas nunca se mantenían así por mucho tiempo. Al final, todo era como siempre había sido; sus flechas imparables, su hacha implacable.

La muerte tenía que sorprenderla en el campo de batalla, sin embargo, esta parecía eludirla a cada oportunidad. Debía morir siendo legítimamente superada en el arte de la guerra, pero ¿cómo podría sucederle eso a una hija de Ares? Incluso en Atenas, ni Teseo ni uno solo de sus hombres habían logrado vencer a Hipólita. ¿Y quién quedaba para rivalizar con ella? ¿Melanipe? Ella tenía sus fortalezas, pero su propia superioridad con el hacha y el arco significaba que la derrotaría en cualquier duelo auténtico. Además, sabía que la última hermana que le quedaba nunca se enfrentaría con ella, por lo que siguió adelante en su búsqueda.

Con el cambio de las estaciones, con el ascenso y descenso de las mareas, pasaron los meses y los años. Cambió de caballo, remendó su túnica y sus botas en numerosas ocasiones. Cabalgó más al norte de lo que se hubiera aventurado jamás. Viajó a tierras donde la nieve sepultaba a su montura hasta las rodillas, donde el aire era tan frío que una nube se formaba con cada respiración del caballo y del jinete. Viajó hasta pueblos y ciudades a un costado de lagos, con murallas que parecían impenetrables. A ciudadelas defendidas por fosos profundos. Y en cada combate salía ilesa.

En algún momento, se percató de que ya no le importaba qué dirección tomaba. Volvió a su antigua costumbre de perseguir los cielos despejados, virando hacia el sur, el oeste o en cualquier dirección que le permitiera evadir la lluvia. Atravesó crestas montañosas, vadeó rápidos y probó frutas más dulces y picantes que las que conocía.

A quienes se lo preguntaban, les decía que era originaria de Tracia y que había sido una nómada toda su vida. Sí, decía, había escuchado hablar de las amazonas; eran legendarias. Pero no, no era una de ellas. En una ocasión, alguien sospechó su verdadera identidad y se dirigió a ella como «reina Pentesilea». Ella se limitó a reír y cambió de tema, antes de agradecerle por su hospitalidad y seguir con su camino. Año tras año transcurría de esa forma. Pero, sin importar a dónde fuera, la muerte hacía de todo por evitarla.

Era una mañana de primavera más. El aire fresco la invadía con una sensación de familiaridad. La hierba enverdecía conforme avanzaba, y ondulaba al igual que olas en el mar. El mar en sí mismo, por su parte, estaba en calma, tan liso como una estepa. Las aves marinas permanecían sentadas sobre el agua, inmóviles, como si se hubieran congelado.

En el fondo, siempre había sabido lo que se avecinaba. Llevaba varias semanas viajando hacia el este, observando cómo el cielo se expandía y las colinas se hacían más suaves hasta convertirse en una tersa ondulación. El caballo que montaba era un gris moteado; había sido un pago por una batalla librada y ganada en las fronteras de Macedonia. El rey había estado presente, con la reina a su lado, aunque Pentesilea únicamente miró al hombre. La holgura de las túnicas de la mujer y las flores que adornaban su cabello le recordaban demasiado a esa primera vez en que vio a Hipólita en Atenas. Él le ofreció varias recompensas por sus esfuerzos, incluidos oro, gemas e incluso hombres o mujeres a su servicio, si los deseaba. Pero los metales y piedras solo habrían sumado peso a sus alforjas y no necesitaba ningún esclavo, así que únicamente aceptó llevarse al caballo.

El corcel era más grande de lo que Pentesilea se había acostumbrado a montar. Sus piernas eran gruesas, casi torpes, pero lo que carecía de agilidad lo compensaba con fuerza y coraje. En todas las batallas que había librado con él, nunca se encabritó, retrocedió o dio señas de acobardarse. Ni siquiera se inmutaba ante la proximidad de las lanzas. Su ritmo, al galope o al trote, era constante, rítmico; eso le permitía a la jinete girar en su eje y disparar flechas, sabiendo que el caballo permanecería firme. Habían construido una relación que debería haber tardado años en formarse y, sin embargo, de alguna manera había estado ahí desde el principio. Él cabalgaba hacia la batalla de la misma forma que ella: como si ese fuera su verdadero propósito en la vida. Pero Pentesilea no podía decidirse a darle un nombre. No sabiendo que, un día, él también la habría de abandonar.

Desde las estepas, mientras el viento le revolvía los cabellos sueltos bajo el gorro de montar, contempló la ciudadela debajo. Era más pequeña que muchas de las que había visitado en sus viajes e, incluso desde esa distancia, podía distinguir la sencillez del lugar. Pero era su hogar. Era Temiscira.

Desde donde se encontraba sentada, alcanzó a percatarse del

silencio. ¿A dónde se había ido el estruendo del metal? ¿Los gritos furiosos de las mujeres a mitad del entrenamiento? ¿Qué había de los gritos de las niñas y los relinchos de los caballos, tan numerosos que su aroma debería flotar en el aire? ¿En dónde estaban las amazonas?

¿Habían sido atacadas?, se preguntó mientras estudiaba las murallas antes de devolver su atención al mar. No había barcos, no había ningún ejército invasor, al menos no en este momento. Y en ninguno de los reinos por los que cabalgó había escuchado hablar de alguna guerra en el Ponto.

Desmontó y guio a su caballo por el tortuoso camino de piedra hacia Temiscira, acariciando su cuello con una mano a medida que avanzaban.

CAPÍTULO 47

Se hallaban sentadas la una frente a la otra bajo la tenue luz de tres lámparas diminutas. En aquella habitación, una vez iluminada por una docena de antorchas, las sombras parecían acumularse en cada uno de los rincones.

Melanipe se había sentado con el cabello suelto sobre los hombros. Su rostro estaba surcado de arrugas, como grietas profundas en su piel. Era la más joven de las cuatro hermanas. Había sido dueña de una energía infinita que, en aquel entonces, parecía un presagio de juventud eterna. Si ahora lucía de esa forma, Pentesilea ni siquiera quería imaginar su propio reflejo. No lo había visto en mucho tiempo. Tal vez sería mejor evitar los espejos.

—Pareces cansada —dijo Melanipe—. Pero fuerte. Has estado luchando.

No cabía duda. Las palabras flotaban entre ellas a través de un aire mohoso. ¿Había Temiscira sido tan húmeda siempre?, se preguntó Pentesilea, conforme la piel de su espalda comenzaba a sentirse pegajosa. Tal vez el tiempo que había pasado en el norte la hacía más susceptible al calor.

—He estado luchando un poco —respondió.

Melanipe se limitó a asentir. ¿Dónde estaba la joven que solía hablar sin pausas? Pentesilea quiso preguntárselo. La joven que podía llenar cualquier silencio con sus palabras se había ido. En su lugar, había una mujer. Una reina. Y, además, una reina que estaba envejeciendo. Las pausas en su conversación se extendieron.

—Y, ¿ahora qué? —preguntó Melanipe—. ¿Planeas quedarte aquí? ¿Planeas gobernar de nuevo?

Pentesilea tragó con fuerza. Ahora, el calor que había humedecido su piel estaba secando sus pensamientos y su lengua. Por más que hubiera esperado la pregunta, la tomó desprevenida. Entonces hizo lo que se había acostumbrado a hacer con los años y cambió de tema.

—¿Han visitado a los gargarios recientemente? —preguntó—. No alcancé a escuchar el sonido de ninguna niña cuando me acerqué.

Los ojos de Melanipe brillaron con dureza; sabía exactamente a qué estaba jugando Pentesilea. De todas formas, respondió a su pregunta.

—Decidí que debíamos quedarnos en el Ponto. Un viaje como ese traía demasiados riesgos. De ser atacadas, no habría suficientes de nosotras para defendernos. Además, los gargarios...

Melanipe dejó que la frase se desvaneciera en el aire y, por un momento, Pentesilea se preguntó de qué forma podría haberla terminado. Entonces, con una vergüenza que la hizo sentir enferma, lo comprendió; los gargarios ya no deseaban reunirse con las amazonas. No después de la pérdida de tantas de sus mujeres, por no mencionar a su reina y a una de sus princesas. No después de haber mostrado su verdadera debilidad.

—Creen que hemos perdido el favor de Ares —dijo de pronto Melanipe—. ¿Tú crees que eso es cierto? Porque he tratado de enmendarlo. Lo juro. Lo he intentado.

Su máscara pareció caerse. En el fondo, esa mujer envejecida seguía siendo una hermana menor que necesitaba de su certidumbre; pero Pentesilea no era capaz de darle ninguna. No había forma de aliviar la carga sobre sus hombros.

—Seguimos con vida —dijo Pentesilea, aunque la amargura impregnaba sus palabras más de lo que hubiera querido—. ¿Has estado rindiéndole sacrificios?

—Por supuesto. ¿Tú no?

Pentesilea volvió la mirada hacia una de las lámparas. Una corriente de aire hizo vacilar la llama.

—No —respondió, devolviéndole la mirada a su hermana—. No lo he hecho. Hace tiempo que no.

Esperaba que esta confesión provocara un grito ahogado de incomprensión y censura. Sin embargo, todo lo que recibió fue un simple asentimiento con la cabeza.

—Clete todavía sigue aquí. Tiene una habitación en la torre norte, frente al mar. Estoy segura de que le gustaría verte... antes de que te vayas de nuevo. —Este fue el primer indicio de animosidad desde su llegada. Y ahora que lo había dejado escapar, era imposible seguirlo conteniendo—. Sabemos lo que has estado haciendo, hermana. Sabemos que has estado luchando por tu cuenta. Y sabemos por qué. Crees que tienes más oportunidades de obtener victorias sin nosotras a tu lado.

Pentesilea dejó caer la mandíbula.

—¡Esa no es la razón!

—¿No? ¿Cuál es, entonces? Hay buenas mujeres aquí. Mujeres fuertes que lucharon a tu lado en Atenas, que salieron de ese sitio con vida.

—Lo sé.

—Entonces, ¿por qué no nos llamaste a nosotras? ¿A mí?

Ahí donde cualquier otra persona hubiera expresado tristeza, pena incluso, la voz de su hermana mostraba dureza. Pero no lloró. No tenía ninguna otra razón por la que llorar.

—Yo... necesitaba estar sola.

—¿Durante siete años?

Melanipe se levantó; su sombra creció a lo largo del muro a sus espaldas.

—No sabía que hubiera pasado tanto tiempo —mintió Pentesilea, con una flaqueza que, sin duda, su hermana notó con claridad.

Por supuesto que sabía cuánto tiempo había pasado. Había visto las estaciones cambiar, las cimas de las montañas y el resto de las laderas tornarse blancas, gradualmente, hasta que el suelo bajo sus pies se congelaba y, luego, todo recomenzaba, con la llegada del caleidoscopio de los colores primaverales. Sí, había soportado más de un invierno gélido y un verano abrasador. Pero ¿realmente había pasado tanto tiempo desde que Hipólita murió entre sus brazos? ¿Cómo era eso posible, cuando aún podía recordar la luz abandonando los ojos de su hermana?

Enderezó la espalda, preparándose para ponerse de pie.

—Lo mejor será que me vaya. Claramente no tengo lugar aquí.

Pero antes de que pudiera levantarse, Melanipe había cruzado la habitación y se erguía frente a ella.

—No tienes lugar aquí porque elegiste no tener uno —espetó—. Porque elegiste abandonar a tu gente cuando más te necesitaba. Tú fuiste quien decidió hacerlo, Pentesilea. Nadie más. Ahora, si te piensas marchar, hazlo, por favor. Tengo cultivos en los que pensar, granos que almacenar y cosas mucho más importantes que tu ego de las que ocuparme.

Tras abandonar la ciudadela, Pentesilea se dirigió al norte para contemplar la playa a la que Teseo había llegado por primera vez, junto con Heracles. Se descubrió pensando en lo mismo que había rumiado miles de veces antes: ¿cuánta muerte y sufrimiento se habrían evitado si ella hubiera terminado con su vida ahí mismo, tanto tiempo atrás?

Una delgada media luna se reflejaba a la perfección sobre la superficie del mar. Pensó que, quizás, podría adentrarse en el agua. Ofrecerse como sacrificio a Poseidón. Pero ¿para qué? Él no la querría, ni tampoco su padre o cualquiera de los otros dioses. Así que simplemente se quedó ahí, de pie.

El mar había comenzado a removerse un poco; la imagen de la luna se distorsionaba por oleadas de espuma blanca. De pronto, una voz atravesó la oscuridad a sus espaldas.

—Llevas aquí bastante tiempo. Cualquiera pensaría que esperas a alguien.

Pentesilea cerró los ojos, apretándolos con fuerza como si, de ese modo, pudiera retener ese instante en su mente para siempre. En sus sueños, había escuchado esa voz llamándola a través del campo de batalla, pero, al acercarse, nunca encontraba a nadie. Y también la había entrevisto en esos mismos campos; un destello de cabello negro entre las lanzas en alto.

—Clete —dijo en voz baja.

—Entonces, ¿te importaría decirme a quién o qué estás esperando? Porque si es un barco, puede que no tengas suerte. Me parece que solo paran aquí cada diez años, aproximadamente.

No era capaz de darse la vuelta. No era capaz de mirarla. Podía imaginarse la pequeña sonrisa que torcía los labios de Clete, esperando a que Pentesilea respondiera a su chiste. Y, pese a lo que hubiera querido, una risa brusca se abrió paso desde el fondo de su garganta.

—No. Nada de barcos para mí —dijo.

—Bien. Me alegro de que al menos algunas cosas no hayan cambiado.

Habían compartido tantos silencios a lo largo de los años; recostadas una junto a la otra en sus tiendas de campaña, o bien al exterior, contemplando el cielo nocturno con fijeza, observando cómo la luna y las estrellas se movían lentamente a través de la bóveda celeste. Clete era alguien con quien Pentesilea siempre podía hablar. Alguien que nunca la juzgaría. Y, sin embargo, en ese momento, se sintió juzgada por ella.

Deseó encontrar algo que decir, algunas palabras capaces de llenar el inmenso vacío que se abría entre las dos. Pero no llegó ningún sonido, salvo el suave chapoteo de las olas que ondulaban hasta la orilla y, después, el suave susurro que hacían al retroceder antes de perderse nuevamente.

—Sé lo que has estado haciendo —dijo Clete, dando un paso adelante y tomando su mano—. Sé lo que has estado esperando lograr. Hemos oído de las batallas que has emprendido.

—He estado combatiendo. Eso es lo que hacemos. Para eso nací.

—No, has estado intentando que te maten. ¿Sabes?, escuché el rumor de que entraste en una batalla sin coraza. ¿Es eso cierto?

Pentesilea mantuvo los ojos fijos en la luna. Cuando vivía en Temiscira, prestaba muy poca atención a los rumores que llegaban a sus oídos. Ahora, no obstante, las historias que se intercambiaban en susurros tras los muros de la ciudadela se trataban de ella.

—La coraza estaba dañada. No tuve tiempo de arreglarla —dijo, ofreciendo una respuesta lo más cercana a la verdad que pudo. Pero Cletes no le creería. Eso lo sabía.

—Nunca habrías permitido que una de nosotras entrara en batalla de esa manera. Has sido imprudente.

Pentesilea hubiera querido poder refutar esto, defenderse, afiar la lengua e insistir en que no sabía de qué estaba hablando. Pero no era capaz; no con Clete. Las únicas palabras que acudían a ella eran las de la verdad.

—Merezco morir, Clete. Merezco morir por lo que he hecho. No puedo soportar vivir de este modo y, sin embargo, la muerte se niega a recibirme. ¿Qué hago?

La fuerza abandonó a sus rodillas; Pentesilea cayó al suelo. Clete le apretó el hombro con la mano. Había pasado tanto tiempo y, sin embargo, su aroma era el mismo: esa dulce granada, ese profundo almizcle terroso. Lo reconocería en cualquier lugar, pensó, mientras inhalaba con toda la fuerza que sus pulmones le permitían. Tal vez eso era todo. Tal vez los dioses le concederían una última noche con Clete antes de llevársela.

Clete tomó su barbilla y la levantó para que sus ojos se encontraran con los suyos. Había tanta gentileza en su interior: durante estos años de ausencia, la mirada de Melanipe podría haberse endurecido; la de Clete, en cambio, resplandecía como siempre.

—Creo que hay un lugar al que podemos ir —dijo—. Hay alguien a quien podemos acudir para que te ayude.

CAPÍTULO 48

Hacían ya tantos años desde que Heracles pisó sus costas que los detalles se difuminaban en la mente de Pentesilea. Solo podía recordar los hechos más importantes: entró a su hogar, se llevó el cíngulo de Hipólita y trajo consigo a Teseo, el hombre que las había destruido a todas. Eso era más que suficiente.

Clete, por otro lado, recordaba los detalles más pequeños y sutiles de aquellos días. No solo lo que Heracles había hecho, sino también lo que dijo. El motivo de su llegada a Temiscira había sido parte de su búsqueda para buscar la purificación y la absolución por matar a su esposa y a su hijo. Y fue un rey quien se la concedió.

—Es un don que los dioses otorgan a los reyes: conceder la absolución por actos de ese tipo. Esta podría ser la respuesta. Pídele a un rey la purificación. Él te asignará tareas y, una vez que las completes, estarás libre de todo.

Ahí estaba de nuevo: la misma sonrisa que podía atraer a Pentesilea con tanta facilidad, ansiosa de posar sus labios sobre ella. Ahora, no obstante, sus pensamientos se agitaban. ¿Realmente era posible que pudiera ser absuelta de esa manera?

Se sentaron en la playa, y observaron cómo la silueta oscura de un águila cruzaba la luna, antes de que la impaciencia se apoderara de Pentesilea.

—Debería ir a hablar de esto con Melanipe. Si lo que dices es posible, entonces debo irme cuanto antes.

Clete se levantó con lentitud. En ese instante, Pentesilea notó que estaba descalza y un nuevo tatuaje se enroscaba sobre el arco de su pie, subiendo hacia el tobillo.

—Entiendo tu necesidad de obtener respuestas —dijo, suavemente—. Pero, incluso si tú no necesitas dormir, Melanipe sí. Ven, pasa la noche a mi lado. Puedes buscarla al amanecer.

En siete años, nadie había puesto ni un dedo sobre su cuerpo. Toda la suavidad de la que Pentesilea hubiera sido dueña había desaparecido; su piel estaba devastada por los elementos. Pero

Clete la miraba como siempre lo había hecho; como si fuera un regalo de los dioses.

—Te echamos de menos, mi reina.

—No... —empezó a decir Pentesilea, pero Clete le puso un dedo sobre los labios.

—Te irás pronto. No hay por qué perder el tiempo con palabras.

Despertó junto con el amanecer. A lo largo de sus viajes, olvidó la fuerza con que el sol rasgaba el horizonte del Ponto; la forma en que, con la prisa de un latido, el cielo se mudaba del azul profundo a un ocre abrasador. También olvidó cuán intenso podía ser el canto de las aves, revoloteando en las vigas y haciendo sus nidos entre las tejas del techo. Había olvidado todo esto porque se obligó a sí misma a hacerlo; porque recordar era insoportable. Y, ahora, tendría que olvidarlo todo de nueva cuenta.

No era solo el aspecto de Melanipe lo que se había transformado; en esos días, se levantaba mucho antes del amanecer. Tras una breve inspección del edificio, Pentesilea la encontró en los establos. Uno de los caballos descansaba la pata en su mano, mientras ella le arrancaba terrones de lodo de la pezuña con un gancho diminuto.

—Hermana —dijo Pentesilea, inclinándose hacia ella—. ¿Puedo hablar contigo?

La cabeza de Melanipe permaneció agachada. El animal aguardaba con paciencia, usando su cola para espantar las moscas de su lomo.

—Primero tengo que terminar con esto —respondió—. Dos caballos se han quedado cojos en los últimos días.

Pentesilea se puso rígida ante su frialdad, aunque sabía que no se merecía otra actitud.

—Entiendo —dio un paso atrás, sintiendo que su cuerpo se encogía un poco.

Sin dejar de inclinarse, Melanipe continuó extrayendo el lodo antes de detenerse y posar los ojos sobre su hermana.

—Sospecho que esto me llevará un rato más —dijo—. Tal vez, cuando termine, podemos desayunar juntas. Si es que tienes hambre, claro está.

—Sí —respondió rápidamente Pentesilea—. Sí tengo.

Desde la limpieza de los cascos de los caballos hasta la preparación del desayuno, Melanipe abordaba cada tarea con la más reflexiva deliberación. En ese momento así parecía hacerlo, mientras colocaba la barbilla sobre el nudillo de su índice, sopesando la pregunta de Pentesilea. La antigua Melanipe no habría esperado un segundo para dar su opinión, fuera buena o mala; ahora, en cambio, incluso resultaba difícil leer sus expresiones. Esto entristeció a Pentesilea. Recordaba cómo ese mismo cambio le había sobrevenido a Hipólita hasta que, finalmente, le costó la vida.

Cerrando los ojos con fuerza, hizo a un lado los pensamientos de una hermana muerta y trató de concentrarse, en cambio, en la única que le quedaba con vida.

—Entonces, ¿crees que sea posible? ¿Crees que exista un rey que pueda hacer algo así?

Despegando la barbilla del nudillo, Melanipe juntó ambas manos.

—El rey Príamo —dijo.

—¿El rey Príamo? ¿De Troya?

—Él mismo. Es tracio y mi padre siempre lo favoreció. Además, Hécuba, su esposa, es originaria de la cercana Frigia. Si hay un rey que puede ayudarte, es él. Pero debes considerar las consecuencias de lo que podría pedirte que hagas a cambio. Heracles fue enviado a realizar tareas terribles, ¿recuerdas? La piel del león de Nemea, el cíngulo de Hipólita, por no mencionar su paso por el inframundo. ¿Podrías llevar a cabo hazañas de ese tipo?

—Puedo enfrentar cualquier cosa menos esta culpa —respondió, con toda honestidad—. Él puede obligarme a ser su concubina, si eso me absuelve.

Por primera vez desde el retorno de Pentesilea, una pequeña sonrisa se dibujó en el rostro de su hermana. En ese instante, sus ojos recuperaron un poco de su luz juvenil.

—Esto es lo que deberías hacer, hermana. Tal vez lo que siempre tuviste que haber hecho.

Previo a la noche anterior, había transcurrido un largo tiempo desde la última vez que Pentesilea abrazó a otra persona; desde que había rodeado a alguien con los brazos y sentido el calor de otro cuerpo. Al acercarla, Melanipe la estrechó con más fuerza que nunca. Sus manos la atrajeron tanto, que era como si fueran una sola. En cuanto se separaron, Pentesilea sintió su ausencia con la misma intensidad que si hubiera un océano entre las dos.

—¿Cuándo te marcharás? —preguntó Melanipe.

—Mañana por la mañana. Puedo alcanzar Troya en tres o cuatro días. Y, cuanto antes llegue, mejor.

—¿Y te llevarás a Clete contigo? Tenemos pocas mujeres aquí. Casi todas han adoptado la vida de las nómadas. Se sienten más seguras en las estepas que confinadas al interior de la ciudadela. Si ella va contigo, tendré que hacer ajustes.

Pentesilea negó con la cabeza.

—No. Necesito hacer esto sola.

—Entiendo.

Pentesilea no podía contar cuántas veces había dejado Temiscira a caballo, contemplando por encima del hombro cómo los muros de la ciudadela se alejaban o se perdían entre una bruma de calor o detrás de un aguacero. Sin embargo, nunca los había visto como esa mañana en que partió a Troya; tenía la sensación de que esa podría ser la última vez que posara los ojos sobre sus ladrillos y piedras amarillentas, colocadas en aquel sitio por sus antepasadas.

No podía imaginar qué pruebas podría asignarle el rey Príamo, si este accedería a su pedido o si ella sería capaz de purificarse. Pero sabía que debía tener éxito o, de lo contrario, nunca regresaría a Temiscira.

CAPÍTULO 49

La ciudad de Troya estaba situada al noroeste de Anatolia. Pese a su proximidad con el Ponto, no era un lugar que Pentesilea hubiera visitado antes. Nunca había hecho falta; las amazonas acudían solo a los reyes que las necesitaban, que requerían de su protección y se enfrentaban a batallas que temían perder sin su auxilio. El rey Príamo no era uno de ellos.

Había escuchado un sinfín de rumores sobre la ciudadela, cuyas fortificaciones harían a las de Atenas parecer insignificantes en comparación. Había oído hablar de sus enormes murallas con torreones imponentes, las cuales rodeaban una hectárea de tierra tras otra, donde los ciudadanos cultivaban y vivían una vida tan plena que no había razón para que se marcharan jamás.

También había oído historias del rey: de su virilidad y de su humor. Aunque no podía recordar los nombres de sus hijas, sabía que Hécuba había dado a luz cuando menos a un hijo. Supuso que el niño, Héctor —si no recordaba mal—, sería entrenado para convertirse en un guerrero formidable.

Cabalgó con lentitud, meditando sobre estos asuntos y pensando en qué tareas podrían serle asignadas. Se preguntaba por cuánto tiempo estaría comprometido su futuro con este rey del que tenía tan poco conocimiento.

El cuarto día, el aire se colmó de una llovizna que se hizo más intensa a medida que cabalgaba al oeste de la costa. Cuando la ciudad apareció a la vista, el cielo estaba atestado de nubes negras. Pero eso de ninguna manera hizo desmerecer el paisaje que tenía frente a ella.

Atenas la había dejado sin aliento, obligándola a reconsiderar las maravillas de las que el hombre era capaz. Pero esto... esto era una maravilla digna de los mismísimos dioses. No era de extrañar que su padre hubiera sentido admiración por un lugar semejante.

La ciudad estaba rodeada por muros de arenisca amarilla con nueve metros de altura, rematados por torres y torreones que perforaban las nubes más bajas. A cada punto, rebosaban con una multitud de guardias armados. El viaje tendría que haberla hecho llegar por el lado oriental, el que carecía de salida al mar, pero sabía que las defensas más fuertes estarían en el oeste, a un lado de la costa; si alguien era lo bastante estúpido como para atacar Troya, no llegaría desde Anatolia, sino desde el océano. Así que dio la vuelta para asegurarse de ser vista: quería que el rey Príamo supiera de su llegada.

Se había cambiado de ropa en Temiscira. Ahora llevaba botas nuevas, de suela gruesa y altas hasta la pantorrilla, así como pantalones, una túnica de cuero con un reluciente patrón recién bordado y un sombrero que se estrechaba en la punta; todo ello innegablemente amazónico. Puede que hubiera pasado los últimos siete años ocultado al mundo su verdadera identidad; ahora, sin embargo, quería que todos la supieran.

Al acercarse a las enormes puertas, una de ellas se abrió con un estruendo mientras el acero chirriaba al arrastrarse; pero esto no fue para permitirle entrar, sino para que salieran los troyanos. Tan pronto hubo espacio suficiente, los guardias se apuraron a pasar, agrupándose en torno a su caballo con sus lanzas y escudos en alto. Una vez que estuvo completamente rodeada, la puerta volvió a cerrarse con un ruido metálico. Pentesilea estudió esta formación defensiva con interés. Si así era como trataban a una mujer, quién sabe lo que harían con un ejército.

—¿Quién eres?

El soldado alargó su lanza hacia ella. La punta se agitaba ligeramente, con la longitud del arma exagerando el temblor de sus manos.

—A juzgar por esta demostración, estás consciente de quién soy —respondió ella.

El hombre le acercó el arma. Fue una acción inútil. Estúpida incluso, porque ningún hombre incitaría a una serpiente si no quisiera ser mordido. Pero ella no iba a soltar su veneno. Al menos no todavía.

—Dile al rey Príamo que la reina Pentesilea está aquí para hablar con él.

El hombre frunció los labios, su manzana de Adán subió y bajó a medida que el temblor de su lanza aumentaba. Sin quitarle la mirada de encima, giró la cabeza hacia un lado y asintió. De inmediato, uno de los soldados a sus espaldas se separó del círculo, dejando un hueco que fue llenado al instante. Al momento siguiente, la puerta volvió a abrirse, apenas lo suficiente como para que se deslizara al interior. ¿Cuánto tiempo pasaría antes de que el mensaje llegara a Príamo?, se preguntó Pentesilea. El hombre podría tardar una hora en cruzar la ciudadela a pie. El palacio seguramente estaría al centro, en lo alto. No tenía más remedio que esperar.

Se acomodó ligeramente en la silla, ajustando el peso sobre su pelvis. Tan pronto se movió, todas las lanzas apuntaron de nuevo hacia ella. Incluso en una situación tan tensa, la escena le pareció cómica.

Su caballo, por otra parte, parecía un tanto indiferente a la exhibición.

—¿Te serviría de algo que te ofreciera mi hacha?

Le hizo esta pregunta al soldado que se había dirigido antes a ella. Él titubeó, sin duda preguntándose si se trataba de una trampa. Los adornos adicionales en su armadura indicaban que tenía la autoridad para tomar decisiones y, además, parecía tener al menos un mínimo de sentido común. Frunció los labios. Aceptar la oferta de una amazona para tomar su arma, ¿era más o menos peligroso que permitir que la mantuviera?

—Y también tu arco y tus flechas —dijo al fin.

Al dejarla caer, el hacha aterrizó en el suelo con un ruido sordo, sumiendo la arena a su alrededor.

—La necesitaré de vuelta cuando me vaya —dijo. Al hablar, la palabra que había estado en su mente era Si… Si es que me voy. Sin embargo, en lugar de eso, su lengua eligió sabiamente decir cuando. Un joven soldado se adelantó a toda prisa. Cuando recogió el hacha, sus hombros se sacudieron, sorprendidos por el peso. Miró a Pentesilea; en sus ojos, el nerviosismo había sido reemplazado por un nuevo terror.

—Y ahora el arco —ordenó el primer soldado.

Tras un breve asentimiento, Pentesilea alargó la mano por encima del hombro y rozó la cálida madera con sus dedos. Clete se lo había regalado antes de que abandonara Temiscira. Era un arco nuevo, reforzado con hueso y tallado con ilustraciones de ciervos y de águilas. Lo había fabricado especialmente para Pentesilea.

—Cazaremos juntas en las estepas con él —le había dicho y Pentesilea sonrió, sabiendo que tal vez nunca tendrían la oportunidad de hacer algo semejante.

—Te daré mi aljaba, pero debo insistir en quedarme con el arco —le dijo al soldado—. Además, el arco es inútil sin las flechas.

Los ojos del hombre relucieron con desconfianza, pero asintió con la cabeza. Pentesilea sacó la aljaba de su cinturón y lo dejó caer al suelo.

Entonces, a ninguno le quedó nada por hacer excepto esperar.

Desde arriba del caballo, Pentesiela estudió la orilla del mar. Su longitud era inmensa y, aunque en ambos extremos se alzaban inmensos farallones, estaba cubierta por una arena profunda, suave y dorada, con guijarros redondos esparcidos cerca del agua. Una playa tan extensa bastaría para que mil naves desembarcaran en ella, si alguien decidiera atacar. Habría mucho que ganar para el invasor; Troya, sin duda, estaba en una posición ventajosa. Las rutas comerciales desde Anatolia hasta Grecia la atravesaban. Por lo tanto, no era ninguna sorpresa que una fortaleza de ese tipo fuera requerida. No obstante, harían falta esas mil naves para transportar los hombres necesarios en un intento de tomar la ciudad. Y ningún rey en toda Grecia, o incluso más allá, poseía cifras semejantes.

Las gaviotas graznaban en lo alto mientras Pentesilea aguardaba. Su mente volvió a su hilo de pensamiento acostumbrado siempre que se hallaba rodeada de hombres armados. ¿A cuál atacaría primero? Después de todo, era posible que las cosas salieran mal y Príamo se negara a verla. Podría haber formado una alianza con Atenas de la que ella no estaba al tanto. Por mucho que deseara morir, sabía que no podría quedarse sentada ni permitir que una flecha le atravesara el corazón sin oponer resistencia. Si ese era el deseo de los dioses, tendría que encontrar la forma de morir como una guerrera.

Lo primero que necesitaba eran armas, pero no tenían por qué ser las suyas. Estos hombres eran soldados de infantería que dependían de las órdenes de su líder, de modo que comenzaría por eliminar a este.

Para entonces, habría alcanzado su aljaba o su hacha. Después se abriría camino hasta los muros de la ciudad. Esta sería una táctica insensata para los inexpertos, para aquellos que no sabían cómo escapar estando arrinconados. Para ella, sin embargo, tenía todo el sentido; la mejor forma de controlar el flujo de sus contrincantes era si estos se le podían acercar desde una sola dirección.

Los eliminaría uno por uno y, cuando llegara el momento, completaría su huida a caballo. Príamo, sabiendo cómo terminaría eso, no enviaría más soldados tras ella; estos hombres serían sus corderos sacrificiales.

Su mente todavía estaba repasando este escenario cuando la puerta se abrió de nuevo, dejando salir al soldado.

Tenía el rostro enrojecido, indicando la velocidad con la que se había movido.

—Déjenla entrar —dijo—. El rey desea verla.

CAPÍTULO 50

Troya estaba rebosante de vida. Al interior de sus muros, había hectáreas de tierras de cultivo repletas de cosechas y de animales, sin un solo trozo de tierra desaprovechada. El trigo dorado reflejaba el ocre de las piedras, mientras que las cabras pastaban bajo los altos doseles de parras ensortijadas. Las pasionarias estallaban de color mientras que las mariposas revoloteaban entre sus pétalos vibrantes.

Este era un oasis oculto, digno incluso de Temiscira. Los sentidos de Pentesilea estaban abrumados. Al escoltarla, los pies de los soldados golpeaban el suelo con un ritmo constante. Más al fondo, la potente luz del sol reverberaba en cada pared y cada puerta, elevando la opacidad de sus materiales ordinarios al nivel de los metales preciosos.

Al pasar enfrente, miró con ansias el largo abrevadero donde bebían los animales, lamiendo impacientemente el agua con sus lenguas carnosas. Si el rey Príamo no le ofrecía un refrigerio al llegar, esa sería su próxima parada.

Conforme se adentraban en la ciudad, los edificios y las personas parecían encontrarse más cerca entre sí. Los hombres y mujeres caminaban a toda prisa, con brazaletes tintineando en los brazos al cargar sus mercancías mientras los niños corrían entre sus piernas y reían. Un grupo de ellos jugaba con un gatito callejero, balanceando un trozo de cuerda delante suyo. Los vendedores ambulantes gritaban con voces atronadoras, otros instaban a sus animales a seguir avanzando, tal como los habían visto hacer en Atenas. Los pollos graznaban bajo sus pies, las ratas y ratones pasaban corriendo y reaparecían instantes más tarde. El aire estaba cargado con el aroma de nueces tostadas y frutas con miel. Tanta vida; tanta vitalidad.

Tan pronto Pentesilea estuvo cerca, todo el ruido humano se detuvo y un silencio se instaló. Los hombres que habían estado dormitando se irguieron de golpe, como si sus ensoñaciones se hubieran convertido en pesadillas. Las madres pusieron a sus hijos detrás de sus piernas o los estrujaron contra sus pechos. Incluso los animales parecieron intuir que algo no andaba bien. Si esto era un presagio de la bienvenida que Príamo le ofrecería, entonces no quería ni imaginarse los trabajos que consideraría apropiado imponerle.

Cuando alcanzaron las escaleras del palacio, los soldados que estaban al frente se detuvieron para abrir la formación, indicando a Pentesilea que subiera sola.

Nunca se había acercado sola a un edificio de esa magnitud. Durante sus años de soledad, los reinos por los que había luchado eran similares a Temiscira en tamaño, y sus estancias habían sido breves, apenas lo suficiente para saciarse de alimentos y cobrar la recompensa que deseaba.

Cuando llegó a la cumbre de las escaleras, el rey Príamo la estaba esperando. A juzgar por su estatura y el aplomo con que se mantenía en pie, era evidente que también había sido un guerrero. Posiblemente aún lo era, aunque debía encontrarse lejos de su mejor momento. Su pelo corto y rizado comenzaba a encanecer, al igual que su barba. Llevaba encima un sencillo quitón con bordados rojos. Tras una mirada fugaz a los hombres y mujeres troyanos que se habían reunido debajo, Pentesilea supo que su pueblo lo veneraba. Era amado. Era respetado. Era un auténtico líder.

Mientras agotaba el último par de escalones, el rey clavó sus ojos en los de Pentesilea; no miraba el arco que se había negado a entregar, ni tampoco a sus soldados para indicarles que se mantuvieran listos para un ataque. Se le revolvió el estómago y las palmas de las manos comenzaron a sudarle. La reacción era tan desconocida para ella que le tomó un momento comprender lo que estaba experimentando. Nervios, se dio cuenta; así se sentía estar nerviosa.

Se detuvo en el último escalón, pues no había otro lugar adónde ir. Se preguntó si, en aquel momento, se esperaba que hiciera una reverencia. Nunca había hecho algo semejante. Ella era Pentesilea, hija de Ares y antigua reina de las amazonas. ¿Quién podría ser digno de su reverencia? Entonces, se recordó a sí misma que había viajado hasta ese lugar para pedir la ayuda de Príamo. Y si lo que hacía falta era mostrar deferencia, entonces tendría que hacerlo.

Se disponía a dar un paso atrás con el pie, ordenándole a sus músculos un movimiento que les era tan ajeno como los nervios que no dejaban de retumbar en su vientre, cuando Príamo habló.

—Reina Pentesilea —dijo, inclinando la cabeza—. Es un placer.

La urgió a seguirlo, invitándola a su hogar como si fuera una huésped anticipada, una conocida de muchos años o una amiga que había estado ausente por demasiado tiempo. Mientras caminaban él hablaba sin parar, ofreciéndole disculpas por no haber estado en la puerta para darle la bienvenida y por la hostilidad con la que fue recibida, pues, de haber sabido que llegaría, con toda seguridad habría preparado una recepción más apropiada.

Lo siguió a lo largo de los corredores y por una gran escalera. En el suelo, los mosaicos rojos y blancos formaban patrones geométricos, con motivos similares a los que decoraban los amplios arcos a través de los cuales caminaban. Las paredes eran sencillas, con piedras rojas que daban una impresión de aridez, la cual se desvaneció tan pronto Príamo la condujo hasta el patio.

En ese lugar, relucían cada uno de los tonos de verde existentes. Las vides crecían por encima de los enrejados, mientras que los árboles, del doble de la altura de Pentesilea, brotaban de macetas gigantescas. Había una mesa con platos de comida y una jarra de vino y, a un costado, una gran fuente. Sus frescas aguas resplandecían a la luz del sol; las libélulas danzaban a su alrededor, descansando en el borde o revoloteando hacia los arbustos de las mariposas y madreselvas que crecían alrededor.

—Por favor, debes tener sed después de tu cabalgata —le dijo Príamo.

Una joven con un quitón azul se acercó, ofreciéndole una copa de agua sobre una bandeja de plata. Pentesilea bebió agradecida, antes de volver a colocar el vaso sobre la bandeja, el cual se le rellenó de inmediato.

Sonriendo con toda la amabilidad que pudo reunir, Pentesilea permaneció en silencio, mientras recorría con la mirada los frescos que cubrían las paredes. Carecían de detalle, pero esto lo compensaban con su calidez; las escenas mostraban a hombres y mujeres descansando uno junto al otro, entrecerrando los ojos en una sonrisa, con los alimentos al alcance de la mano en oposición a las habituales imágenes de batallas o cacerías.

Hasta ese momento, el rey no le había hecho preguntas; parecía más que satisfecho con el sonido de su propia voz. Pero dado que el patio parecía ser su destino final, Pentesilea supo que no podía confiar en la locuacidad del rey para disimular que ella tenía sus propias interrogantes.

—Oí hablar de los acontecimientos en Atenas —dijo Príamo,

sentándose en un sillón e indicándole con un gesto que ella hiciera lo mismo—. Solo puedo ofrecerle mis más sinceras condolencias.

Pentesilea asintió, dejando caer la mirada hasta el suelo sin quererlo. No sabía qué decir, cuánto era necesario confesar. ¿Era necesaria la pura verdad para obtener la purificación?, se preguntó. Le pareció probable. Ciertos hechos eran suyos para revelar, pero no deseaba mancillar el nombre de Hipólita si mencionaba el resto.

Príamo dejó escapar un suspiro largo y profundo. Pentesilea notó cómo apretaba los labios con fuerza, como si, por primera vez desde su llegada, estuviera meditando lo que debía decir a continuación. Entonces asintió con suavidad y habló de nuevo.

—Usted sabe que su padre siempre nos ha bendecido con su gracia.

—Siempre lo escuché hablar de Troya con cariño —respondió ella, haciendo eco de las palabras de Melanipe, aunque ella misma no pudiera recordar que su padre hubiera pronunciado algo parecido. Lentamente, tomó otro sorbo de agua y se preparó para hablar—. Rey Príamo, debe saber que he venido usted por una razón particular. Estoy aquí para buscar la redención y la purificación por la muerte de Hipólita. Por su asesinato, cometido por mi propia mano.

La historia completa se derramó de sus labios como si no pudiera contenerla más. Cuando terminó, se llevó la copa a los labios, y descubrió que su mano temblaba tanto que no sería capaz de sostener una pluma siquiera.

—Agradezco su franqueza, reina Pentes...

Cualquier cosa que pudo haber dicho a continuación fue interrumpida por un grito desde el corredor.

—¡Padre, padre!

Un niño entró corriendo al patio. Al detenerse, tenía las mejillas sonrojadas y el rostro brillante de sudor.

—Padre —repitió, ahora con evidente alivio por haberlo encontrado.

Tan pronto dirigió los ojos a Pentesilea, su expresión cambió de inmediato.

—Así que es verdad. Ella está aquí. La reina de las amazonas. La reina Pentesilea.

Con la boca abierta, se dejó caer de rodillas. El rey Príamo se puso de pie entre risas y cruzó el patio para levantarlo por los hombros. Le dio una palmada suave en la espalda y soltó una carcajada.

—Reina Pentesilea, permítame presentarle a Héctor, mi hijo mayor. Como ya lo habrá notado, siente la mayor admiración por usted.

El niño era, en muchos sentidos, una versión en miniatura de su padre. Compartían la misma nariz de puente estrecho y los ojos color avellana. Pero Héctor era más robusto que Príamo. Aunque no parecía tener más de unos diez años, era apenas un poco más bajo que el rey. Bajo su fina túnica, la anchura de sus hombros delataba que crecería hasta convertirse en un hombre comparable a los gargarios.

Pentesilea se levantó de su asiento, inclinando ligeramente la cabeza.

—Príncipe Héctor —dijo—. Un placer.

Héctor sonreía con evidente incredulidad, incapaz de apartar los ojos de ella. Solo cuando Príamo le tocó ligeramente el hombro, notó de nuevo la presencia de su padre y lo dominó un nuevo grado de emoción.

—¿Se lo pedirás, padre? —preguntó, saltando sobre las puntas de sus pies—. ¿Se lo pedirás?

—Paciencia, Héctor. La reina acaba de llegar. Recién nos hemos sentado.

—Pero se lo pedirás, ¿verdad?

Era evidente que algo sucedía, de lo cual Pentesilea no estaba al tanto. El entusiasmo del niño era contagioso y le recordaba a Clete.

—¿Hay algo que deba saber? —preguntó, percatándose de que, cuanto antes atendiera la petición del niño, más rápido podría el rey Príamo atender la suya—. ¿Deseas preguntarme algo, príncipe Héctor?

Sus mejillas se tiñeron con un nuevo tono de carmesí, tan intenso como el bordado en la túnica de su padre. La seguridad que había mostrado momentos antes se desvaneció.

—Tenemos una especie de tradición cuando los grandes guerreros vienen a Troya —dijo Príamo.

Sus ojos se encontraron con los de Pentesilea, dejando ver un brillo de agradecimiento por su atención hacia el niño. Ella sabía que todos los reyes favorecían a sus hijos; eran una extensión de sí mismos y se esperaba que continuaran con el legado de su nombre.

Sin embargo, esto parecía ser algo más. Había una conexión especial entre los dos.

—Y tú eres la guerrera más grande que nos haya visitado jamás —declaró Héctor, quedándose sin aliento.

—Héctor desea ser un guerrero. Tal vez, algún día, incluso un gran héroe. Y sería un honor inmenso si pudiera entrenar un poco con él, reina Pentesilea —explicó Príamo.

—¿Deseas convertirte en un guerrero? —le preguntó Pentesilea, hablando mientras se ponía de pie.

El muchacho asintió con afán, sacudiendo el cabello de arriba abajo.

—Tal vez incluso en uno tan grande como usted.

—Eso no estaría nada mal. —Pentesilea rio entre dientes.

Lo vio tragar saliva varias veces. Entonces, se preguntó en qué tipo de rey o guerrero podría convertirse un niño como este; por más beneficiosas que pudieran ser su energía y su optimismo, Pentesilea siempre había creído que, para crecer fuerte, un niño necesitaba una educación estricta, incluso dura en ocasiones. Debía ser puesto a prueba. Enfrentar desafíos, como los que su madre y su padre les impusieron a ella y a sus hermanas durante su entrenamiento. Le costó creer que el príncipe Héctor encarara algo remotamente similar.

—Tengo un hacha —dijo el niño, de repente—. También flechas y una espada, muchas espadas. Puede elegir la que usted prefiera que use. Quiero que me enseñe. Soy bueno escuchando y aprendo rápido. Padre, tú puedes decírselo, ¿verdad? —dijo, volviéndose hacia el rey—. Puedes decirle lo bueno que soy escuchando y aprendiendo. Le prometo que no se decepcionará —continuó, dirigiéndose de nuevo a Pentesilea.

El niño la miró con expectación, arqueando las cejas. Una vez más, Pentesilea creyó ver en sus ojos esa luz que tanto la hacía pensar en Clete.

CAPÍTULO 51

—No suelo entrenar a nadie —dijo, intentando acallar el recuerdo de Aikaterini antes de que este pudiera resurgir para inquietarla. Le había enseñado a ella y a su hermana apenas lo suficiente para mantenerse con vida. Si esas habilidades habían sido necesarias, si las habían usado con éxito, no era asunto suyo.

—Pero en su ciudadela de Temiscira, usted debió haber entrenado con las mujeres. ¿Practicaba con ellas? Si no, ¿cómo llegó a ser tan buena?

—Ser una buena guerrera no significa que sea una buena maestra. Créeme. Es a mis hermanas a quienes necesitas, no a mí.

«Hermana». Eso era lo que debería haber dicho.

Una punzada de tristeza le atravesó el cuerpo entero.

—Pero usted es la reina Pentesilea.

Lo dijo como si con eso pudiera explicarlo todo. Sin embargo, dejó caer sus jóvenes hombros con desaliento y el rubor del entusiasmo fue reemplazado por una pesadumbre amarillenta en la piel.

La tensión iba creciendo en el patio. El gorgoteo del agua había dejado de sonar acogedor y el trino de los pájaros se tornaba cada vez más estridente.

—Rey Príamo, ¿sería posible terminar nuestra conversación? —dijo Pentesilea, incapaz de soportar un instante más la mirada de desesperación de Héctor.

Ahora el niño miraba en dirección a su padre. En sus ojos, Pentesilea alcanzó a distinguir el tenue brillo de las lágrimas que se resistía a soltar.

—Héctor, déjame hablar a solas con la reina Pentesilea. Ya dijiste tu parte, pero ahora hay cosas que debemos discutir.

Los ojos del niño volvieron a Pentesilea y ella bajó deprisa la mirada. Entonces él miró a su padre una vez más, antes de girar sobre los talones y salir corriendo por donde había venido.

Alzando las cejas, Príamo dejó escapar un breve suspiro.

—En realidad *sí* es bueno peleando —dijo, con una sonrisa—.

Será formidable cuando crezca. Es difícil de creer, pero la mitad de los hombres de mi ejército ya huyen aterrados de su espada.

A Pentesilea esto le pareció, en efecto, difícil de creer. Los hombres debían saber lo que se esperaba de ellos. De todos modos, sonrió con cortesía.

—Rey Príamo —empezó a decir—, la razón por la que estoy aquí...

—Es por la purificación. Lo entiendo. Como dije antes, lamento lo que le pasó a tu hermana y el papel que tuviste en ello.

Por más gentiles que fueran, no eran condolencias lo que necesitaba.

—¿Lo hará? ¿Me concederá la purificación? —preguntó, sin dejar espacio para la ambigüedad—. Sé que estaré en deuda con usted. Lo entiendo. Sin importar las tareas que me pida, estaré a su disposición. Y cualquier obsequio que desee, cualquier enemigo del que quiera que me deshaga, cualquier cosa que requiera, la llevaré a cabo. No importa cuánto tiempo pueda tomarme.

Y luego, sin incomodidad alguna, se puso de rodillas al tiempo que bajaba la cabeza, tal como lo había hecho Héctor. Pero en lugar de obligarla a levantarse como hizo con su hijo, el rey soltó una carcajada a todo pulmón.

—Mi querida reina, ¿ha visto Troya? No me hace falta nada aquí. Y no necesito que mate a nadie por mí.

Fue como si aquella misma fatídica flecha hubiera dado en el blanco por segunda vez; ahora, atravesando su esternón. El rey Euristeo había buscado fama, notoriedad, poder; con ese motivo, envió a Heracles a realizar cada uno de los trabajos. Estos le habían prestado una gloria que él nunca habría alcanzado por cuenta propia. Si el rey Príamo no echaba nada en falta, entonces ella no era indispensable. Y si no la necesitaba, ¿qué razón tendría para purificarla?

La frescura del suelo subió hasta sus rodillas en cuanto el rey le tendió la mano. Los anillos de oro que adornaban sus dedos, engarzados de piedras preciosas, combinaban con los gruesos brazaletes de oro en torno a sus antebrazos y sus bíceps.

Pentesilea seguía sin levantar la cabeza, sintiendo el peso de la decepción que la sujetaba al suelo como un par de grilletes.

—Fue un error venir aquí —dijo, poniéndose de pie sin su ayuda—. Lo siento. Me iré.

La temperatura en el patio parecía haber bajado y el aire se enrareció de golpe. Un repentino mareo le nubló la vista mientras se apresuraba hacia la puerta. Sin embargo, apenas había logrado dar dos pasos cuando Príamo habló de nuevo.

—No me ha entendido, mi reina. Dije que no necesitaba nada de usted. Pero eso no quiere decir que no realizaré el ritual de purificación.

Pentesilea se detuvo, sin darse la vuelta.

—No comprendo. ¿No quiere nada de mí? ¿Me dará la purificación por este acto a cambio de... de nada? —dijo, moviéndose con lentitud hasta mirarlo de frente una vez más.

Al pronunciar estas palabras, se sintió asombrada por lo absurdas que eran. Ningún rey realizaba actos de ese tipo por la bondad de su corazón. Después de todo, un hombre no se convertía en rey por mera filantropía. Siempre habría un motivo oculto o algún tipo de trama escondida; una intrincada red de matices que, una vez cerrado el trato, aprisionaba al que había solicitado su favor para siempre, dejándolo sin esperanza de escape, al igual que las doncellas y los jóvenes que servían de sacrificio en el laberinto bajo el palacio de Minos.

A medida que la sangre latía en sus oídos, esperó a que el rey Príamo estableciera sus condiciones.

—No hay nada que necesite de usted ahora mismo. Nada que pueda hacerme falta. Aunque, si alguna vez Troya llegara a requerir su ayuda, si alguna vez pareciera que nuestras murallas están a punto de ser penetradas, entonces podría venir en nuestro auxilio y luchar contra ese enemigo tan formidable.

Pentesilea permaneció en silencio. Si el rey sabía lo que había sucedido en Atenas, entonces también sabía que de sus mujeres quedaban muy pocas. La pausa se estiró entre los dos hasta que ella no pudo soportarlo más.

—¿Eso es todo? ¿Eso es todo lo que pide de mí?

—Eso es todo —dijo—, excepto... —de repente, se detuvo de una forma que hizo que el estómago de Pentesilea se apretara. Ahí estaba. El golpe inevitable que había estado esperando. Pero ¿qué podía estar a punto de decir Príamo que le causara tal reticencia? Una sonrisa se curvó en la comisura de sus labios.

—...tal vez, ¿podrías tomarte una hora de tu tiempo y hacer muy feliz a un niño pequeño?

Príamo le dijo que llevaría tiempo prepararse para la ceremonia. Si así lo prefería, podía descansar ahora y encontrarse con Héctor al día siguiente. Pero ella negó con la cabeza. El precio de esta absolución había sido demasiado bajo. Cabalgar a la batalla y luchar por Troya; no tenía que hacer nada más. Mientras tuviera aliento en sus pulmones y fuerza en las piernas, seguiría luchando. Y hacerlo por un rey que había gozado del favor de su padre, era menos una carga que un honor.

Así, Príamo la condujo por los corredores serpenteantes del palacio, donde los ecos de risas se filtraban a través de muchas de las puertas. Era imposible no sentirse pequeña en un lugar como ese; no caer en cuenta de su propia insignificancia entre tanta gloria.

—Por aquí, mi reina —dijo—. El joven príncipe debe estar practicando.

La guio por una serie de escalones hasta un espacio amplio, el cual más que un patio asemejaba una pequeña arena. A través del techo abierto, la luz del sol entraba a raudales. Como en otros sitios, el suelo estaba embaldosado; aquí, sin embargo, las losetas eran de arena y de piedra. Un polvo abrasador le colmó las fosas de la nariz. En los bordes, una multitud de armas, incluidas dagas, lanzas y arcos, habían sido dispuestas sobre las paredes.

—Me temo que se trata de una complacencia paternal. —Príamo sonrió—. Héctor quiere aprender a ser un héroe. Y, ¿quién soy yo para ponerme en el camino de una vocación tan noble?

—¿Vinieron? —gritó Héctor, corriendo a saltos hacia ellos.

Había cambiado la túnica de antes por una más corta, exponiendo sus largas piernas bronceadas.

—¿Eso significa que me mostrará cómo luchar, que va a enseñarme?

—No estoy segura de lo que puedo enseñarte en una tarde, pero sería un honor poner a prueba tus habilidades, joven príncipe.

—Quiero ser el guerrero más grande de toda Troya —continuó—. Dirigiré el ejército y protegeré la ciudad. Mantendré a mi esposa y a mis hijos a salvo.

—Una esposa, ¿tan pronto? —dijo Pentesilea, con una media sonrisa que el rey compartió con ella—. Veamos lo que tenemos aquí —siguió, y pasó a un lado del príncipe para examinar sus armas. Eran de la mejor calidad; metales bruñidos y pulidos, empuñaduras lijadas e incrustadas con hueso. Aquí, los detalles de los que carecían los frescos se veían compensados de sobra. Rozó la hoja de una espada con los dedos, sintiendo cómo el calor se filtraba hasta su piel.

—Puede usar lo que usted quiera —dijo Héctor, apareciendo a su lado una vez más—. Mi padre me las compró todas. Incluso puede quedarse con lo que escoja. Sería un honor para mí. Mi regalo para usted.

Una vez más, los ojos de Pentesilea se encontraron con los de Príamo.

—Su hijo tiene un buen corazón.

—Así es. Debe haberlo heredado de su madre.

Pentesilea se percató de que sus conversaciones con Héctor habían sido las más largas que hubiera sostenido con un niño de su edad. De hecho, había sido la única de su clase. Esto la entristeció un poco, mientras pensaba en el sobrino al que nunca conoció.

—Primero, déjame ver cómo atacas —dijo ella, tomando un escudo de la pared—. Una vez que sepa cuáles son tus habilidades, veremos qué puedo enseñarte.

El joven derramaba una alegría desaforada mientras elegía su propia espada. Después, arrastró los pies al centro de la arena, sin quitar los ojos de Pentesilea.

—Ahora, tu objetivo es alcanzarme con ella.

El estruendo del metal al chocar hizo eco en las paredes, resonando entre las armas que colgaban de la pared a la espera de su turno.

Héctor movía los pies constantemente, asestando un golpe tras otro contra el escudo de Pentesilea. Era innegable que el niño tenía un don. Se desplazaba por instinto; sus pies danzaban sobre las losetas, usando la espada con tanta fluidez como si fuera una extensión de su propio cuerpo. Dejaba caer la espada una y otra vez, golpeando con una fuerza que reverberaba hasta el brazo de Pentesilea. Y cada vez que su arma rebotaba, el niño no tardaba en recuperar el control, listo para el siguiente ataque.

Cuando ella ordenó que se detuvieran, una audiencia de una docena de personas se había reunido alrededor. En el centro, a un lado de Príamo, había una mujer joven con el pelo suelto, tan negro como el ala de un cuervo. Cargaba a un niño sobre la cadera mientras que otros dos permanecían de pie a su lado, uno de ellos aferrándose a su túnica.

Con un breve asentimiento, Pentesilea le indicó a Héctor que bajara su espada. Se separó del niño para acercarse a los espectadores.

—Reina Hécuba —dijo Pentesilea, con una reverencia.

Por alguna razón, resultaba más sencillo rebajarse de esta forma ante una mujer.

—Reina Pentesilea, es un honor conocerte. Como debes saber, entre estos muros existe una gran admiración por ti.

Ahora que habían dejado de entrenar, Pentesilea pudo ver cuán lejos había llevado al joven príncipe. Sus brazos relucían de sudor; su respiración, antes tan precisa y acompasada, se había vuelto rápida y trabajosa.

—Es excepcional —confesó con toda sinceridad—. He conocido a muy pocos que puedan luchar así a su edad.

El mismo orgullo que había visto en Príamo invadió a Hécuba. La reina de Troya extendió la mano y Héctor, atentamente, se acercó para tomarla.

—Es nuestro orgullo. Todos son nuestro orgullo.

Pasó un breve instante antes de que Pentesilea hablara de nuevo.

—Rey Príamo —dijo, con una intensidad que transmitía la importancia de sus palabras—, ¿es posible? ¿Se hicieron los arreglos?

Él asintió.

—El templo está preparado. Pero, si necesitas más tiempo, no hace falta que nos apresuremos.

Sin embargo, Pentesilea ya había esperado lo suficiente.

—Estoy lista —dijo.

CAPÍTULO 52

Se cambió de ropa y se vistió una sencilla túnica azul pálido que le había otorgado Hécuba. Afortunadamente, ella también le había ayudado a ponérsela; esta era apenas la segunda vez que Pentesilea usaba un atuendo similar. No se permitía a sí misma pensar en la primera.

Se mantenía de pie con torpeza mientras Hécuba sujetaba la tela en su hombro con un broche de plata, doblando los pliegues para que estos se juntaran alrededor de su cintura y cayeran hasta sus tobillos con suavidad.

—Tu cabello se ve hermoso de esta forma —le dijo tras haber desenredado sus trenzas, de tal modo que ahora mostraba las mismas suaves ondulaciones que el suyo—. Deberías llevarlo así.

La mujer poseía la misma vena entrañable que había visto tanto en Príamo como en Héctor. Se preguntó cómo sería habitar en una ciudad en la que estas personas fueran sus reyes. No podía imaginar a Héctor convirtiéndose en un hombre que cambiaría de esposas por placer, como había sido Teseo. Pero, si algo había aprendido de las personas, es que rara vez se sabía de lo que eran capaces hasta que se hacía demasiado tarde.

—Ahora deberías dirigirte al templo —dijo Hécuba, examinando a Pentesilea con atención, como si estuviera evaluando la calidad de su propia obra—. Te llevaré hasta ahí. El rey te está esperando.

En el exterior, la noche había caído; las sombras se movían mientras una corriente de aire jugaba con las llamas de las lámparas. Pentesilea no era capaz de distinguir si hacía frío o no.

—Está esperándote al interior —dijo Hécuba cuando llegaron al templo.

Tomó las manos de la reina, estrechándolas con fuerza como si fueran viejas amigas. Pentesilea se encogió por la sorpresa; sin embargo, Hécuba no pareció percatarse de ello.

—Él te purificará por aquel acto —dijo—. No tienes nada que temer aquí.

Con eso, soltó sus manos y se dio la vuelta.

En comparación con los muros que rodeaban la ciudadela, el templo no era muy grande. Tampoco parecía un lugar al que los ciudadanos de Troya acudieran para adorar o lamentarse. Era un santuario privado, donde el rey presentaba sus respetos a los dioses. Un espacio íntimo y personal, a donde él le estaba permitiendo entrar.

El templo estaba austeramente amueblado. Las lámparas habían sido reemplazadas por velas de sebo, cuya grasa ardía soltando un humo espeso que se trenzaba hasta el techo con languidez y llenaba el aire de un aroma penetrante. Un gran cuenco había sido colocado sobre el altar de piedra y enfrente, en el suelo, se hallaba un solo cojín. Pentesilea se preguntó si el lugar había sido vaciado para ella; si toda la plata, el oro y las ofrendas extravagantes habrían sido retiradas. No le parecía imposible.

El rey Príamo salió de las sombras. Él también había cambiado su atuendo; ahora traía puesto uno liso de tela azul, sin otro adorno además de un pesado collar de oro hecho de placas articuladas que colgaba tan bajo sobre su pecho que podría haber sido parte de una armadura. No le ofreció ninguna de sus sonrisas habituales; el brillo en sus ojos había sido reemplazado por un aire de solemnidad. Se acercó al altar, arrodillándose sobre una pequeña caja que, hasta ese momento, había escapado a la vista de Pentesilea en la penumbra.

El lechón que sacó era de un color rosa oscuro y, a juzgar por la sangre viscosa que lo cubría, no hacía mucho que había dejado el vientre de su madre. Abría y cerraba el hocico sin parar, en busca de una teta de la que beber un poco de leche tibia. Con un gesto de la cabeza, el rey le indicó a Pentesilea que ocupara su lugar sobre el cojín.

Al tiempo que ella se agachaba, el lechón al fin dejó escapar un chillido de terror. Se retorció con impotencia entre las manos de Príamo, luchando por librarse. Por más pequeños que fueran sus pulmones, el sonido que expidieron rasgó el aire.

Sin embargo, Príamo no pareció darse cuenta de ello. Sostuvo al animal con una calma absoluta, como si no le preocupara que el animal pudiera escabullirse fuera de su agarre.

—Tus manos —le pidió, bloqueando su vista del altar.

Incapaz de posar los ojos sobre esa frágil e impotente criatura, la cual no cesaba de protestar con los pulmones y con el cuerpo entero, Pentesilea estiró las manos, girándolas para que sus palmas quedaran hacia arriba.

—Gran Apolo, te rogamos. Invoco a los dioses para que sean testigos de esta purificación. Pues estas manos, que se han llenado con la sangre...

La voz de Príamo se desvaneció conforme la mente de Pentesilea se distraía con el sudor que adhería la túnica a su propia piel. Observó la grasa derretida de las velas de sebo, la cual se derramaba hasta formar un charco y acumularse sobre la fría superficie del altar. Todo lo que podía oír eran sus propias palabras, haciendo eco al interior de su mente. «Maté a mi hermana. Maté a Hipólita. Rezo para que los dioses laven su sangre de mis manos, para que borren de mi mente las imágenes que me persiguen todas las noches y que me permitan morir como una guerrera. Para que me sea posible honrar su nombre y a mi padre y a mi madre y a las mujeres amazonas que merecen una verdadera líder».

Tanto los chillidos como las palabras pronunciadas por Príamo se habían quedado en la periferia de su mente hasta que llegó el silencio; hasta que sintió la tibieza cubrir sus manos. Salió de sus pensamientos para descubrir que el lechón había dejado de retorcerse y que un cuchillo relucía en las manos del rey. La sangre fluía en una cascada sobre sus manos, que salpicaba al impactar en el suelo de piedra entre el cojín y el altar. Encima de sus muñecas corría más sangre aún; sobresalía en la parte delantera de su vestido azul pálido, traspasando la tela hasta mojar su cuerpo.

Su corazón comenzó a latir con fuerza; un dolor abrasador la desgarró por dentro, como si toda la sangre que se estaba vaciando no le perteneciera al animal, sino a ella misma. Advirtió una terrible sensación de arrastre, como si algo le succionara la médula de los huesos. ¿De dónde venía todo eso? Ningún filo había tocado su piel. Quiso decir algo, hacer alguna pregunta, pero su lengua no la obedeció. Se había tornado gruesa y pesada y se negaba a permitirlc hablar.

Regresó su mirada al lechón, que no daba señales de vida. Su cuerpo estaba inerte, sus ojos, vidriosos, como si los cubriera una fina telaraña. Príamo seguía con la cabeza levantada hacia el cielo y no cesaba de murmurar palabras de reverencia. ¿Cómo era posible que tanta sangre pudiera salir de una criatura tan pequeña? Poco a poco, el chorro se convirtió en un goteo que terminó por detenerse.

Sin decir otra palabra, Príamo levantó a la criatura inerte y la colocó sobre el altar.

—Reina Pentesilea.

Le hizo un gesto para que se pusiera de pie. Al hacerlo, el líquido rojo que había comenzado a espesarse en sus manos se derramó hasta sus pies. Ahora, el lechón muerto yacía con los ojos cerrados. A su lado había un cuenco lleno de agua caliente, aunque ella no recordaba haber visto que lo llenaran. Los pétalos flotaban en la superficie líquida, y en el vapor, pesaba un aroma a lavanda y aceite de rosas.

Príamo dio un paso atrás, indicándole que se aproximara al cuenco para lavarse las manos. Pentesilea vaciló; la sangre se había secado en el espacio entre sus nudillos y debajo de las uñas. Cada centímetro de sus manos y antebrazos estaba sucio. Haría falta algo más que esto para quitársela de encima.

—Es momento de que seas purificada —la animó Príamo con suavidad.

Con profunda aprehensión, Pentesilea hundió ambas manos en el cuenco. La sensación de alivio fue instantánea. El calor del agua fluyó desde sus dedos sumergidos hasta el resto de su cuerpo, mientras el aroma de los aceites relajaba la tensión en su pecho y Pentesilea se descubría respirando con calma.

—Está hecho —dijo Príamo.

Frunció el ceño. El agua se había tornado roja, en efecto, pero había luchado en suficientes batallas para saber que esa cantidad de sangre tendría que ser fregada con esponja si quería eliminarla o, de lo contrario, se secaría en cada pliegue y dejaría una red carmesí encima de su piel.

—Está hecho —repitió Príamo, con más énfasis—. Míralo tú misma.

Pentesilea sacó lentamente las manos del agua. Se quedó sin aliento ante lo que vio.

No quedaba una sola gota de sangre, ni sobre su piel ni debajo de las uñas. De hecho, partes de su cuerpo que ni siquiera habían tocado el agua, también estaban limpias. Todo había desaparecido. Lo que Príamo dijo era cierto.

Había sido purificada.

CAPÍTULO 53

Una sirvienta le trajo una toalla y la condujo fuera del templo. Pentesilea no dejaba de mirarse las manos; no podía creer lo limpias que estaban. Después de los sacrificios más importantes, la sangre de los caballos solía cubrir su piel hasta los codos y, al cabo de varios días, las manchas seguían siendo visibles. Sin embargo, ahora no quedaba nada. Sin duda, este era un regalo de los dioses.

Por desgracia, la túnica de Hécuba se había arruinado por completo. La culpa fugaz se transformó en euforia. Un vestido era fácil de reemplazar; se trataba de un problema que tenía solución, una carga que podía ser retirada casi tan rápido como al caer sobre los hombros. La presencia de esa otra culpa, el terrible espectro que la había ensombrecido día y noche, acababa de desaparecer. Había sido purificada.

—Se ha preparado un baño para usted, su alteza —dijo la sirvienta, cuando entraron en la recámara donde se había cambiado de ropa—. Y la reina dejó ropa limpia en su recámara, para que la use en la cena.

—No los acompañaré a cenar —respondió en automático.

Era la respuesta que siempre ofrecía cuando le pedían que se quedara. Pero ahora, con una vergüenza repentina, se dio cuenta de que esta no era la misma situación. La sirvienta se puso de pie, confundida, sin saber cómo responderle.

—Mis disculpas —dijo Pentesilea, sacudiendo la cabeza—. Quise decir que necesitaré tiempo para darme un baño antes de unirme a ellos. Por favor, dígale al rey y a la reina que estoy agradecida por su invitación. Que me les uniré en breve.

Un poco más satisfecha con esta respuesta, pero sin perder su expresión de cautela, la sirvienta asintió antes de retirarse.

Otra selección de pétalos y hierbas había sido agregada a su baño. En la superficie, flotaban cáscaras de naranja cortadas en espiral. Pentesilea se sumergió en esa deliciosa agua tibia; habían transcurrido años desde la última vez que pudo experimentar un lujo semejante. Más de siete, con toda seguridad. Tan pronto cerró los ojos e inhaló los fragantes vapores, le sobrevino una sensación de paz y calma. Podía sentir el cambio en sus adentros. Estaba limpia.

—Gracias, hermana —dijo al aire; sabía que, incluso con toda la buena voluntad de los dioses, Hipólita debía haber desempeñado un papel en el ritual. Haría que su hermana se sintiera orgullosa de ella nuevamente. Haría que todas las amazonas se sintieran orgullosas.

Antes de la cena, dos sirvientes más aparecieron para ayudarla a vestirse con un estilo que no había adoptado en toda su vida. Su cabello fue adornado con flores y le ofrecieron elegir entre distintos collares de oro; algunos incrustados con jade; otros, con ámbar y granates.

—Obsequios de la reina Hécuba y el príncipe Héctor —le dijeron.

Su primera inclinación fue rechazarlos. No había venido en busca de regalos. En todo caso, debía ser ella quien les prodigara a ellos todo lo que pudiera. Sin embargo, sabía que, a menudo, la aceptación era la mejor forma de mostrar gratitud. Así que eligió el collar con granates, convencida, por alguna razón, de que ese había sido elegido por Héctor.

No le cabía duda de que los sirvientes habían dispuesto sus prendas y su cabello de la manera más adecuada, pero aun así una ola de timidez la sobrecogió conforme se acercaba al comedor. Esta se hizo más intensa cuando entró; todas las cabezas, incluidas las del rey, la reina y cada uno de sus hijos, se giraron para mirarla. Podía sentir sus propias mejillas sonrojarse. ¿Que acaso esa misma mañana, fuera de las murallas de la ciudad, no había captado la mirada de más de una docena de hombres? Pero esto, por supuesto, era distinto. En aquel momento montaba su caballo, armada, vestida para la guerra. Aquí, en cambio, estaba expuesta en todos los sentidos de la palabra.

En el silencio del comedor, una silla raspó contra el suelo. El príncipe Héctor dejó el lugar junto a su padre y corrió hacia ella.

—Usted es hermosa —dijo, con aparente sorpresa—. Y eligió mi collar.

—Es cierto.

La reina Hécuba se levantó de la mesa con mucha más gracia que su hijo. Tomó las manos de Pentesilea entre las suyas.

—Realmente nos opacas al resto. Ahora ven, siéntate y dime qué deseas comer.

Tomó asiento entre la reina y el príncipe Héctor, cuya locuacidad no había disminuido ni un poco.

—Usted usa un hacha en batalla, ¿no es así? —le preguntó el niño—. ¿Es para que pueda derribar a más de un enemigo con un solo golpe?

—Sí. Y, en efecto.

—¿Y puede mantenerse de pie sobre su caballo al galope?

—Sí, sí puedo.

—¿Y qué hay de disparar el arco con los pies? He oído que algunas de sus mujeres pueden pararse sobre las manos y disparar una flecha usando solo la fuerza de los dedos de sus pies.

—No soy capaz de hacer eso —dijo ella. El rostro del niño se ensombreció por un instante antes de que ella continuara—: Pero mi hermana, Antíope, era la más hábil de todas en ese truco en particular.

La chispa se reavivó y Héctor siguió adelante con el interrogatorio.

En varios momentos de la velada, Hécuba tuvo que ir en auxilio de una o más de sus hijas pequeñas, dejando a Príamo a cargo de mecer a su bebé, Paris. El rey sumergía el dedo en su copa de vino para luego sostenerlo cerca de los labios del infante. Detrás de toda grandeza y opulencia, Pentesilea notó que eran una familia normal.

—¿Mañana me enseñará cómo usar un escudo? Quiero intentar defenderme, como lo hizo usted antes. ¿Podemos hacer eso?

Príamo colocó una mano sobre el hombro de su hijo.

—La reina no puede quedarse, Héctor. Tiene su propio reino que gobernar, ¿recuerdas?

La decepción ensombreció el rostro del niño de nuevo; pero esta vez logró disimularla mucho mejor que en el patio.

—Estoy segura de que puedo pasar un poco de tiempo contigo antes de tener que irme. Siempre que no te importe levantarte al amanecer.

—Puedo despertarme más temprano incluso —respondió Héctor con entusiasmo.

—Al amanecer será más que suficiente —dijo ella, sonriendo.

Un poco más tarde, cuando se retiró, Hécuba la acompañó de regreso a su recámara.

—Habrá sirvientes de guardia si necesitas algo —le dijo—. Y, si te sientes más cómoda marchándote ahora, por favor, no sientas que debes quedarte. Puedo decirle a Héctor que fuiste convocada para luchar. Él lo entenderá.

—Estoy deseando entrenar con él de nuevo —respondió Pentesilea, descubriendo más verdad en sus palabras de lo que había esperado—. Y estoy agradecida contigo y con tu esposo por su hospitalidad. Por todo lo que han hecho por mí.

—Nosotros los anatolios debemos mantenernos juntos, ¿no lo crees?

Una vez más, Hécuba tomó sus manos entre las suyas. Ahora, Pentesilea no se inmutó; en cambio, permitió que su piel absorbiera todo el calor.

—Sé que nada puede reemplazar todo lo que has perdido. Pero, por favor, si alguna vez lo necesitas, piensa en mí como una hermana. O al menos como una buena amiga. Espero que lo hagas.

Un nudo se formó en la garganta de Pentesilea.

—Gracias —respondió—. Lo haré.

Esa noche, durmió más profundamente de lo que recordaba haber dormido en años. Las pesadillas desaparecieron y su mente se llenó de sueños dulces, en los que ella y sus hermanas volvían a cabalgar juntas sobre las estepas, victoriosas. También sintió la áspera arena del Mar Negro bajo sus pies, a medida que caminaba hacia el agua para bañarse y dejarse acariciar por las olas.

La sensación de paz permaneció en ella al despertar. Se estiró, relajando los músculos del cuello y de la espalda, mientras el coro de las aves confirmaba que se había perdido el amanecer. Al notar que otra de las hermosas túnicas de Hécuba estaba extendida sobre la silla, tomó sus propias prendas: su túnica y sus pantalones. Tras colocarse la armadura completa, se abrió paso a través del laberinto de corredores que conducían al patio de entrenamiento de Héctor.

El príncipe estaba solo, practicando con su escudo al igual que el día anterior. Se agachaba hasta las rodillas, luego rodaba y después saltaba hacia atrás con rapidez, esquivando un golpe invisible.

—Cuando hagas eso, una fracción de segundo antes debes mover el pie izquierdo hacia atrás —le aconsejó Pentesilea. El niño se detuvo a la mitad de un movimiento, con una amplia sonrisa en el rostro.

—Creí que se había ido. Mi madre dijo que, por la noche, tal vez tuviera que partir hacia una batalla.

—Tendré que irme muy pronto —dijo—. Pero, primero, muéstrame otra vez cómo te defiendes con ese brazo izquierdo. Me pareció un poco débil, en comparación con el derecho.

El niño se dejó imbuir por sus palabras al igual que una esponja; absorbía cada uno de sus consejos sin que Pentesilea tuviera que repetir una sola de las instrucciones. Su velocidad era tan fenomenal como su precisión. Sin embargo, por mucho que a Pentesilea le hubiera gustado quedarse más tiempo, también deseaba salir de ahí antes de que el sol fuera demasiado intenso. La forma más rápida de regresar al Ponto era cruzando el desierto; pero, incluso si lo rodeaba como pretendía, sería necesario atravesar tierras áridas donde el agua sería difícil de conseguir.

Caminó con Héctor y el rey Príamo hasta las grandes puertas de la ciudadela. Al llegar, el guardia que la había detenido el día anterior la estaba esperando con su aljaba de flechas y su hacha. Una vez que fijó el hacha al costado de su caballo le tendió su aljaba al príncipe Héctor.

—Toma —dijo—. Quédatela.

—¿Lo dice en serio?

—Sí.

Con un aire de incredulidad, lo tomó y recorrió el cuero con una mano, antes de pellizcar una flecha emplumada entre las yemas de los dedos.

—¿Ves esto, padre? ¿Lo ves? Estas son las flechas de la mismísima reina amazona. Con ellas seré invencible.

—Me parece que, para ser invencible, no se necesita una flecha fuerte, sino un arquero fuerte —respondió el rey Príamo, con diplomacia.

—Entonces practicaré todo el día. Todo el día y toda la noche.

—Sé que lo harás, hijo mío.

Con Héctor absorto en sus nuevas armas, Pentesilea se dirigió al rey:

—Tengo tanto que agradecerle.

—Tiene mi bendición. Como dije, si alguna vez llegara a necesitarla, estoy seguro de que vendría en nuestro auxilio.

—Lo haré. Tiene mi palabra.

—Y es todo lo que un rey podría pedir.

Mientras se alejaba de Troya cabalgando con lentitud, Pentesilea volvió a descubrir placer en las cosas más sencillas; un placer que se había ausentado durante un tiempo demasiado largo.

Lo descubrió en el susurro del viento entre los árboles; en las aves de rapiña, volando en círculos sobre sus presas en lo más alto de un cielo sin nubes; e incluso el verde de la hierba y de los árboles le pareció más vibrante. Desde la muerte de Hipólita, ninguna de estas cosas había tenido ningún significado para ella. Tal vez incluso desde antes; tal vez desde que su hermana había sido raptada por Teseo.

Y en cuanto alcanzó el Ponto y la ciudadela apareció en el horizonte, Pentesilea dejó que el viento revolviera su túnica e impactara contra su piel. Entonces llenó sus pulmones con una bocanada de aire y la mantuvo ahí, hasta sentir que su cuerpo temblaba.

Este era su hogar.

Esta era Temiscira.

Y la volvería tan grandiosa como antes.

PARTE VI

CAPÍTULO 54

Trabajaron durante años, entrenando a aquellas jóvenes que, en el momento de la batalla de Atenas, eran apenas unas niñas. Les legaron sus habilidades y su estilo de vida para que nunca les fueran arrebatados por los caprichos del tiempo. Intercambiaban cuanto podían por caballos nuevos, los cuales eran criados para ser montados tan pronto como sus lomos eran lo suficientemente fuertes; a sus madres se las ordeñaba para hacer quesos, que comían cubiertos de sal y de nueces. En las forjas, las amazonas fabricaban armas de la más alta calidad.

Entrenaban, cultivaban sus alimentos y se contaban historias entre sí. Pasaban las noches alrededor del fuego junto a sus hijas más pequeñas, narrando todos los relatos que podían recordar acerca de Ares y de Otrera, de la reina Hipólita y de la princesa Antíope. Les contaban de sus batallas, de sus cacerías y de todas las risas que habían compartido. Las mismas historias se repetían cada noche, a menudo en boca de la propia Pentesilea. Su sueño era que cada niña pudiera contar la vida de sus antepasadas como una forma de honrar a sus hermanas, y esperaba que se continuara de generación en generación, asegurando así el lugar permanente de las amazonas en la historia.

Sin embargo, los nuevos nacimientos eran cada vez menos frecuentes; las madres que habían tenido la suerte de dar a luz a una hija a menudo elegían el estilo de vida nómada en lugar de regresar a Temiscira.

—Las siguen educando en nuestras costumbres —le aseguró Melanipe—. Siguen convirtiendo a las niñas en guerreras. Pero este lugar guarda demasiados recuerdos para ellas. Hay demasiadas sombras acechando dentro de estos muros. Tal vez, cuando seamos más, regresen aquí.

—Tal vez —respondió Pentesilea, entendiendo a la perfección por qué esos corredores, donde antes resonaban las risas, ahora podían resultar tan asfixiantes. Ella misma no había tenido hijos desde antes de la partida de Hipólita.

Era cierto; ya era mucho mayor que cuando había ido con los gargarios por primera vez. Pero había mujeres de mayor edad que todavía eran capaces de tener hijos. Dos años después de su regreso de Troya, Clete se embarazó. El ambiente se llenó de una celebración incierta pero llena de esperanzas, sin embargo, perdió al bebé; iba a ser una niña.

Aun así, siguieron adelante. Con más de cincuenta mujeres fuertes en Temiscira, y otras más en las estepas a las que se podía convocar para cabalgar con ellas al campo de batalla, lograron asegurar que sus suministros nunca se agotaran. En las raras ocasiones en que se encontraran en aprietos, podían recurrir al intercambio. La tierra continuó satisfaciendo sus necesidades, tal como lo había hecho siempre. Pero ahora, con sus números reducidos, era imposible cosechar todo lo que se producía cada temporada. Buena parte de ello se pudría en los campos o en la vid, lo cual era un festín para las hormigas.

Las construcciones de Temiscira, alguna vez tan majestuosas, empezaban a derruirse por el desuso mientras que algunas zonas quedaban a merced de los elementos. Las mujeres ya no tenían necesidad de los inmensos comedores ni de las grandes arenas, donde solían verse entrenar la una a la otra. Las enredaderas se habían apoderado de los torreones más pequeños, asfixiando las ventanas y recubriendo la piedra con una cortina verde.

Se alojaban en las construcciones más pequeñas, de una o dos habitaciones, las cuales eran más fáciles de mantener. Pentesilea se prometió a sí misma que un día, cuando sus números volvieran a ser los de antes, reconstruirían el resto de la ciudadela. Entonces sería más grande que nunca.

A pesar de todo el espacio del que disponían, cuando hacía más calor, ella y Clete solían dormir en las estepas, a la intemperie, sin más que un fino dosel de tela sobre sus cabezas o incluso menos. A menudo, lo hacían luego de pasar el día cazando o de haber viajado tan al sur que no alcanzaban a regresar con la luz del sol. A veces, en Temiscira, Pentesilea se despertaba a mitad de la noche y descubría su respiración agitada y su piel empapada de sudor; tenía la sensación de que las paredes se cernían a su alrededor. Clete se levantaba también, sugiriendo que dieran una caminata por la playa para contemplar el reflejo de la luna en el agua.

En ciertas ocasiones, se encontraban con las nómadas para observar cómo entrenaban a sus hijas, a menudo con halcones.

Mantenían sus horas y sus mentes repletas de tareas; los años pasaban casi sin que se percataran de ello.

Solo cuando aparecieron las primeras canas en su pelo, Pentesilea se dio cuenta de cuánto tiempo había pasado desde su juventud.

—¡Arráncamelas! —le había insistido a Clete; a lo largo de los años, su cabello había conservado el mismo tono de ébano, y la edad no parecía tener más efecto en ella que en una diosa.

—Me gusta. Creo que se ve majestuoso.

—Yo ya era una reina mucho antes de que mi cabello se pusiera plateado —repuso.

Esto era una señal física. Pronto vendrían otras: rigidez en las extremidades o letargo mental. Después de las primeras canas, ¿cuánto tiempo tardaba una en volverse incapaz de gobernar? ¿Dos, tres décadas? Sabía que esos pensamientos eran una tontería, pero aun así la atormentaban. Entre risas, Clete alargó la mano y arrancó la injuriosa hebra de raíz, causándole un dolor agudo.

A menudo, Pentesilea pensaba en sí misma y en Hipólita durante sus años de juventud, cuando ambas sabían encontrar el milagro de la vida en todas partes; desde la salida del sol hasta el nacimiento de un nuevo potro. Solían sentir la invulnerabilidad de su propia juventud mientras cabalgaban en las aguas poco profundas del Mar Negro, con las olas rompiendo alrededor de sus corceles; el sabor salado de la espuma colmando su nariz, el sabor de una felicidad pura, sin adulterar. Existían otros recuerdos, por supuesto. Recuerdos que intentaba reprimir por miedo a que estos dejaran libre la oscuridad en los rincones de su mente, consumiéndola de nueva cuenta. Cuando esas imágenes reaparecían, se obligaba a pensar en el legado que su hermana le había dejado. Y no solo en las amazonas, sino también en Hipólito.

Por la noche, recostada junto a Clete y sintiendo su aliento cálido sobre el rostro, Pentesilea también pensaba en Hipólito. En dónde podría encontrarse. En qué aspiraciones tendría, si lo reconocería al verlo en un ágora concurrida o en el calor de una batalla. Ahora sería un hombre joven y, sin duda, Teseo estaría considerando su necesidad de una esposa o, más bien, su propia necesidad de forjar nuevas alianzas. Por otra parte, quizás no fuera así: se rumoreaba que Fedra, la joven esposa de Teseo, también le había dado hijos. Aunque, si había algún crédito en las historias que circulaban en el aire, los niños eran tan anodinos como enfermizos.

Junto a los pensamientos sobre su sobrino, las imágenes de Antíope también se habían arraigado en su mente. Podía ver a su hermana galopar entre la hierba alta, con el pelo ondeando en el aire. Entre el ruido de las olas, alcanzaba a escuchar su eufónica risa y el tono, más áspero y estridente, que solía emplear en el campo de batalla. Pensaba en sus hermanas sin cesar. Y, de vez en cuando, también pensaba en Príamo.

Durante sus primeros meses de vuelta en el Ponto, a menudo reflexionaba acerca del rey troyano y el obsequio que le había concedido con tanto desinterés. Sabía que cada momento de alegría que experimentaba se lo debía a su gracia; cada noche con Clete era un recordatorio de la bondad que había tenido Príamo con ella. También pensaba en el niño, en Héctor, convertido en un hombre con los años y cuyo nombre ahora se mencionaba a la par del suyo y el de sus hermanas. Y aunque sus cavilaciones en torno a los hombres de Troya se desvanecieron con el paso del tiempo, volvieron redobladas cuando llegaron noticias de la guerra.

Troya y el rey Príamo se encontraban bajo el ataque del rey Agamenón de Micenas, el cual había reunido el poder de toda Grecia en nombre de su hermano, el rey Menelao. A pesar de toda su riqueza y su posición, Menelao no había podido impedir que su esposa, Helena, se marchara de Esparta junto con Paris, el hermano menor de Héctor. Algunos afirmaban que había sido por elección propia, que la mujer se vio dominada por la pasión y la lujuria tan pronto puso la mirada sobre el joven héroe, el cual debió haberle parecido todavía más atractivo en comparación con el bruto en que su esposo se había convertido. Otros insistían en que no había sido así, sino que Paris, tras caer enamorado de Helena, la raptó a mitad de la noche. Para Pentesilea, los ecos de aquella historia resultaban demasiado familiares. De cualquier forma, el resultado fue el mismo.

Mil barcos. Eso era lo que había oído. Mil barcos habían zarpado hacia las arenas troyanas, listos para declarar la guerra al gentil rey Príamo.

—Los griegos no pueden entrar en la ciudad.

Todas las mujeres con las que habló tenían la misma opinión, independientemente de si habían puesto un pie o ninguno en Troya.

—Las murallas son impenetrables. Los troyanos ganarán. No hay forma de que sean derrotados.

Pentesilea tomó sus palabras al pie de la letra, tratando de encontrar algún consuelo en ellas; sin embargo, la aprehensión no dejaba de asediarla. Había algo en el aire, similar a una tormenta lejana que, por ahora, se mantenía a raya gracias a un viento favorable, pero que no tardaría en desatarse sobre sus cabezas.

De todas partes llegaban rumores sobre Aquiles, el joven guerrero, invicto y, según decían, invencible. Al escucharlos, Pentesilea era incapaz de reprimir una mueca de burla; sus amargas experiencias le habían enseñado que ningún hombre o mujer era invencible. Además, por cada historia sobre la destreza de Aquiles, surgía otra más acerca de Héctor. Ahora era líder del ejército troyano, un príncipe conocido tanto por su sentido de la justicia como por su destreza para el combate, más hábil con la espada que cualquier hombre de Anatolia. Pentesilea sonrió para sus adentros, recordando su breve sesión de entrenamiento. Se preguntó si Héctor alguna vez pensaba en ella cuando lanzaba una flecha o clavaba su lanza en el pecho de algún enemigo.

—Deberíamos ir en su auxilio —le dijo una noche a Melanipe.

Estaban cenando junto al mar, agasajándose con el pescado que una de las más jóvenes cazó con su lanza para cocinarlo en una pequeña fogata.

—Ese fue mi acuerdo con Príamo, como recordarás. Que yo le ofrecería ayuda si alguna vez la necesitaba.

—Creí que el acuerdo era que, si alguna vez se encontraban tan desesperados que temieran por su seguridad, entonces tú irías en su auxilio. Nadie tiene ninguna preocupación auténtica por Troya. Todos están al tanto de la supremacía de Príamo. Han mantenido la ciudad en pie durante más de cinco años, mientras que los griegos acampan sobre la arena al exterior de sus murallas, en la miseria, a kilómetros de sus hogares y de reinos que probablemente están siendo usurpados mientras ellos pelean la guerra de otro hombre. Príamo podría mantener a Troya de pie durante otros cincuenta años, hermana. Créeme.

Pentesilea apretó los labios. Arrancó un poco más de carne blanca del esqueleto antes de llevársela a la boca. Luego pareció vacilar.

—He oído hablar de una profecía, hermana. Una otorgada por Calcas, el gran vidente. Dijo que la guerra durará diez años.

¿Crees que sea posible? ¿Que realmente podría continuar durante tanto tiempo?

—Si el asedio continúa de la misma manera, entonces, ¿por qué no habría de hacerlo? Los troyanos cuentan con alimento al interior de sus murallas y los griegos reciben sus suministros por barco. ¿Comprendes?

Lo comprendía. Pensaba exactamente lo mismo que su hermana. Cinco años más. Pero ¿quién ganaría entonces?

—Deberíamos esperar —dijo Melanipe, poniendo una mano en su rodilla—. Si realmente nos necesitan, entonces hablaremos de esto en otra ocasión. Por ahora, tienes que pensar en tus propias mujeres.

Y Pentesilea estuvo de acuerdo.

Los años pasaron. El sol salía y se ocultaba; la luna crecía y menguaba. Hubo más embarazos entre las amazonas, incluyendo, por fin, una hija de Clete. Otras mujeres dieron a luz varios hijos que llevaron con sus padres. Los caballos crecieron tanto en número que muchos terminaron vagando por sí solos. A menudo se les podía ver en manadas, majestuosos, con la niebla matinal elevándose a su alrededor. Solo una fracción de ellos había podido ser domada.

Lo que hacía falta era paciencia; Pentesilea cayó en cuenta de ello. Si las amazonas iban a recuperar su antigua fuerza, no sería en este momento y, tal vez, ni siquiera durante su propia vida. Aunque quizás sí durante la vida de la hija de Clete, Antianira, a la cual amaba más de lo que hubiera imaginado jamás. Cada día que pasaba con ella le hacía comprender la renuencia de Hipólita por abandonar a Hipólito. Si tan solo ella hubiera sido bendecida con esta misma sabiduría tantos años atrás.

Las noticias de la guerra de Troya las alcanzaban al igual que la brisa a las hojas. Al parecer, existían desavenencias en los campamentos griegos; no solo entre los soldados, sino también entre sus líderes, Aquiles y Agamenón. Una disputa galvanizada por la plaga que Apolo había arrojado sobre ellos.

—Tal vez los griegos se rindan —dijo Clete—. Han perdido a demasiados hombres.

Pentesilea no compartía su optimismo.

—Si pensaran hacer eso, ya lo habrían hecho. Agamenón es tenaz, no emprenderá la retirada después de tanta espera. No se irá sin una victoria, para un bando o para el otro.

Clete asintió, sin agregar otra palabra.

Fue en el noveno año del asedio de Troya cuando Pentesilea volvió a hablar al respecto. El crepúsculo caía en las estepas, trayendo consigo un calor brumoso sobre la tierra. Se hallaban sentadas en los escalones derruidos de lo que alguna vez había sido su arena. Mientras bordaban patrones en sus pantalones nuevos, el sonido distante del oleaje llegaba hasta ellas con debilidad. Y si bien la mente de Melanipe estaba absorta en la tarea y en el movimiento rítmico de su aguja, la de Pentesilea no podía descansar. Dejó el cuero sobre su regazo y levantó la cabeza.

—Quiero que vayamos a Troya —dijo—. Hemos permanecido al margen durante demasiado tiempo. Según se predice, pronto la guerra llegará a su fin y este tal Aquiles todavía se mantiene con fuerza. Creo que podemos ser la clave para que esta guerra termine, hermana. Y para que lo haga en favor de los troyanos. Deberíamos ir, y pronto. Les diré a las mujeres que preparen los caballos mañana.

Dado que ella era la reina, esperaba que Melanipe accediera de inmediato. Su hermana, no obstante, frunció el ceño.

—No creo que debamos interferir —respondió.

Pentesilea se sobresaltó como si la hubieran abofeteado.

—¿No debemos interferir? Es una batalla. Interferir en las batallas es lo que hacemos. Es nuestra verdadera vocación.

—Sí, batallas pequeñas. Guerras pequeñas. Ninguna de este tamaño. Ahora sabemos que es posible ser derrotadas y este ejército es más grande que el de Atenas. Incontables veces más grande. Y mira nuestros números. Si nos unimos a los troyanos y las cosas no salen como ellos quieren, entonces será nuestro fin. Nunca podríamos recuperar nuestra fuerza.

Un calor feroz comenzó a crecer en el interior de la reina.

—¿Hablas en serio? ¿Le darías la espalda a una batalla? ¿Una a la que estoy obligada a acudir? Sin Príamo, ¿quién sabe dónde estaría yo? Ciertamente no estaría aquí, entre los muros de Temiscira. Eso ambas lo sabemos.

—¿Entonces todas debemos pagar el precio de lo que hiciste? —exigió Melanipe—. Esta obligación es tuya y solo tuya. Si no hubieras ido a ver a Príamo, nosotras habríamos seguido tal como estábamos antes.

El calor se extendía sin control.

—¿No fuiste tú quien dijo que debía ir a verlo?

—Sí, para tu purificación. Para que te prestara su ayuda. No para destruir lo poco que queda de nosotras. Sé cómo suena esto, hermana, lo sé, y desearía que hubiera una forma más fácil de decirlo, pero prometiste que tú acudirías a la batalla en auxilio de Troya y de Príamo, si lo necesitaban. No nos prometiste a nosotras. No le prometiste a las amazonas, y nuestras mujeres no deberían ser responsables de tus malas decisiones. No podemos ganar esta pelea. Esto volverá a ser como lo de Atenas. Excepto que, esta vez, ¡ninguna de nosotras regresará con vida!

CAPÍTULO 55

La rabia la estaba consumiendo. Sus dedos se doblaron como garras, crispándose como si necesitaran disparar una flecha o blandir un hacha. Se separó furiosa de Melanipe, asombrada por su terquedad. ¿Cuántos insultos no le había lanzado, disimulados en aquel tono de razonable preocupación? ¿Acaso no daban a entender que la presencia de Pentesilea en el Ponto era innecesaria? ¿Que las mujeres habrían estado perfectamente bien sin ella? ¿Que su purificación no le había traído bien alguno a las amazonas? La reina era ella; no Melanipe. Tal vez los años que había gobernado se le subieron a la cabeza. ¿Pensaba que, al permitir que Pentesilea cabalgara sola hacia Troya, podría recuperar el papel de la reina y combatir solo cuando fuera necesario o, mejor aún, no combatir en absoluto? ¿Acaso no veía que, bajo un reinado semejante, la palabra «amazona» y el miedo que esta lograba evocar terminaría por convertirse en un mero recuerdo?

No, eso no podía ocurrir. No iba a permitirlo. Reuniría a cada una de las mujeres, incluidas las nómadas y las jóvenes que aún no habían derramado sangre ni se habían proclamado como auténticas amazonas. Las llamaría a todas y todas lucharían bajo su mando.

Esa noche estuvo vagando al exterior de la ciudadela. Sabía que, sin ella a su lado, Clete sería incapaz de conciliar el sueño, pero no era capaz de entrar en los mismos muros donde su hermana dormía. Finalmente, llevó su arco a las estepas, en donde tiempo atrás una vieja piel estaba clavada al tronco de un árbol muerto. Era usada como diana para las niñas más pequeñas; a la luz del día, podían distinguirse los cientos de rasgaduras que habían reducido la piel a unas meras tiras de cuero. Por la noche, sin embargo, esta se alzaba como una sombra firme entre las sombras más sólidas aún de los árboles, que se sacudían con el viento.

Era una noche helada. Sin detenerse siquiera, la reina levantó su arma y vació toda una aljaba sobre el objetivo. Cada flecha se clavó una fracción más arriba que la anterior; no tuvo que mirar para cerciorarse de que había dejado una línea vertical de plumas. Las mujeres irían a Troya con ella.

Cuando se retiró a su recámara, la luna se había convertido en un disco a punto de extinguirse, el cual descendía con lentitud tras la estela del carro de Selene. Las estrellas estaban desapareciendo. Pronto amanecería y todavía no había dormido.

—Supongo que tu discusión con Melanipe no salió del todo bien —dijo Clete, incapaz de reprimir un bostezo mientras se sentaba sobre la cama.

Pentesilea se dejó caer a su lado, pasando su lengua por los dientes en un intento de contener las palabras que buscaban escapar de sus labios.

—No cree que sea correcto que guíe a las amazonas en auxilio de Troya. No cree que nos traiga ningún beneficio ni que tengamos ninguna obligación con el rey Príamo.

Los ojos oscuros de Clete relucieron en la pálida luz.

—Debes tratar de comprender su punto de vista —dijo, tan gentilmente como pudo.

Pentesilea se puso de pie con un salto. Su sangre, que tan poco tenía de haberse enfriado, de nuevo corrió con un fervor furioso.

—¿Segura que no estás de su lado? ¿Crees que tenga razón?

—Pentesilea, amor mío, eso no fue lo que dije.

—Dijiste que debería comprender su punto de vista.

—Porque tiene un punto válido. Nuestros números son pequeños. Peligrosamente pequeños. No desea ver aniquilado el legado de su padre y sus hermanas.

—¿Y crees que yo sí?

—Por supuesto que no. Y ella tampoco lo cree. Pero seguramente eres capaz de comprender sus miedos. La batalla sería mucho grande que la de Atenas, con más hombres en nuestra contra y menos amazonas para hacerles frente. Ahí, además, estábamos luchando para restaurar el honor de nuestra reina robada. En esta situación, ni siquiera somos nosotras las que fueron agraviadas.

Pentesilea resopló, pero Clete siguió adelante.

—Piensalo bien, antes de Atenas, ¿cuándo habíamos salido a cabalgar con cada una de nuestras buenas mujeres? Nunca. Siempre había quienes se quedaban atrás para defender a Temiscira, a las niñas y aquellas demasiado viejas o heridas para luchar.

—Pero, ahora, no hay nadie aquí que necesite ser defendida —repuso Pentesilea.

—Exactamente.

El desacuerdo de Melanipe era una cosa, pero ¿Clete? Pentesilea era la reina y esto era lo que quería. Sin duda, ese debía ser motivo suficiente. Clete dio con su brazo y lo rozó suavemente con los dedos.

—Entiendo que le debes a Príamo la vida que te devolvió —dijo—. Pero eres la reina, y sabes que tus deseos no son los únicos que deben ser considerados. Tus mujeres te admiran y confían en que tomarás las decisiones correctas para ellas y para sus hijas.

Estaba agitada. Le dolía la cabeza y tenía revuelto el estómago. Deseaba esto con todas sus fuerzas, pero ambas tenían razón. No era lo que las amazonas necesitaban.

—Entonces, ¿qué debo hacer? —preguntó, sentándose de nuevo junto a Clete—. ¿Cómo puedo hacerlo? Debo ayudar a Troya.

—Lo sé. Y estoy segura de que habrá quienes deseen acompañarte. Así que reúne a todas y pídeles que lo hagan. No se los ordenes. Agradéceles a quienes se ofrezcan a luchar contigo, pero tan solo alégrate en privado. Y no muestres animosidad ni mala voluntad hacia el resto. Diles que comprendes y aceptas su decisión.

Esta era una solución justa. Hipólita nunca había obligado a una mujer a luchar si esta no se sentía capaz de hacerlo; sin embargo, seguía estando intranquila.

—¿Y si nadie desea cabalgar conmigo? —preguntó.

—Entonces tú y yo iremos juntas a la batalla de Troya, una al lado a la otra —respondió Clete antes de darle un beso en la frente.

—¿Y qué pasará con Antianira? ¿Y si ninguna de los dos regresa con vida?

—Entonces ella contará nuestras historias, tal como le hemos enseñado que lo haga.

Estaba decidido. Al día siguiente, Pentesilea envió un mensaje declarando que todas las nómadas y las mujeres de las tribus debían regresar a las estepas para escuchar las palabras de su reina. Y debían traer sus armas consigo, porque tenía una petición que hacerles.

Cuando llegó el día en que todas las que atendieron su llamado estaban ahí, ni el corazón ni los pies de Pentesilea cesaban sus movimientos nerviosos. Murmuraba para sí misma, retorciéndose las manos mientras caminaba de un lado a otro:

—Partiremos mañana por la mañana. No importa si somos

cincuenta o solo nosotras dos; partiremos en ese instante —le dijo Pentesilea a Clete, aunque las palabras más bien parecían ir dirigidas a sí misma.

Clete asintió.

—Como desees, amor mío.

La lealtad y el apoyo de Clete se vieron eclipsados por la tensión continua entre la reina y Melanipe. La animosidad entre ambas era tan intensa que, tan pronto se veían, empezaban a reñir. Pentesilea sabía que, llegado el momento de dirigirse a las mujeres, no podría mirar a su hermana a los ojos por miedo a lo que pudiera decir.

Ataviada con el atuendo de guerra completo y montando una yegua castaña, se abrochó el cíngulo alrededor de la cintura y deslizó sus cuchillos y su espada al interior. Colocó su aljaba de modo que quedara a la altura de su muslo. Ató el arco sobre su espalda y el hacha al costado del caballo.

—Pentesilea, es hora —dijo Clete.

A medida que cabalgaba hacia lo que alguna vez había sido su magnífica arena, la invadió una mezcla de tristeza y determinación. Más de cien mujeres la estaban esperando; algunas eran tan jóvenes que, incluso de pie, no habrían podido alcanzar los flancos de los caballos sobre los que estaban sentadas. Otras eran tan viejas que su piel suelta, tan delgada como el papel, colgaba en pliegues sobre sus caras y sus cuellos. Un centenar de mujeres, donde alguna vez hubo miles.

—Amazonas —clamó—, gracias por acudir a mí. Imagino que muchas de ustedes saben por qué están aquí.

Se escucharon murmullos, pero ella no se detuvo a escuchar con suficiente atención como para distinguir alguna de sus palabras.

—Como todas sabemos, Troya lleva casi diez años en guerra. Los griegos se han agrupado en enormes cantidades, lanzando toda su fuerza contra la gran muralla de piedra de la ciudad, sin éxito alguno. Intentaron someter a los troyanos a través del hambre y también fracasaron; ellos todavía conservan sus fuerzas. No obstante, en lo más profundo de mi corazón, presiento que necesitan nuestra ayuda; que nosotras podemos ser el elemento decisivo para que el príncipe Héctor y el rey Príamo reclamen la victoria sobre los invasores.

Las mujeres la estudiaron en silencio, sabiendo que aún no había terminado.

—Puede que sepan o ignoren que le he jurado lealtad al rey Príamo. Él me auxilió en un momento en el que mi vida se encontraba en la más completa y absoluta oscuridad. De hecho, el rey me salvó. Y aunque pudo haberme exigido lo que fuera a cambio, con el propósito de aumentar su riqueza o su posición, no lo hizo. Me prestó su ayuda deliberadamente, por su buena voluntad.

»Les digo como reina, como su reina, que se trata de un hombre bueno y honorable. Que no solo se preocupa por la familia que ama, sino también por sus ciudadanos. Y si Héctor, su hijo, es siquiera la mitad del hombre y guerrero del que hemos oído hablar, entonces no podrían estar mejor liderados. Pero eso no quiere decir que no necesiten nuestra ayuda. Y tengo la obligación personal de ir en su auxilio y luchar por ellos, tal como lo haría por ustedes.

»Por más que sea su reina, no les ordenaré que se unan a mí en esta empresa. Pero —Pentesiela se detuvo por un instante—, les preguntaré con toda humildad si alguna de ustedes está dispuesta a viajar conmigo a Troya. ¿Quién cabalgaría para enfrentarse a los griegos junto a mí? ¿Alguna está dispuesta a defender una ciudad respetada por mi padre, Ares, dios de la guerra? No puedo prometer que volverán. Pero aun así... ¿vendría alguna a combatir a mi lado?

Su pregunta quedó suspendida en el aire, al igual que un suspiro cristalizándose en un día de invierno. Los caballos tiraron de sus jinetes, las mujeres intercambiaron miradas entre sí. Muchas apartaron los ojos; jóvenes que nunca habían combatido, mujeres que recordaban con demasiada fidelidad lo cerca que estuvieron de perder la vida en Atenas.

Desde el fondo de la arena, clamó una sola voz.

—¡Yo cabalgaré contigo, mi reina!

Clete vestía su atuendo de batalla; un gorro de cuero en la cabeza y botas atadas hasta la rodilla. Pentesilea pensó que se veía casi veinte años más joven; como la muchacha de la que se había enamorado tantas décadas atrás. A pesar de la situación, no pudo evitar sentir que, en sus adentros, florecía de nueva cuenta el amor más profundo.

—También tiene mi espada —dijo Termodosa, una mujer de más edad, dando un paso al frente.

—Y tiene mi arco. —Amina, la siguiente en hablar, era apenas una niña cuando cabalgaron hacia Atenas. Al ser demasiado joven para luchar, se había quedado atrás con el resto de las niñas. Ahora, era una amazona en la flor de su edad, lista para luchar junto a una reina que apenas y la había gobernado.

—Gracias —respondió Pentesilea.

—Yo también cabalgaré a su lado. —Evandre guio su caballo hacia adelante. Fue herida en Atenas, apenas su segunda batalla; pero, a diferencia de tantas mujeres, no había sido la última. Había mostrado fortaleza y, en esos momentos, parecía tener más todavía.

Al final, más de treinta mujeres accedieron a cabalgar junto a su reina. Melanipe no estaba entre ellas.

—No siento ningún rencor hacia ti —le dijo Pentesilea, encontrando más verdad en sus palabras de lo que hubiera esperado—. Lo entiendo, hermana. Tu lugar está aquí, con las que quedan.

Melanipe levantó la cabeza con los ojos reluciendo de lágrimas.

—Si ves a nuestro padre, dale mis bendiciones.

—Lo haré.

Las mujeres comenzaron a moverse, ofreciéndose abrazos de despedida y armas como obsequio. Varias jóvenes, incluida su amada Antianira, miraron a Pentesilea con nostalgia, deseando poder acompañarla. Durante su primer reinado, les habría permitido la oportunidad de probarse a sí mismas y demostrar su valía. Pero no ahora. Eso había cambiado

—Mi reina, ¿puedo agregar algo?

Al darse la vuelta, Pentesilea encontró a Clonia de pie. La misma Clonia que había viajado con ella a Atenas tantos años atrás, cuando fue en busca de Hipólita por primera vez y, más tarde, en una segunda ocasión, para la batalla contra Teseo. Y ahora estaba ahí, apenas un poco más baja en estatura, deseando acompañarla a la que bien podría ser la batalla más grande que hubieran librado.

—Por supuesto. Por favor, ¿en qué estás pensando?

Inhaló con fuerza por la nariz, lo cual le indicó a Pentesilea que, seguramente, no iba a sentirse contenta con lo que estaba a punto de escuchar.

—Los griegos, ¿se encuentran apostados en la orilla? ¿A lo largo de la playa?

—Con sus números, es probable que no quede siquiera una pulgada de arena sin ocupar —respondió.

Clonia asintió, tomándose un momento más antes de seguir hablando.

—Entonces puede que nos resulte difícil penetrar su ejército. Si llegamos por tierra desde Anatolia, nos encontraremos frente a su mayor línea de defensa, cerca de la ciudadela.

—¿Qué otra opción tenemos?

Entendió a qué se refería la mujer. Si los soldados griegos se hallaban alineados cerca de la muralla, sería necesario usar toda su energía para luchar a través de ellos y hasta las puertas de Troya. Desde ahí, podrían ofrecerle mayor protección a Príamo.

—Podríamos tomar un barco. De esa manera, llegaríamos por la retaguardia y sorprenderíamos al ejército en sus campamentos. Podríamos atacar a sus generales y causar estragos, moviéndonos con rapidez antes de que sus números nos sobrepasen. No hace falta recorrer una distancia tan grande en barco, tan solo desde Helesponto. Además, no sospecharían de nosotras, porque nunca hemos acostumbrado a viajar por agua —respondió Clonia.

La inquietud recorrió a Pentesilea por completo. Viajar por mar no era el estilo de las amazonas. A decir verdad, la ponía nerviosa. Sus vidas transcurrían en tierra, no en agua. Además, el mar era el reino de Poseidón, el padre de Teseo, lo cual bastó para llenarla de malos presentimientos.

—No puedo... esta batalla será lo suficientemente difícil por sí sola. ¿Y si algo sale mal?

—¿Por ejemplo? —replicó Clonia—. Sería apenas una embarcación pequeña. He realizado varios viajes de ese tipo a lo largo de los años. Estoy segura de que, por el precio adecuado, podré encontrar un capitán que nos lleve.

—Las naves pequeñas sucumben más fácilmente al oleaje o se desvían de su curso. No. Comprendo lo que propones, pero no.

Las mujeres, que se habían reunido a su alrededor, permanecieron en silencio mientras la cabeza de Clonia se inclinaba con decepción.

—¿Y si dividimos nuestros números? —dijo Clete, reavivando la conversación—. Ya somos muy pocas como para enfrentarnos a los griegos de frente. Si vamos a depender de ataques rápidos y estratégicos, entonces tal vez atacar con dos grupos en frentes distintos pueda volvernos más efectivas. Mi reina, tú podrías liderar a las mujeres que prefieran viajar por tierra, mientras yo guío al resto en el viaje por mar.

La mirada que intercambiaron Clete y Pentesilea no era de una amazona con su reina, sino de las más queridas amigas y mucho más que eso. Así se habían comunicado desde siempre y, en ese momento, ninguna opinión le resultaba más importante.

—¿Crees que funcionará? — preguntó Pentesilea.

—Sí, creo que es una forma inteligente de proceder.

Clete tuvo razón al convocar a las mujeres para que Pentesilea se dirigiera a ellas. Tuvo razón al aconsejarle que fuera en busca de la purificación. Casi todas las buenas decisiones que Pentesilea había tomado la involucraban a ella. Sería arrogante de su parte ignorar una coincidencia semejante.

—Entonces eso es lo que haremos —dijo—. Nos separaremos. Yo guiaré a las que deseen viajar hasta Troya a caballo. El resto irá con Clete y Clonia, junto con todos nuestros suministros y armas adicionales.

Las mujeres parecieron estar satisfechas con este arreglo y asintieron con la cabeza.

CAPÍTULO 56

Al final, tan solo doce mujeres partieron con Pentesilea. El viento soplaba con fuerza a sus espaldas, como si los mismísimos dioses las estuvieran alentando y bendijeran su travesía. El cielo del alba se cubrió de nubes del tono pálido del coral y no había ningún asomo de lluvia en el horizonte. Cabalgaron en silencio; no hacía falta decir palabra.

Llevaban un rato viajando, y el pelaje de su caballo ya relucía de sudor, cuando Pentesilea se dio cuenta de que no había echado un último vistazo a Temiscira antes de que esta desapareciera de la vista. No le había dado una última mirada amorosa a su hogar, ni había pronunciado una oración en silencio para que los dioses mantuvieran a salvo a todas las que permanecían entre sus muros. Pero volvería a ver su ciudad; su padre se aseguraría de que así fuera.

Cuando llegaron al mar de Mármara, les permitieron a los caballos descansar, revisaron sus armas y se alimentaron. A lo largo del camino, había puestos instalados en los que compraron castañas asadas y pescado en brochetas, cocinado sobre brasas que hacían su piel burbujear y tornarse negra. Una vez que pudieron calmar el hambre, encontraron un lugar adecuado para dormir y recuperar sus fuerzas. Para entonces, Clete y las demás ya se habrían ido del Ponto tras permanecer un poco más en Temiscira, reuniendo provisiones y cargándolas en sus caballos. Por la voluntad de los dioses, llegarían casi al mismo tiempo.

Mientras las mujeres dormían en silencio, apretando sus dagas entre los dedos, los animales devoraban la hierba a mordiscos. Pentesilea, que se había quedado despierta para hacer guardia, notó a un grupo de hombres que se agrupaban en la cercanía, moviendo las manos deprisa al hablar. Había visto suficiente del mundo para saber cuándo se estaba hablando de guerra, y los ruidos que hacían solo confirmaron sus sospechas. Se levantó del suelo y se acercó hacia donde estaban ellos.

—Tú —dijo, mirando al que había estado hablando con más entusiasmo—. ¿Tienes noticias de Troya?

Al ver a la reina, el hombre palideció y dio un paso atrás. Únicamente los ojos y labios de Pentesilea eran visibles bajo su casco de metal; era menos cómodo que los habituales gorros de cuero, pero lo había elegido por su resistencia.

El hombre tartamudeó, luchando por pronunciar la misma sílaba antes de hilar una palabra coherente.

—Sí, sí. Hay noticias. Dicen que Héctor lo logró, que mató al guerrero Aquiles. Los griegos no pueden ganar sin él. Ahora todo llegará a su fin.

Un largo suspiro grave salió de los labios de Pentesilea, mientras la imagen de Héctor, el niño, se formaba en su mente. Había matado a Aquiles, acaso el guerrero más grande que los griegos hubieran conocido. Ahora pasaría a ser parte de la historia; nunca sería olvidado. Esta noche, habría celebraciones al interior de esas majestuosas murallas Tal vez las naves enemigas ya estaban zarpando.

Sin darle las gracias al hombre, regresó de inmediato con sus mujeres.

—Vengan —dijo—. Preparen sus caballos. Deberíamos irnos. Todavía nos queda otro día de viaje por delante. Acamparemos en las montañas detrás de Troya. Pueden descansar antes de que ataquemos al alba.

Conforme se acercaban a su destino, la anticipación flotaba en el aire con cada vez más espesor. Cada una de ellas irradiaba entusiasmo, incluida Pentesilea. Sí, eran solo trece, pero, a decir verdad, se trataba de las mujeres más fuertes de las que Pentesilea todavía podía disponer. Ella misma las hubiera elegido para cabalgar a su lado; como creció junto a varias de ellas, en el calor de la batalla era capaz de anticipar cada uno de sus pensamientos, tal como ellas sabían anticipar los suyos. Las más jóvenes compartían su espíritu y su fervor. Incluso con el agotamiento encima, podían derrotar a cientos de hombres fuertes y capaces, recién llegados a la lucha. Y los griegos no se encontraban en esa posición. Sin duda, esos diez años librando una guerra lejos de casa les costarían; más aún después de la escandalosa noticia de la derrota de Aquiles. Acabarían con ellos uno por uno. Quizás eran pocas en número, pero su aparición sería el impulso final que los troyanos necesitaban para hacer retroceder a los griegos de una vez por todas.

Tres días luego de haber dejado el Ponto, con un cielo teñido de ámbar sobre sus cabezas, subieron la última colina desde la cual Troya finalmente apareció a la vista. Se detuvieron de súbito; las mujeres dejaron escapar exclamaciones de asombro en rápida sucesión, y la reina tuvo que tensarse para reprimir su propio estupor. Ya conocía las descomunales estructuras que formaban las murallas y la ciudadela de Troya, pero nunca se imaginó aquel paisaje de la costa. Había una hilera tras otra de trirremes, idénticos al que habría llevado a Heracles hasta Temiscira tantos años atrás. Eran tantos que sus velas formaban un nuevo horizonte que se extendía hasta donde alcanzaba la vista, al norte, al sur, subiendo y bajando, como si el océano respirara y los barcos fueran la piel que lo cubría.

—Nunca había visto algo parecido —dijo Amina con voz temblorosa—. ¿Usted, mi reina?

—No, nunca. Nadie lo ha visto jamás.

Al no encontrar ningún sitio que sirviera de mirador, siguieron caminando con lentitud, con la esperanza de vislumbrar algún punto débil, en la tierra y en el mar, a través el cual pudieran causar el mayor daño posible al ejército griego.

Mientras se acercaban a la ciudad, se percataron de un alboroto que estaba teniendo lugar frente a las grandes puertas.

—¿Están combatiendo? —preguntó Polemusa.

La reina forzó la vista para ver con más claridad, pero la distancia era demasiada. Ciertamente, se alcanzaban a escuchar ruidos resonando contra los muros, pero no parecían ser los sonidos propios de una batalla. Ella los conocía demasiado bien; había cabalgado o corrido en dirección a situaciones similares en cientos de ocasiones. Aunque fuera contra un enemigo menor, el sonoro choque metálico de espadas contra escudos siempre había estado ahí. ¿Podía percatarse de ese sonido ahora? No, este era distinto.

Era el sonido de vítores.

—Debemos acercarnos —les gritó a las mujeres, espoleando a su caballo al galope—. Si una batalla da comienzo, será el momento de atacar.

—¿Qué hay de nuestro plan de esperar al resto?

—Si ya nos hemos enfrentado a ellos, entonces una vez que Clete y las otras mujeres lleguen tendrán más posibilidades de tomarlos por sorpresa.

La previsión había sido reemplazada por una poderosa oleada de energía que la impulsaba hacia delante. Los cascos de su caballo golpeaban el suelo con fuerza, más irresistibles que cualquier tambor de guerra. Las mujeres apresuraban el paso a su lado. Eran solo trece y, sin embargo, juntas formaban un ejército.

Cabalgaron hasta un farallón, desde el cual era visible toda la longitud de la playa. Los hombres se hallaban reunidos a poca distancia de las puertas de la ciudad, pero, tal como lo anticipó, no estaban combatiendo. Parecían observar algo. El polvo se elevaba por el aire en una espiral, ocultando aquello que atraía su atención. ¿Alguien trataba de atrapar a un caballo fugitivo? No. Solo un carro podía levantar tanto polvo. ¿Quizás era un anuncio del rey?

—Necesitamos acercarnos más —dijo— Debo averiguar qué está ocurriendo.

Sin embargo, frente a ellas, el único camino eran las ruinas de un estrecho sendero a través del acantilado. Durante las tormentas de marea alta, el implacable golpeteo de las olas lo había derruido por completo; las piedras restantes estaban adornadas de sargazo y relucían con el verde de las algas. Era demasiado peligroso, un desastre esperando ocurrir. Ni siquiera sus valientes caballos serían capaces de atravesar ese camino.

Pentesilea hirvió de frustración mientras estudiaba el paisaje en busca de una ruta alterna. No había nada a la vista a pesar de que se encontraban tan cerca. Las tiendas de los griegos, sin duda repletas de reyes gordos y barbudos que se ocupaban en curar su gota, se hallaban a tan poca distancia.

—Esperen aquí —dijo, y se tiró al suelo.

Con hacha en mano, saltó a una cornisa y aterrizó con toda seguridad, solo para dar otro paso y que su pie resbalara sobre el fango. Se irguió en menos de un instante. Ahora, sin embargo, se dio cuenta de lo expuesta que estaba; si algún griego salía de su tienda y miraba hacia arriba, la descubriría ahí mismo, en la pared del acantilado, por completo indefensa.

Clavó el hacha en una gran roca a sus pies y, utilizándola como ancla, trepó por las piedras sueltas hasta la siguiente cornisa. Repitiendo esta acción, descendió lentamente hasta que fue acogida por el alivio del suelo firme. Entonces avanzó con sigilo por la playa, permitiendo que la suave arena amortiguara sus pasos.

Las tiendas revestidas de cuero se encontraban atestadas. Los hombres caminaban de regreso a ellas, riendo y dándose palmadas en la espalda. Se encontraban felices, lanzando vítores, hablando de vino. Pentesilea retrocedió deprisa, observando oculta detrás de una enorme roca. Entonces aguardó; no estaba segura qué esperaba, pero sí de que lo sabría cuando llegara. Y así fue.

Un hombre abandonó el grupo, caminó hacia su posición y, luego, comenzó a orinar sobre el costado de su escondite. Mientras vaciaba su vejiga, Pentesiela se deslizó hacia atrás de él y, presionando una daga contra su garganta, lo arrastró fuera de la vista de sus compañeros.

—Si gritas, acabaré contigo ahora mismo —dijo.

Sintió cómo su manzana de Adán subía y bajaba, raspando contra el borde de su hoja. Escuchó su respiración hacerse áspera conforme ella restringía el flujo de aire a sus pulmones con la otra mano.

—¿Comprendes? —susurró.

El hombre inclinó la cabeza de forma casi imperceptible; entonces, Pentesilea redujo la presión en su tráquea por una fracción. Ya fuera por pánico o simplemente sintiendo que era su única oportunidad de huir, él tomó la muñeca que sostenía su daga y la apartó. Pero en cuanto se liberó, ella lo hizo tropezar con el pie y caer hacia adelante contra las rocas.

En un instante, Pentesiela estaba sobre él y, agarrando un mechón de su cabello, jaló su cabeza y hundió su daga lo suficiente para sacarle sangre.

—¡No te muevas! —ordenó—. Puedo atravesar tus cuerdas vocales antes de que siquiera tomes aire para gritar.

Su cuerpo temblaba con un espasmo en cada uno de sus músculos. Si este era el calibre de sus hombres, pensó, era un milagro que los griegos hubieran llegado tan lejos.

—Dime —dijo, dándole vuelta para colocarlo boca arriba—. ¿Qué fue eso? El polvo que vimos. ¿De qué se trata?

El hombre farfulló un sonido ininteligible y luego tuvo un ataque de tos. Pentesilea lo silenció con un codazo en el estómago, aflojó un poco la presión del cuchillo y, entonces, salió una sola palabra. Un nombre.

—Aquiles —dijo.

El hombre se encontraba aturdido. ¿Aquiles seguía con vida? No era raro que los rumores se volvieran confusos a medida que viajaban. Pero el mar de Mármara no estaba lejos de ahí. Sin duda, los hombres con los que habló no podían haberse equivocado tanto.

—¿Qué estaban haciendo? —preguntó, aumentando de nuevo

la presión—. ¿Qué estaban mirando los hombres? ¿De dónde venía todo ese polvo?

El jadeo del hombre se había transformado en un débil sollozo. Pentesilea sintió su mano humedecerse con las lágrimas que caían de su rostro barbudo.

Le dio asco.

—Ma... mató a Héctor. Estaba arrastrando su cuerpo por todas partes, detrás de su carro.

—¿Qué?

La daga de Pentesilea cayó del cuello del hombre, quien al menos tuvo la sabiduría necesaria para no intentar escapar. No tenía ningún sentido lo que dijo; eran dos de los mejores guerreros que existían.

Sin duda, hubieran querido mostrar su valía luchando de pie, con espadas y escudos en las manos. Ningún hombre decente usaba un carro; no a menos que fuera con el propósito de divertirse.

—Lo ató al carro —dijo el hombre, gimoteando. —Aquiles lo ató de los pies y lo arrastró por todas partes, por lo que le hizo a Patroclo. Por haber matado a su primo.

El aire se heló en sus pulmones y Pentesilea luchó por recuperar el equilibrio.

—¡Esto es una guerra! ¿Me estás diciendo que Aquiles hizo esto porque Héctor mató a un hombre?

El hombre asintió.

La ira la inundó por completo. Humillar a un guerrero después de muerto. La idea era impensable. ¡Y hacérselo a un hombre como Héctor!

A ese dulce niño, que solo pensaba en proteger a su rey y a su pueblo, sin pensar en la gloria o la fama, que había considerado el obsequio de sus flechas como algo más precioso que todas las gemas de Corinto juntas... A ese niño Aquiles le había hecho aquello.

—Eso es todo lo que sé. Lo juro.

Ella asintió. El hombre decía la verdad y no sabía nada más. Con un movimiento de su daga, le abrió la garganta y dejó que su sangre corriera sobre la pálida arena.

Aturdida, la mente de Pentesilea pareció separarse de su cuerpo a medida que escalaba las rocas de regreso a sus mujeres. Estaban justo donde las había dejado; seguían estudiando todo lo que podían del terreno.

—¿Qué ha descubierto? —preguntó Amina, mientras montaba su caballo— ¿Qué más sabe acerca de nuestros oponentes?

—Sé para qué me han llamado los dioses aquí —respondió—. Debo matar a Aquiles.

Con eso, tiró de las riendas y pateó a su corcel para llevarlo al galope.

CAPÍTULO 57

No tardó en olvidar su euforia, se evaporó como la niebla matinal bajo los primeros rayos del sol. No se estaban enfrentando a un enemigo común, sino a uno cuya falta de misericordia llegaba al extremo de negar la dignidad humana. Eran animales, bestias que merecían ser asesinadas y desolladas, como el león de Nemea.

Esa noche no encendieron fogata alguna; no podían arriesgarse a llamar la atención y, aunque el clima no era frío, Pentesilea se descubrió ansiando el calor de Clete a su lado. Su tacto gentil, su suave risa.

No durmió. En cambio, ensayó en cada uno de sus movimientos en la mente, imaginando todas las formas en las que podría matar a Aquiles. Una flecha en el corazón. Una lanza en el vientre. Atravesar los tendones de su cuello con el hacha. No importaba cómo, tan solo que fuera ella quien lo hiciera. Ningún héroe se atrevería a profanar un cadáver de esa forma, arrastrando a Héctor por el suelo. Únicamente podía imaginar la tierra áspera que debió haber desgarrado su carne, arrancándola de los huesos. Pentesilea se aseguraría de que Aquiles sufriera el mismo deshonor. Ni siquiera Teseo, al cual despreciaba, habría podido sufrir un destino semejante en sus manos. Y eso que soñaba casi a diario con su muerte. El fin de este hombre, en cambio, lo esperaba con ansias.

Temprano por la mañana, dieron con una ruta menos escarpada que las llevó hasta la playa. Desde ahí, vieron la batalla dar comienzo de nuevo. Observar a sus oponentes antes de unirse al combate no era algo inusual para las amazonas; así, podían examinar sus debilidades y la forma en que luchaban, e idear el mejor plan posible para erradicarlos. Esta vez, sin embargo, Pentesilea no estudió a los griegos. Sus ojos buscaban, con creciente frustración, a un solo hombre.

—¿No deberíamos entrar al combate? —preguntó Termodosa—. Me preocupa que los troyanos puedan extraviarse sin Héctor para comandarlos. ¿No estamos aquí para eso?

Pentesilea apenas le prestó atención. Con la misma concentración de un halcón que vuela en círculos sobre su presa, escrutaba la orilla de arriba abajo, buscando discernir, entre la confusión de los cuerpos, a uno en particular. La luz del sol se reflejaba en los cascos y el acero resonaba al chocar, a medida que los hombres caían uno tras otro. Tal vez no concoiera a Aquiles; pero sabía, con absoluta certeza, que lo reconocería en cuanto posara lo viera.

La batalla continuó. A pesar de la preocupación de Termodosa, ambos bandos parecían igualados; por cada soldado troyano que Pentesilea vio caer, un griego corría la misma suerte. Si la guerra se había estado librando de esta manera, no era de extrañarse que se hubiera prolongado durante tantos años.

Para cuando el calor del sol del mediodía resplandecía en el aire, Pentesilea se comenzó a impacientar. Luego de menos de un día, había comprendido a la perfección cómo operaba este supuesto héroe. Tras haber mancillado la muerte de un hombre honorable, enviaba a sus hombres a luchar. Mientras tanto, él probablemente se relajaba en la fresca comodidad de su tienda, sin duda en compañía de las mujeres que había tomado como esclavas. Su solo nombre era suficiente para que la bilis subiera hasta el fondo de su garganta.

«Si no puedo llegar a él, entonces él tendrá que venir a mí», pensó, incapaz de soportarlo un segundo más. Levantó su espada, dando la señal para que comenzara el ataque.

El grito de batalla de las trece mujeres se elevó por encima de ambos ejércitos con un volumen que parecía contradecir sus números. Los cascos martillearon sobre la tierra y sus corceles resoplaron, mientras una flecha tras otra salía disparada de sus arcos.

—¡Son las amazonas!

Se alzó el grito; si provenía de un soldado griego o troyano, poco importaba. Los hombres palidecieron de horror y perplejidad conforme las mujeres cabalgaban al interior de la refriega, degollando a cada uno de los griegos que se cruzaban en su camino.

—¡Tráiganme a Aquiles! —gritó Pentesilea, atravesando tres corazas con un solo golpe de su hacha—. ¡Solo quiero a Aquiles! ¡Tráiganmelo!

Los hombres se apartaron de su camino. Algunos se arrojaron a la arena, escabulléndose sobre sus manos y rodillas como cangrejos para salvarse de su espada. Tomó su arco de nuevo y acabó con todos los que intentaron escapar. Los hombres cayeron por docenas; las flechas de sus compañeras amazonas eran tan letales como las suyas.

Los troyanos se replegaron hasta la muralla en un silencio lleno de asombro; al comprender de qué lado luchaban las amazonas, se unieron a ellas, moviéndose con un ritmo que delataba los muchos años que habían pasado juntos en combate. Obedeciendo las órdenes de las mujeres sin cuestionarlas, agrupándose en formación a su comando, comenzaron a cambiar el rumbo de la batalla, tomando a los griegos por sorpresa con esta nueva ferocidad. Sin embargo, el objetivo principal de Pentesilea seguía sin aparecer por ninguna parte.

—¡Tráiganme a Aquiles! ¡Le mostraré el mismo decoro que le otorgó al príncipe Héctor!

Sus músculos ardían al moverse con una velocidad que no había alcanzado desde su juventud. Podía sentir la sangre de su padre bombeando por sus venas.

—¡Tráiganme a Aquiles! —gritó de nuevo y, entonces, los temerosos griegos se hicieron a un costado y alguien dio un paso al frente.

Nunca había visto a un hombre de estatura semejante; rebasaba incluso al más grande de los gargarios. Sus brazos y sus piernas estaban abultadas por los músculos y, alrededor, las venas se enroscaban como serpientes. Cada paso que daba sacudía la tierra. Ahora, los troyanos se replegaron hasta ocultarse tras las monturas de las amazonas. Pentesilea hizo avanzar a su caballo. Por el tamaño del hombre, sabía a quién se estaba enfrentando.

Y no era a quien buscaba.

—Áyax, hijo de Telamón —dijo.

Saltó al suelo, con el escudo y el hacha en sus manos. Su caballo se giró en un círculo, levantando un anillo de polvo.

—No es a ti a quien pienso matar hoy. Solo vengo por Aquiles.

—Reina Pentesilea, me temo que eso no será posible.

No dijo una palabra más; en lugar de eso, el hombre levantó su escudo de bronce con una mano y blandió su espada con la otra. Con tanto peso detrás de cada golpe, el escudo de Pentesilea se sacudía, haciéndola temblar hasta los huesos. Y, sin embargo, sin importar cuánto lo intentara, todo lo que Áyax conseguía era hacer contacto con su escudo, excepto en aquellas ocasiones en las que sus golpes eran demasiado salvajes que terminaban por dar contra la arena. No había ligereza en sus pies, no había delicadeza ni refinamiento en la forma en que preparaba y ejecutaba sus ataques. Era un hombre acostumbrado a ganar cada combate en el que participaba con nada más que fuerza bruta. Cada combate, excepto este.

—¡Tráiganme a Aquiles!

Cada palabra era acentuada por otro golpe de su hacha. Hasta que, con un último embate, hizo caer al inmenso guerrero al suelo. Antes de que este se pudiera enderezar, Pentesilea se colocó a horcajadas sobre él. Levantó el arma por encima de su cabeza y la dejó caer sobre su peto, deteniéndose solo cuando los dos metales se encontraron. Los ojos de Áyax se abrieron de par en par, mirándola con terror.

—Te mataré —dijo entredientes—. O bien, puedes traerme a Aquiles.

En el instante en que Pentesilea dio un paso atrás, Áyax se puso de rodillas y corrió cómo pudo hacia sus hombres.

—¡Llamen a Aquiles! —les gritó— ¡Llamen a Aquiles!

Mientras aguardaba entre todo el ruido y el caos, Pentesilea cerró los ojos y tomó una respiración profunda. Una fuerte brisa soplaba desde el mar. En la frescura del aire helado, el aroma de una tormenta inminente era claro y fuerte. Recordó cómo, de niña, solía ver las nubes oscurecerse sobre el mar mucho antes de que llegaran a tierra. A ella y a Hipólita les encantaba esperar esas primeras gotas de lluvia, las cuales salpicaban su piel antes de que el aguacero llegara con sus truenos y relámpagos.

En ese instante, pudo sentir a su hermana al lado suyo. Sintió la presencia de Hipólita y también de Antíope. Aunque no hubiera podido vengar sus muertes, este día lucharía por ellas tanto como por Héctor.

Unos susurros silenciosos alertaron a Pentesilea de que alguien se aproximaba. Preparando su hacha, abrió los ojos.

Aunque su tamaño no era tan imponente como el de Áyax, este hombre rezumaba una clase diferente de fuerza. Las personas a su alrededor se apartaban, tal como lo hacían cuando ella o Hipólita llegaban a algún sitio. Su andar se parecía más a un contoneo que a un paso rápido y, bajo su casco, se asomaban varios chinos rubios. Pentesilea no pudo reprimir una mueca ante la confianza altanera que parecía derramarse del hombre. Era la antítesis de Héctor. Su arrogancia le hizo pensar en otro hombre; ahora, al menos podía librar al mundo de uno de ellos.

—No me parece que nos hayamos conocido antes —dijo Aquiles, blandiendo su espada en un círculo.

—Eso puedo arreglarlo —respondió ella.

Pentesilea hizo el primer movimiento; blandió su hacha desde lejos, una ejecución difícil que sus oponentes rara vez anticipaban. Pero Aquiles fue la excepción; vio que el arma se acercaba y la esquivó con facilidad, causando que Pentesilea pasara tropezando junto a él. Ella recuperó el equilibrio de inmediato, se dio la vuelta y atacó una vez más. De nuevo, él esquivó su embate. La respiración de Pentesilea se agitaba con cada ataque y arremetida. Pero sus golpes no daban con el objetivo. Su oponente se mantenía siempre fuera de su alcance.

Aquiles evitó su siguiente embate y la golpeó con su escudo al pasar, haciéndola rodar por el suelo. La arena le raspó las rodillas y los codos, pero, con un empujón, Pentesilea se levantó y volvió a atacarlo. Esta vez, su hacha dio con el escudo. Pero su fuerza no fue suficiente; él no parecía haberse cansado en lo absoluto, mientras que ella había gastado buena parte de su energía luchando contra Áyax.

De pronto se descubrió a la defensiva; sus ataques eran cada vez menos y más espaciados. Al sacudir la cabeza para que el sudor no se derramara hasta sus ojos, Aquiles aprovechó esa distracción momentánea y atacó de nuevo. La punta de su espada se hundió en una de las placas de armadura en su brazo. Pentesilea se retorció con un grito gutural, arrancando el pedazo de acero.

Un hilo de sangre se deslizó hasta su codo. Era apenas un rasguño; se curaría con rapidez. Sin embargo, mientras estos pensamientos desfilaban por su mente, les siguió otro más: la única persona que le había hecho sangrar hasta entonces fue Hipólita, lo cual había bastado para que fuera nombrada reina de las amazonas.

Con el corazón a toda prisa, Pentesilea retrocedió a tropiezos sobre la arena, dejando más espacio entre ella y su oponente del que había necesitado jamás en una pelea. Su hacha ya no sería de ninguna utilidad: Aquiles dejó caer su espada para levantar una lanza de la arena y, ahora, ella no podía acercarse lo suficiente para asestar el golpe fatal. La punta de la lanza brillaba con el sol, esparciendo miles de reflejos sobre la arena, como una constelación que se movía a través de un cielo amarillo.

¿Cómo podría alcanzarlo? Hipólita habría sabido qué hacer. Si hubiera sido ella la que luchara contra Aquiles, esta pelea ya habría llegado a su fin.

La mente de Pentesilea vagó hasta su hermana, hasta el brillo de su sonrisa y de sus ojos, los cuales, incluso en la muerte, habían estado llenos de compasión. Sabía que guardaría ese recuerdo para siempre; incluso si viviera mil años, resplandecería en su mente con tanta intensidad como lo hacía en estos momentos.

Le tomó un instante comprender que ese destello no provenía de la sonrisa de su hermana sino de la lanza de Aquiles, la cual cruzaba el aire a toda velocidad. Inclinó la cabeza y frunció el ceño, como si tuviera todo el tiempo del mundo para pensar en aquel objeto que se precipitaba hacia ella, antes de girar el cuerpo para esquivarlo.

Sin embargo, no lo hizo. Y aquella punta reluciente se hundió en su pecho sin más.

Para una amazona, la muerte en el campo de batalla era un obsequio honorable. Y aquel día, ese fue el obsequio que Pentesilea recibió. Se desplomó sobre las arenas amarillentas de Troya, con la lanza de Aquiles en el pecho; su corazón latió cada vez con menos fuerza hasta que finalmente se detuvo. Algunos dicen que Aquiles le quitó el casco y se enamoró de ella al instante, que lloró por la pérdida de su igual, anhelando pasar apenas un momento más con ella.

Pero, en realidad, Aquiles no sentía deseo alguno por la reina; era la expresión en su rostro lo que envidiaba. La más leve de las sonrisas, posada sobre los labios de la guerrera, como si esta se hubiera escabullido en silencio y ahora, se encontrara exactamente donde deseaba estar.

Las doce mujeres que habían viajado a Troya junto a Pentesilea siguieron luchando con valor. Sus flechas y sus espadas acabaron con muchos griegos en el nombre de su reina. Pero no fue suficiente. El número de sus enemigos era abrumador. Así, cayeron una luego de la otra, como guerreras hasta el final.

EPÍLOGO

¿Y qué fue de las amazonas restantes? ¿Las que habían permanecido en el Ponto y las que viajaron junto a Clete para navegar hacia Troya?

Las amazonas restantes se despidieron de Temiscira para hacer su hogar en las estepas, junto con el resto de las nómadas. Melanipe continuó enseñando las costumbres de las amazonas a loa nómadas. Nunca volvió a cabalgar hacia la batalla. Ahora, se contentaba con una vida mucho más simple, acampando bajo las estrellas, bañándose en los ríos. Plantaba cosechas y cazaba conejos. Con el paso de los años, las niñas más pequeñas llegaron a conocerla simplemente como Melanipe, una nómada más, una mujer de edad extraordinaria capaz de disparar una flecha o montar a caballo con mayor habilidad que cualquiera de las personas que hubieran conocido, que podía de tramar historias hechizantes acerca de dioses, reinas y princesas guerreras. No se percataban de que ella misma era uno de los personajes de los que hablaba, de que era una hija de Ares. Y era como Melanipe lo prefería.

En cuanto a Clete, su barco nunca llegó a las costas de Troya; fue desviado de su curso por un fuerte ventarrón, el cual desgarró las velas y sacudió la nave hasta que sus cuerdas se rompieron y el mástil se convirtió en meras astillas. Una por una, las amazonas a bordo se perdieron entre las olas de Poseidón. Todas, excepto la propia Clete.

Por alguna indescifrable providencia, fue arrastrada hasta una costa lejana, a un lugar en donde las amazonas eran meras criaturas de mitos y leyendas. Sabiendo que no tendría forma de volver a casa, hizo una vida cómo pudo en aquel sitio, sin revelar su verdadera identidad. Al cabo de unos años se casó con un rey, convirtiéndose en una reina justa y compasiva, siempre fiel y leal a su esposo.

En su corazón, sin embargo, solo existía un amor verdadero: Pentesilea. La última reina de Temiscira. La última reina de las amazonas.

AGRADECIMIENTOS

Siempre se requieren muchas más personas que una misma para sacar un libro de la cabeza y ponerlo en las manos de ustedes, los lectores, ¡pero esta colaboración fue bestial!

En primer lugar, debo expresarle mi más sincero agradecimiento a Adrienne Mayor. Aunque nunca la he conocido, ni siquiera he conversado con ella, la publicación de su fantástico libro, *The Amazons*, seis meses después de que comencé a escribir este, resultó una referencia invaluable durante la escritura de mi libro, aunque en ocasiones apliqué ciertas licencias poéticas en beneficio del flujo narrativo. Me disculpo por eso. Pero, si alguna vez ella lee el libro, espero que pueda comprenderme.

Gracias a mi equipo de edición. Este es el libro más extenso que he publicado y, como tal, requirió el trabajo de muchas personas. A Joel, Emma y Carol, gracias por todo el trabajo que hicieron para darle forma al libro. Y a mi increíble equipo de correctores, Kath, Lucy, Jane y a todos los demás, por detectar esos errores persistentes que, de otra forma, habrían llegado al borrador final. Sin ustedes, estaría perdida.

A los familiares y amigos que celebran cada pequeña victoria a mi lado; su apoyo y su fe me han ayudado a llegar hasta aquí.

A mis increíbles lectores; sin ustedes, estaría hablándole al vacío como una loca.

Y finalmente, gracias a Jake. Mi primer lector, mi más grande admirador y mi crítico más severo (y mi sufrido esposo). Las horas que dedicaste a la preparación de este libro han hecho palidecer a los anteriores en comparación y sé que, a veces, esto te costó tanto trabajo como a mí. No tengo palabras para expresar lo agradecida que me siento por todo lo que hiciste para que mi visión se hiciera realidad y por todo lo que haces por mí día con día. Gracias.